文治
© wénzhi books

坡道上的家

坂 の 途 中 の 家

浙江人民出版社　　　　[日] 角田光代 —————— 著　杨明绮 —————— 译

女性声音

现代社会往往鼓励母亲、赞扬母亲，却鲜少有人看到并理解女性的孤独和倦怠。家庭内部的日常琐碎而繁复，社会的压力无形而持续，而这些本不该由她们独自背负。

——郝景芳（作家）

虽然说的是日本的故事，但是，中国女性仍然心有戚戚。水穗和里沙子这样的人生，表面光鲜漂亮，实则压抑、窒息、绝望，无从逃脱；更令人哀伤的是，这样的情况，我们周围比比皆是。年轻妈妈们需要被看见、被理解、被接纳，才能从这个生命历程当中活下来。

——侯虹斌（媒体人、作家）

《坡道上的家》是角田光代在过往所写的女性谱系之上，做出的更加深刻的总结性思考：现代社会把"母亲"和"妻子"默认为一种义务劳动，普通女性想要摆脱这两个标签的束缚而拥有自己的生活，是一件非常困难的事情。比起社会环境的不宽容，让女性更为崩溃的是家庭和职场的不兼容。

——库索（旅日作家、媒体人）

　　《坡道上的家》带着平实的情感和真诚的困惑提醒年轻女性，人生目标的设定、亲密关系的沟通、自我教育的准备不应只做到婚前为止。生活的考验静水流深，幸福的旅程是漫长的上坡路。

——张怡微（作家、学者）

　　生活真是又苦又累啊。为什么不能叫苦叫累呢？哪怕是叫一叫，或者只是听见同样的别人叫一叫，心里也会好过不少，才能够继续活下去吧。有时候听不见别人的声音，自己也叫不出声，就在寂静里面坏掉了。

——顾湘（作家、画家）

世上没有天生的母亲。这本书挑衅了一直以来被男权社会绑架的"母性本能"。那些犹疑的笔触所带出的，婚姻和育儿生活中难于澄清，却无处不在的微妙的"不公感"，令人毛骨悚然。像一条漫长而孤独的夜路，没有逃离之途。《坡道上的家》直指每个女性成长中都可能面对的精神暴力——埋藏于种种带刺的平静，恐怖的日常，和催眠式的掠夺之中。男权社会教导下的"爱的方式"，隐含着攻击模式。而爱，也需要学习和进化。重新思考"我们如何看待对等这件事"，让爱不再成为一则恐怖故事。

——戴潍娜（作家、诗人）

母爱的意义和作用总被无限神圣化，上升为一种不可颠扑的神话建构。在伟大之名的绑架下，母职成为不容丝毫喘息与疏失、最易遭受苛责、最难获得援手，甚至押付女性终身的"全职工作"，其间的辛劳与重荷仿佛天经地义。夫与父的长期缺位，更使母亲的苦楚往往被忽略不计。这部小说不是什么恶母的故事，是所有女性从同类的苦难中照见和救赎自身的洞口。

——匡匡（作家、日文译者）

目 录

CONTENTS

序章

　　两人明明刚才还玩得很开心，现在却突然互抢玩具，甚至大打出手；一旁的母亲们见状，赶紧拉开他们，分别询问原因，只见一个坦率点头听训，另一个放声大哭。里沙子看向坐在图书区的文香，她正和最近经常碰面的小萌一起开心地读绘本。

　　"男孩子果然不一样啊！"小萌的母亲筱田荣江凑向里沙子耳语，"抱起来好结实啊！"看她一脸认真的样子，里沙子回以微笑。

　　今年十月就满三岁的文香也正值难搞的时期，虽然已经过了令人抓狂的两岁，但接下来恐怕是另一波反抗期吧。只是叫她穿袜子，就哭闹着不要穿；要她乖乖吃饭，又怎么也不肯吃。不过，里沙子看着小男孩的一举一动，心想男孩和女孩还真是不一样。

　　"再过十年，麻烦的就是女孩子啦！"

　　里沙子看着小男孩们好像什么事都没发生似的又玩在一起，不禁这么说道。

"就是呀！男孩子上了初中都还像个笨蛋，女孩子则是从小学开始就对人际关系很敏感。"

"以总重量来看，让父母伤脑筋的程度都一样啦！"

就在里沙子心想用"总重量"这词形容还真怪时，筱田荣江笑了："什么总重量啊！"

下午两点半多，小男孩的母亲们来接他们回去，里沙子和荣江也趁机叫自己的孩子回家。里沙子牵起嚷嚷着不想回去的文香，向儿童馆①里的其他母亲道别，又向小朋友们挥挥手，走出门厅。荣江将小萌抱上自行车的儿童座椅。

"先走啦！小香下次来我家玩哦！"

荣江挥手道别，骑上自行车。小萌则是回头，不断挥动小手。

天气预报说下午会下雨，所以里沙子没有骑车，走路过来。梅雨季前的天空低沉灰蒙，但还没下雨。虽然两人只是这阵子常碰面、闲聊，还不够了解彼此，但里沙子觉得荣江应该不会特别留意天气这种事吧。这世上，多的是那种就算天气预报说会下雨，依旧不带伞出门的人；也有那种就算一早起床发现外头在下雨，还是相信会放晴而不带伞出门的人；有人甚至连天气预报都不看。像自己这样留意天气预报、准备周全才出门的人，和伞都不撑、飞快奔出家门的人，以总重量来看，究竟哪一方比较辛苦？里沙子想着想着，觉得自己是不是哪根筋不对劲。

---

① 日本《儿童福祉法》认定的儿童福利设施的一种，享受政府财政补贴。以保障孩子健全发展为目的，有交流、游乐、学习等多种功能，可供孩子与家长共同使用。

"不要回去，还要玩！"

文香用力拉扯着里沙子的手说道。

"我们去一趟超市好了。买点小香喜欢吃的布丁吧？还是冰激凌？"

听到妈妈提出的条件，文香想了一下，回答："布丁！"

公园和儿童馆那些地方的妈妈圈一定很麻烦吧！产前里沙子就这么想。等到文香稍微大一点，可以带出门时，她更紧张。不过，朋友圈的关系比想象中来得淡薄，彼此只是在儿童馆和公园碰面时，打声招呼，不会聊家务事，也没有去谁家聚会、结伴去游玩之类的事。或许等孩子上了幼儿园之后，母亲们的关系才会熟络起来吧。其实比起这种事，里沙子现在更挂心文香是否能如愿进入理想的幼儿园。

母女俩顺路去超市买东西，到家时，雨才终于下起来。

"我们没淋到雨，太好了。"

里沙子边开门边说。

"太好了。"

文香重复妈妈的话。

里沙子有时怀疑文香是否真的听得懂，但这个时期，大人就是要尽量和孩子对话。虽然文香有时耍性子、闹别扭，实在令人伤透脑筋，但是可以像这样用话语沟通，里沙子很开心，也觉得安心。相比那些上着托儿所、已经能和母亲正常交流的孩子，里沙子总担心没上托儿所的文香表达能力有问题。

"先去洗手，再吃布丁吧。"里沙子边走向走廊另一头边说。

"吃布丁！"文香奔向盥洗室。

里沙子拉开窗帘，她望着雨落在低矮的屋顶上，和文香一起吃布丁。里沙子打算吃完布丁后，就哄文香睡午觉。要是不想睡，就让她看租来的 DVD，然后趁这段时间，打扫家里、放洗澡水、准备晚饭……尽管里沙子总是在心里拟定时间表，却往往无法顺利执行。

里沙子是在二十九岁那年，也就是四年前结婚的，经由朋友的介绍，她嫁给了比她年长两岁、任职于家具装潢设计事务所的山咲阳一郎。两人初次见面是在一个气氛轻松的聚会上，没什么相亲的感觉。聚会上他们交换了联系方式，随即开始约会。两人在交往差不多一年的时候聊到了结婚的话题，又过了半年就结了婚。

刚结婚时，里沙子并没有打算辞掉工作。任职于童装公司的她虽然不是非常热爱这份工作，但也没有想辞职的念头，只是漠然地想着和其他女同事一样，怀孕的话就请产假，然后再复职吧。

婚后，里沙子很快便有了身孕。本来想在快临盆时再请产假，但开始孕吐后，她不由得怀疑自己是否真的能继续工作。好几次通勤时，里沙子都因为贫血觉得不适，担心再这样下去连顺产都很困难，这让她每天都很不安。她向朋友们倾诉了这些顾虑，大家都说再过一阵子就不会孕吐了，只要进入安定期，心情也会跟着沉稳许多。里沙子听了朋友的话后稍稍宽心，但不久又开始担心别的事。

"也许我真的没法像其他女同事那样，休一年产假就复职，兼顾工作与家庭。虽然其他人都是这么做的，但这并不代表我也能办得到。"随着肚子里的宝宝越长越大，里沙子的这种不安也在扩大。

里沙子和老公阳一郎商量，说想等孩子长大一些再回去工作，在此之前，先当个全职主妇。阳一郎表示赞成，说等孩子上了小学，经济形势可能也就好转了，到时候像里沙子这种有职场经验的女性肯定很好找工作。听了这些，里沙子下定了决心。进入安定期后，她毅然辞了职。

这三年来，她不止一次后悔那时的选择，也常常受不了一整天都要与孩子相处的生活。里沙子和住在新潟的双亲关系不太好，也没理由请还在工作的二老帮忙带孩子。有时面对哭个不停的文香，里沙子不仅无法去抱她，连自己也忍不住落泪。住在市郊浦和区的婆婆曾担心地登门探访，也曾让里沙子母女去她家留宿。面对不论怎么哄都"不要不要"地叫个不停的文香，里沙子甚至打过她一下——当然没对任何人说过。她也对文香大吼过。有时，里沙子会在夜半独自哭泣，懊悔自己那时放弃工作。她还为此买了一本就业信息杂志。但是，每当把孩子托付给保姆照顾而自己出门，又会觉得不安，结果往往是比计划更早就回家，里沙子有时很讨厌这样的自己。

果然陪伴在孩子身边是对的，最近里沙子看着文香的睡脸，总是这么想。可以目睹孩子睡梦中翻身的瞬间，从爬到学会站的瞬间，还有那双小脚第一次踩在大地上的瞬间。孩子生病、身体状况不太好时，母亲比谁都能更早察觉，也因为陪伴在孩子身旁，才能做出最好的判断，及时行动。但是里沙子觉得，这样自己肯定无法专心工作吧。即使待在公司也是魂不守舍，结果肯定会连连出错，频频给周遭的人添麻烦。

入夜后，雨依旧下个不停。刚才收到阳一郎告知今晚可以早点回来的信息，虽说是早一点，也要八点前后。六点半多，里沙子先带文香吃完饭，在文香的捣乱下收拾完，才开始准备晚饭。文香在一旁又是抱住里沙子的大腿，又是撒娇个不停。虽然很碍事，但一直让她看 DVD 也不太好，里沙子只能赶紧念书给她听。

八点前，传来用钥匙开门的声音，文香冲向了玄关。里沙子听到她用全身力气大叫"把拔（爸爸）！""噢！小香，好想你呀！今天做了些什么啊？""今天啊，今天和妈妈吃了布丁！然后……吃布丁！"走廊传来的声音越来越近，里沙子不由得浮现笑容。

"洗澡水备好了吗？"

"回来啦！"里沙子隔着厨房流理台，喊了一声，"刚才已经按下去了，应该快好了。麻烦你看一下啦！"

"好。"

就在这时，通知洗澡水已经达到温度的简短旋律响了起来。

"小香！我们来洗澡澡吧！"走廊另一头传来阳一郎的声音。

"洗澡澡！"文香回应。

里沙子听婆婆说，阳一郎曾表示和小香一起洗澡是他一天中最期待的事。当然不可能每天都这样，毕竟阳一郎时常晚归，有时还要应酬，里沙子真心觉得能和会说这种话的人结婚，真是太好了。

帮小香洗好澡、哄她入睡后，已经将近九点了，阳一郎总算能坐下来吃饭了。

"最近她都乖乖睡觉，让我省了不少力气啊！"阳一郎边将啤酒倒入玻璃杯边说。

"她真的越来越乖巧呢！对了，明天要带她去参观若叶幼儿园。"

"嗯？是怎么一回事来着？"

"唉，前几天不是跟你说了吗？就是车站对面那家幼儿园，在儿童馆认识的妈妈们很推荐那家呢！我已经打电话登记了，明天带她过去看看。"

里沙子一边摆餐盘，一边解释。那所幼儿园是最佳选择，采用蒙特梭利教学法①，有专属的游乐场，名声很好，从网站上看园内的气氛也不错。当初决定搬进这栋公寓时，里沙子便很中意那所幼儿园。当然不单是因为幼儿园离家很近，徒步可达，公寓附近绿意盎然、有好几座公园也是他们决定搬来这里的理由。这里位于东京市郊，不论是公寓租金，还是独栋房屋的价格都比市内便宜许多。所以夫妻两人商量后决定，先租房住个几年，存好首付后再买独栋的房子。

可想而知，这所幼儿园很热门，虽然没有入学考试，但每年都会因为申请入学的人数过多，而采取抽选的方式接收学生。里沙子只能祈祷足够幸运被抽中，但要是没被抽中，势必得另觅他处。最近里沙子就在忙着找候补，又是站在围栏外观察，又是上网搜寻信息，一旦发现差不多的，便去参观比较。

"是吗，出了结果记得告诉我哟。明天要是天放晴就好了。"

"就是呀！真想把洗了的衣服晒一整排。"

里沙子坐在喝酒的阳一郎对面，总算有空吃晚饭了。明知这么晚才吃饭容易发胖，对身体也不好，但对于里沙子而言，能在一天即将结束时和另一半闲聊几句，非常宝贵。反正她也习惯了饿到这会儿才吃饭。

当她将朋友那句"男孩子好结实"说给阳一郎听时，两人都笑了。听到阳一郎聊起自己小时候的蠢事，里沙子又笑了。两人还谈论起暑假想去哪里玩；阳一郎学文香讲话的逗趣样，说起文香洗澡时的

---

① 由意大利教育家玛莉亚·蒙特梭利创造的教学方式，主张培养孩子自主学习的意识和探索精神。

可爱模样，两人又相视而笑。要是一直这样就好了，里沙子有时会这么想。在背上房贷，教育费又成了头痛的问题之前，要是这样的生活能一直持续下去就好了。

　　第二天，参观完若叶幼儿园，里沙子牵着嚷嚷着肚子饿的文香回到家时，在信箱里发现了一封收件人是自己的信，那封信和好几张广告传单一起被塞在信箱里。如今人们都用网络沟通，自己很少收到信件了。里沙子瞧了一眼信封，不由得"啊"了一声。

　　是法院寄来的信函。

　　里沙子进屋后，放下手上的东西，拆开信。信上写着自己被选为候补陪审员，六周后需要前往法院参加一场刑事审判。问题是，一大早就要开庭。这封语气恭谨客气的信函反而让里沙子觉得受到了威吓。

　　"什么嘛……"里沙子只觉得无言。

　　"妈妈，怎么了？妈妈。"文香抱着妈妈的腿问道。里沙子从没想过这种事会落到自己头上。

　　里沙子当然记得。

　　去年秋天，她也是像这样突然收到一封信函，得知自己被选为明年一整年的候补陪审员。当时里沙子将这件事告诉了下班回家的阳一郎，想听听他的看法。

　　"候补也不一定会被选上，不是吗？"阳一郎说，"我是不知道有几个人候补，但也不用这么在意吧！"

　　"也对，反正我抽签没什么好运啦！"里沙子笑着回应。话题就这样告一段落，终日繁忙的日常生活让她完全忘了这回事。里沙子又"啊"了一声，她想起当时信封里还塞着一张调查问卷，八成是要填一年中哪个月份不能参加之类吧。要带一个这么小的孩子，哪有空担任这种差事啊！里沙子很想大骂。难道那张调查问卷自己忘了寄回吗？所以被当成是默认了？

难不成会被抽中吗？里沙子突然觉得心头一沉，要是被抽中的话，该怎么办呢？

"妈妈，妈妈，人家想吃东西！"

文香拉着里沙子的上衣，快哭出来似的说。

"啊，对不起，对不起，妈妈马上做饭啊！"

里沙子将信塞进购物袋，急忙走向厨房。

"我不懂法律，也不知道审判是怎么回事，根本不想扯上这种事。不，这不是重点，上面写审判自八月二日起为期十天，这段时间谁来照顾文香呢？"

"还是拒绝吧。"里沙子赶紧用早上备好的食材做了那不勒斯风味意大利面，一边和文香一起吃面，一边心想这种事应该可以拒绝。

"妈妈，好好吃呀！"

嘴巴四周红红的文香笑着说。面汁溅得桌上到处都是，里沙子将掉在桌上的热狗肠塞进女儿嘴里。文香最讨厌的青椒已经被切得很细了，却还是被她灵巧地挑了出来，堆在餐盘边。明明连不把食物掉在桌子上都做不到，为什么这种事特别在行？里沙子并没像平常那样碎碎念，而是继续吃面。

里沙子被女儿缠着，洗好碗盘后又念绘本给她听。把明明想睡又不肯睡的文香哄睡着后，她坐在餐桌旁愣愣地望着窗外。电线，还有矗立在稍远处的大楼，被雨水朦胧了身影，这番景象让里沙子的心情越发沉重。她拿起那封信函，确认一下内容后，从包里掏出手机。

收到阳一郎告知今天九点多才到家的信息后，里沙子不到七点就和文香一起吃了晚餐，然后帮她洗好澡，自己也简单梳洗了一下，九点就哄她上床睡觉了。结果，陪在女儿床边的里沙子也睡了过去，睁眼时突然发现走廊那边有灯光。

"啊，不好意思，我睡着了。"

里沙子来到饭厅，瞧见阳一郎站在厨房流理台旁翻找吃的。

"这个可以吃掉吗？"

他一手拿着罐装啤酒，一手指着用保鲜膜包着的一道菜。

"我来热一下，你先坐吧！"

里沙子开火热锅，将菜放进微波炉。电饭锅上的电子时钟显示的时间是九点三十九分。

里沙子很快便端菜上桌，自己也拿了一罐啤酒还有杯子坐了下来。她倒了一杯啤酒，喝了一口，说："你还记得之前收到的那封有关陪审员制度的信吗？"

"哦，那封信啊，记得。"

"没想到今天又收到了。"里沙子将放在餐台的那封信拿给阳一郎看。阳一郎右手没有放下筷子，直接接过信封，抽出里面的通知函。

"哦，我还是第一次看到这种东西，还真的会寄来啊！"

"我想拒绝，就给他们打了电话……"

"嗯。"

"但他们说还只是候补，听完我才回过神来。刚看到信时吓了一跳，还以为已经被选上了。"

"哦，是吗，还没决定呀。"

里沙子拨了印刷在信封上的咨询电话，表明自己想推辞担任陪审员一事，电话那头的服务人员却回答说这是不可能的事。明明服务人员的语气亲切又有礼貌，也没有说出什么难以理解的词汇，但里沙子就是觉得有种莫名的威吓感。虽然她试着辩称自己有个还没上幼儿园的小孩要照顾，又没有可以代为照顾的亲戚，对方却一再表示不能因为这样的理由而拒绝，因为很多人也有小孩要照顾，还是被任命成了陪审员；况且应该找得到暂时代为照顾的托儿所，也有人拜托朋友或自家附近的托婴中心，总之对方一派说教的口吻。不过，对方听完里沙子拒绝的理由，回答完问题后，倒是说了一句安慰她的话："你还没有被确定为陪审员。"至少目前只是"候补人选"。对方还说，在开庭当天早上，会有五十位到一百位候补陪审员报到集合，审判长、律师和检察官面谈后，从中挑选六位，对方也告诉里沙子，要是真有什么不得不拒绝的理由，可于面谈时提出。

"嗨，既然有那么多人候补，就不用太担心啦！"

里沙子将事情的经过说完，把信搁在一旁，继续吃饭的阳一郎回应道。

"所以说我收到信时很焦虑，都没看清楚上面写着候补。但万一真的被抽中，该怎么办？"

"孩子交给我妈带就行啦！"

"可是……算了，还是相信自己一定不会被抽中吧。反正我抽签一向没什么好运气啦，"里沙子笑着重复了上次的话，"第一天无论如何都得请别人帮忙照顾小香，所以能早点联络就尽量早一点吧。"

虽然是六周后的事，还是得早点告知常常和朋友一起看戏、旅行的婆婆。一如既往，婆婆没有丝毫嫌烦，还说那天会空出来，很高兴小香要来，也对里沙子被选上这种差事深表同情。她也安慰里沙子，反正是从好几十个人当中选六位，肯定没那么巧的。听到婆婆这么说，里沙子的心情总算轻松了许多。

"要是真的被抽中了，可就麻烦了，"阳一郎一副事不关己的口吻，"再喝一罐好呢，还是吃点饭？"他像是在说别人的事似的喃喃自语，"反正时间还早，吃点饭吧。"说完随即站了起来。

"我来就好。"里沙子起身，走向厨房，添了一碗饭。要是真的中选，该怎么办？随即她意识到自己又钻牛角尖了，赶紧在心里喃喃自语：现在想这么多也没用吧。反正有人就算看了天气预报，知道会下雨，还是不带伞。

"可以帮忙开个电视吗？"阳一郎边扒饭边说。里沙子起身打开电视。这个时间，阳一郎总会看同一档新闻节目。帮他换好台后，里沙子回到厨房泡茶。脑子里掠过再喝点啤酒的念头，但她没有打开冰箱，而是将水壶放到了炉子上。

里沙子还是很在意。第二天和文香吃完午餐，出门散步时，她顺道去了趟书店。她在找关于陪审员的书，意外地发现这类书的数量还不少。文香独自走到童书区，直盯着摆在那里当作装饰的玩偶，战战兢兢地伸手去摸；里沙子确定女儿乖乖地待在那里，才安心地看向书柜。

《我们能从陪审制度学习到什么》《如果我被选为陪审员》《一目了然！审判》等，有附插图的书，也有密密麻麻都是字、看上去就艰涩难懂的书。里沙子先挑了一本看起来比较简单的站着看，无奈读了一会儿就看不下去了。每天从早上十点到下午五点都要出庭陪审，想到连续十天都要把文香托给婆婆照顾，她就觉得不好意思。虽说可以拿到出席费和车马费，但要是雇临时保姆，这笔钱肯定就这样没了。况且上面写着在审理过程中，陪审员不得擅自缺席，万一文香突然发生意外，或者生病，又该如何是好？

真是的，又还没被选上，充其量只是候补——里沙子这么安慰自己。

传来文香的哭声。里沙子拿着书，看向童书区，刚才还在摸玩偶的文香坐在地上哭泣。

"怎么啦，小香？对不起，对不起。"里沙子抱起女儿，文香哭着指着书架上方，"怎么啦？你想看哪本书呀？"里沙子赶紧抱起女儿，让她瞧个够，文香却将脸贴在妈妈的脖子上，哭个不停。看来她不是因为特定的理由而哭，纯粹只是觉得被妈妈冷落了，想撒娇。

"好了，我们走吧。今天难得放晴，我们去公园走走吧。"

里沙子拍拍远比婴儿时期更沉的女儿，走向收银台。

这一带有大大小小的公园，里沙子带女儿去了最大的一座。母女俩坐在长椅上。一些母亲将婴儿车搁在一旁，抱着小宝贝坐在铺在草地上的塑料垫上，愉快地谈笑；还有母亲带着和文香年纪相仿的孩子来玩；也有父亲和稍微大一点的孩子玩飞盘。就连雨天显得阴沉沉的树木，在阳光的照射下也闪着初夏的浓烈绿意。里沙子让坐在长椅上的文香喝了几口茶饮料，掏出包里的饼干递给女儿，又拿出了刚买的书。

"妈妈，汪汪过来了耶。""妈妈，不吃了。""妈妈，小萌呢？"

"朋友没来吗？"

里沙子一边随口回应文香，一边看书。书上写着：审判当天早上，候补陪审员们集合报到，听完说明后，再和律师、检察官、法官们面谈。倘若想要推辞，可以在这时说明理由，审核人员也会评判你是否适合担任此职。

看到这样的叙述，里沙子总算安心了，毕竟自己实在不适合担任陪审员。如果是十选六，中奖的概率很高。但要是从五十到一百人中选，肯定有人比她更适合，这当中一定有不少熟知法律，又是社会精英，知识和经验都很丰富的人。身为全职家庭主妇的她，怎么想都不可能比这些人更能胜任陪审员一职。

"啊，太好了。"

里沙子将书放进包里。

"妈妈，小香想回家！回家！"文香似乎不满自己被冷落，甩着饼干袋，臭着脸。"对不起啦！"里沙子捡起掉得一地都是的饼干。

"我们再待一会儿吧。天气这么好，很舒服吧！对了，要不要去荡秋千？"

"不要！回家，回家，回家！"

就在文香边跺脚，边发出刺耳的叫声时——

"哎呀，那不是小香吗？"

有人这么喊。里沙子望向出声的方向，原来是一位在儿童馆和公园见过好几次面的母亲，她正朝她们挥手。一个小男孩——记得是叫小洋——正笑容满面地奔向她们。

"你看，朋友来啦！"里沙子松了一口气，拍了一下文香的背。

公
审
第
一
天

　　再也找不到比"冷漠无趣"更适合形容这房间的词了，里沙子
思索着，环视四周。有七八十个人吧。有身穿西装的中年男子，也有
几位看上去和里沙子年纪相仿的家庭主妇，她们果然也在偷偷打量其
他候补陪审员。

　　里沙子今早七点出的门。五点半起床，她先打理好自己，接着
做早餐给文香吃，再叫醒阳一郎。里沙子将女儿托付给住在浦和的公
婆，随即前往霞关。她望着映在地铁车厢窗户上的自己，已经很久没
有好好化妆了，不会看起来怪怪的吧？里沙子十分在意。

　　工作人员一走进来，等候室的气氛忽然变得紧张，里沙子也不
由得挺直背脊。工作人员说明一整天的流程后，分发问卷。

　　"接下来为今天可能被选为陪审员的各位，说明一下案情。"

　　有位戴眼镜，看起来二三十岁的男子有点结巴地说。

听着他那机械式的说明，里沙子有种近似战栗的惊诧，但她依旧相信自己不会被选为陪审员。

这是一起虐婴致死案。

东京市内，一名三十几岁的女性，将八个月大的女儿扔进了放满水的浴缸。丈夫回家发现后，赶紧将女儿送去医院，但还是没能挽回女儿的生命。这位女性供称："因为女儿哭闹不停，自己不知道该怎么办，不得已才把她扔进了浴缸。"因此，警方认定这起案件是故意行凶，并非意外，于是以涉嫌杀人罪逮捕了那名女性。

里沙子对于这起案件有印象。实际上，她是边听说明，边想起来的。

虽说类似的虐童新闻几乎每天都有，一不小心就会搞混淆，但里沙子的确记得在报纸上看到过这起案件。她清楚地记得，读到"把女儿扔进浴缸里"时，自己皱起了眉。

要和法官一起审理在报纸、电视上看到过的案件，这让里沙子第一次有了成为陪审员的感觉。坐在这里的其他人，又是抱着什么样的心情，听工作人员淡淡地叙述这起令人心痛的案件的呢？里沙子悄悄地环视四周，不小心和几个人对上了眼，赶紧看向前面。

说完案件经过后，接下来就是填写刚才发下来的问卷。

问卷上印着你与这起案件的被告、受害者有无关联，你或你的家人是否曾卷入类似案件，你是否见过受害者等一连串问题。

里沙子当然不认识被告和她的丈夫，就在她要这么写时，突然觉得心跳加速：没事的，我应该不会被选上。

接下来是面谈时间，工作人员喊了十几个名字，被叫到的里沙子有点不安。大家都是第一次见面，有人一脸不安地和别人交头接耳，里沙子也想找个人说话，最好是年纪相仿、同样有小孩的女性。无奈身旁只有戴银框眼镜的中年男子，还有一副拒绝攀谈的样子、不知在记什么笔记的女人，以及看起来年过半百的男性，里沙子实在开不了口搭讪。

就说自己的孩子年幼，又体弱多病，实在没有人可以帮忙照顾吧。但要是谎言被拆穿的话，恐怕会挨罚。里沙子不停地想着这些事，更确信自己不会被选上，因为比自己合适的人多的是，何况——

没错，我和被告女性的立场相近，她也是在家育儿的全职家庭主妇。虽然孩子的年龄不同，但八个月和两岁十个月也很相近了，所以面试人员一定会认为我无法做出公平公正的判断。

没错，所以一定没问题的，我只要清楚地告知面试人员就行了。

于是，被叫到名字的里沙子站了起来。

围着大桌而坐的陪审员一共八位，其中有包括里沙子在内的两位候补陪审员。靠窗一侧坐着三位法官，正中央是一位满头白发、较为年长的法官，右边是一个三十岁出头的年轻男子，左边是一个学生模样的年轻女法官，由她先面带微笑地做了自我介绍，接着是另外两位。里沙子一边听着他们迄今处理过的案子，一边偷偷地环视其他陪审员。

一位是四十多岁、一身西装、上班族模样的男人；他的旁边是顶着浓妆的年长女性，看起来五十多岁；还有一位身穿 Polo 衫、应该和里沙子同是三十多岁的男人；另外一位看起来还像是学生的年轻男人始终低着头；还有一位白发苍苍的男士，应该算是祖父辈了，一直盯着法官；与里沙子同样属于候补陪审员的则是穿着和服的阿姨。

里沙子的视线和坐在对面的女子对上，这位看上去四十岁上下的女子梳着发髻，穿着朴素的黑上衣。虽然连对方的名字也不知道，但里沙子觉得她是这房间里最容易搭上话的人。

接着，陪审员们开始依次自我介绍。"我原本在电器公司上班，现在已经退休了，请多指教。"效仿第一位开口的白发男人，大家都没报姓名，简短地作了介绍。"我是家庭主妇。""二十五岁，求职中。"里沙子也依样画葫芦："我是家庭主妇，有个女儿。"自我介绍结束后，法官开口了：

"午休时间大家可以自行去外面或是地下的餐厅用餐，发给大家的资料中，有一张标注了附近餐馆与便利店的地图。想订便当的人可以跟我说一声，那沓资料里夹有一张便当菜单。"

直到刚刚为止都在讲述过往案件的女法官，突然一本正经地说起这些事，里沙子抬起了头。她翻了一下放在每个人面前的资料，里面的确夹着一张复印的便当菜单。听了半天诉状、量刑、判例等不太熟悉的词语后，里沙子像见到救星般盯着菜单上那些浅显易懂的文字。

共有四款便当，都是五百日元。分别是果醋猪肉套餐、马鲛鱼西京渍物便当、毛豆干贝饭便当、幕之内便当。配菜有果醋猪肉、炸烧卖、马铃薯沙拉、芝麻酱拌四季豆、醋拌菜丝，没想到还挺丰盛的。

现场气氛顿时缓和不少。"我要订便当，三号，谢谢。""好便宜啊！我要一号。"大家你一句，我一句，结果全都订了便当。

"既然大家都要吃便当，就借此机会来互相熟悉一下吧。"

随着老法官的这句话，午休时间开始了。感觉得出来三位法官试图缓和气氛，于是众人开始谈笑，讨论起各自的便当。

"我还以为会听到很多难懂的法律术语呢。"五十多岁的年长女性说。

"自从采用陪审员制度后，真的改变了许多。"年轻男法官说。

"不用担心，不需要什么专业知识的，依你们的社会阅历来判断就行。"看上去并没有什么社会阅历的女法官说。

里沙子并不饿，但又觉得不吃很可惜，只好挑拣着吃起果醋肉便当。

吃便当时，总是有人主动聊几句，气氛还算融洽，但一吃完便当，顿时变得很安静。"我去抽烟。"四十多岁的西装男子出去抽烟了，求职中的年轻男子则戴上耳机，看起了手机。里沙子拿着手机，来到走廊，想看婆婆有没有发信息过来，结果一条也没有。她想自己是不是应该主动发条信息问问，却想不出来写些什么。里沙子抬起头，瞧见那位看起来四十岁上下、比较搭得上话的女人正站在不远处玩手机。女人将手机塞进包里后，也发现了里沙子，随即露出无奈的笑容。

"还真是伤脑筋呢！"她主动搭讪。

"就是呀！"里沙子也附和。

"看来得向公司请假了，真没辙。"

"你还要工作吗？那真是挺辛苦的。我现在虽然不用工作，但孩子还小。"

"为什么净是选些像我们这样分身乏术的人呢？"女子一脸认真地说，"明明多的是那种已经退休、博学多闻的人，不是吗？"

"倒也的确挑中了一些博学多闻的退休人士，"听到里沙子这么说，女子笑了，"而且啊，我还以为会是很小的案子。"

"就是啊！真压抑。要是我也只是候补就好了……候补陪审员就算中途缺席，应该也不碍事吧。"女子越聊越起劲。

"我在报纸上看过这件案子。"

"是吗？我倒没印象。也许是忘了吧。"说着，女子突然转换了话题，"会不会有规定说我们不能互相透露自己的名字呀？"

"肯定没有吧，毕竟每天都要碰面，要是一直都不说名字也挺奇怪的。我叫山咲里沙子。"

"我叫芳贺六实，请多指教。"

六实点头行礼，里沙子也赶紧回礼。

"你是从事……"里沙子正想问对方的工作时，工作人员请大家尽快回到评议室。里沙子和六实对视了一眼，同时露出无奈的表情，走了回去。

在工作人员的引领下，刚选出来的陪审员列队跟在审判长、法官身后走进法庭。里沙子向另一位同样也是候补陪审员的女士轻轻点头，打声招呼。

一走进法庭，里沙子便被肃穆的氛围震慑住了。"好想回家……"里沙子刚坐下就产生了这个念头。旁听席约有四十个位子，大半都有人落座。分不清是兴奋还是紧张，里沙子觉得这里充满了从未体验过的氛围。"如果我是坐在那里，感觉肯定不一样吧。"她这么想着，瞄了一眼旁听席，恰巧与某位旁听者的视线对上，里沙子赶紧低头。

看起来像是律师的一男一女前面坐着一名女子。"啊，她就是这起案件的被告人。"里沙子想。

全体起立，审判开始。法官要求被告人往前站。

里沙子直瞅着站在面前低着头的女子。她穿着白衬衫搭配灰色长裤，一头微卷长发掩住了她的脸。法官询问她的名字与出生年月日时，她总算抬起头。

"安藤水穗，一九七四年五月十日生，无业，住在……"

是位皮肤白皙、长相端正的女子。细长的双眼、直挺的鼻梁、薄薄的嘴唇，要是化了妆的话，肯定更好看吧。里沙子这么想着，从女子身上移开了视线。

认识她的人都无法相信她会做这种事。邻居接受电视台采访时也是这么表示的。"她人很好啊！怎么可能做出那种事？""她很有礼貌，见到人都会打招呼……"

里沙子现在也是这么想，因为面前这位叫安藤水穗的女子看起来和一般人无异，或许正因为如此，里沙子才感到恐惧，以至于无法一直看着她。

她真的就是一般人。如果自己在周遭净是素昧平生之人的场合下，遇到这位名叫安藤水穗的女子，里沙子也许会主动向她搭讪，因为两人年纪相仿，她长得又秀丽。

不过，正因为她看起来很普通，才让这起案件在里沙子心中多了许多真实的色彩。案发当时，这位名叫安藤水穗的陌生女子双手抱着婴儿，那股温热感、柔软感，像切身记忆般在里沙子的双手间扩散开来。她的耳畔仿佛回荡着婴儿的哭声，那肆意的、永远也不会停止似的哭声。浴室的湿气与味道，甚至连脚底踏在毛巾上的触感都能感受得到，就像自己正抱着一个哭个不停的婴儿，站在那里。

接着，双手突然感受不到婴儿的重量了，眼前只剩十指张开的双手。

里沙子紧闭双眼，又睁开，跃入眼底的是日光灯照射下的房间和一堆陌生面孔。

振作点啊！里沙子像在说给自己听。已经开始了，所以无法中途下车。

文香在做什么呢？里沙子边听着行使缄默权的说明，边思索。昨日午后自己和文香一起前往儿童馆的记忆竟像是遥远的回忆，一段不可能重返的往日时光。

对于审判一事，里沙子可以说是门外汉。虽然听过简单说明，也读过相关书籍，却还是没什么概念，她只好集中精神，听着审判长说些实在听不太懂的话。坐在水穗对面的检察官——那模样让人想起连续剧里常会出现的女强人，穿着合身的条纹西装，年纪应该是四开头的——滔滔不绝地说着话。里沙子没想到，检察官的话自己居然都听得懂。

女检察官再次强调水穗是蓄意杀人。

水穗的女儿凛生于二〇〇八年十二月。虽然夫妻俩开开心心地迎接新生命的到来，但水穗表示，回家后，凛连续好几天都吵闹着不睡觉。被女儿折腾得痛苦不堪的她甚至抱怨自己根本不想生小孩，这是把凛接回家后不到一个月的事。

丈夫也尽力帮忙照顾孩子，但惨剧发生之前，刚好他任职的房地产公司内部改组整编，而他又要忙着准备资格考试、加班等，常常很晚才回家。尽管公司内部调动与资格考试都是水穗生产前就发生的事，但她总是埋怨丈夫不帮忙，怨叹自己的人生被逼得乱七八糟。由于水穗和原生家庭相处不睦，丈夫只好向自己的母亲求援。婆婆来帮忙带过好几次孩子，但水穗频频以"她嫌我抱小孩的姿势不对""再这样下去就要被那个人吃得死死的了"为由，拒绝婆婆帮忙。

凛逐渐长大，却总是不肯乖乖睡觉，哭闹不停，怎么吃都还是瘦巴巴的。种种育儿挫折让水穗失去了自信，也就对女儿萌生恨意，总想着要是没有生她的话，自己就可以过上想要的人生了。

丈夫回家不是看到女儿躺在卧室的床上哭闹，妻子却坐在客厅看电视，就是凛晚上哭泣，水穗却一副想逃离女儿似的样子躲到别的房间。丈夫看在眼里，实在很担心，提议向家庭援助中心或是当地帮扶团体申请托婴、保姆之类的协助，却遭到了水穗的拒绝。丈夫只好牺牲周末，帮忙带小孩，尽量让水穗有喘息的空间，但情况却始终未见改善。

凛六个月大时，丈夫发现女儿的脚和屁股上有掐、打之类的伤痕。水穗在丈夫的质问下坦白自己曾经对孩子施虐，也保证不会再犯，但那之后女儿身上还是频频出现抓痕、红肿之类的伤。担心不已的丈夫向朋友倾诉烦恼，也听从友人的建议申请了保健师上门访问，访问日就订在八月十二日，也就是惨案发生的两天后。

水穗以"婴儿比想象中更难照顾"这样幼稚又自私的理由，放弃为人母的责任。而且一想到女儿越长大就会越有主见，也就越不受控，她对凛的恨意更深了。再者，她很害怕别人察觉自己厌烦照顾孩子一事，所以强烈排斥婆婆和其他人的介入与援助。

从惨案发生后水穗和丈夫的对话，以及案件发生前，她一如平常地做家务，还和朋友通过电话来看，她不是没有能力判断自己做了什么事，也不是缺乏自控力，没办法克制自己的冲动。

身穿西装的女士利落地念着这篇偶尔蹦出几个生僻字的文章。与此同时，里沙子在脑中整理要点，在资料一角记下了笔记。她倒不是想积极参与审判，只是想站在自己的立场理解这起案件。

里沙子听着检察官铿锵有力的陈述，不由得想起一些事。

当年文香在医院出生，那一刻，阳一郎感动得大哭。里沙子看到老公的样子，顿时有种自己总算完成了一项艰巨任务的心情，也激动得哭了。一旁的护士和医生怔怔地看着号啕大哭的夫妻俩。

产后第五天，里沙子带着标准体重的文香出院，回到了当时住的地方。阳一郎叫出租车送她们回家后，便赶回公司处理事情。

和一个几天前还根本不存在的小家伙独自待在熟悉的家，那种奇妙的感觉里沙子到现在都还记得很清楚。

她当然已经有心理准备迎接新生命的到来，虽然准备工作称不上完美，但细节都注意到了，婴儿床、襁褓、玩具、奶嘴、奶瓶和婴儿车等一应俱全。但她还是觉得很奇妙，毕竟一个星期前离开这里时，这个孩子还没出现在这世上。而现在孩子就在这里，充满新鲜感地看着身边那些早已融入她生活的东西。哎呀，她应该能看见那些东西吧？要是眼睛看不见，可就麻烦了。

想到这里，里沙子就觉得眼前朦胧映着的室内光景，那电视屏幕、餐桌、装饰在柜子上的照片，在自己眼中仿佛也成了一番新鲜的光景，而且那种新鲜感令人感到毛骨悚然。

乖乖躺在婴儿床上的宝宝突然哭了，纤细微弱的哭声紧揪着里沙子的心。她赶紧抱起婴儿，好好安抚。本以为这下应该不哭了，没想到婴儿的脸却越来越扭曲，哭到脸逐渐涨红。

里沙子赶紧袒胸，让婴儿含着乳头，无奈她还是哭个不停，里沙子只好让婴儿躺在地板上，确认是否要换尿布，结果尿布没湿，也没有便便。里沙子又抱起文香，一边"怎么办，怎么办"地喃喃自语，一边安抚她。颤抖的声音，让里沙子发现自己正恐惧不已。

怎么会这样？里沙子极力否定这种情绪。为什么要觉得害怕呢？期待已久的小生命终于来到了这个家，怎么会觉得害怕呢？未免也太奇怪了。

她这么告诉自己，试图稳定心绪，可这股恐惧感却越来越强烈。在医院结识的渊泽太太、宫地太太，还有其他人应该都回家了。大家一定都自然地扮演起了母亲这个角色，可以得心应手地安抚婴儿，让小宝贝不再哭泣吧。

"真是不可思议呢！"比里沙子早三天生下孩子、准备出院的宫地太太神情恍惚地说，"明明一直担心自己连孩子都抱不好，结果一下子就抱得很顺手。看来我们的体内都潜藏着母性本能，孩子一出生，那本能就发挥效用了。"

"是吗？那我就放心了。"待产的里沙子和一位刚顺利生下早产儿、孩子正待在新生儿室的母亲闲聊，"一定也可以挤出很多乳汁的，因为我们有母性本能嘛，所以一定没问题的。"

里沙子想起自己说过的这些话。在她忙着哄孩子的这段时间里，太阳不知不觉西沉了。孩子却哭得越来越厉害。屋内的餐具柜、电视、阳一郎脱掉的袜子和随手摊放的报纸，都闪耀着金色轮廓。好可怕，好想逃出去，好可怕。里沙子边听着拼命往耳朵里钻的哭声，边这么想。

过了一会儿，孩子像是哭累了，睡了过去。里沙子将睡着的孩子放在婴儿床上端详起来，那如同花瓣的小嘴微张；窥看她的耳朵，明明身体还这么娇小，精巧的皱褶就已经延伸到了耳朵的最深处；打开她轻握的手，已经有了清晰的掌纹；不但会长牙，指甲也会变长。想到这些，里沙子害怕的心情瞬间消失得无影无踪，内心总算涌起了收获小生命的喜悦。屋内开始变暗，但要是开灯，怕会吵醒孩子，所以里沙子没有开灯，她用手指轻抚文香的额头，小婴儿蓬松的头发异常柔软。"你是我的孩子，谢谢你来到我们家。"

总算感受到了，这就是宫地太太说的那种心情吗？太好了。看来自己体内也有着母性本能。

出院那天的奇妙心情，那种令人毛骨悚然的新鲜感、恐惧感瞬间消失，里沙子随即开始了忙碌的育儿生活。晚上总是被婴儿的抽泣声吵醒，明明躺在婴儿床里的文香正哭泣着，睡在同一间房的阳一郎却还能睡得很熟。里沙子喂文香吃奶，文香却还是哭个不停，心想明天还要上班的老公要是被吵醒也挺可怜的，于是里沙子走出房间，在昏暗的客厅安抚孩子。好不容易哄好了，可一放回婴儿床她就又开始哭泣。婴儿的工作就是哭，里沙子如此安慰自己，又抱起孩子。结果这样搞得里沙子睡眠不足，身心疲累至极，她不由得怀疑：这孩子是故意欺负我吗？文香会不会在想"我绝不让你这家伙好好睡"呢？里沙子认真地怀疑起来。

但一早起来，她又为自己的胡思乱想感到可笑，因为婴儿双眼清澄，怎么看都不可能有这种坏心眼。

终日睡眠不足加上疲劳过度，里沙子频频出现类似贫血的症状，于是趁文香满月体检时，自己也顺便问诊。医生建议别让孩子睡婴儿床，让她躺在母亲身边一起睡。果然，文香半夜哭闹的频率减少了许多，但里沙子只要稍微翻身，文香就会醒来哭个不停。里沙子只好侧躺，像让文香听心跳一样搂着她，但不能随意翻身的后果，就是里沙子根本无法熟睡。

里沙子看着低头坐在右侧的安藤水穗，头发遮住她那没有化妆的脸，看不见她的表情。"你一定也很辛苦吧。"里沙子心想，"其实稍微忍耐一下就能撑过去了啊！婴儿阶段一眨眼的工夫就过去了，难道你的体内没有母性本能吗？"

接着是律师的陈述。坐在水穗身后的一男一女中，那位头发花白的男子起身面向里沙子等人。

他看着陪审员们，指手画脚地开始讲述。虽然这在里沙子看来有几分刻意，但他的陈述十分容易理解。

二〇〇四年秋天，水穗经由朋友介绍，结识了丈夫寿士。翌年初春，两人打算结婚。六月登记结婚，小两口在东京市区内的出租公寓里开始了新婚生活。那时，水穗任职于进口食品公司，寿士则是在运动用品店工作。

婚后还不到一年，两人的关系便出现了裂痕，起因是比起家庭，寿士更看重自己的兴趣与朋友。每次水穗想要和他谈谈，寿士便一副火冒三丈的样子，大声咆哮。虽说两人交往时间不长，但印象中，寿士是个性格沉稳、脾气很好的人，所以水穗十分诧异丈夫婚后的改变，惊惧不已。有时寿士喝醉夜归，两人因此发生口角，丈夫还会爆粗口。

婚后第二年，水穗一直没有怀上孩子，婆婆开始担心媳妇的身体有问题。于是水穗在丈夫的陪同下，一起去妇产科做了检查。当医生说其实夫妻俩的身体状况都很正常时，水穗心想，或许有了孩子，就能够改变寿士的生活作息，改善夫妻关系，于是主动向丈夫提出想要孩子的心意。寿士只说，如果水穗想在孩子长大前辞去工作，专心育儿、操持家务，自己就要换个收入较高的工作。至此，两个人对要孩子的态度都变得积极起来。他们接受专业咨询，看了三次门诊后，水穗顺利怀孕，于二〇〇八年十二月生下女儿凛。

可水穗没想到自己的期望落空了。她和刚出生的孩子出院回家后，丈夫还是经常不在家，理由是被孩子整夜整夜的哭声吵得无法入眠，影响工作。寿士倒也没有完全不照顾女儿，却也仅止于心血来潮，所以实在没帮上什么忙。再者，水穗很怕丈夫大发雷霆，不但不敢提出任何意见，也不敢向丈夫倾诉烦恼。

至于水穗为什么没有向丈夫以外的人求助，而是全都闷在了心里，也有她的理由。

不论婆婆，还是体检时的保健师，都和水穗说，她的女儿在情感表达方面似乎不如同龄孩子那么丰富，有些发育迟缓。这些无心的批评让水穗深感迷惘，她也变得对别人的意见感到不安，甚至开始怀疑自己不如其他母亲。因此，她不敢向相关政府单位、专业保姆等咨询，怕只会换来更多批评，久而久之就放弃寻求外援了。

在只有婴儿相伴的孤独日子中，感觉自己被逼至绝境的她曾向学生时代的几位朋友求助；虽然有育儿经验的朋友曾去她家拜访，听她诉苦，并给予了一些建议，却还是无法减轻水穗内心的重担。

就算孩子哭个不停，也没有抱起来哄慰的力气。水穗向好友坦白自己没有自信能照顾好孩子，好友觉得她可能患上了产后抑郁症，建议她去看心理医生。六月时，水穗去了自家附近的诊所，挂号时她想到，丈夫要是知道了这件事肯定会暴怒，于是，担心被臭骂的她临阵退缩，打道回府了。此外，案件发生约一个月前，水穗通过丈夫的手机发现他和前女友又开始往来了。万一寿士要求离婚，只剩自己和女儿相依为命，又该如何是好呢？水穗想到这些，更加忧心了。

水穗不太记得案发当天的情形，只记得寿士发来信息，说马上到家。水穗心想，得赶在丈夫回来之前帮女儿洗好澡才行，所以去了浴室。但当时是在重新放洗澡水，还是在加热，现在她已经想不起来了。接着凛又开始哭闹不停，害怕惹恼寿士的水穗只能一边哄女儿，一边察看洗澡水准备好了没有。再之后的情形她就完全不记得了。一回神，她才发现寿士正用力摇着自己，耳边响着丈夫怒骂自己想要杀害女儿的吼叫声。被育儿的疲累逼得喘不过气的水穗并没有杀害女儿的意思，她只是已经不知道自己在做什么了，在抱着女儿的手松开时，她无法控制自己。

律师表示，检方之所以没有掌握这段细节，是因为在案件调查阶段，水穗觉得不管说什么都无法改变自己杀了孩子的事实，所以没力气为自己辩驳，她只是在取证官的有意引导下被动地回答问题，给出了并不是出于自我意志的供述。

在资料上记笔记的里沙子抬起头，看向水穗。她依旧低着头，头发遮住了脸，看不见表情。

里沙子没想到控辩双方的意见竟有如此差异。但仔细想想，这也是理所当然的，被选为陪审员的人都知道这种事吧。里沙子这样想着，瞅了一眼身旁的男子，无奈他面朝前方，看不见他的表情。

刚才女检察官那番陈述将水穗说得像是恶女，现在听到的律师说明却又让人觉得她是个可怜又柔弱的母亲，就算她那不体贴的丈夫成了被告也不奇怪。

问题是，会有这种事吗？里沙子不停地思索。仅仅是丈夫不够体贴，医护人员又说了让她深感不安的话，就能让水穗受伤到这种地步，导致她拒绝任何人的帮助吗？

　　想到这里，里沙子差点"啊"地叫出声来。倘若这里不是法庭的话，她恐怕真的会叫出来吧。

　　好几个声音重叠着在她的记忆中浮现。

　　"只要让宝宝吸一下乳汁就出来啦，很简单的。""你该不会偷吃了巧克力吧？""不能因为怕痛就偷懒不按摩哦！"

　　为什么忘了呢？怎么会忘了呢？

　　从法院回家的路上，里沙子回想着这些事。一旦忆起，忘记的事就会像串珠般接连不断地蹦出来。

　　生产前，里沙子参加了社区里开设的"妈妈教室"——实际上是"准妈妈教室"。不论是那里，还是后来负责接生的医院，都鼓励母乳哺育。听说喝母乳长大的婴幼儿更不容易有哮喘之类的毛病，而且母乳可以促进孩子脑部发育。对母亲来说，也会因为哺乳而降低罹患乳腺癌、子宫癌的概率。医院也提出了一些精神层面的观点，总之，哺乳可以让母子之间的联系更深，母亲可以感受到身为人母的喜悦，而且孩子就算长大后，也会清楚地记得被母亲抱在怀里、吸吮母乳的感觉。

　　生产之前，里沙子对这些事都没什么特别的想法，只是想："噢，原来如此啊，既然这样，那就给宝宝喝母乳吧。"既没有绝对坚持，也没有排斥。

　　无论是"妈妈教室"还是医院，都有教准妈妈如何按摩乳房的课程。里沙子学完后一直坚持在做，因为做起来很轻松，也很自然，就像怀孕后会变得不想吃刺激性的食物一样。

生产后，起初也没有什么恼人的问题，虽然按摩乳房、疏通乳腺时痛得直流泪，但乳汁马上就能顺畅地分泌了。"对了，那是哪次复诊时的事来着？是产后一个月，还是更久一些？"里沙子忘了具体的时间，只记得那次医生说，因为摄入的母乳不足，所以婴儿的体重没有增加。

当时她觉得没什么大不了，心想有足够的母乳当然最好，如果真的没办法，至少还有配方奶这个选项，但她明白这么想不太好。

于是，里沙子一听说有促进乳汁分泌的饮食方法，就会乖乖尝试；听说生奶油和巧克力有碍乳汁分泌，不论多想吃也会忍住口腹之欲；听闻坐月子时不能着凉，就让自己穿得像冬天的登山者一样厚重，还在身上贴了好几个暖宝宝贴；听说花草茶对身体好，也赶快买了回来，喝到恶心为止。只要一预约上，里沙子就会跑到生产时的那家医院复查乳房，也忍痛按摩胸部，还大老远地跑去逗子市参加哺乳育儿讲座。

"母乳能促进孩子的脑部发育。"第一次在"妈妈教室"听到这句话时并不觉得可怕。但后来里沙子好几次想起这句话，竟深感恐惧。因为"脑部发育"这词比子宫癌、哮喘等疾病听上去更令人害怕。要是孩子因为自己成了笨蛋，那怎么办？要是因为我的问题，孩子不会念书、功课很差，怎么办？要是因为我……

"其实配方奶也不差。"身边从没有人这么说过。但我记得婆婆或是"妈妈教室"的讲师说过："只要让宝宝吸一下乳汁就出来啦，很简单的，母亲的身体就是这种构造。""不能因为怕痛就偷懒不按摩哦！"说这话的是保健师，还是护士来着？"你该不会偷吃了巧克力吧？"这句话我记得，是老公说的。明知这句是玩笑话，那时还是气得想要离婚。

大部分朋友采用的都是母乳哺育。"有一次我忍不住偷吃了芝士烤菜，结果乳汁突然没了。后来每餐都吃山药，才终于恢复正常。"里沙子听到朋友的亲身经历，立马跑去买了山药。"我是没有乳汁出不来的困扰啦，可是胀奶胀得痛死了。"也有朋友这么说。但比起在疼痛上的共鸣，里沙子反而对那句"没有乳汁出不来的困扰"更加耿耿于怀，羡慕到有些憎恨的程度，甚至因此减少了和这位朋友的往来。

在产后将近一年的时候，里沙子才终于想通了，觉得搭配配方奶给孩子喝也行。起因是什么呢？里沙子回想那时的事，却怎么也想不起来了。可能是带宝宝回医院体检时，偶然遇到了对母乳抱有偏见的母亲吧。对了，还遇到过聊不到几句就突然哭出来的年轻母亲。她是为什么哭来着？应该是因为乳汁分泌不足吧。对了，记得在体检时，有位年纪比较大的护士对她说："这孩子的表情好像没有其他同龄孩子那么丰富呢，怎么回事啊？是不是看电视的时间太长了？"那位年轻母亲好像是因为这番话而哭的吧？

不对，那个听了这番话哭泣的人，是另外某个母亲，还是我自己呢？

自己的记忆竟然如此模糊，里沙子虽然觉得惊讶，却也能理解。因为那段日子忙碌到脑海里的记忆都斑驳了。除了为哺乳烦心之外，还要成天担心孩子会不会一不小心从沙发上摔下来，还曾被孩子上吐下泻的情形吓得六神无主，不然就是孩子高烧不退，只好深夜直奔医院挂急诊。虽然阳一郎多少会帮忙，但他白天上班不在家，又常晚归，里沙子难免觉得沮丧、绝望，感觉自己孤立无援。撇开这些不谈，晚上要是不睡在女儿身旁，她就哭个不停，所以里沙子总是处于睡眠不足、脑袋昏沉的状态。

里沙子想起同样生了孩子的朋友们。她们有些是里沙子上学时的好友，有些是同事。其中一位比她早一步生下孩子的朋友说过："我们家这个特别好养。人家不是说孩子出生后好几个月，母亲都得每隔两三个小时起来喂奶吗？可我们家这个不但晚上很少醒，白天也不怎么哭呢！"

里沙子总觉得对方该不会是在暗讽"你们家孩子很奇怪"吧？若非如此，实在不明白这种事有什么好骄傲的。后来，对方又说："我还有点担心呢，据说小的时候太乖，长大了反而会变成问题儿童。"里沙子下意识地想："那就变成问题儿童好了。"随后，她又对自己的这种想法感到错愕，努力想要抹去这个念头，却始终无法完全消除。

从霞关经银座到上野换乘 JR 线 ①，不到一个小时便到了浦和站，从浦和站到公公婆婆家还要再搭十五分钟的公交。不论是在上野换乘的 JR 线还是后面搭乘的公交都很拥挤。

离开法院时已经四点多了，真是漫长的一天。

"什么？！被选上了！"婆婆这声喊叫让里沙子猛然回神，意识

---

① 日本铁路公司（Japan Railways）下属线路的简称。该公司前身是日本国有铁道，后转为民营，拥有日本规模最大的铁路网。

到自己该回家了。此刻，她已经累到快昏倒了。

里沙子不明白自己为什么会被选上。因为和被告立场相似，所以无法做出公正的判断——难道——自己在面试时没把这点表达清楚吗？站在那些西装革履、平常不可能有交集的人面前，里沙子突然吐不出半个字。那种紧张感让她回想起了毕业应聘时的场景，每个问题自己都回答得前言不搭后语。面试过后，里沙子更加坚信自己不会被选上了。可没想到紧接着就在公告栏上看到了自己的当选号码。

"不过，是候补陪审员。"里沙子赶紧解释。

"候补陪审员？"

"不是正式陪审员。只有正式陪审员突然因病缺席之类的情况发生时，才需要替补上去履行陪审员的职责。就和'替补选手'一样。"里沙子解释道，"不过就算正式陪审员无人缺席，候补陪审员也得每天到庭，聆听审理经过。"里沙子又补充说。她一边说明，一边想着要是被问到审理的是什么案件，该如何回答。这时，客厅里传来动画片的声音，还有文香跟着哼唱的歌声。

里沙子不想和婆婆讨论这起案件。想要撒谎，却又不知道这世上究竟都发生着什么案件。

"不好意思，从明天开始要麻烦您照顾文香了。"

里沙子深深行礼，只想赶快结束这个话题。

"留下来吃个饭再走吧。"

"不用了，我直接回去就好。"和公公婆婆聊了将近二十分钟后，里沙子带着文香再次回到浦和车站，已经晚上七点多了。无论是往新宿还是西国分寺的电车，车程都要一个小时左右，感觉还是搭武藏野线到西国分寺比较快，于是里沙子决定在南浦和转车。终于抵达离家最近的吉祥寺站后，里沙子走进还在营业的超市买了点东西，之后又搭上拥挤的公交，八点半才到家。

幸好武藏野线的电车很空，还有位子坐，于是，在公公婆婆家吃过饭的文香睡了一觉。里沙子也是在车上收到了阳一郎的信息，说自己九点过后才回家，晚餐简单弄一下就行，要是没空，叫外卖也行。

路上醒来时，文香还吵闹得很欢，结果回家一上床就睡着了。里沙子本来想帮她洗澡，但想想还是先弄晚餐好了。于是连衣服也没换，洗了手便走进厨房。

里沙子迅速煮了味噌汤，撕碎蔬菜做了沙拉，还用高汤烫了菠菜。将买来的可乐饼和猪排移到装有卷心菜丝的盘子里时，她突然觉得饥肠辘辘。

"啊！忘了煮饭！"

里沙子不由得惊呼，赶紧淘米，放进电饭锅。

难不成今后每天都是这样吗？站在电饭锅前的里沙子思忖着。

饭起锅时，阳一郎刚好回来。"你回来啦！"里沙子边朝走廊那头喊，边摆餐具。

"没想到你还真的被选上了！"

"我到现在还是眼前一片空白。"

"一片空白是形容脑子的吧，眼前应该是一片黑暗。"

"一样啦！眼前是白的，脑子是黑的，反正都是形容心情很绝望。"

两人将啤酒倒入玻璃杯，干杯后开始吃饭。

"可是你不是候补吗？候补的意思，不就是有缺才需要补？"

"是啊，但还是每天都得去……不过比正式的好，听上去更容易请假。"

"你又不懂什么法律，能听懂他们在说什么吗？"

"听得懂啊。我听法官说，原本法庭上讲的都是专业术语，但自从采用陪审员制度后，就都改用浅显易懂的话说明了。"

里沙子突然噤口，开始犹豫。她一方面想和阳一郎聊聊这起案件，一方面又有些抵触。之前买的那本书里写了，陪审员可以和家人聊陪审的案子。今天在法院也有人问了相关的问题，法官表示只和亲友叙述案件本身是没问题的，只要不涉及法官和陪审员的评议内容，或是发表自己对于有罪无罪的看法、听取对方的意见就可以。

那为什么会抵触呢？里沙子自己也不明白。是因为自己都还没厘清思路吗？还是担心这个话题会让人心里不舒服呢？但她终究无法保持沉默。

"那个案子啊，是关于虐童的。"

里沙子说。

"咦，这些事，讲出来没关系吗？"

阳一郎一口饮尽啤酒，这么问。

"讲是没关系，不过你要是不想听，我就不说了。"

里沙子起身，又从冰箱拿了一罐啤酒，给阳一郎和自己的杯子里都倒上。她一面倒酒，一面思忖着要是老公说他不想听，自己要怎么回应。

"也不是不想听，只是还以为有保密义务之类的。"阳一郎说。

里沙子想了一下后，讲述起来：

"你还记得吗？这个案件去年还上过报纸呢。说是有个三十多岁的家庭主妇，把孩子扔进浴缸里淹死了。"

"咦？没印象啊，每天都有虐童新闻，昨天又有一起啊！好像是小孩被母亲的情人给打了什么的。"

餐桌上霎时一片寂静。

里沙子想要回忆起今天的事，内心深处却很排斥。起诉书上那些被逐一念出的字句仿佛全都崩解、消失，变得模糊了，唯独罪行、杀人等字眼牢牢地黏附在耳朵里。

"我真的不懂审判，可是检察官和律师，他们讲的完全不一样啊。"

结果里沙子只能模糊地想起一些事，也无法表达清楚，说出来的和脑子里想的完全不一样。这还是她第一次有这种感觉。

"这是当然啦！检察官是主张被告有罪，律师是替被告辩护，所以立场完全相反，不是吗？这不是谁都知道的事吗？"

是啊，这是谁都知道的事。里沙子的视线落在面前的盘子上。重新热过的炸猪排和可乐饼的面衣变得软烂，看起来一点也不美味，为什么要买这种东西呢？

"这方说 A，那方说 B，到底是哪一方说谎呢？"明知阳一郎会对这种幼稚的疑惑很无语，里沙子却很想知道答案。

"这不就是你们接下来要查清楚的吗？"

阳一郎随口回应着，用筷子夹了一块可乐饼。

周围安静得只能听到阳一郎的咀嚼声。两人同时沉默，里沙子莫名地觉得气氛有些紧张。

"对不起。"里沙子道歉。

"怎么了？"

"其实你不想听这种事吧。"

"倒也不是不想聊这件案子，我明白你第一次碰到这种事，难免会有很多不安，所以没什么好道歉的。"

无论是检察官还是律师的陈述都让里沙子听得很痛苦，也时常恍神漏听。里沙子并不想看向水穗，可又没法不在意她。每当看向她时，她总是正面无表情地看着地面。里沙子很想把这些琐碎的记忆全都和阳一郎分享，但还是没能说出口。

"吃饭吧。"

阳一郎起身，又添了一碗饭。里沙子看着自己的盘子，手握筷子，却没有夹起可乐饼或卷心菜丝。明明刚才觉得很饿，现在却没了胃口，只是吃着凉拌青菜，喝着已经变温的啤酒。

"老实说，我一想到明天还要去，就觉得心情沉重。"

"那就不用操心晚餐啦，要是我早点回来，我来做也行，或是去外面吃也行。"

"也对，谢啦！"

"你在家里待了这么久，就当这是个重返社会的机会，努力体会一下吧。"

"什么重返社会啊！"

里沙子笑了。不过想想也是，之所以觉得疲累，并非因为这是一起令人心情沉重的案子，而是因为自己一直待在家，能说话的对象只有文香和住在附近的母亲们。虽然和老同事们还有信息往来，但极少相约碰面。和社会如此脱节的自己突然去了法庭那种地方，心里难免会有负担。

"可以开电视吗？"

"啊，对了。小香还没洗澡呢！"

"是吗？那我先帮她洗。"

"她肯定会闹的。"

"没事没事。"

阳一郎将手上的遥控器放在茶几上，走向走廊。"小香，小香！和爸爸一起洗澡啦！"传来阳一郎装可爱的声音。

里沙子起身，将自己这份几乎没动过的餐盘端进厨房，想着可以当作明天的早餐。她低头看着手上的盘子。"明天要几点起床呢？今天又是几点起的？起床后，换衣服、化妆……明天要穿哪件衣服出门？"里沙子一边想，一边将盘里的菜肴倒进了厨余垃圾桶。

"啊！"

倒掉后，才想起原本这些剩菜要当作明天的早餐。

"我是如何看待安藤水穗这个女人的呢？"里沙子趁阳一郎陪文香睡觉，边泡澡边独自思索着。就算不愿想起来，脑中还是会浮现她那张没有化妆的脸。

水穗始终低着头，所以看不见她的表情。法官念完起诉书之后，问她有没有什么话要说，她悄声回答没有。或许是认识到了自己犯下的错，觉得不可能无罪脱身吧。还是因为……

泡在浴缸里的里沙子站起来，低头看着摇晃的水。膝盖以下还浸在水里，加入了沐浴剂的混浊的洗澡水泛起大波。

安藤水穗也是像这样在浴缸里放满了水吗？为了溺死孩子……她是专门为了溺死孩子而放的水呢，还是用了前一天用过的洗澡水呢？

明明这种事根本无关紧要，里沙子却无法停止思索。孩子是被扔进了干净的水里，还是前一天泡过的混浊洗澡水里呢？

里沙子感觉内心的恐惧被唤醒了，赶紧走出浴缸。分不清从额头淌下的是水滴还是汗；她将水温调低，冲了一下澡，离开了浴室。

瞧了一眼卧室，阳一郎和文香都睡着了。面对面地睡着的父女俩，连蜷缩的睡姿都很像，搁在两人中间的毛毯卷成一坨。

里沙子关掉浴室和厨房的灯，设定好六点的闹钟，帮文香重新盖好毛巾被后，躺在她旁边。一闭上眼，脑海中便浮现出今天看到的各种景象。不同年龄层的男男女女坐在旁听席上，自己还和其中一个人对上了视线；法官那一身黑袍；各位陪审员的衣着样式、眼镜、戒指等；还有安藤水穗那张脸。

睡不着，想着要不要开个空调，又怕习惯踢被子的文香会感冒。

不，睡不着不是因为闷热。

里沙子蹑手蹑脚地起身，走出卧室，经过昏暗的走廊走向厨房。因为窗外的光，室内没那么昏暗。里沙子没开灯，打开冰箱拿了一罐啤酒，倒入刚才的玻璃杯。

"要是不快点睡觉，明天开庭时搞不好会睡着。坐在那里打瞌睡的糗样，从旁听席可是能看得一清二楚。所以赶快喝个精光，早点入睡吧。"

里沙子站在昏暗的厨房里喝着啤酒，冰凉的感觉让她心情舒畅。

明明不想胡思乱想，结果一回神，里沙子又想起文香八个月大时的事，仿佛昨天才发生似的，其实已经是两年前的事了。那时，常有不认识的人夸赞文香是个粉嫩可爱的小女孩。对了，那时一直还不会坐的她，突然学会坐了。里沙子想起，看到女儿像大人一般坐着时自己不由得笑了。那时的文香就像个跟屁虫，紧黏着里沙子。阳一郎不在时，里沙子连上洗手间都不敢关门，因为文香看不到她就会大哭。如此柔软、娇小，还不会走路，有着清澄双眼的生物——竟然将这样的孩子——不行，今天不能再多想了。

里沙子大口喝光剩下的啤酒。

公审第二天

里沙子望着阳台外的天空，这个时节，早上六点天就很亮了。虽然一直都是六点半起床，但她从没留意天色是否明亮。

穿着睡衣的里沙子梳洗完毕后，为阳一郎与文香准备早餐，做了蔬菜沙拉、煎蛋卷，煮了一锅味噌汤。一如往常弄好一切后，静静地走向卧室，挑选外出服。里沙子明知动作得快一点，但就是犹豫着不知道穿什么才好。最好避免穿领口有绲边或颜色偏亮的衣服，但若选黑色、深蓝色又怕像是丧服，实在很难决定。最后里沙子挑了一件米色衬衫和深蓝色长裤，在盥洗室匆忙化妆。

她瞄了一眼时钟，确认时间还算充裕后，从咖啡机取了一杯咖啡，站在厨房啜饮。五分钟后，必须叫文香起来吃早餐，还得叫醒阳一郎。一想到接下来要面对的事，里沙子的心情就莫名沉重，但想到自己还能站在寂静的厨房喝咖啡，她又感到不可思议而安闲。结婚前，自己一个人住时，屋子里总是像现在这样安静，但那种感觉不太好，里沙子立刻否定。那时的一切就像半个世纪前一般遥远，自己那时的确常像现在这样独自啜饮咖啡；不，应该说无论做什么，如果独自一人身处在这样的寂静之中，她的心情总是无法平静，不安又胆怯，总觉得少了什么。

好了。里沙子轻呼一声，准备叫醒文香，心中默祷这孩子别闹别扭、别哭闹才好。

带着文香搭公交前往 JR 车站，转乘两次电车抵达浦和站，从车站搭公交到公公婆婆家时，还不到八点半。想赶快将文香托给公公婆婆，打声招呼就走，没想到和婆婆站在玄关聊了起来，对话迟迟无法结束。"还真是辛苦啊！到底是什么样的案子啊？难道不能说不做了吗？不会啦！不麻烦啦！我们很希望小香能留下来过夜呢！可是啊，她肯定哭闹着要回家……"

"喂，里沙子不是赶着要去法院吗？你这样讲个不停，她就没办法走啦！"

公公从最里面的房间走出来说道。结果这次换文香大哭，里沙子向二老频频行礼致谢，赶紧离去。天气很热，公交和电车上倒是冷得让人起鸡皮疙瘩，但一出了车厢又马上冒汗。里沙子早已忘了这种温度差，不对，几年前还在上班时，并没有这么夸张吧。上班族到公司开始一天工作的时候，八成心情还不错——里沙子抓着公交的吊环想着。

从浦和站搭乘 JR 电车时，里沙子早已疲惫不堪。不知为何，昨天没有哭闹的文香今天却因为没看到妈妈，站在公公婆婆家的玄关大哭。里沙子怕赶不及，忙将文香托付给婆婆，飞也似的离开。

即使搭上电车，耳畔还是回荡着文香的哭声。随着乘客越来越多，痛苦程度倍增，孩子的哭声不知不觉远去了。

里沙子拿着昨天发的卡片走进大楼，在工作人员的带领下，搭上电梯，进入一个房间。虽然气氛和昨天一样冷漠无趣，但或许因为有窗户，人也没那么多，空间还蛮宽敞。

昨天那么努力做笔记，今天却不让大家拿出来。早上明明听过说明，里沙子却忘了。她以为至少做过笔记，不带回家复习也会有印象，但果然没有记清楚的东西，到了现场就是脑袋一片空白。

下午五点多，走出法院门厅时，天色还没暗，蝉鸣在炎热的暑气中显得格外嘈杂。里沙子走下通往地铁的楼梯，走向检票口时，瞥见芳贺六实站在通道角落里打电话。

里沙子犹豫着该不该和她打招呼。很想和她聊聊，哪怕一两句也行。除了那件案子，聊其他话题应该没关系吧。

上一次和六实短暂交谈后，里沙子想，要是时间充裕，应该会再多聊会儿吧。可惜当时的气氛不适合，毕竟明令禁止陪审员在法庭外谈论案情。或许正是有此压力的缘故，大家都很沉默。在评议室休息时，除了向法官提问，大家都是沉默地翻阅着手上的资料，刻意避免和别人视线交汇。在这种气氛下，实在很难和六实交谈，里沙子只好选择沉默。

这种感觉真的很不好。虽然并未禁止陪审员之间交谈，但也许大家都担心一不小心会触及案情。况且要是被谁撞见两人在交谈，还遭到误解，可就伤脑筋了。

里沙子决定假装没看到六实，继续往前走，走了十几米后，身后传来一声"山咲女士"。她一回头，瞧见六实拿着手机，快步追上来。

"聊几句应该没关系吧。"六实将手机塞进包里。

"其实我也很犹豫，要不要向你打招呼。"

"只是问问搭哪条线、坐到哪儿，应该没关系吧。"六实逐一确认似的说。

"我搭日比谷线到上野。"

"我在茅场町转乘。"

两人又陷入沉默，总觉得好像做了什么不该做的事，有点紧张。这种感觉实在很奇怪，里沙子忍不住扑哧一笑，六实也轻声笑了。

"其实只要不谈论案情就行了。"

"就是啊！"

两人通过检票口，走向站台。站台上站了不少乘客，不可能每个人都和这起案件的审理有关吧？里沙子环视众人。

"芳贺女士，你有小孩吗？"里沙子问。昨天彼此问了工作情况，还没问是否结婚、有没有孩子。

"记得山咲女士说，自己有个年纪还很小的孩子吧？我们家没有小孩，所以下班后比一般家庭轻松，我的工作也不用加班，生活算是挺规律。昨天不知为何觉得很疲累，就和我丈夫一起小酌几杯。今天要来法院，希望能赶在午夜前到家。毕竟结束这里的任务后，还有一堆工作等着处理呢！"

"你从事哪方面工作呢？"

"服装业。"

电车进站。两人和其他乘客一起上车，拉着吊环并肩而立。

"你是要去托儿所还是哪里接孩子吗？"

"去我公公婆婆家。还要换好几班车才能到家，不像芳贺女士那么规律，我的生活步调完全被这件事打乱了。"

"不过，幸好还有公公婆婆可以帮忙照顾一下。"

六实说完，露出想起什么似的表情，赶紧望向前方。

里沙子马上就意会了：可能是因为"公公婆婆"这个词，让她想起了法庭审判吧。的确，要是没意识到这一点，话题可能不会就此结束。搞不好会聊到那个人也是让婆婆，而不是让自己的母亲来帮忙之类。

"唯一的好处嘛，就是离我家最近的车站附近有一家超市，营业到很晚，晚一点可以买到便宜的打折小菜。虽然我平时习惯去的时段也有折扣，但还是没有打烊前便宜。"

里沙子刻意挑这种无关紧要的话题，但总觉得最后还是会绕到和审判有关的事。既然连聊天都要避开这、忌讳那，倒不如一开始就完全不要搭理对方，还比较轻松。不过，里沙子真的很想和六实聊聊，聊些和审判无关的闲事。

电车驶进银座站时，两人的面前有了空位。里沙子和六实对看一眼，一起落座。瞬间，一种仿佛一直身负什么重物似的疲惫感袭来。

"山咲女士今年贵庚？"电车驶出银座站，六实沉默片刻，问道。

"三十三。"

"是吗？好年轻呀！我三十七，快三十八了。认真想过到底要不要生孩子。"六实脱口而出的话，让里沙子有点不知所措。是太过小心不提审判的事，只好拿自己的事当话题吗？六实又说："虽然现在高龄产妇也不怎么稀奇，我们结婚也还不到十年，但是啊，几年前有人说我要是再不生就生不出来了。我也意识到自己就要到生育年龄的上限了，正烦恼着要不要干脆辞职生小孩呢！"

"是啊。"里沙子随口附和。她完全不明白六实想说什么，这话题又会联结到什么事。

"不过啊，我老公的想法和我完全不一样。"

"他不想要小孩吗？"

"倒也不是。"六实不太高兴似的皱眉，咬着下唇。可能是不知道要怎么解释，不知道该不该告诉我实情吧——里沙子心想。

"虽然这种事应该早点说，但要怎么说、什么时候说，拿捏不好就麻烦了。"

"嗯，的确。"

六实沉默，里沙子也没开口。到底是怎么回事呢？六实像是猜到里沙子的心思，又说：

"反正就是这么回事！不知为何又想起这个了。和审判内容无关，应该没关系吧？我说的不是审判的事，是我自己的事。"

原来如此，没有孩子的六实也会这么想啊！里沙子诧异地发现。

因为被告安藤水穗和自己年纪相仿，也有个年纪不同但性别相同的孩子，里沙子不免有感而发地想起很多早已忘却的事；虽然不知道男人是怎么想的，但她觉得不少女性听到这种事都会有所感触才是，好比结婚时的事、婚后生活，甚至是婚前、还不知恋爱是何滋味时的事。所以里沙子觉得，水穗就像是生活周遭会遇到的人。这件事没有发生在自己身边，这位名叫水穗的女人的生活，也与自己的生活无关，两人的生活水平和圈子都不相近，但里沙子就是觉得她离自己很近，近到就像在超市一前一后排队等着结账似的。

"居然和你聊起这种事，真是不好意思。我不是后悔没生小孩，怎么说呢？生不生小孩也是夫妻俩的自由啦！啊，到茅场町了。"

六实似乎对自己的失言很难为情，她迅速起身，向里沙子行礼道别后匆匆下车。里沙子拿出手机确认时间，婆婆发来两条信息，都附有文香的照片。

"小香正在午睡，好像天使！"

"今天问小香要不要一起去吃回转寿司，小香说她想去。"

"马上就快到上野了，今天也很感谢您二老。看来吃晚餐时，小香又说了任性的话，真是不好意思。"里沙子回信后，闭上眼。

明明应该什么也不想就闭上眼，眼前的黑暗却像是一块屏幕，浮现出一栋房子。

今天在取证调查的资料上看过水穗住的地方。里沙子对世田谷区一带实在不熟，资料上写的地名和车站名根本连听都没听过，不过看照片感觉是非常宁静整洁的住宅区。沿着山坡有一排外观相同的新住宅，水穗家就是其中一栋。

米白色墙壁搭配斜顶，玄关前方是停车场，通往玄关的石阶旁，摆了几盆盆栽。虽然照片上的盆栽光秃秃的，但之前肯定绽放着色彩鲜艳的花朵，里沙子想。造型时尚的木门上还挂着圣诞花环，元旦时一定会装饰有趣的新年装饰吧，搞不好万圣节还会挂南瓜灯。之所以想象得如此具体，是因为水穗家有种似曾相识的感觉。

那时，她还没察觉在哪里看过这样的家。里沙子屏息看着幻灯片中浴缸、卧室、楼梯和客厅等的照片，感觉如此真实。

中午吃便当时，她才意识到在广告传单上看过这样的房子。

里沙子和阳一郎早就商量过，现在的家算是暂时租住的，等存够首付再买一栋自己的房子。自从搬进现在的公寓后，里沙子都会特别注意房地产商的广告传单。

不知道是不是现在流行这样的房型，总觉得广告传单上房子的结构都很像，一楼有两三个房间，客厅和餐厅位于二楼，还有阁楼似的空间，外面开了好几个圆形、长方形的窗户，连停车场的位置也很像。如果离车站的距离差不多，房价大概也一样。她想：哎呀，这好贵喔！但房子紧邻武藏野市，车站又在徒步可达的范围。

里沙子曾好几次照着传单上的地图，带着文香出门散步，顺便去看看实际建筑。她都是在样品房没开放参观、房地产商不在的工作日下午过去，所以总是大门深锁，外面没有业务员的车子，也没摆桌子，只能远眺没有人住的房子。实际一瞧，庭院的设计都差不多，就连栽植的树木种类都很像。

不难想象一家人搬进来时会是什么模样：玄关一带装饰盆栽，圣诞节快来临时，还会在树上挂起灯饰——不是什么华丽的吊饰，而是小东西。文香应该比现在大一点了，住一楼日照最好的房间。走廊装饰着好几幅画——无论是花钱添购，还是文香的涂鸦，都会裱上同样的画框。还要给二楼的客厅和餐厅添一张大桌子和几张椅子，或许还会为了文香养只小狗或小猫。

造型大同小异的房子有四五栋，其中一栋的玄关大门上贴着已售的告示。会是什么样的人买下了这栋房子呢？又是基于什么原因呢？为了小孩？价钱便宜？还是因为离学校、公交站比较近？里沙子想象着。"我们还要再等个两三年才有能力买吧。"她边想边抬头望着无人居住的家。

这里房子的外观和水穗家很像，不是某一栋很像，而是每一栋都让人有这种感觉，可以想象住在里面的光景。里沙子甚至不经意地想：要是自己住在这里，应该会挂上圣诞花环、新年装饰，在石阶上摆几盆盆栽。

虽然不知道实际情形，但水穗家的盆栽也许很早之前就枯萎了，也并没有装饰什么圣诞花环、万圣节饰品。不过，水穗和丈夫当初去看房子时，一定也会这么想吧：准备一间儿童房、买一套这种款式的餐具，还要邀很多朋友来家里做客。等我们有了孩子，孩子还会带他的朋友来家里玩。她肯定兴奋地想象着，和丈夫开心地聊着。然而万万没想到在这么漂亮、崭新的家里，却发生了那么不幸的事。

从幻灯机播放出来的照片来看，家里一切都收拾得很整洁；虽然没有像拍纪念照那样拍摄屋内全景，却没有里沙子想象中那么杂乱，她不由得将自己家拿来比较；要是将自家客厅的照片和水穗家的摆在一起，问别人哪一个是被告人的家，搞不好大部分人都会指我家吧。她很诧异自己怎么会想这种无聊事。

里沙子在上野下车，一边走在人来人往的车站里，一边用手机查收信息。有一条婆婆发来的信息，还附上文香坐在回转寿司店享用美食的照片，里沙子突然觉得饥肠辘辘。

昨天回家时困倦不堪、还算乖巧的文香，可能是觉得回转寿司店很有趣吧，现在她赖在公公婆婆家的客厅，哭闹着说不想回家。公公受不了小孩子的哭闹声，婆婆赶紧将文香带到其他房间。

"瞧她哭成这样，就让她留下来住一晚吧。我们无所谓的。"

婆婆一脸担忧地说。

若是文香肯乖乖留下来，里沙子当然很乐意。问题是，等里沙子一走，她肯定又会哭闹。

"可是她半夜一定会吵着要回家。"

"没关系啦！到那时我们跟她说没法立马回家。"

"她不是那种乖乖听话的孩子。"

"哎呀，小香可是聪明得很呢！今天啊，她不仅乖乖地坐在寿司店里吃东西，还跟老板说，妈妈说不能吃巧克力，所以选了别的点心。"

别的点心是什么样的点心？可能是察觉里沙子想问又不好意思，婆婆主动说：

"不是那种便宜的零食点心，是不含添加物、蛋卷似的零食，不是什么不好的食物啦。而且啊，寿司店老板还说，小香是他见过的唯一能乖乖坐在店里吃饭的小孩呢！比她还大的孩子在店里跑来跑去的，父母出声制止也没用，真的很夸张。"

婆婆回答了里沙子的疑惑后，马上转移话题。文香一副快要哭出来的样子，半睁着眼看着大人们，里沙子不由得一肚子火，一把抓住文香的两只胳膊，想将她从地板上拉起来。

"好了，不要耍脾气了。回家啦！我们回去吧！小香。"

文香还是不肯起来，整个人往后仰，又开始哭闹，直嚷着"不要，不要回家"。里沙子气得松开文香的手，上半身被拽着的文香没了支撑，直直地往后倒，后脑勺撞到地板，发出碰撞声。

"哎呀！好大一声呀！小香，你没事吧？"

婆婆抱起文香，抚着她的头。

"好啊！小香，你留下来，妈妈一个人回去。妈，真的很不好意思，今天小香就留下来过夜，麻烦你们了。"

文香抱着奶奶，哭得更大声了。

"别担心，交给我吧。明天也是这个时候来接她，是吧？加油哦！里沙子。好乖啊！不痛了，不痛了。"

文香被奶奶抱着，总算不再大哭。

"那我走啦！小香，要乖乖听话哦！"里沙子说着，头也不回地走出房间。

"爸爸，那就麻烦你们照顾文香了。真是不好意思，我回去了。"

里沙子在楼梯下方喊，楼上的公公探出头。

"噢！好，路上小心哦！"

里沙子行礼后，走出玄关，走在只有路灯和室内灯光流泻的昏暗住宅区，竟不自觉落泪。明知道为了这种事哭很傻，但方才的愤怒与懊悔让她不禁流泪。才尝到一点甜头就得意忘形，既然爷爷奶奶家那么好，那就一直待到下周啊！反正在那里可以只吃自己喜欢吃的东西……里沙子满腹牢骚，走向公交站。她告诉自己从包里掏出手帕是为了擦汗，却频频拭泪。

冷静，冷静，冷静。公交站旁站着两位高中生模样的女孩，一边各自把玩手机，一边聊天，语尾声调还刻意拉长。里沙子和她们并肩站着，望着马路另一头，等待公交车到来。

里沙子凝望着往来车辆稀稀落落的马路另一头，做了个深呼吸——冷静点，你对小孩子发什么脾气啊！

文香似乎是从今年进入了大家常说的"小恶魔期"，也就是"第一阶段反抗期"。里沙子早有觉悟，也能理解这个时期对人格的养成以及日后融入社会非常重要，但孩子这个也不要，那个也讨厌，反复说些听不懂的话，动不动就哭——真的太爱哭了；长久下来，里沙子也厌烦得越来越控制不了自己的情绪，有时焦虑过头，情绪激动，整个人的情况比文香还糟。

唯有文香不吵不闹、乖乖听话时，里沙子才能冷静地思考一些事。育儿书上说两岁会出现第一阶段反抗期，还真是完全对应，宛如四月樱花盛开般，准确得令人安心。有时文香别扭得叫人啼笑皆非，有时她在儿童馆和公园看到其他孩子，又觉得文香比他们乖多了，暗暗放心不少。而且女孩的确比男孩好教，就像那些孩子上托儿所的母亲说的，女孩子不会满口脏话，也不会脾气一来就把父母当出气筒。

冷静下来，里沙子想到自己竟然对一个来到这个世上还不到三年的孩子发脾气，就很生自己的气。

女孩们不再聊天，各自划着手机。里沙子偷瞄被微光照着的女孩侧脸：文香像她们这么大时，会是什么模样呢？到那时我一定想不起自己一个人在回家路上哭泣。就是想起来，也会很错愕吧。

公交来了。里沙子坐下来时，才意识到自己从没这么生气过；其实文香留宿公公婆婆家也能让自己暂时松口气，况且二老也很希望孙女留下来。

公交抵达浦和时，里沙子的情绪已然平复。今天就别吃太油腻的家常菜了吧，她思索着买些青菜和生鱼片，却忽然想起，因为自己突然松手，文香才会向后倒，撞到头，里沙子又担心起来，责怪自己怎么如此不小心。明明早已习惯文香爱闹别扭的脾性，为什么还要生气呢？明天要好好抱抱她，夸她很勇敢，敢一个人住在奶奶家。

里沙子凝视窗外电车铁轨，脑中好几幕情景浮现又消失，她忽然惊觉，这些景象都是今天看到的安藤水穗家的照片，一些拍照角度和一般纪念照完全不同、有些变形的照片。明明根本不知道水穗家的装潢、气氛，里沙子却仿佛造访过似的可以清楚地描绘出来。干净整洁、玩具没有丢得一地都是的儿童房里传来婴儿的哭声。将毛发蓬松的婴儿脑门儿压进水里时，孩子的鼻孔漂出既像牛奶又像蜂蜜的分泌物……里沙子赶紧拂去这幕画面，一时之间她忘了文香的事，也忘了采购东西。她提醒自己别再想了，毕竟明天还要继续审理这件案子。今天法院只是先将水穗家的细节，还有孩子溺水当天穿的衣服等照片播放给大家看，接着播放了一份地图——标示接到报案电话的消防局到安藤家的距离，以及水穗的丈夫从车站回家的路线图，还有客厅、浴室的图片等，都是真实到让人痛苦的照片。这些作为证据的照片又有多大说服力？还有一些照片，里沙子实在不懂和案情有何关联。

午餐时间结束后，接到报案电话的消防员以证人身份上庭。当被问及何时接到报案电话、报案时水穗丈夫的态度与语气时，不知是紧张还是个性使然，消防员的声音小到几乎听不见，法官要求他大声点。

水穗丈夫是在晚上八点三十七分拨打急救电话的。五分钟后，救护车出动，于晚上八点五十七分抵达安藤家。消防员说水穗丈夫当时还算能清楚地说明情形，面对询问也能如实回答，但整个人看起来有些慌张。询问婴儿是否还有呼吸和心跳时，水穗丈夫也很冷静。

里沙子边做笔记，边想着事到如今说这些还有什么用，涌起难以言喻的无力感。几点打的电话、救护车几点到，又是几点抵达医院，审视这些事情的正确性有何意义？

不行，不能想这种事，里沙子这么告诉自己。就是因为有意义，这个证人才会站在这里。

但里沙子也明白了另一件事。发现安藤家的内部细节和自己理想中的家很像之后，自己确实有点不知所措，实在不知道要怎么看待站上证人席的人所说的话。所以自己刻意回避，认为做这些没有意义。

"不行，明天一定要好好听。也许除了我以外，其他人都很认真，坐在那里努力想了解事情的来龙去脉呢。所以我得认真，不能恍神，不能闭耳不听，必须和水穗站在同样的立场，以母亲的身份参与这场审判。"

在南浦和转车时，里沙子察觉到放在包里的手机在振动，她在站台上确认，原来是婆婆打来的电话。里沙子赶紧回拨，电话那头冷不防传来哭声。

"小香她啊……"

里沙子顿时感到无力，马上明白了是怎么回事。婆婆肯定是要说文香哭个不停，吵着要回家。

"她吵着要回家，是吧？"

"就是啊！我说妈妈明天就会来接，但她还是吵着要回家，结果就大哭起来，这下子怎么办啊？"

所以我不是说了要带她走吗？结果你还是要她留下来住。不是你说小香是乖孩子，绝对没问题的吗？里沙子忍住想怒吼的冲动。

"可以让她看 DVD 或是念书给她听，给她洗个澡也行，只要做些事情转移她的注意力，应该就没问题了。不然就带她去便利店，买个什么给她……"

"动画片也看了，澡也洗了，但她还是把书一丢，一直哭闹啊！

要是带她去便利店还是哭个不停怎么办？虽然哭累了睡着也好，但这么小的人儿哭成这样，叫人担心呀！哭到抽筋、呼吸困难也说不定，是吧？"

里沙子抬头望着站台上发出白光的时钟，思索了几秒，手机那头依旧传来文香的哭闹声，她还不时地喘着、咳嗽，声音都哑了。里沙子暗忖：婆婆的声音里，透露着希望我过去带她回家的意思，但我都已经转车了。要是说她哭一哭就会停，搞不好会被批评当妈的怎么这么无情，还是折回去比较好。文香的哭喊声仿佛就在身旁："妈妈！妈妈！妈妈在哪里？"

"我现在过去，不好意思，给你们添麻烦了。"

里沙子说完后，挂断电话，走向另一边的站台。明天要夸奖文香、抱抱她的心情已然消失。里沙子什么也不愿想，只是紧抿着嘴，站在另一边的站台上，凝视着铁轨彼端。

再次走出公公婆婆家已经晚上八点多了。令人诧异的是里沙子赶到时文香还在哭，而且已经哭到几乎没声音了，被里沙子一把抱起，她才总算止住泪水。里沙子带着女儿再次出门，等公交，搭上公交，在浦和搭电车、转车，回到离家最近的车站，她一路上都没和文香讲话。

"妈妈，跟你说哦，今天爷爷啊！""妈妈，妈妈怎么了？""妈妈，小香今天吃了寿司哦！""妈妈！"起初文香还会不断地跟里沙子讲话，拉着她的包和衣服，试图引起注意；转搭中央线时，可能是察觉妈妈的样子有点怪怪的，她没再开口讲话。直到抵达离家最近的车站时，也许是因为疲累，文香打起瞌睡。里沙子没有叫醒半闭着眼的女儿，只是用力拉着她站起来。尽管一脸睡意，文香还是紧紧地跟着妈妈。

里沙子没有去车站大楼里的超市买东西，而是直接搭上公交。有位中年妇女看文香一脸睡意，好心让座。里沙子向妇人道谢后，用力将女儿按在位子上。文香睁开眼，抬头看着里沙子，问道："妈妈，要坐吗？"里沙子却不理会。站在一旁的妇人先是偷瞄了一眼不回应的里沙子，接着对文香微笑。

在拥挤到空调几乎没什么效果的公交车里，里沙子紧抓着吊环，思索着。这是虐待吗？我的不闻不问伤害了孩子吗？怎么可能，我没有打她，也没骂她，才不是虐待。

可是今晚——要是今晚文香出了什么事，我会被人怀疑吗？那位让座给文香的妇人会做证吗？"是啊，孩子明明对她说话，她却垮着脸，看向前方，完全不理会"。

家里竟然亮着灯，还真是稀奇。里沙子抬头望着自己的家，这么想。她抱着在车上睡着的文香，走进门厅。

先回到家的阳一郎坐在客厅喝啤酒，餐桌上压扁的空罐晃动着，一旁还搁着吃完的塑料便当盒。

"你吃过啦？"

里沙子瞅了一眼便当盒，这么问。盒子里残留着卷心菜和色彩鲜艳的淹渍菜，配菜可能是油炸食品吧，盒里泛着油光。

"嗯。看你还没回来，也没回信息，我想可能是留在爸妈那里吃了，所以我就去便利店买晚餐了。"

里沙子一边听阳一郎解释，一边带文香去卧室。

……所以，没买我的份，是吧？

里沙子边帮文香脱衣服，边这么想，突然很想哭。

"要帮她洗澡吗？可是现在叫她起来，怕会哭闹吧！"

里沙子回头，瞧见阳一郎站在卧室门口。因为反光，只看得到他的身形轮廓，瞧不见脸上表情。里沙子很想冲着这剪影怒吼："这种事别问我！要是她哭了，你来哄不就得了？！"

面对自己想哭、想怒吼的冲动，里沙子感到茫然，只因为肚子饿了，心情就这样糟，实在很蠢。为什么自己永远无法习惯这种事事都不顺心的情况呢？

"妈帮她洗过了。可是夏天容易出汗，还是赶快再帮她洗一次吧。"

里沙子走向厨房，洗手后，确认冰箱里有什么东西可以吃。实在没心思去想切什么、煮什么，她温热速食烤饭团，泡了一杯之前买来以防万一的方便汤，又拿了一罐啤酒。一边后悔将婆婆昨天让她带的南瓜料理倒掉，一边将啤酒倒进玻璃杯。

卧室传来文香的哭声，阳一郎不知在说什么。一听到文香的哭声，里沙子又焦躁起来。

"果然哭了，我看还是明天早上再洗吧。反正已经洗过了，不是吗？"

阳一郎打算把哭泣的文香塞给里沙子，就像把纽扣掉了的衬衫交给她处理般理所当然。面对这样的阳一郎，里沙子忍不住发牢骚道：

"早上哪有时间帮她洗啊？我不可能像之前那样一直在家，也不能迟到啊！"

"只不过是当个陪审员，别说得好像自己担了什么超级重大的任务似的。"阳一郎语带讽刺，"好乖，好乖，妈妈生气了。别哭了，我们去洗澡吧。好不好，小香？"阳一郎哄着哭泣的文香，把她带去浴室。里沙子回头，瞧见环在阳一郎背上的那双小脚，心里涌起将手上的啤酒罐扔过去的冲动。

她赶紧别过脸，做了三次深呼吸，一口喝光杯中的啤酒。

不是情感起伏过于强烈，也不是急性子，她想。只是自从文香出生后，稍微不顺心就很火大。这不是脾气，而是从容的问题，里沙子默默解析。因为失去了从容，所以心情浮躁、焦虑，这不是文香的错，也不是阳一郎的错。自己明知遇到这种情况时，应该先做个深呼吸，却还是忘记了。

在儿童馆和公园认识的其他母亲好像也会这样，但总比自己的母亲强多了，里沙子想。"虽然我不是那种贤惠的母亲，也不是很大方，但至少比养育我长大的父母好多了。"

烤饭团和方便汤都很难吃，要是早点回来，就可以买些比较好吃的成品菜。里沙子这么想着，又喝了一罐啤酒。

"啊，总算睡着了。"

穿着睡衣的阳一郎坐在里沙子对面。刚才对不起啦——里沙子抬起头，正想和他道歉，那人却问：

"喝了不少啊！没关系吗？"

被一脸严肃的阳一郎这么说，里沙子将道歉的话又吞回肚子里。拜托！这才第二罐耶！也不想想你一天喝多少罐！还是说你觉得身为女人，不该喝这么多？

话语像啤酒泡泡一样不断蹿升，里沙子将它们逐一咽下肚。她知道，自己今天真的很糟糕，失了从容。

"这罐喝完后，我就去洗澡，准备睡觉。"里沙子勉强挤出笑容。

"我先去睡了。"阳一郎起身。

"晚安——"里沙子刻意用开朗的声音说。

真是糟糕透顶的一天！她明白，也习惯了。造成今天这种局面的原因显而易见，就是她不肯原谅文香的任性。

有些时候，没什么明确的原因，就是心浮气躁，心情不好，看什么都不顺眼。好比现在，就是会不经意地迸出略带恶意的言辞。其实里沙子也明白，宣泄情绪一点好处也没有。

虽然阳一郎不是那种性急、脾气火暴的人，但失了从容的里沙子一旦说出什么带情绪的字眼，他一定会反击，而且会一直揪着这点不放。其实阳一郎并无恶意，更不想伤害老婆，只是一起相处的时间长，又对这种事特别敏感，有时说话难免会伤到里沙子。就像刚才，虽说只是以候补陪审员的身份参与审判，但对里沙子来说，这显然是一项超负荷的重大任务。这么说或许有点夸张，毕竟不少人觉得这种事没什么大不了。里沙子一想到此，忍不住叹气。

看来我和阳一郎还真是相似啊！里沙子想。我们都是别人眼中的好父母、善良之人，但一旦失去从容就会怒气攻心，无法控制自己的情绪，一贯的体谅与体贴也会顿时消失。在这一点上，简直一模一样。

有了文香后，里沙子学到一件事：情绪上来时，不能恣意发泄，想说什么就说什么。这种时候，一定要先深呼吸让自己冷静，试着找回从容，哪怕只有一点点也好。不要无谓挑衅，也不要做任何让心情不愉快的事。

道理都明白——

里沙子悄声嘟哝，将剩下的啤酒全倒进杯子，大口喝光。

文香乖乖地睡着了，阳一郎也睡了，家里一片寂静。里沙子沐浴时，一股强烈的罪恶感涌上心头。

没看到阳一郎发来的消息、晚回家也没说一声的人明明是自己，为何还要气阳一郎不买自己的便当？

面对文香，里沙子的罪恶感更重：我们不是年纪相仿的朋友，文香也不是小我几岁的妹妹，她只是来到这世上还不到三年的小女孩，为何要对她发那么大的火呢？今天发生的一切都能预料得到，不是吗？她说待在奶奶家很快乐，不想回家；将她留在那里，又会吵着要回家。这些不是都已经预料到，也想到对策了吗？里沙子的耳畔又响起文香努力向自己搭话时结结巴巴的语气；要是平常，她早就哭了。脑中浮现她被气冲冲的自己拉着手，一颗头晃啊晃的小小身影——我为什么要这么对待她呢？

里沙子坐在塑料椅凳上，弓着背，边搓弄洗发水起泡边想：自己实在不配为人母亲。

从青春期开始，里沙子就觉得自己大概无法为人母亲。虽然很憧憬爱情，却不想结婚，因为那时的她认为结婚就是建立家庭，养儿育女。一路升上高中，来到东京念大学，交了第一任男朋友，这样的想法还是没变。过了二十岁，不想结婚的想法变成就算不结婚也无所谓。直到认识阳一郎，她才觉得或许步入婚姻生活也不错。虽然里沙子还是认为结婚就是建立家庭，但她的想法变了。如果自己当了妈妈，只要不要像自己的父母那样就行了，说他们是负面教材也不为过。让里沙子改变想法的不是年纪渐长，也不是环境或朋友的影响，而是遇见了阳一郎，所以她很感谢自己的另一半。

尽管怀孕时因为孕吐严重，身形消瘦了不少，她的这个念头依旧未变。她看育儿书，上网看准妈妈们写的心得文章，浏览她们的博客日记。里沙子曾想，养儿育女这件事搞不好比想象中来得简单。养植物必须浇水，它们才不会枯萎；一直摆在阴凉处，它们也可能枯萎。养儿育女大概也是这么简单的事，不是吗？

　　孕期进入安定期后，里沙子的内心涌现出极度的不安，这种感觉比认识阳一郎之前更紧绷、更急迫。

　　"我为什么会想为人母亲？根本不适合，不是吗？我不知道怎么做，不知道如何扮演好母亲这个角色。"

　　里沙子没有向阳一郎坦白她的心情，因为这就势必得和盘托出自己和父母的关系——这一来，阳一郎也会深感不安，觉得我这种人根本不适合做母亲。

　　已经无法拿掉孩子了。该怎么办才好呢？里沙子俯视着还不算大的肚子，好几次这么想。察觉老婆不太对劲的阳一郎曾向自己的母亲求援，所以婆婆常打电话关切媳妇的情况，里沙子也只能敷衍应付。婆婆有时候会带着孕妇装、男女都可以穿的婴儿服，还有一大堆青菜来探访里沙子。过了一段时日，里沙子才明白，婆婆似乎怀疑儿媳妇有产前抑郁症。可能是听从婆婆的建议吧，阳一郎休假时，也常陪里沙子外出散心，有时会开车去他们第一次约会的地方或海边。这样一来，里沙子也就越来越说不出口：我不是有产前抑郁症，而是一想到不适合当妈妈的自己竟然要生产，就觉得很害怕。

　　然而，这种忧虑竟然在临盆前消失得无影无踪。宝宝比预产期晚了几天出生，约莫在那一个月前，不只是心中的忧虑，连所有沉积在内心的不安居然都烟消云散了。里沙子每天都像服用了名为"快乐"的药物，感觉自己无比幸福、无所不能。不安究竟为何物？又会在什么时候迸发？里沙子有时甚至彻底忘了那种感觉，祈愿日子永远都像这样就好。接着，那段记忆与文香呱呱坠地的哭声、护士们的祝福声、夫妇俩喜极而泣的哭声交织在一起。

里沙子凝视着随水流向排水口的洗发水泡沫，赶紧用护发素搓弄头发，然后冲洗。

我不可能扮演好母亲这个角色——文香出生后，这个想法好几次卷土重来。

不能老是被这种负面想法束缚。就像今天，自己对文香过于严苛、乱发脾气，被阳一郎吐槽，对公公婆婆心生不满。情绪一平静下来，负面想法就会扩大。

在儿童馆和认识的母亲们闲聊，互吐苦水，有时也会笑谈自己竟然会为一些小事生气，但毕竟大家多是点头之交，无法深谈，也无法成为倾诉心事的对象。虽然也可以找同样有小孩的朋友聊聊，但可想而知，一定都是些不着边际的对话。这时里沙子就会觉得，果然不该辞去工作，当初将文香交给托儿所就好了。要是能和每天见面的母亲们成为闺密就好了，这样就能交换育儿心得，也更有话题可以聊。

这么一想，里沙子的心情更低落了。自己不是那种能兼顾工作和家庭的人，送孩子去托儿所也不是为了向别人吐露心情。里沙子察觉自己很容易陷入消极的思考旋涡，打从心底厌倦一切。

　　室内一片静寂，只听得见吃便当的咀嚼声，没有人想说话。里沙子想吃腌菜，但怕咀嚼声太大，有些犹豫。合上只吃了一半的便当，然后又打开，夹起还没吃的炖煮菜。"每天都吃便当，偶尔也想去外面吃啊！"白发男士为了缓和气氛说。"可是便当很好吃啊！"一旁的女性却这么回应，气氛反而变得尴尬。里沙子再次合上便当盖，对六实使了个眼色，可正在吃便当的六实并未抬起头。里沙子的目光落在桌上，想起早上的事。

　　一帆风顺的人生——安藤水穗的丈夫寿士给里沙子的第一印象就是这样。白衬衫搭配深蓝色西装上衣的寿士，身高比阳一郎略矮，目测约莫一米七五。没有痘疤的光滑肌肤微微晒黑，细长的双眼皮眼睛，挺直的鼻梁。乍看上去有点冷淡，但应该还算"帅哥"那一型。"总之，不是我喜欢的型。"里沙子在心里补上这句话，又很诧异自己竟然在想这种事。越是这么想，越觉得安藤寿士是那种随处都能见到的男人。他和水穗一样，离自己的生活很近。

里沙子觉得，安藤寿士肯定对妻子的所作所为很气愤，她已经做好了听他数落妻子的准备。

没想到他说的话和里沙子想象的完全不同。

安藤寿士任职于房屋中介公司，比水穗小两岁，今年三十四岁。老家在江户川区的小岩，现在只有母亲一个人住，父亲在寿士二十岁那年过世，未婚的弟弟因为工作关系，定居关西。

五年前，也就是二〇〇五年，寿士与水穗结婚。二〇〇七年春天，寿士换了一份工作，进入现在任职的这间房屋中介公司，那年秋天他们购置了独栋新宅。之前，寿士任职于运动用品商店。

小两口婚后并没有积极地要孩子，本想一切随缘，但老家的母亲想要抱孙子，一直催促他们。买了新宅后，两人意识到应该养儿育女了。夫妻俩商量后，都决定努力要小孩，水穗辞去工作，接受医生的专业指导，顺利怀孕生女。水穗曾表明，自己打算生完孩子后过一阵子再回到职场，寿士倒也没有反对。

知道水穗怀孕时，寿士虽然有点不安，但喜悦战胜了一切。因为水穗说直到自己重返职场之前，家里的经济得靠他一肩扛起，所以一直待在营业促销部的寿士于二〇〇八年夏天毛遂自荐，如愿调到企划促销部，也开始准备相关的资格考试。十二月，尚未适应新部门又要忙着准备考试的时候，女儿出生了。

就像水穗说的那样，从医院回家后不久，孩子睡不好，一醒来就哭个不停，连她也累得睡眠不足。得知情况后，寿士也很想帮忙带小孩，无奈工作日要上班，根本没办法。请教有孩子的朋友，大家都说起初几个月都是这样的，一笑置之，寿士也没有很认真地对待这个问题。但水穗的心情越来越消沉，当她说出"孩子一点也不可爱"这句话时，寿士才惊觉情况不妙，遂向老家的母亲求援。水穗和亲生父母的关系不好，产后从未回过娘家，况且她也说过，不会向自己的母亲求助。

寿士的母亲在家里开设书法教室，为了照顾孙女，只好调整上课时间，有时甚至要停课。但可能是婆媳想法有分歧吧，从某天开始，水穗说不希望婆婆再过来帮忙照顾孩子，寿士的母亲打电话给水穗，却始终无法接通，亲自去找儿媳一趟，也不得其门而入。水穗拜托寿士转告婆婆，请她别再过来了。为了避免给水穗增添压力，寿士将水穗的意思转达给母亲。

女儿出生后三四个月时，水穗告诉丈夫，孩子似乎发育较为迟缓，其他孩子能做到的事，自己的孩子却好像做不到。寿士说别和其他孩子比较，水穗却不予采纳。孩子长湿疹，或是要定期体检、打预防针的时候，寿士都会尽量晚一点上班，陪水穗一起去医院或卫生所，但也没办法每一次都陪着去。寿士曾问医生和保健师，女儿的发育是否比同龄孩子来得迟缓，他们都说没有。他怀疑妻子是不是因为照顾孩子过于疲累，有了被害妄想的倾向。

孩子六个月大时，寿士发现她的臀部和大腿有瘀青。寿士质问水穗，她说孩子不肯吃她辛苦做的辅食，又哭闹不休、不睡觉，所以才忍不住出手，她向寿士保证绝不再犯。寿士为了让妻子喘口气，周末尽量帮忙照顾孩子，让水穗外出透气或补觉，就这样过了一段相安无事的日子。约莫三周后，他又发现女儿的腿上有好几处掐伤的瘀青。记不清到底有几处，总之不止一处。

寿士将这件事告诉也有孩子的朋友，友人建议他请之前家访过的保健师再来一次，于是寿士赶紧申请，还想着那天请假待在家里，说服水穗，陪她一起接受咨询。

案发当天，寿士不到晚上八点就下班了，约八点三十五分到家。他没听到女儿的哭声。其他房间都没开灯，只有浴室的更衣间还亮着灯，寿士走过去一看，发现水穗注视着浴缸，女儿则一动不动地浮在水中。寿士吓得赶紧抱起女儿，确认还有心跳，赶紧用手机打急救电话报案求助。虽然他饱受惊吓，之后的情况有点记不太清楚，但他记得自己质问水穗究竟是怎么回事。水穗表示只想给女儿洗澡，没想到一时手滑了。他记得自己问了水穗，为何没有马上救起孩子，但记不太清楚妻子当时是如何回答的了，大概是说正要将女儿抱起来之类的，而且语气十分笃定。

陈述至此，寿士低头，从裤袋掏出手帕掩着脸。里沙子觉得自己好像看了不该看的东西，也慌忙低头。寿士那条白底蓝条纹、熨得平整的手帕烙印在里沙子心里。

他和里沙子想象中那种人生一帆风顺、凡事尽如己愿的印象实在大相径庭。难道他不是那种经历过严重挫败、不会对人生绝望，也没有做过什么重大决定，只是安然度日、享受人生的人吗？里沙子觉得寿士应该是这种人。他应该从小就很有人缘，运动和文化课成绩都能达到一般水准，虽然考大学时可能没如愿考上第一志愿，或是没能进入自己想进的公司，但也从未逃避人生，就像绝大多数人一样生活着。

但是听着面前进行的问答，里沙子无法停止想象。

孩子出生时，这个人应该也是像今天这样用干净的手帕掩着脸，默默地哭泣吧。虽然不知道没有生育经验的男人，如何切身感受到为人父亲的喜悦，但面对与自己血脉相承的新生命时，任谁都会欣喜，当年阳一郎更是表现出比里沙子想象的还要多上两百倍的欣喜。阳一郎曾和她说起：以前去朋友家探访小宝宝时，因为和自己没有任何相似之处，感觉就是在看一个普通的婴儿。那些说孩子的眼睛真漂亮啊，或是嘴巴很像爸爸之类的朋友，他都觉得人家很会说客套话。但是第一眼看见自己的孩子，他才知道，这孩子长得和别人家的完全不同——天啊！怎么会有这么可爱的孩子啊！

这个人应该也是一样吧。里沙子想。

于是，欣喜与怜爱的心情越来越膨胀，以至于成了焦虑，是吧？必须努力工作才行，必须早点出人头地才行，必须多赚些钱才行。

"当然，这些充其量是我的想象。"——里沙子像要提醒自己别将想象妄断成事实似的，在心里喃喃自语。

寿士与水穗的视线完全没有交集。水穗一直低着头，从未抬起过。

里沙子试着将面前的两人与照片上那栋位于半山坡上的独栋民宅重叠。独栋民宅马上变成了里沙子看到的待售新宅，那是总有一天自己要买的房子。她脑中浮现出住在那栋房子里的两人的身影；从照片看来，屋内相当干净整齐，水穗应该很会收纳、清理吧。早上一起床，先用咖啡机煮咖啡，忙着准备早餐。一边有一搭没一搭地看电视，一边吃早餐，然后站在玄关送吃完早餐的老公出门上班。两人并未像新婚时那样来个再见吻，只是照惯例询问几点回家，然后挥挥手，说声："路上小心。"老公也挥手回道："那我走了。"开门、关门。

里沙子仿佛连大门打开时，扩散至整个玄关的白色光芒都看得到。

脑中轻易浮现出他们两个的生活光景，这番幻想过于清晰，不免令里沙子困惑。但是，幻想中没有小宝宝，里沙子无法在幻想中加上孩子。无论是用过后卷成一小包的尿布、奶嘴、毛巾质地的玩偶，还是婴儿那股混着牛奶和蜂蜜的特有味道，她都想象不出。

里沙子自然而然地想起文香还不到一岁时的事。

那时，他们住的是屋龄已久的旧公寓，饭厅与厨房是合二为一的，还有两间日式榻榻米房间。房间里散放着阳一郎的母亲带来的玩具、绘本、一袋没拆封的尿布，还有懒得收拾、叠成一堆的小内裤和袜子。

里沙子丝毫没有察觉房间很乱，因为比起收拾屋子还有很多事要做——喂奶、哄小孩睡觉、洗衣服，将衣物丢进洗衣机之前，还要想办法去掉粘在上面的大便污渍，还要列出采买清单……光是这些事就忙不完了，哪里还有心思顾虑家中整洁与否。

孩子在睡觉。阳一郎还没回来的这段时间，里沙子环视屋内——怎么如此脏乱啊！她像是第一次注意到，但这种脏乱不是那种让人不忍直视的可怕脏乱，而是被一种深深的、沉稳的安心感包覆着。这是什么样的感觉呢？里沙子脑中浮现出一锅煮得看不出蔬菜原本形状的咖喱。

这就是生活吧，里沙子想。这就是生活的真实样貌。试着套用这句话后，她突然发现，脏乱的房间看起来是那么理所当然。

屋子里净是里沙子初次一个人住时，还有步入职场、搬进铺着木质地板的房间时，会刻意避开的东西：看起来很廉价的原色物品，风格幼稚的杂货、玩偶，卡通图案的餐具，没有叠好、堆积如山的干净衣物，随手搁在餐桌上的信件，随便用橡皮筋封口的零食……里沙子一直很忌讳这样，绝对不会让这幅景象出现在眼前。此刻，这些东西却充满了屋子。而自己非但不讨厌这般光景，反而觉得有点安心，她不禁觉得自己很不可思议，不可思议到想笑。

不久，婴儿细细弱弱的哭声传来，里沙子赶紧抱起在卧室睡觉的孩子。回到家的阳一郎一如往常地喝着罐装啤酒，吃着里沙子准备的晚餐。里沙子心想：这人和我一样也觉得乱七八糟的房子有一种莫名的安心感吧。但她没问过阳一郎。

然而，之后里沙子再也没有机会享受杂乱带来的不可思议的安心感。寻觅新住所、搬进现在住的这栋公寓时，她看到这间房子还算新，空间宽敞、漂亮，日照绝佳，她为此感动不已，决定搬过来后一定要保持居家整洁。自己要教文香养成收拾玩具和衣服的习惯，洗好的衣物也会马上归位。无论何时有人来访，都希望家里干净整洁，下班回家的阳一郎也能彻底放松。

法庭上这些人的家也总是脏乱不堪吗？水穗也是那种勤于收拾、整理的人吗？还是过着整天忙碌不已、根本没有时间整理的日子？但这种事可能发生吗？如何做到明明有人生活，却感受不到半点生活气息呢？

中午用餐时，大家都没有开口说话，或许是因为安藤寿士这个人太像大家身边会接触的人了——里沙子擅自推测。虽然不知道这么想是否正确，但她实在很想开口讲话，缓和一下气氛。

就像在电视报道里看到令人备受冲击的新闻案件，为了冲淡感受到的冲击，明明对报道没兴趣，还是会和别人谈论。里沙子现在也想找人聊聊，她认定，大家应该也是这么想的，所以才气氛尴尬地沉默着吧。

吃完午餐，因为屋里收不到手机信号，里沙子到外头的走廊查收信息，没有收到婆婆的消息。虽然自己也觉得不必每天都发信息、传照片，但没收到又有点担心。里沙子犹豫着要不要发个信息，问问文香有没有乖乖听话，顺便请婆婆别买太多点心给她吃。最后她还是选择放弃，回到会议室。

下午的庭审，一开始是被告律师向寿士询问婚后的事。

两人结婚时，寿士在体育用品店工作，水穗则是在进口食品公司上班。无论是婚前还是婚后，两人都没有好好谈过婚后水穗是否要继续工作，以及孩子的照顾问题，没有将来一定要怎么样的强烈意念，也没有设想明确的未来愿景。

虽然寿士工作的体育用品店几乎不用加班，但水穗接触的多是外国客户，因为有时差，她常常很晚才到家，两人很少一起吃饭，工作日里晚餐多是买现成的便当或熟食随便解决，但周末会一起吃饭。想想双薪家庭的夫妻大概都是这样，两人也就没有为此起过口角，寿士从来没向水穗抱怨过什么。"我们确实吵过架，但我不会把理由什么的都记得那么清楚。任何夫妻都会起口角、冷战。"被问到两人吵架的频率和情形时，寿士这么回答。

他们究竟是为了什么事情吵架呢？里沙子的脑中闪过这个疑问。

别的夫妻会因为什么事情吵架，里沙子对这种事很感兴趣。"你们会吵架吗？"里沙子常抱着学生时代的心情，这么问朋友。无论是已婚的朋友，还是和恋人同居的朋友，极少有人会回答"不会"。大家都说："会啊！会啊！"而且吵架的理由都差不多，只是激烈程度不一样。

"为什么臭袜子总是乱丢？"一方语气强硬地质问。已经说过好几次了，另一半就是改不了。结果对方反驳："你还不是一样，提醒你要扔掉过期的食品，你就是不理。"学生时代的朋友说出这番话，看到里沙子忍不住笑出来，自己也一起哈哈大笑。

无法原谅另一半居然忘了结婚纪念日，为了这个生气也可以理解。但友人说她为此和老公"冷战"一个星期，这就超乎里沙子可以理解的范畴了。生气归生气，住在一起却不讲话，应该很麻烦吧。

每一对夫妻吵架的理由都不是那么严重，那时，在还待嫁闺中的里沙子听来，朋友们只是在炫耀自己的感情罢了。因为臭袜子和过期食品而起口角，因为忘了纪念日而生气，都是相信今后会一起生活才衍生出来的事端。

里沙子回想昨天很想和阳一郎吵架的焦躁心情又是为了什么？对了，是气他吃着便利店买来的便当，却没买自己的份。

但这种事肯定明天就忘了吧。"我不会把理由什么的都记得那么清楚。""任何夫妻都会起口角、冷战。"里沙子在心里反刍寿士说的话。

寿士对婚姻生活与家庭生发出明确的未来愿景，是在母亲问他什么时候可以抱孙子时。虽然他早就明白应当生儿育女，但那时他再次意识到女性有适合怀孕生产的年龄一说，也有时间方面的压力。于是夫妻俩坐下来好好商量，水穗也表明想要孩子。他也表达了对妻子的歉意：婚前和婚后都没有好好商量过这件事，这与自己比妻子小也有一定关系。

虽然水穗辞去工作一事是寿士的提议，但既非命令，也非恳求，水穗自己也有此意。

她真的说过想辞职吗？律师换了好几种说法质询，检察官一再以辞职一事与案件无关为由，提出异议。但法官认同律师的质询，所以寿士又被问了一次："你是否记得夫妻俩是如何商榷工作事宜的？"

寿士回答那是很久以前的事了，不记得具体内容，但他并未要求水穗辞去工作，专心照顾孩子。至少他记得这是两人商量后决定的事，也记得那时他想到自己必须一肩扛起家计，有点惶惶不安。

水穗怀孕后，寿士还特地用掉休假，和她一起参加过两次区里办的新手父母教室。

女儿出生后，寿士几乎每天都得加班，回到家往往已经晚上十点、十一点了，他明白身为新手母亲的水穗很疲累，但刚调职的他，实在不好意思当着公司前辈的面说自己先下班。况且一想到今后要养活一家老小，更不敢马虎看待工作。

有时迫不得已，寿士也会外宿，因为工作迟迟处理不完或应酬到太晚，结果错过末班车。这种情形一再发生，毕竟自己在新部门的资历尚浅，连聚餐一事也很难开口拒绝。

明明如愿喜获千金，水穗却越来越消沉。尽管工作忙碌不已，寿士还是想帮上些忙，于是他想到向母亲求助。水穗的娘家在岐阜，她和父母的关系不太好，也没带过孩子回去看二老。无论发生什么事，她都不想拜托老家的父母。

就寿士所知，母亲和水穗常在他不在时通电话，虽然婆媳两人不会相约碰面那样亲昵，但关系也没有很糟。寿士的母亲很乐意照顾孙女，从没露出不情愿的脸色，甚至特地调整书法教室的上课时间，赶赴寿士家帮忙照顾孙女。

是水穗自己说不希望寿士的母亲过来帮忙的。寿士记得她的理由是"都是妈妈爱抱小凛，把她惯坏了。结果晚上她一哭就得抱抱，害我没办法睡觉""妈说因为我都不跟小凛讲话，所以孩子才会没什么表情"之类。也就是说，婆媳的育儿观完全不同。"毕竟时代在变，资讯的发达程度也和以往不同，可能水穗刚生完孩子，有点紧张过度吧，请尽量别强迫她接受您的看法。"寿士打电话对母亲这么说。母亲也能理解，表示尽量不出言干涉。后来寿士的母亲好几次表示要去照顾孙女，情况未见改善，水穗依旧断然拒绝婆婆的介入。

水穗也拒绝请保姆或寻找支援中心的帮助，寿士想，也许是水穗变得有些神经过敏，思考问题时有被害妄想吧。

记得在孩子出生后两个月还是三个月时，忘了是水穗带孩子去医院检查，还是保健师主动到家中拜访，说自己的孩子比其他小孩的发育迟缓；虽然不太记得是哪些表现或行为有问题，总之孩子的情况不太妙。水穗也因此越来越负面、消极，坚持认为女儿不如其他孩子，也就越来越不想让别人见到自己的孩子、帮忙带孩子，拒绝和同龄孩子的母亲们交流。

两人当然因为这件事争吵过，就算寿士一再强调每个孩子的成长情况都不一样，水穗还是听不进去。"如果这个也不行，那个也不要，就只能靠自己想办法做些什么了。"寿士曾这么发牢骚。"既然如此，你就想想要怎么办啊。孩子又不是你生的，你解决得了吗？"水穗甚至说出如此伤人的话。寿士气得怒吼："话不能这么说吧？！"但他强调自己绝对没有殴打水穗，也没有丢东西、对妻子大声咆哮，他只是抱着必须做点什么才行的决心，设法和妻子谈谈。因为他绝不想等到孩子稍微大一点、听得懂别人说的话时，让她听到什么"早知道就不要生你"或是"你一点也不可爱"之类的话。

里沙子思考寿士所说的。这位丈夫看重的不是别让妻子说丧气话，帮助她以积极的态度养育孩子，而是担心孩子长大后听懂大人的否定言辞。总觉得哪里怪怪的，里沙子却无法贴切地形容这种"怪怪的感觉"，或许男人的思考方式本来就和为人母亲的女性不一样，或许奇怪的地方就是这种违和感吧。

寿士认为他是抱着想要好好商量的心情在谈，没有和妻子吵架。尽管反复争论同一件事时，心情变得焦虑不已，彼此的语气也越发失控，没办法静下心来好好谈，他仍然认为这不是吵架，充其量只是争论。但他又表示，事到如今回过头想想，自己是在有兄弟的家庭长大的，也许男人认为正常的音量与语气，听在女性耳里会觉得很粗暴。

这时，寿士端出水穗与娘家父母感情不睦一事，认为这就是夫妻间的一次"争论"。

寿士只在结婚前和水穗的母亲见过一次面。那是二〇〇五年五月的黄金周，水穗的父亲没来，只有母亲来了东京，他们约在饭店里的咖啡厅见面。丈母娘将女儿托付给寿士，寿士也谢谢她接纳自己。第二个月他们结婚，只是办了登记手续，没有举办婚宴，所以寿士还是没见过岳父，也只见过岳母那么一次。婚后听水穗说，她和父母感情不睦，他们也从未打电话关切女儿一家人。寿士想过要打电话向二老问好，但一直搁置，始终没付诸行动。

岳母给人的印象和水穗形容的不一样，完全不觉得她是那种对孩子漠不关心、十分严厉，动不动就生气的人。所以寿士想，内心有疙瘩的人搞不好是水穗，为人母亲后，她或许会想改善自己和父母之间的关系吧。

水穗既不向娘家父母求援，也不联络往来，寿士曾为此提出质疑，但绝对没有说过"和父母处不好的人，怎么可能为人母亲""孩子长大后，肯定也会讨厌你"这种话。

没有人见过他们争吵的画面，也没人知道争执的具体内容。虽然寿士曾苦恼地向同事和朋友透露夫妻俩近来频频发生口角，却没有说过争执的原因。

寿士发现女儿身上有疑似被打伤的红肿痕迹，是在进入六月以后。起初他以为是孩子不小心跌倒、撞伤，后来试着探问，水穗坦言是她下的手。说是孩子哭个不停，自己忍不住动手的。

朋友劝他带水穗去看心理医生，寿士并未排斥，也不嫌这种事丢脸。只是担心要是说出水穗打小孩一事，医院通报给儿童福利机构，女儿可能会陷入被强制安置的窘境。所以工作日无法帮忙照顾小孩、分担家务的他，选择观察一下情形再说。他周末尽量帮忙照顾女儿，让水穗出去透透气，好好休息。倘若过一段时间水穗的情况还是未见好转，再去医院，自己当然也会陪伴同行，水穗也同意了。

水穗周末想待在家里休息的次数比外出透气还多。寿士便一早带女儿去公园、图书馆、儿童馆和超市的儿童游戏区闲逛。

里沙子眼前浮现出用背带包裹着小婴儿、一脸不知所措的男人坐在公园长椅上的模样，仿佛亲眼看过一般鲜明。稍远处，母亲们和孩子们围成一圈坐着，那些孩子都已经到了会站、会走、会跑的年纪。男人并未过去向母亲们搭讪，只是望着在那里嬉戏的稍微大一点的孩子们。

这突然浮现的画面却因为下一个质问和寿士的回答，瞬间消失。

寿士说，外出时顺便和朋友见过一两次面，而且是女性朋友。

发现女儿身上有伤痕后，寿士请教了同样也有小孩的女性朋友。对方也很担心，特意赶来碰面。寿士说两人并未单独在一起好几个小时，只是想让她看看女儿的状况，后来也曾为表达谢意，请对方吃了顿饭。

之所以没有告诉水穗，是因为实在无法告诉她，自己和友人碰面的原因是她对孩子施虐。况且面对有被害妄想倾向的水穗，寿士认为，就算表明两人只是朋友，她也不会相信，隐瞒只是为了避免横生事端。事到如今，寿士对此深感抱歉，但他说那时真的没想这么多，只希望能让水穗找回些许从容。

寿士承认自己和这位女性友人交往过。

当寿士答出这句话时，里沙子差点"咦"地低语一声。实际上她并未出声，只是微张着嘴。

从大学四年级开始，两人交往了四年，然后在寿士与水穗结婚四年前分手。之后女方结了婚，也有了孩子，两人虽然还有联系，但并未时常碰面，更没有任何男女情意。

"如果两人曾碰面一两次，那么只吃过一次饭吗？是这两次的哪一次？还是两次都吃了饭呢？这种事情总该记得吧。"里沙子这么想时，律师也提出类似的质问。只见寿士思忖片刻，改口称应该见过三次，记得不是很清楚了，但不是每次都一起吃饭。

他说不记得那时曾向这位女性友人吐露自己想离婚的念头，但再次发现女儿身上有伤痕时，内心已经快被不安击溃，或许真的说过类似的话。自己也并未明确说想离婚，只是茫然地表示"要是水穗还是一直说女儿一点也不可爱，依旧虐待孩子，两人就很难在一起生活了"。不过是发发牢骚罢了。

寿士说自己没有几个朋友关系近到能听他发牢骚，也羞于向别人说家务事，所以不好意思向有孩子的同性友人吐露这种事，而可以倾诉烦恼的异性朋友只有这位女性。

"我刚生下小孩时，也是几乎没办法睡觉，甚至觉得自己变得不太对劲。"寿士听到女性朋友这么说，总算稍微宽心，也反省自己不够体贴、了解妻子。

总之，两人联络并不密切。寿士也不知道水穗看过他手机上和那位女性友人往来的信息。

预约保健师上门访问一事，就是这位女性友人的建议。虽然也想过咨询儿童福利机构，但两人商量后，觉得还是找保健师比较好。于是寿士没有告知水穗，便打电话预约了时间。确定时间后，隔天对方打电话来，希望更改时间，于是改到了八月十二日。这个时间是保健师指定的。那天寿士特地请假，想要陪同咨询，向对方说明水穗的情况，顺便问清如果要去医院看病，该看哪一科之类的事。

案发当天早上，寿士觉得水穗看起来并无异状。女儿躺在婴儿摇床里哭泣，寿士吃完早餐的面包后哄了一会儿，孩子还是哭个不停。因为还要赶着上班，他赶紧给女儿吃上奶嘴，匆匆出门。站在厨房做家务的水穗问他今天几点回来，他说会尽量早点回家。

事实上，那天他比往常都更早结束工作，不到八点便下班了，还发消息告诉妻子要回家了。从位于西新宿的公司回到世田谷的家，差不多三四十分钟车程。这天，一路转车都很顺利，不到三十分钟就到了，他没有绕路去别处，直接回了家。

打开大门，客厅没开灯，静悄悄的。寿士只瞥见浴室外的更衣室亮着灯，走过去一瞧，浴室门敞开，水穗站着，女儿瘫在水中，水深约莫膝盖高。寿士吓得赶紧抱起女儿，帮她把呛进口中的水吐出来，用手机打急救电话，质问水穗到底是怎么回事。

说到这里，寿士没有掏出手帕，只是低下头。

"我也有很多事没做好，但不知道该怎么办才好……"此时，法官提醒寿士要针对法庭上的问题作答。

里沙子忽然觉得寒气袭身，因为太过突然，她的第一反应是空调温度被突然调低了。过了一会儿，里沙子才察觉这其实是一种恐惧的感受。但就算厘清这种感觉，也不知道自己在恐惧什么。是害怕眼前这位低着头，失去了孩子的父亲吗？还是眼神从未和这位父亲有过交集的孩子的母亲呢？抑或是对这起孩子惨死的案件本身深感恐惧？

里沙子偷瞄水穗，只见水穗的头几乎低到下巴，肩膀微晃。她在哭吗？里沙子赶紧将视线移到自己在资料上记的笔记上。虽然看得懂写了些什么，却无法理解。到底应该怎么看待这件案子，她完全不知道。

进入休息时间，法官告诉陪审员们，有任何想问的事都可以提出来。也就是说，休息结束后陪审员可以针对案情提问。里沙子本以为气氛会和午休时一样，沉默到有点尴尬，没想到完全不是这么回事。

"刚刚那位丈夫挺了不起的，是吧？现在还有人对太太这么体贴吗？"五十多岁的年长女性开口。与其说是提问，不如说是如实表达自己的想法。她的目光依次扫视着里沙子和另一位看起来三十多岁的男子，可能是因为他们和水穗年纪相仿吧。

"我还是单身，所以……"男子回道。

"我想是因为工作性质不同，每个人有所差异吧……"碍于男子的回应，里沙子也只好勉为其难地回应。

"听说和父母相处不睦的人，会做出出乎常人预料的事……"一位身穿亚麻料西装，从没开过口的四十多岁的男人说，"不是说那位太太有被害妄想吗？就我刚才听到的，那位丈夫的陈述很清楚，不像是凭空捏造的。"

"他是说妻子不向父母求助，也不联络，没错吧？"白发男士像要确认什么似的说。

"我觉得意思完全不一样耶。要是妻子有被害妄想症的话，大概会认为别人一定都带不好小孩吧……不过啊，他还真是个体贴的好丈夫，不是吗？"年长女性说道，众人陷入沉默。

里沙子总觉得无法释怀，想从安藤寿士口中再多听到些什么。她还有好多好多想知道的事，却又不知道该怎么提问。大家应该也是这么想吧，因为她自己就有这种感觉。

"我想知道他们是为了什么吵架，"打破沉默的是六实，里沙子一脸惊讶地看着她，"呃，那个，吵架不是两个人同时向对方说些什么，而是有一方先说了什么，是吧？好比明明叫你做那件事，你却没做之类的。"

"听你这么一说，好像是耶。"年长女性可能是想起自己和另一半相处的情形，只见她边笑边喃喃自语。

"因为太太拒绝外援、拒绝婆婆的协助，所以夫妻俩发生口角。不过我记得安藤先生说婚后不久，他们也争执过，只是不太记得因为什么事而吵架。我想知道到底是哪一方先挑起事端的，"六实说，"不过不是为了判断什么啦……"她又补了这句。

"想知道什么，想问什么，请不要顾虑，尽管说出来。还有人要发言吗？"法官逐一看着每位陪审员。

"那位从学生时代交往的女性友人……"三十多岁的男子喃喃了一句，随即闭口。

"我不认为他们是旧情复燃。"身穿亚麻料西装的男子说。虽然气氛稍微缓和些，众人却又陷入沉默。虽然看上去是在思索什么，但里沙子觉得大家八成想不出要问些什么。

"安藤太太发现先生和前女友往来的信息，我想知道信息的内容。"三十多岁的男子露出一副总算知道自己想问什么，松了一口气的表情。

"搞不好他会回答不太记得了。"年长女性说。

"候补陪审员的提问，我们也会一并汇总。有想问的问题吗？"听到法官这么说，里沙子和同样是候补陪审员的阿姨，不由得互看了对方一眼。

要是女儿不如其他孩子，您怎么办？难道不会觉得不安吗？从不觉得婴儿的哭声很烦吗？难道您不曾熟睡到完全没听见女儿的哭声吗？您的女儿喜欢什么样的游戏？女儿会笑是几个月大的时候？想问的事一一浮现脑中，里沙子又觉得这些问题似乎都不适合在审判场合询问。只见那位阿姨小声回了句："没有什么特别想问的。"里沙子心想自己也要这么回答，说出口的却是：

"如果安藤太太生产后说自己想继续工作，丈夫会尊重她的决定吗？"自己的声音听起来就像别人的发言，"安藤太太的工作也很忙，时常需要加班的样子，那时两人对未来有什么规划吗？有具体想过要怎么一起生活吗……"自己到底想知道什么呢？里沙子停顿半晌，又赶紧补上一句："我也不知道自己想知道什么就是了……"

"没关系，这也可以问哦！"法官笑着说。

休息时间结束后，安藤寿士再次站上证人席，陪审员们逐一询问。寿士直视陪审员们，回答问题。这一幕让里沙子有点受到冲击，她原本就觉得寿士很像自己周遭会遇到的人，这下子感觉更贴近了。这种近似像是回家路上擦肩而过，又或是像六实那样和自己搭上同一班电车、会招呼几句的感觉，这让里沙子不由得畏怯。

面对六实的提问——也就是两人吵架的原因，寿士只是一再回答"不记得了"，但他强调并非一方一味地指责另一方，而是双方都说出了比较情绪性的话，才爆发了口角。

里沙子听着寿士的回答，反射性地看向水穗，她好像想说："才不是这样！"当然，始终低着头的水穗不可能发言。如果允许她的话，她会怎么说呢？

关于自己与前女友往来信息的内容，寿士说自己在信息中约过碰面时间，或向对方道谢；对方回复的也只是确认时间的信息，或是回答问题、给予建议。不过比较长的谈论都是用电脑联络，手机大多只是用来确认碰面时间与地点等，所以不知道水穗是看到哪一条特定的信息萌生误会的。

接着由法官询问，先是女法官说出里沙子的提问。里沙子担心要是寿士看向自己回答该如何是好，不由得垂下眼帘。

"如果她说要继续工作，我当然不会阻止。水穗还没怀孕时，的确没有计划得很具体，但现在很多都是双薪家庭，那时候认为总有办法兼顾。"寿士看着提问的法官，回答道。里沙子偷瞄了一眼，确认他并没有看向自己。

法官又陆续提出好几个问题。之所以没有马上陪妻子去看心理医生，是因为寿士觉得水穗的情况还不到要就诊的程度，而且就像刚才说的，担心会被迫和孩子暂时分开。女性朋友建议向保健师咨询，也是担心他们被儿童福利机构关注，认为能免则免。这一点和没立刻去看心理医生的理由是一样的。

寿士表示，就是因为担心事态会演变到亲子被迫暂时分开的局面，自己才在周末多担待一些，希望可以改善情况。之所以找保健师咨询，纯粹是因为女性朋友建议找比较了解情况的人商量，寿士才做此决定的。

为什么担心孩子会被带走呢？里沙子思忖。莫非寿士认为，一旦心理医生确认水穗的精神状况有问题，孩子就会马上被带到儿童福利机构接受保护？里沙子在思索这些问题时，法官继续询问："您之所以对儿童福利机构有所顾虑，是否并非单纯地害怕家人四散分离，而是怕事情闹大、家丑外扬？"这正是里沙子想问的。

寿士否认，而且是坚决否认。"老实说，我不知道要找哪一种机构、要怎么咨询，现在还是很困惑，那时也是……"他喃喃着，顿时语塞。里沙子看了想：低着头的寿士又哭了吗？但他并未掏出手帕，只是耳朵红红的。

再次短暂休息后，和寿士交往过的那位女性朋友站上证人席。

这位名叫穗高真琴的女性和寿士同岁，两人是在大学的语文课上认识的。真琴大学毕业后在旅行社上班，现在也还在同一家公司。二十五岁那年与寿士分手后，真琴第二年就结婚了，二十七岁时生下第一个小孩，二十九岁时又生了第二个。

婚后她才又和寿士联络上，但最多只是发发信息，互问近况如何罢了。在寿士有小孩之前，两人见面的次数用手指头都数得出来。

寿士的孩子出生后，两人发的信息变多了，而且讲的几乎都是育儿和孩子的事。

"寿士因为妻子水穗的情况不太对劲，找我商量过几次。最初收到这件事情的消息大概是二〇〇八年年末，或者二〇〇九年年初。他说有件事想跟我谈谈，于是我们碰了面。寿士说，孩子半夜醒来就哭闹不停，搞得妻子心力交瘁。老实说，这种事很正常，我不懂他在烦什么。我告诉他，孩子出生后头一两个月，母亲真的很辛苦，但是睡眠不足的情况会逐渐改善，在那之前丈夫应该尽量帮帮太太，让她多少能喘口气。

"后来我们又碰面谈过几次，电话联系的次数也变多了，我越听越觉得问题好像很严重。在我的印象中，与其说寿士的妻子是被逼入窘境，不如说是她太过敏感吧。我告诉寿士，不少新手母亲都有这样的苦恼，有必要听取第三方的建议。我回想自身的经历，给了些建议，也介绍了一些汇集母亲心声的网站和书籍，给他参考。我告诉寿士，要尽量倾听太太的心声。

"我们都是约在居酒屋或餐厅碰面，当然也会喝点酒，毕竟白天时间比较紧张，不出售酒精饮品的店好像也坐不了太久。

"记得我们碰面时，他说过和老婆的关系不太好，但我不记得是二〇〇九年几月的事了。之前就听说他们为了育儿一事伤透脑筋，我想未必是夫妻之间出了什么问题，应该是他们无法好好共同承担责任。其实只要孩子再稍微大一点，问题就能解决了。我也是这么告诉他的。

"听说孩子身上疑似有伤痕时，我意识到事态可能比想象的还严重。因为寿士说他周末负责照顾孩子，我就去看了一次。那时孩子身上的伤痕已经消失了。印象中，寿士的孩子的确比同龄孩子瘦小，不过也没有太夸张。

"他大概请我吃过两次饭。寿士喂孩子吃水穗做的辅食，没想到孩子一入口却马上吐了出来。我的第一个孩子就不喜欢吃辅食，那段时间我真的很辛苦，不难想象，水穗一定也是心力交瘁。我告诉寿士，如果他的太太是那种个性认真、每次都亲手给孩子做辅食的人，就会更辛苦。这样的人还喜欢把自己的孩子和别人家的小孩做比较，或者全盘接收育儿书上写的东西，搞得自己身心俱疲。

"一开始我们都是用电脑和对方联络，后来也会用手机，但关于育儿的问题都是用电脑讨论，手机联络只是简单几句话而已。好比'谢谢款待''宝宝的情况如何'，或是介绍我觉得还不错的辅食制造商给他。

"再次听闻水穗又疑似对孩子施虐时，我劝寿士找以前来家里拜访过的保健师咨询，毕竟对方比较了解情况，也能察觉出母女双方的变化。我说水穗可能不会说出自己殴打孩子的事，所以他最好陪着一起咨询、说明情形。

"记得寿士曾对我说，他不知道这样的夫妻关系要如何走下去，但听不出想离婚的意思。我觉得寿士会这么说，并不是对婚姻生活感到绝望，只是不知道该怎么办。

"我们偶尔碰面，我听他倾诉，也会发消息联络，丝毫不觉得做了什么亏心事，所以也没想过安藤的太太会怎么想。我从来没有发过会引起误会的消息，因为我们之间本来就没有什么男女情爱，我也从不觉得自己做了亏心事，现在也不觉得。

"那天晚上，寿士打电话告诉我这件事。他似乎受到了极大的惊吓，好像还哭了。他说不知道如何向长辈们开口，我劝他还是赶紧联络他们比较好。

"以前我和寿士交往时，他从未对我发火、怒骂，也不曾拿东西扔过我，更不记得他说过什么粗暴言辞。我们再次碰面后，他也不曾有过任何粗暴行为或言辞。"

那天审理结束后，众人聚集在评议室。和上次一样，法官希望大家有什么不明白的地方就尽量提问。

"一次听到太多内容，反而有点迷糊了。"

年长女性这么一嘀咕，带着笑意的叹息声霎时此起彼伏。里沙子抬起头，恰巧和六实的视线撞个正着，两人互相使了个眼色，又别过视线。

"就是啊！"老绅士说。

"不必要求自己一下子就全盘了解，也不需要什么都记得清清楚楚，只要边看资料边听，留意证人们的神情就行了。不需要判断谁是坏人、谁是好人。"三位法官中最年长的一位这么说。

"所以说，那个人并没有搞婚外情吗？"

年长女性可能觉得气氛一下子变得轻松许多，不由得脱口而出，随即看向法官们。法官们并没有回应她的问题。

"审理时念了两人用电脑联系的内容，这要怎么理解呢？"三十多岁的男子像是要纠正年长女性的话似的，问道，"安藤太太看到的是手机里的信息，不是电脑里的。"

"我想应该是为了证明两人是什么样的关系而念的。"女法官回道。

"可是……"六实嗫嚅着抬起头,"没,没什么,只是个人感想。"她又面无表情地说。

下午四点五十七分,宣布散会。

穗高真琴的身形比较丰满,与其说是美女,不如用"可爱"这类字眼来形容。也许是因为产后身材迟迟没有恢复吧,里沙子擅自想象。她看起来就是那种颇为干练的女性,妆容漂亮,留着一头及肩卷发,米色裤装的打扮非常适合她,可能每天都是这类装扮吧。

车上有空位,里沙子马上坐下来,环视四周。车厢里有好几个和真琴很像的女性,年纪都差不多,大概都把年幼的孩子托付在托儿所了吧。里沙子的斜前方刚好站着一位这样的女子,背着大包,一头短发,穿着短袖衬衫搭配半长裤,抓着吊环的左手无名指上戴着一枚细细的戒指,视线落在右手拿着的资料上。

"就算下班有点晚,去托儿所接孩子回家时孩子哭闹了几声,就算老公只顾解决自己的晚餐,她们大概都不会愤怒、紧张、焦虑吧。"里沙子思忖着。因为这就是日常生活啊!她们周末大概会用早就准备好的食材迅速地做出一桌子菜,不但能好好哄孩子,也不会对老公乱发脾气吧。

真琴是个什么样的母亲呢?里沙子看着她们,思索着。孩子还小时,频频做出危险举动时,进入反抗期时,她都抱着什么样的心情在工作呢?

肯定一切都能从容应对吧。里沙子脑中浮现出今天见到的陌生女性们脸上的各种表情:看到孩子在哭,自己也假装在哭;看到孩子把房间搞得一团乱，惊讶的同时也会挤出笑容，然后蹲下来看着孩子，一脸认真地告诉他为什么这么做不对。

这些都是里沙子见过的母亲们的模样。"对了，不知所措时，试着笑一笑就行了吗？心情烦乱时，大哭一场宣泄一下就可以了吗？不由得想发火骂人时，是不是应该先听听对方怎么说？她们并非每个人都是自己心目中勾勒的完美母亲的形象，但无论是在超市、路上、站台，还是露天咖啡座位上，看到互动亲昵的母子，谁都会觉得那就是一个完美的母亲。"

"一直坚持工作的真琴也是，虽然有烦心事，却能照顾好孩子，打理好家务，显然比我能干多了。她散发着这种自信，或许那不是自信，而是职场女性特有的气质吧。是一种连她本人也没有察觉到的特质。"

真琴接受询问时，检察官与律师为了确认她和寿士往来的信息，分别念出好几条信息的内容，手机上的内容大抵是一般的打招呼和回应。

——谢谢你今天帮忙。
——哪里，也谢谢你的款待，还请加油。
——后来还好吗？
——感谢你的诸多帮助。

律师念出来的电脑上的谈话内容，比手机信息要长，意味着两人的确比一般朋友更亲密。之所以特地念出来，或许是为了揭示两人的关系非同一般。没想到内容却比里沙子他们想象中来得普通多了。

譬如：

天气很冷，家人都还好吗？ 你说小孩发烧了，可能是得了流行性感冒。现在还好吗？ 等你闲下来再回复我也可以。要是你有空，还请告诉我，有件事想和你说，还是当面请教比较好……真的，就是有那种我们男人实在搞不懂的事啊！

然后是真琴的回复：

老幺只是普通感冒而已，谢谢你的关心。最快的话，这周五或是下周四晚上碰面如何？ 约在哪里都可以。你先别想太多。

大抵是这样的内容。

里沙子边听信息内容边想，真琴算是个颇守本分的人。就常识来想，毕竟彼此都有家室，用字遣词不能太亲密，两人之前还交往过，就更要注意了。

就像刚才有人脱口而出的那样，寿士与真琴之间并没有男女情愫。寿士只是将她视为可以倾诉心事的对象，没有其他意图；真琴也是纯粹出于关心与善意，愿意听他诉苦。

所以他们之间真的没有暧昧关系吗？

里沙子不断反刍两人手机上发的信息。极尽可能精简的句子里，是否藏着什么暗号呢？能不能读出因为担心被各自的另一半偷看，而精简成别人嗅不出任何问题的内容呢？

刚刚迸出"可是"这词的六实肯定也是这么想的吧。确实，内容简短，只是在传达基本信息，感受不到什么超越友谊的亲昵。但另一半看到这样的内容，就会很安心吗？也可能因为内容过于简短、不够热络，反而让人内心骚乱不安啊！

水穗担心要是不得不离婚，自己要如何活下去。虽然这么想很极端，但这些似乎藏着暗号的信息，是否让她感受到那两个人之间坚定不移的信赖呢？

里沙子忽然想到一件事——她也曾怀着几乎被罪恶感击溃的心情，偷看别人的短信。那是她最不想忆起的事情之一。

里沙子与阳一郎并未坦白彼此的婚前情史。虽然身边有朋友很在意这种事，但里沙子觉得没必要，阳一郎似乎也这么认为。不过，阳一郎应该交往过两三个人，只是不清楚究竟有几个人，又是为何分手的。

她也好奇过。尤其是刚结婚时，无论如何也想知道，这简直成了自己的心病。但她察觉到，这种好奇是对素未谋面的那个人幼稚的嫉妒，所以终究没有开口。

自己没什么值得讲出口的经历，这也是让她没有问清楚的原因之一。虽然里沙子交过男朋友，但阳一郎是第一个让她动了结婚念头的人。

想到对方拥有自己没有的东西，虽然并没有什么厌恶感、挫折感，但总觉得有种不踏实的感觉，令人难受。

里沙子和一大群乘客一起下车，准备转车，忽然想起约莫三年前的事。

记得是刚怀孕不久的事吧，好像是孕吐最厉害的时候。朋友都说孕妇一般都喜欢吃酸的，里沙子却想吃甜食，而且想吃得要命，根本没意识到自己买了多到吃不完的和式点心。在满怀罪恶感的情况下，她一口气连吃了三四个，烧心的感觉加速了罪恶感的生成。恰巧看到聚餐回来心情很好、喝得烂醉的阳一郎，顿时怒火中烧。

那时，里沙子一直怀疑阳一郎和前女友旧情复燃、搞婚外情，简直就是陷入"被害妄想症"的状态。里沙子只知道阳一郎的前女友从事建筑业，以前人在国外。她怀疑对方回国后和阳一郎有过联络，但理性告诉她，这根本是没有证据的事，应该不可能发生。至于为什么会产生如此无理取闹又顽固的执念，里沙子给自己找了借口，那就是男人"通常"会趁妻子怀孕时偷腥。

对检查别人的包和手机一事，里沙子一直持保守态度。"明知不应该做这种事，况且要是被发现了，不知道阳一郎会气成什么样，一想到就害怕。但是，真的好想看、好想看、好想看。破绽就一定藏在某个地方。"

喝醉的阳一郎连衣服也没换便倒头呼呼大睡时，或是在他边哼歌边走进浴室时，里沙子直盯着阳一郎的公文包。她曾拉开书包拉链，但实在不敢碰里头的东西。于是，里沙子凝视着塞在包里的手机和记事本，仿佛这么做就能透视出什么似的。

某天，她再也忍不住，伸手拿起包里的手机。因为手机种类不同，不知道怎么使用，她用颤抖的手指按了好几次，总算来到收件箱的界面。里沙子一边专注地听着睡在卧室的阳一郎是否醒来，一边盯着手机画面，手不停颤抖。

阳一郎发的信息都很简短，"前几天多谢你的帮忙，Thank you（谢谢）。""昨天的事很感谢。有平安到家吗？""就算周末下雨也要去。""增田说，聚会定在黄金周那时，如何？""不好意思，多谢。"

也有眼熟的内容："我现在要回去了。要帮忙买什么吗？"那是发给里沙子的信息。

在这些简短的往来信息中，似乎嗅不到半点男女情意。虽然有发给异性的信息，或是发信人应该是女性的信息，但里沙子找不到任何过于亲密，或者省略到让人起疑的内容。阳一郎似乎一直熟睡着，里沙子用颤抖的手将手机放回包中。

这样就安心了吗？倒也未必。虽然不知道前女友的名字，无从找起，但搞不好那些平淡无奇的信息中就有她发的信息。除了担心阳一郎偷腥之外，里沙子还担心一件事，那就是那两人之间其实没有男女之情，也就是说，明明没有男女之情，却时常往来、联络。比起谈情说爱，两人只是吃吃饭，连手也没牵，这样的关系更棘手。毕竟爱情有结束的可能，若非如此，如何让以往曾是恋人的两人不再联络呢？

那时，里沙子变得越来越奇怪，可能是孕吐、荷尔蒙之类的作用，促使身体产生了变化吧。接着，她又回忆起那种陷入被害妄想症的状态是如何落幕的。

只偷看过一次阳一郎的手机，她就被发现了。

阳一郎并没有怒吼，也没有生气，只是问了句："你看过了，是吧？"里沙子只好点头承认，他只笑着说了一句："不觉得可耻吗，做这种事？"

里沙子顿时有种被人从头顶泼了一大桶水的感觉。阳一郎让她知道：她做的不是坏事，而是可耻的事。她的错误不是偷看别人手机里的信息，而是被怀疑另一半出轨的念头附身；甚至认为另一半没有出轨，只是和异性相约见面会更糟。这样的自己是可耻的。

从上野转乘的电车今天也很拥挤，却不像第一天那样让人感到痛苦。"以前我也是搭这么挤的电车通勤，已经习惯了吧。"里沙子伸长胳膊，拉着勉强够得着的吊环。

"那时的我真的很奇怪，可能是因为不适应身体的急剧变化，或是因荷尔蒙分泌失衡而不安，才变得那么疑神疑鬼。"里沙子设法说服自己。执念如此强烈，的确奇怪，但那时自己为何会轻易认为阳一郎那么受欢迎呢？

今天，不管文香再怎么哭闹，绝对要带她回家——里沙子边下定决心，边下了公交，快步走在昏暗的街道上。

她按了一下门铃，门还没开，便听到唤着"妈妈"的稚嫩声音。婆婆开门探头的同时，文香已经奔出来抱住她的腿。

"哎呀哎呀，小香，你怎么穿着袜子就跑出去啊！袜子都脏了。"

"昨天真的很不好意思，今天又麻烦你们照顾了。"

"里沙子也很辛苦呢！今天我下厨做菜，小香吃了汉堡肉，虽然去外面吃也不错，但也不能总去，对吧？"

婆婆催促她进屋，但里沙子没脱鞋，还是站在玄关。

"真是太不好意思了，谢谢您。"她对婆婆这么说着，蹲下来看着文香，"小香，我们回去吧！东西都收好了吗？妈妈在这里等，你去拿包包过来。"

文香或许还记得昨天的事吧。只见她今天乖巧地回了一声"好"，随即跑向走廊另一头。婆婆从厨房探出头来，询问她要不要喝杯茶再走。里沙子说要趁着文香没闹脾气，赶紧带她回家。可能是还记得昨天的教训，婆婆并未挽留，只是笑着点头说："也是啦！这样比较好。"

虽然婆婆说只装了阳一郎喜欢吃的炖煮料理，还有一点点菜，但装着保鲜盒的纸袋却重得像是放了好几本字典。里沙子不由得揣测，阳一郎可能会发牢骚说这些是去便利店买来的配菜。公交虽然不挤，却也没有空位，文香又吵着要抱抱。里沙子要她安静点，这时，有位年轻女子起身让座。

母女俩在西国分寺换乘电车，幸好有位子坐。在武藏野线的电车上文香还一直拉着里沙子的裤子，絮絮叨叨地讲个不停，而此时，她已经不知不觉地靠在里沙子身上睡着了，短暂的安静让里沙子打从心底里松了口气。

里沙子愣愣地眺望对面那扇灯光不断流逝的车窗，窗上映着自己疲惫的脸。映在窗上的脸缓缓变化着模样，一下子变成水穗、变成真琴，又变成在电车上看到的那些陌生女性。

里沙子脑中浮现出整洁的家里，水穗用颤抖的手偷看丈夫手机的身影，手机的亮光照出她被头发遮住的脸。

里沙子赶紧拂去这恣意浮现的影像，不想任其和自己的身影重叠，本来就没有任何可供重叠的地方。或许水穗是那种毫无罪恶感、习惯定期检查丈夫私人用品的人，也或许她以前就有被害妄想症。

里沙子突然觉得很恐怖，一股审理中感受到的、如同空调温度急速下降带来的恶寒从心头生起。车厢广播报出下一站的站名，里沙子摇醒文香，一只手牵着还睡眼惺忪的文香，一只手抱着沉重的纸袋下车，走出车厢的瞬间便被煮熟似的热气包覆，融解了刚才寒战般的恐惧。

"不对，她一定很不爽。"里沙子突然改变了态度。无论是否有男女之情，哪个妻子会不在乎丈夫和旧情人碰面呢？光是看那些信息，确实嗅不出两人的关系究竟到何种地步，但只要一想到丈夫竟然向旧情人请教育儿问题，一想到那个完美兼顾工作与家庭、多少有些自负的女人露出的得意表情，还有她提供各种意见的样子，就让人懊恼、生气，心情不爽到想吐。

但也不可能因此就将孩子扔进装满水的浴缸。

一般遇到这种事都会先和丈夫谈谈吧。要是咽不下这口气，就会直接摊牌，要求另一半别再和对方碰面。当事人肯定还会思索为什么事情会变成这样。

"妈妈，回去可以给我念故事书吗？还有啊，还有啊，可以吃甜的吗？"

文香的声音将里沙子拉回现实。

"别吃甜的吧！睡觉前我念书给你听。"

里沙子说完，望向窗外，确认公交开到哪里了。

她按下车铃，和文香一起下车，在湿黏的热气中走向住的那栋大楼。大马路旁的便利店、影片出租店、拉面店流泻出明亮的灯光，自行车店和动物医院则已经熄灯关门。

从婆婆那里带回来的有南蛮风腌茄子、冬瓜镶肉、根茎类菜的炖煮物和味噌青花鱼，再煮锅饭、做个味噌汤就行了。因为分量不少，还可以留到明天当作晚餐。一想到能将这些东西移到盘子里，里沙子便忘了纸袋那恼人的重量。

快到晚上九点了，阳一郎还没回来，也没发信息。里沙子还没吃饭，便帮文香洗澡。

里沙子坐在浴室的小椅子上，让文香坐在自己膝盖上，帮她洗头。文香边哼唱着某首歌，边碰触里沙子的胸部，哈哈地笑着。里沙子让她仰躺，冲掉头上的泡沫。文香哭闹着说"水好恐怖"是到几岁为止呢？现在如果用莲蓬头冲头发，她也会大声地哭着说不要弄到脸，但此时文香紧闭着眼睛和嘴巴，没有哭，洗起来轻松多了。

文香学会自己抬头之前，里沙子用婴幼儿澡盆帮女儿洗澡，总是浑身湿透。要是夏天，通常给她擦干身体后用浴巾裹着，让她在更衣室躺一会儿，然后里沙子将浴室门稍微打开些，自己边唱歌边匆匆洗澡。文香一旦落单就会哭，所以里沙子洗澡时，还得不时探头瞧瞧女儿的情形，大声唱歌。

里沙子想起那时的事，不禁莞尔。

"妈妈怎么了？有什么有趣的事吗？"坐在浴缸里的文香问。

"没什么啦！"里沙子回道。

洗完澡后，阳一郎还是没回来。里沙子看了一下手机，也没有信息。本想发一条信息问一下，转念一想他可能在应酬，还是算了吧。里沙子顺手将手机搁在桌上，迅速帮文香吹干了头发。

她正为女儿今天的乖巧感动时，讨厌刷牙的文香又开始闹别扭。"妈妈，不要！"她挣脱里沙子的手。好不容易抓了回来，她却仰着上半身，双脚不停乱踢，大声哭闹。"妈妈，不要！走开！"文香大哭着，还求救似的大叫，"把拔！把拔！"

还没吃饭的里沙子被文香无心的一脚踢中眼睛，本能地把文香推开。倒栽葱的文香不断踢着地板大哭。"不要，不要，好痛哦！讨厌妈妈！把拔！"文香流着口水哭闹着，话语逐渐变成刺耳的哭声。里沙子索性不予理睬，从冰箱里拿出啤酒，她没有将盘子里的料理拿去加温，直接撕掉保鲜膜吃了起来。也许是习惯了孩子一定音量的哭声，就算文香仍然哭着，里沙子也像没听到似的。餐桌上方的灯孤零零地亮着，里沙子在寂静的屋里大口吃着婆婆做的料理，喝着啤酒，哽咽地抽着鼻涕，最后还是不小心呛到，将刚灌进嘴里的啤酒吐出来，咳个不停。

是咳到流泪，还是因为别的呢？里沙子用睡衣袖口拭泪，起身拿起抹布擦桌子。深吸一口气后，她紧紧抱住还在哭泣的文香。文香还是哭个不停，在妈妈怀里不断挣扎反抗，呜呜地叫着。

"不刷牙会蛀牙哦！一旦蛀牙就会很痛很痛，就要去看小香最讨厌的牙医了！"

里沙子抱着身上有着肥皂香味的小孩，在她的耳边说。哇哇的哭声混着"不要"的字眼，文香哭到连话都讲不清楚，还在拼命抵抗，还想用脚踢里沙子。里沙子将文香抱得更紧了，把脸埋在女儿才刚吹干的头发里。

"我到底在做什么？"

里沙子抱着文香，睁开眼。明明是文香动个不停，结果带得自己的身体也跟着摇晃，她产生了一种被紧抓着肩膀摇晃的错觉。

"放着孩子不管，独自喝酒，我到底在干什么？"

里沙子不再抱着不停挣扎的文香，只是抓住她的手腕。不明白究竟发生什么事的文香瞬间停止哭泣，但她还是哭丧着脸，眯着眼偷看妈妈，那表情让里沙子不由得"扑哧"笑出来。里沙子双手捧着像忽然想起什么似的张着嘴、试图继续哭闹的文香的脸。

"好了。小香。妈妈也向你说对不起，我们和好吧！"里沙子说。不知为何，她说着说着竟然想哭。她这才意识到，刚刚之所以呛到，是因为想哭。

"可是，可是妈妈……"

"所以妈妈才要说对不起呀！可是小香也不对哦！不可以不刷牙啊！"

"嗯。"文香抬眼看着里沙子，点点头。

念绘本哄文香睡着后，里沙子才继续吃饭。确认了一下时间，刚过十点。忘了拉上窗帘，窗户外头还看得到城镇的点点灯火。虽然啤酒已经没气了也变温了，她还是往杯子里添了些，边喝边用左手划手机。还是没收到阳一郎的任何联络。

这不是什么稀奇事。虽然阳一郎会主动联系她，但也会有不太方便的时候。里沙子能够理解，所以不会责怪他，也会提醒自己别过度担心。纵使如此，回过神来，自己还是把手伸向了手机，想要确认是否收到了信息。

里沙子开始集中精力吃饭。

原来阳一郎喜欢吃冬瓜、根茎类菜的炖煮物吗？自己完全不知道。味噌青花鱼太甜，做菜口味一向清淡的婆婆不知为何也会做这种重口味的菜。莫非阳一郎喜欢吃这种甜甜的味噌料理吗？婆婆说文香的晚餐是汉堡肉，所以青花鱼和汉堡肉这两样主菜都是婆婆做的？真叫人佩服。

四周一片寂静，只听得到空调发出的沙沙声。

刚才的寂静也是如此，文香哭闹时的那股寂静。

阳一郎该不会正在和某个女人单独会面吧。里沙子一边吃饭，一边愣愣地想。是公司同事、学生时代的朋友，还是交往过的谁呢？这样的假设让里沙子有一种似曾相识感，她不由得想起三年前的自己，现在她已经能够笑看那时的自己了。"他哪可能那么吃得开啊！连一间时髦的餐厅都不知道，手机壁纸是孩子的照片，况且用钱也没那么自由。

"但在外头的阳一郎真的是我认识的他吗？同样地，待在家里的我真的是阳一郎认识的我吗？要是他看到刚才那个放着哭泣的文香不管、自顾自喝酒的我，恐怕会说不认识这种女人吧。"

被人抓住肩膀猛烈摇晃的感觉又被唤醒，明明从来没有人对自己这么做过。

里沙子想起来了。分明没有孕吐、女性荷尔蒙作祟，自己为何还是怀疑阳一郎？

婚后不久，阳一郎到了下班的点没回家也不会说一声，而且晚归的日子还不少。当然不是婚后才这样的，以前他就是如此。和同事们聚餐、和公司前辈聚餐、因公事聚餐，两人交往期间他便有很多类似的应酬，也常和学生时代的朋友聚会。婚前里沙子没那么在意，因为自己也是如此，经常和同事或工作相关的人一起吃饭，也会去和朋友小酌几杯。但结婚、怀孕生女后，越是自己晚上没机会在外面吃饭，阳一郎不在家这种事就越显得突兀。

那时候，里沙子会问准备出门的阳一郎，晚餐是否回来吃。大部分时候，阳一郎都说会回来吃，然后补上一句："要是没什么事的话。"不过，大部分时候都会突然有事。

这种感觉很没意思。因为他说会回来吃，所以得准备两人份晚餐；即使怀孕时对味道很敏感，还是得做饭。要是一个人，简单做一点就行了；但要是有人一起吃，就不能只做个盖饭，还得准备两三道配菜和汤。结果这些用保鲜膜包起来的菜逐渐冷掉，保鲜膜内侧的水滴不久也消失了，食物上头浮现了一层油脂。

新婚不久，里沙子会等阳一郎回来，但怀孕后有时身体状况欠佳，只好先去睡觉。她将手机搁在枕边睡着，半夜突然醒来，发现铺在旁边的被褥依旧整齐。里沙子起身走向餐桌，借由窗外街灯流泻进来的灯光，瞧见微亮的昏暗中，餐桌上的料理没有动过的迹象。

翌晨醒来，她发现阳一郎躺在旁边睡觉，餐桌上的盘子依旧覆着保鲜膜。里沙子只好将这些菜倒进厨余垃圾桶，一边想着太浪费了，太浪费了，一边设法平复心烦意乱的情绪。最后早餐也没做，只是将烦躁的心绪连同已经冰冷、浮现油脂的菜肴一起丢掉。

这种情况一再上演，里沙子要求阳一郎下班后要是有聚餐或应酬，最好告知一声，阳一郎却说没办法。

里沙子放下筷子，拿起罐装啤酒，发现罐子已经空了，她又从冰箱拿出一罐，坐回位子上。她将啤酒迅速地倒进杯子里，一口气喝了半杯。

"他是怎样说出'没办法'的呢？"里沙子凝望窗外，试着回想起当时的情况。

他没有笑着说"这种事怎么可能"，也没有生气，而是以非常沉稳的态度，静静地说出这句话的。那么，我为什么没继续追问下去？就这样，里沙子起了疑心，"阳一郎不但晚归的日子变多了，还不发信息告诉自己有事会晚一点回家，难不成有什么无法向我开口的理由吗？"一点点怀疑逐渐膨胀，终于巨大到难以收拾，吞没了里沙子，于是，她偷看了阳一郎的手机。

传来开门声，里沙子吓得跳起来，赶紧将之前喝光的啤酒罐拿到厨房丢掉。阳一郎边用不太高兴的语气说着"我回来了"，边走进房间。他其实不是不高兴，而是心虚吧！里沙子想着，不断告诉自己别在这时说些会挑起事端的话，好比晚回来怎么都没告诉一声之类。

"妈妈让我带了一些菜回来。她做了很多，真是帮了不少忙，我挺不好意思的。"里沙子开朗地说。她将剩下的啤酒倒进杯子喝光，然后把用过的盘子和空罐拿去厨房。"要吃饭吗？还是帮你做个简单的茶泡饭？"

里沙子隔着流理台问，突然觉得心情很差——明明是他没说会晚点回来，明明是他先耍性子，为什么我非得要对这种先使下马威的家伙故作开朗？

"不用了。明天再吃，先放进冰箱吧。"阳一郎按下按钮，再次温热洗澡水。

"要喝茶吗？"里沙子知道自己没有表露出不高兴，因为赌气没有任何好处，一点都没有。她心不甘情不愿地学会了这个道理。

对了，里沙子想起来了。怀孕时，自己跟阳一郎说要是他临时有聚会，最好告诉自己一声。那时阳一郎回答了什么，以及后来发生了什么。

"趁洗澡水还没热，喝个啤酒吧！"

"啤酒啊！"里沙子将洗好的盘子放进篮子，打开冰箱，顿时有一种挫败的感觉，因为自己刚才喝掉的就是仅剩的两罐。

"对不起，啤酒没了。我帮你调一杯烧酒，如何？"

"啊，被喝光了。"阳一郎瞄了一眼流理台说道。听得出来，他并没有因此生气、发牢骚。他带着半开玩笑的语气说："那我就喝一杯吧！"

里沙子准备了两个杯子，先放冰块，倒进烧酒，再倒入矿泉水，滴几滴柠檬汁后端上桌。

"你又要喝吗？"看到里沙子将杯子放在自己的位子上，阳一郎语带调侃。里沙子嘿嘿地笑着，将剩下的菜肴端到流理台，倒入保鲜盒后放进冰箱——明天婆婆一定又会让我带些菜回来吧，这些肯定就得丢掉了。

"总觉得好累啊！"里沙子坐回餐桌旁，拿起面前的杯子，阳一郎也配合似的举起杯子，但在准备干杯之前——

"你那时要是没辞职、继续工作的话，八成会变成酒鬼主妇吧。咦？这词是用来形容主妇的吗？"阳一郎笑着说。

里沙子将杯子凑近嘴，啜饮着。

"你认为要是我继续工作的话，会酒精中毒吗？好过分啊！"里沙子努力笑着这么说，因为笑能让她安心。

"这样不是很奇怪吗？"阳一郎说，"哪个家伙加完班，同事提议去喝一杯时，会说等一下，我发个信息跟家人说一声的啊！"阳一郎那时是这么说的，"我又不是那种闲着没事干的学生，况且我身边也没有谁的老婆会要求这种事啊！你不觉得这么要求很奇怪吗？"

那时阳一郎听到里沙子的要求，没有一笑置之，也没生气，而是平稳、沉静，对了，嘴角还浮现一抹笑容。他这样说，让里沙子感觉自己被瞧不起。不，不对，没有被瞧不起，他只是在纠正她的想法，所以她没多问，也没回嘴，不然只会被纠正得更惨。

后来，阳一郎比较常发信息了，不过不是因为孩子出生，而是因为发现里沙子偷看他的手机。"不觉得可耻吗？"他依然平静沉稳地说出这句话，接着又说，"既然不告诉你我会晚回来，会让你做出这么难堪的事，那我以后就主动报告吧。"里沙子被这句话击垮了。

就在那时，她发现自己在阳一郎那位素未谋面的前女友面前，是多么自卑，以往的优越感不知不觉间消失得无影无踪，化成了好几倍的自卑。里沙子觉得，这种自卑感恐怕永远也不会消失。或许偷看手机不是疑心所致，而是强烈的自卑感作祟。

在盥洗室刷牙的里沙子听到浴室传来阳一郎冲洗身体的声音。

"为什么总是想起这么无趣、这么无聊的事情呢？从文香出生到现在，我还真是闲啊！"里沙子想。太闲了才会胡思乱想、钻牛角尖，夫妻俩才总是起些无谓的口角。

"不，不是起口角吧。我总是不回嘴的，不是吗？"

"我们的个性真的很像吗？我心情烦躁时，会说些情绪性的话，阳一郎会回击吗？一直以来都是这样吗？"

里沙子想起今天安藤寿士站在面前时，自己感受到的莫名的寒意。

"我们确实吵过架。"里沙子的耳畔响起安藤寿士的声音。

"任何夫妻都会起口角、冷战。"

"但我从没动粗、丢东西、大声咆哮，我们只是争执而已。"

没人见过他们起口角的场面，也没人知道他们到底在吵什么。

那个家到底发生了什么事？那对夫妻又是如何相处、如何沟通的？那是只有两名当事人才知道的事情，不是吗？里沙子想。

安藤寿士应该如同他所宣誓的，不会说谎吧？用折叠整齐的手帕拭泪的样子也是真的吧？但总觉得哪里怪怪的，这种感觉在里沙子心里蔓延开来。

他竟然不记得自己孩子的各种事情，比如出生后两个月或三个月的体检、向保健师咨询等……明明不清楚其他同龄孩子会有什么样的行为表现，却说自己的孩子做不到……这个男人对妻子抱怨婆婆的事记得格外清楚，却记不住自己孩子的事。

想必关于孩子的事情都是他下班回来后，从妻子口中得知的吧。

"今天带她去健康检查，体重正常了。""一早带她去看医生，原来不是感冒，而是突然起疹子。""其他宝宝这阶段都已经会翻身了，可是她还不会，我总是很担心。"里沙子不由得将自己的身影和水穗重叠。曾经她也是如此，苦等着阳一郎回来，快步跑向玄关，等不到吃饭就要先说出这些事来。

那个丈夫会很有耐心地听妻子说这些事吗？就算会，恐怕也马上就忘记了吧。还是说当爸爸的都是这副德行呢？

当然也有那样的男人，工作日总是加班晚归，于是周末帮忙照顾孩子、带家人出游。但不管多么想为家人尽一份心力，总有力不从心的时候吧。所以这对阳一郎来说，应该很难吧？寿士八成也是，虽然真的很想为妻子分忧解难，但实在无法拒绝加班和聚餐，只好心怀歉疚。

但如果说有一种情形和这种心情既不冲突，也不矛盾呢？

譬如，为了和旧情人见面而带着孩子出游。就算彼此没有男女关系，也没有情爱，但比起和总是垮着脸、净说些无凭无据的话的妻子在一起，谁都更想和愿意听自己诉苦、给予建议、更了解自己的人共度时光，不是吗？

或者，他对旧情人念念不忘，为了克制这般心情，才刻意带孩子赴约……

"今天没说会晚点回来，对不起。"

关掉卧室灯的阳一郎怕吵醒文香，悄声说。里沙子总算回神，从纷乱的思绪中解放出来。"什么对旧情人念念不忘，如此无凭无据的空想还真是可笑。要是告诉阳一郎，肯定会被嘲笑吧。如此愚蠢的幻想只会出现在肥皂剧里，不是吗？我实在不适合当什么陪审员，应该找更懂得理性思考的人担任才对。啊，对了，我只是个候补。"

耳边响起的嗫嚅声，清楚得让里沙子一惊。当然，这不是阳一郎的声音，而是里沙子脑中浮现的声音。

"加班结束后，有人邀我去喝两杯，虽然不太想去，但也拒绝不了。"

看里沙子没有马上回应，阳一郎又说。"啊，嗯。"里沙子喃喃道。文香好像要醒来似的哼哼起来，阳一郎说了声"晚安"，里沙子也回了句"晚安"，随即闭上眼，决心不再东想西想，努力进入梦乡。

正要入睡时，突然像吞入什么异物似的，她的脑中浮现出一串疑问。

"水穗知道丈夫找旧情人是为了请教育儿方面的事，还告诉对方妻子无法好好照顾小孩一事吗？她知道两人用信息联络，但知道丈夫为何和前女友碰面吗？"

不满水穗拒绝保姆和社会援助的寿士，在夫妻俩沟通时，有没有主动说出这件事呢？——"我只是找她商量你和孩子的事，只是向有照顾孩子经验的她请教一些事罢了。还不都是因为你这样子，这也是没办法的事啊！"

要是别人这么说自己，那一定是一种像被殴打了似的冲击吧。里沙子觉得这些话仿佛朝自己砸了过来，甚至感受到了切实的疼痛。

在只有两个人的密室中，两人到底是怎么沟通的呢？里沙子睁开眼，抬头望着昏暗的天花板，有种俯瞰深不见底的洞穴的感觉，她赶紧闭上眼。

初次见到阳一郎，是在一家做意大利料理的居酒屋，学生时代的朋友问里沙子要不要一起去参加气氛轻松的聚会。里沙子那时从别人口中得知，三年前分手的前男友已经结婚，心情很复杂。她之前从没参加过大半都是陌生人的聚会，之所以答应邀约，是因为当时心情很乱。这是个一共十四五个人的聚会，除了邀她一起来的朋友，还有几位学生时代的同窗好友。大伙一起干杯，轮流自我介绍，有人已经有交往对象，也有人即将步入红毯。与其说是联谊，更像是不同行业的交流会。

阳一郎凑巧坐在里沙子旁边。

里沙子对他的第一印象是个性很开朗，阳一郎不但有说有笑，看到周遭人的盘子或杯子空了，就会帮忙夹菜、添酒。

两人聊电影聊得很开心，碰巧最近看的是同一部电影，感想也很相近。起初里沙子和阳一郎都觉得这部电影拍得很唯美，很有想象力，对这部电影满是赞美之词，但仔细一想，两人又发现根本搞不懂剧情到底是怎么展开的，后半段也虎头蛇尾，赚人热泪、老套的桥段太多。两人一起批评、一起大笑，也就自然聊到喜欢什么类型的电影、最喜欢哪一部电影之类的话题，当即相约找一天一起去看电影。

聚会进行到一半时，大家调换位置。里沙子坐到离阳一郎比较远的位子，右边是在电脑公司上班的男生，对面是在大学里担任讲师的女生。里沙子边和他们聊着哪里的店好吃，边不时偷瞄阳一郎。他和别人聊天也像刚才那样聊得那么开心吗？也和别人有什么约定吗？她好想知道。无论何时看到阳一郎，他都在笑，两人好几次四目相交，里沙子觉得难为情，阳一郎非但没有别过视线，还对她笑了笑。

要是和这样的人结婚，应该不错吧，那时里沙子这么想。她很诧异自己怎么会有这样的想法，因为她一直都很排斥结婚。

两人第一次相约出游是在那次聚会的两周后，去看了说好要一起看的电影。之后一起去了阳一郎毕业的大学所在的城镇。正值樱花时节，阳一郎带她去了校园深处还不是很多人知道的赏樱的好去处。

盛开的樱花树绕着宽阔的公园种了一圈，却不像千鸟之渊与新宿御苑那样人头攒动。两人坐在长椅上，聊起学生时代的种种回忆。夕阳西沉时，来了几个学生，为樱花树下的宴会做准备。两人还去了学生街上一家阳一郎学生时代就常去的烧烤店小酌。这次约会让里沙子越发觉得阳一郎是个很开朗的人。

这次见面，两人才发现其实彼此并没那么爱看电影，比如某部被他们批评很无趣的电影，阳一郎是在朋友的邀约下去看的，里沙子则是休假时闲着无事可做去看看罢了。他们不由得相视而笑。

这个人肯定是在关爱中长大的吧，与阳一郎并肩坐在吧台的里沙子边喝酒边这么想。有来自双亲、同学，还有老师的关爱，才能活得如此无忧无虑，个性开朗，令人觉得舒服。要是和这个人在一起，或许能建立一个正常，不，美好的家庭。里沙子又一次为自己的想法感到诧异。明明觉得不结婚也无所谓，不建立家庭也没关系，但和这个人在一起时，她却下意识地想着或许结婚、拥有自己的家庭也不错。

"我一定是被阳一郎那种晴空般爽朗的性格吸引了。"那天，里沙子在回家的路上这么想着，"倘若是个非常了解被爱是怎么回事的人，应该也懂得爱人，可以与之建立充满爱的家庭。也许我做不到这种事，但如果是他，一定能弥补这个欠缺。"

里沙子虽然交往过几个人，但还是第一次有这种念头，所以她觉得阳一郎就是自己的真命天子，生怕错过这段姻缘，自己一辈子都不会结婚。

两人一起吃过饭后，很自然地开始交往。随着彼此关系越来越亲密，里沙子越发觉得，像阳一郎这样开朗、体贴，长得也不差的男人竟然没有女朋友，还真是不可思议。

黄金周外宿的那次约会中，两人有了肌肤之亲。之后每个周末，阳一郎都会在里沙子那边过夜。两人的关系变得亲密后，里沙子总算敢开口问阳一郎，彼此决定交往时他是否有女朋友。

阳一郎坦诚地表示，认识里沙子的两个月前自己刚和前女友分手。对方是个非常有野心的女人，在建筑事务所上班，她告诉阳一郎，自己想去德国长期研修。

"她似乎从没考虑过结婚这件事，不过年轻时谁都会这么想吧。况且她是那种工作至上、拼命三郎型的人，我根本无法改变她。而且那时我也开始怀疑：我们真的要这样继续交往下去吗？就算没有研修那件事，我和她也没办法再走下去吧。"

听到阳一郎这番话，里沙子想象着这位在德国当女强人、连名字也不知道的女人的模样。想象她是个绾起头发，皮肤有点干燥，冰山美人一样的女子。那时里沙子感受到一种优越感，但究竟是什么样的优越感，她形容不出来，自己也想不清楚，就是有种说不出来的哀怜，总觉得女性表露自己的野心是件很难看的事，也认为自己得到的是更好的东西。明明几个月前，自己也是那种工作至上、一点也不想结婚的人。

里沙子和阳一郎的交往过程很顺利，但也不是完全没吵过架。好比约会迟到却没道歉、把和朋友的约定看得更重要等，后来想想都是些没什么大不了的事。

倒是有件事让里沙子很意外，那就是自己安排阳一郎和女性朋友会面，惹恼了他。

从学生时代起，里沙子和朋友之间都会很自然地将男友介绍给大家认识，一起吃顿饭。步入职场后这种情形也不少，所以同事们得知里沙子有了男朋友，自然要求她带阳一郎来让大家看看。里沙子将这件事告诉阳一郎，阳一郎虽然说"我再看看哪一天方便吧"，却迟迟没有敲定日期。于是里沙子擅自约好餐厅，通知了朋友们。在和里沙子一起前往餐厅的途中，阳一郎才得知要见里沙子的朋友，于是勃然大怒。"你是在耍我吗？！"他突然在路上怒吼，然后就头也不回地离去。里沙子独自前往和朋友们约好的餐厅，实在不知该如何开口，只好谎称他有急事必须赶回公司。还记得那时自己翻着菜单的手不停颤抖，应该是太过惊讶了。

后来阳一郎向她解释了为何反应这么激烈，因为自己有一种被测试的感觉。他之前也遇到过这种事，被一群女人问东问西，简直像是在讨论接下来要端上桌的是蔬菜还是什么似的。"我不是讨厌和你的朋友们见面，而是觉得这种事很没意思啊！"阳一郎这么告诉里沙子。

听到阳一郎情绪平复后的这番解释，里沙子很意外，却也能理解他为何在半路上突然发飙。里沙子很佩服阳一郎敢于坦率表达自己的愤怒，也因为从来没看过一个大男人那么生气而感到新鲜，毕竟之前交往过的人要么是完全不会生气，要么就是以沉默表现愤怒。

曾经抱持不婚主义的里沙子在寻觅人生的第一份工作时，是以能单身工作一辈子为必要条件来找的。虽然正值就业冰河期，工作机会没有多到让自己随意挑选，但她还是在找寻一家公司，能给予女性和男性对等的评价，而且没有歧视不婚女性这种陈腐积习。

但和阳一郎交往的这一年来，里沙子完全忘了当初是以能单身工作一辈子为前提而挑选工作的，也很庆幸自己不是待在那种认为女人一旦结婚就会辞职的公司。打从说出自己要结婚后，里沙子自然抱着婚后也要继续工作的心态。

里沙子曾想，要是那时没有问阳一郎前女友的事，或许结婚的念头就没那么强烈吧——如果阳一郎口中的前女友不是那么有野心、以工作为优先考虑的话。

早在两人决定携手共度人生之前，里沙子便见过阳一郎的家人。

两人开始交往的第二年元旦，"要是你不回老家过年，要不要来我家？"阳一郎这么邀约里沙子。"总觉得有点夸张，我会很紧张。"里沙子婉拒。虽然没有直说，但明明还没互许终身，就在过年时去男友家拜访，总觉得有点怪怪的。里沙子不清楚这种事的"标准"，一般的情侣会邀请对方新年来自己家和家人打招呼吗？还是说对方想借此场合，暗示今后两人的关系？如果阳一郎的父母不喜欢自己，要怎么办？

结果阳一郎以"避开元旦那天总行了吧"为由百般劝说，里沙子于新年第三天拜访了阳一郎家。那是她第一次来到浦和町，公交车上望见的光景和自己的老家很像，也是一片广阔的田地，有着些许的寂寥。

两人抓着公交吊环，并肩而立，阳一郎说自己初中时骑自行车上学，高中则是搭公交。他说，起初觉得从浦和站搭电车上学很酷，所以很兴奋。可是放暑假前，因为早上起不来，所以成了迟到的惯犯，他还笑着说自己是以距离来选择想就读的高中的。里沙子边听，边试着用阳一郎高中时代的双眼捕捉眼前的风光。无论是低矮的小山、民宅、田地，还是矗立在田地中央已经褪色的广告牌，那个总是迟到的男生一定不觉得它们讨厌，也从没将逃离这里作为人生的第一目标。那时的他，一定露出了那有如蔚蓝晴空的笑容，和朋友们开怀笑闹吧。

两人在面前是一片广阔田地的公交站下车，循着田地对面平缓的坡道前行。一路上散布着几户民宅，每一户人家都有广阔的庭院，有些民宅的庭院还建有仓库、牵引机。

阳一郎的家是这一带比较新的民宅，没有仓库也没有牵引机，广阔的庭院四周种着一圈树木，草地上摆置着桌椅。阳一郎边按门铃边说，他们家是在他小学低年级时搬来这里的，之前一直住在市区的社区公寓。

里沙子很紧张，她和前几任男友交往时从没去过对方家。阳一郎的母亲打开门，亲切地招呼里沙子入内。里沙子记得走进玄关时，突然感受到：啊，这是别人家的味道。

乍见阳一郎的母亲，里沙子就知道她是个什么样的人，活泼开朗、善于交际又不拘小节，是那种非常符合"阿姨"这个称呼的人。

来到客厅，阳一郎的父亲坐在沙发上，微笑着向她打招呼。宽敞的客厅摆着大型液晶电视与音响设备，矮柜上有系着褪色缎带的奖杯和装框相片；挂着蕾丝窗帘的窗外是广阔的庭院，玻璃窗旁放着大型观叶植物，不知是今天有刻意擦拭，还是始终保持一尘不染，每片叶子都翠绿得发出光泽。右手边是一排西式的纸拉门，拉门的另一侧应该是日式榻榻米吧，里沙子想。那么，餐厅在哪里呢？

阳一郎的母亲端来红茶与蛋糕，和里沙子聊着天气、健康状况，以及阳一郎的父亲、兄弟们的事，还有元旦和元旦的电视节目。那时端上来的是起司蛋糕，还是草莓奶油蛋糕？里沙子完全想不起来了。

　　待阳一郎母亲的话匣子告一段落，里沙子送上伴手礼——前天在百货商店买的西式点心。阳一郎的母亲从纸袋里拿出礼盒，夸赞包装纸好可爱时，突然说道："啊，糟了。我有关煤气吗？"随即将礼盒扔在脚边，走向厨房。回来后，她并没有拾起礼盒。里沙子看着搁在脚边的伴手礼揣测：她该不会不喜欢这种点心吧？

　　主要都是阳一郎的母亲在讲话，阳一郎和他父亲只是偶尔插话、吐槽或开玩笑。他们家一直都是这样吗？里沙子很惊讶。母亲说个不停，男人们默默地听着，偶尔插话。里沙子家当然不是这样，她一直以为别人家都是父亲和儿子嫌母亲啰唆，懒得搭理。对于阳一郎家的互动，她深感诧异，甚至有点感动。

　　一个钟头、两个钟头过去了，大家还是这样的状态，里沙子夹在中间越来越痛苦。阳一郎的母亲聊着儿子小时候的事——"他真是个愣头愣脑的小孩，居然没背书包就去上学！""擅长游泳的他还参加过县大会哟！但只有小学时有兴趣而已。"不然就是关于阳一郎的哪个同学、镇上自治会的哪位太太，或是草裙舞同好会的哪位伙伴如何如何。这些话题一点都不有趣，尽管阳一郎的母亲滔滔不绝、热络地说着，但还是无法消弭里沙子心中的紧张。

　　傍晚五点多，里沙子想差不多该告辞了，于是看向阳一郎。阳一郎的母亲却站起来，说了句："留下来吃饭吧。"里沙子虽然为不能马上离开而失望，却也因为不用再听她讲个不停，多少觉得轻松些。

　　趁阳一郎的母亲准备晚餐，里沙子跟着阳一郎去了二楼。这里曾是阳一郎的房间，如今几乎成了仓库，里头堆满纸箱、木箱，还挂着一排套着干洗店透明塑料袋的衣物，放着成捆扎好的杂志等，没铺床单的床上堆放着杂物。"好过分啊！"阳一郎征求认同般地向里沙子笑了笑。

"你们家的感情好好啊！"里沙子说，随即担心自己会不会说错话，"通常只有一群女人才能像刚才那样一边喝茶，一边聊天。"她赶紧补上这句。

"是哦！"阳一郎边窥看最靠近手边的纸箱里装了什么，边点头说，"也不总是那样啦！其实大家都很紧张，我妈也不是那么能说的人。"里沙子觉得这语气听起来像在替母亲辩护，莫名有点不爽。

那时阳一郎的弟弟尚未迁居关西，还在东京一个人租房子住，他的房间倒还没变成仓库，房里摆着书桌，还有存放字典、参考书的书柜，墙上贴着穿泳装的偶像明星海报。"我弟有时候会回来，不是吃饭就是拜托我妈帮忙洗衣服。"阳一郎这番话听在里沙子耳里，有种在辩解什么的语气。

"你弟弟过年时会回来吗？"里沙子问。"不知道耶！"阳一郎环视房间，回道。

六点开饭，原来饭厅是在通往客厅的走廊另一头，同样打扫得一尘不染，也装饰着翠绿发亮的观叶植物。隔开厨房与饭厅的流理台上摆着报纸、钥匙和收据等杂物，里沙子对这种杂乱萌生了一股亲切感。

桌上的料理十分丰盛，四人份的漆器盒，里头有虾、金团、黑豆、晒干的青鱼子与生鱼片，每一种都少量而优雅地装盛着；还用带枝的南天竹、牡丹花与松叶点缀，更显品位高雅，有如高级餐厅端出来的料理，里沙子看了觉得好紧张。正中央的大盘子上盛着炖菜，有胡萝卜、芋头和豌豆等食材，虽然炖煮到变成茶色，却依旧好看。大家齐声互道"新年快乐"，举起装着啤酒、薄到一用力就会碎掉一样的玻璃杯干杯，父亲和阳一郎似乎嫌牡丹花和南天竹碍眼，迅速将它们移开，众人开始动筷。

"好漂亮啊！"里沙子不由得这么说。

"可是这些人啊，只在意能不能吃，全是男人的家庭真的很无趣。要是他们夸赞漂亮，我反而会吓一跳呢！"阳一郎的母亲说。

男人们继续边喝啤酒边吃饭。阳一郎的父亲突然要求温一壶酒，母亲随即离席准备，饭厅顿时变得十分安静。

"请问阳一郎的弟弟住在哪里呢？"里沙子想要化解这股尴尬的气氛，阳一郎的父亲歪着头，朝厨房喊道："孩子的妈，佑二是住在哪里啊？"

"我记得是住在二子玉川那边！"传来母亲的回应。

阳一郎的母亲手拿酒壶和小杯子坐回位子，继续用餐。或许是刚才的紧张感已经化解，阳一郎的母亲不再说个不停，而是边用餐，边想到什么似的问里沙子一些事，像是老家在哪里、兴趣是什么、喜欢吃的食物还有父母的事。主要都是母亲和里沙子在对话，阳一郎和父亲只是偶尔插嘴。

里沙子已经比起刚来时从容、自在了许多，总算能静下心来观察阳一郎的家人。虽然他们看起来感情很好，其实对彼此并不怎么关心，这一点还真有趣。父亲竟然一边说不知道小儿子住哪里，一边和阳一郎拿掉装饰用的花朵。

每道料理都很美味可口。当里沙子听到黑豆和金团都不是买现成的，而是亲手做的时，内心闪现一丝不安：阳一郎有个厨艺一流的母亲，口味不会很刁钻吧？

虽然每次里沙子夸赞好吃时，阳一郎的母亲都很开心，她却也嗅得到一丝母亲的困惑，也许是因为同桌的男人们一直对美食佳肴没什么表示。

漆盒拿走后，换上寿司。阳一郎的母亲又温了一壶酒，阳一郎也开始喝起日本酒。因为母亲只喝了一杯啤酒，也没问里沙子要不要喝日本酒，所以里沙子只好边喝阳一郎母亲泡的茶，边吃寿司。无论是母亲亲手做的料理，还是叫外送的寿司，男人们都只是默默地吃着。

"这孩子真的是一路愣头愣脑地长大呢！"寿司快吃光时，阳一郎的母亲突然偷瞄着里沙子说道，"他是个温和又踏实的人，从小就很照顾弟弟，帮了我不少忙，今后这孩子就拜托你了。"

突如其来的托付让里沙子怔了一下，赶紧低头回礼："也请您多指教。"她知道应该再多说些什么，却因为过于惊讶而憋不出半句话。

阳一郎送里沙子到最近的车站，两人道别后，里沙子独自走在回家的路上。她突然察觉自己其实不是因为惊讶而反应不过来，而是因为内心复杂的情感还无法理出个头绪，面对那般突如其来的情况，有些措手不及。

当然也有惊讶的成分。在里沙子认识的长辈中，就算真的打从心底为子女感到骄傲，也不会像阳一郎的母亲那样称赞自己的孩子，况且还是当着本人的面。被母亲这么夸赞的阳一郎既没害羞也不否认，只是倒满手上的小酒杯，一副事不关己似的喝着酒，搞不好他从小就听惯了别人这么夸赞吧。

这真的让里沙子很羡慕。看来阳一郎个性之所以那么开朗，是因为被如此坦率地爱护着。为何会有这么正面、健全的亲子关系？"好希望有人能在阳一郎面前也这么夸赞我啊！"里沙子梦想着。

之所以会这么想，是因为她内心复杂的情感中，潜藏着莫名的心虚。

总觉得阳一郎的母亲好像在说，这么优秀的孩子和你在一起，实在太可惜了。虽然里沙子明白这只是自己那令人无奈的乖僻性格在作祟，但她实在无法拂去这种心虚，也梦想着有人能在阳一郎面前这么夸赞自己。当然，个性有如晴天般开朗的阳一郎不会和里沙子一样萌生什么心虚的感觉，但电视剧不是经常出现这种场面吗？男主角恳切地说：请将您最引以为傲的女儿交给我。里沙子不明白，自己那时为何像请求什么似的，对阳一郎的母亲那么恭谨客气。

当然，她的内心也很不安。"阳一郎真的打算和我结婚吗？若是这样的话，我和他的家人处得来吗？真的能在那么健全的家庭里，和他们一起高声大笑，成为家庭的一员吗？"

那天，里沙子也看到了阳一郎令人意外的一面。听到母亲那么夸赞自己，阳一郎竟然能泰然处之，而且用餐时一次也没离开过位子。酒壶空了，就递给母亲；手边没有盘子可用，就等着别人拿给他；没有特别护着紧张不已的里沙子，只是冷冷地听母亲称赞自己。这是里沙子从未见过的他，看起来幼稚又没有魄力。

这一切无关是非对错，只是在里沙子的脑子里不停地打转，她不明白自己为何会有如此不安的感觉。

明明不想买东西，里沙子却拐进一家便利店。眺望成排的商品架，方才那些一次性全被唤醒的复杂的情感缓缓地烟消云散，事到如今，她总算能嘲笑自己有多蠢。因为第一次去男方家，才会那么紧张吧。里沙子买了零食、啤酒、牛奶和面包，走出便利店。手上提着购物袋，朝自己的小窝前行，紧张与疑惑仿佛一下子消失了。始终盘旋在脑子里的那些话、扔在脚边的伴手礼，还有像个孩子一样的阳一郎、点缀在漆器盒里的鲜花，一切的一切都已远去，只留下仿佛窥见什么新鲜事的感觉。自己与气氛不算和乐的一家人度过了一段奇妙的时光，想到这里，里沙子突然很想笑。

从阳一郎口中听到"结婚"这个词，是在里沙子元旦拜访后，又过了三个月的某个春日。

阳一郎说他预约了比常去的店还要高档的餐厅，里沙子以为他是想庆祝纪念日，因为那天两人刚好交往满一年。就在享用完鱼料理、肉类料理，用果子露爽口时，阳一郎看着小巧的玻璃器皿，说了句："我们结婚吧。"

那时，里沙子最先想到的就是"没问题"，和这个人在一起的话，一定没问题。

元旦时感受到的复杂情绪霎时烟消云散，不安、羡慕、别扭感都没了。在阳一郎老家吃饭的画面就像收藏在照片里的欢乐时光，残留在里沙子心中。这个在坦率的关爱中长大的人，没有半点阴暗面——那时她只想到了这一点。

"不嫌弃的话，还请多多关照。"用完餐后，里沙子回道。

两人出了餐厅，并肩走向车站。来到地铁站，阳一郎想再散一会儿步，所以两人又继续走。夜晚的街上还是很热闹，车水马龙，面向人行道的店家全都亮着灯。走在街道上的人有的已经黄汤下肚，还有的接下来才要去小酌一番。里沙子和阳一郎并肩走着，不时相视而笑。

明明是不婚主义者，却觉得飘飘然的，好幸福。里沙子想象不出婚后生活的细枝末节，只想忘情地沉浸在幸福中，好好品味这种感觉。两人一直往前走，两旁的商店与大楼突然消失了，他们来到一座小小的儿童公园。这里暗暗的，黑暗中矗立着一棵樱花树，樱花盛开，仿佛时间只在这棵树的周遭停止了似的。里沙子停下脚步，阳一郎也停下脚步，循着里沙子的视线望去。盛开的花儿仿佛照亮了夜色，像是在祝福两人今天做出的决定。里沙子想将这样的感受告诉阳一郎，却没有说。因为她觉得站在身旁的阳一郎肯定也是这么想的，没有必要用语言确认彼此的心意。

里沙子想起去年，两人初次去阳一郎母校的时候。那时他们也是在公园赏樱，旁边还有大声喧闹的年轻学生。记忆中浮现出来的学生和阳一郎的身影重叠——率直开朗、精力旺盛，有属于那个年龄的年轻无知。里沙子的脑中突然浮现出一名女生坐在阳一郎身旁的画面，那个女生就是几年后成为职场女强人的阳一郎的前女友；明明从未见过，她的身影却格外清楚。里沙子又开始玩味这番小小的优越感，因为那个女人并不知晓这种幸福。

这种幸福感变换着浓淡程度，一直延续至两人办理结婚登记。那之后，里沙子还和阳一郎的父母、弟弟一家人一起去温泉旅行——那时她也觉得自己好像在窥看这稀奇的一家人如何相处。即使自己因为处理婚后新居、选定婚礼场地，以及找谁致辞之类的繁杂细节与阳一郎起过冲突，但那种奇妙的感受也并未消失。

里沙子趁婚前的暑假，带阳一郎回老家见了父母。双方约在当地的一间餐厅吃饭。她的母亲明明没上过大学，还频频问阳一郎念的是哪所大学、在哪里高就，甚至拐弯抹角地问月薪的数额；而她的父亲一脸高傲，只会猛喝酒，让里沙子很难为情。一行人没有回里沙子的老家，不到两个小时便离开了餐厅。里沙子真的很羡慕阳一郎能有那样的家人，虽然有点奇怪却令人羡慕。她羡慕阳一郎的母亲懂得如何夸赞孩子，也羡慕阳一郎能在关爱中长大。虽然丝毫不抱期待，里沙子的父母果然没有在阳一郎面前称赞女儿是个乖巧或温柔的人。阳一郎也没有低头行礼，没有恳切地说："请将您们的女儿交给我吧。"

三个月后，里沙子与阳一郎举行婚礼，结为夫妻。

里沙子将姓氏改成山咲，开始了两人的新婚生活，但一直延续到婚后的幸福感却缓缓消失，以她无法察觉的缓慢速度，悄悄消失。当然这和所谓的不幸截然不同。

一回神，里沙子才发现，后来自己不断反刍着那天仿佛从地面浮起来的幸福。

有时她会突然想起那种幸福，仿佛连指尖都能感受到类似的空气；有时又实在想不通自己为何会因为那种事，沉浸在幸福之中；有时也会厌烦自己为了一点事，就飘飘然；有时则因为不知该如何回到那种幸福里，焦虑万分。

要是能回到那时该多好啊！里沙子察觉自己会无意识地这么想。要是回到那时，享用套餐的自己会如何回答？"如果你不嫌弃我的话，还请多多关照。"——自己还会说出和那时一样的话吗？还是……里沙子没有想过，也不想抛出答案。

安藤寿士的母亲站在屏风后面，模样比里沙子想象中的苍老，里沙子莫名觉得她和阳一郎的母亲很像。

这位名叫安藤邦枝的女性，穿着绉绸质地的两件式洋装，灰色布料缀着细碎的图样，款式相当朴素。明明也不是穿得不够体面，但总觉得看起来很邋遢。醒目的白发往后梳成发髻，有些许凌乱的落发，整个人看起来很没精神。

或许她原本不是这样。没错，她现在应该和惨剧发生之前不一样。她是开设书法教室的老师，肯定该穿合身的和服，头发也染过，梳理得整整齐齐，不是吗？那件事情从这个人身上夺走了什么，促使她急剧变老？里沙子想。

里沙子可以想象，这位母亲的愤怒一定比身为丈夫的寿士不知膨胀多少倍。

"我打从最初就不太赞成他们结婚,我一直觉得水穗是个很阴沉的女人,但因为儿子十分坚持,也无法反对。"邦枝怒气冲冲地说出重话,结果被法官提醒只需回答被询问的问题。

凛出生后第二天,邦枝去医院看孙女。寿士很开心,水穗却看起来没什么精神,她以为是产后疲惫所致。

邦枝记得,二〇〇九年年初时,自己接到寿士请她过去帮水穗照顾孩子的电话。毕竟儿子一家人没有回来过年,邦枝想过去又被婉拒。她想孩子刚出生,小两口肯定手忙脚乱,也就不好多说什么。所以接到儿子请求帮忙的电话时,她真的很开心。书法教室多是跟着她学艺多年的学生,和大家沟通后,很快便调整了上课时间。

最初觉得不太对劲的时候是寿士放假在家的周末,她发现水穗几乎不抱孩子。后来儿子打电话给她,约定工作日过去帮两三天忙。邦枝多是中午之前到儿子家准备午餐,中午和水穗一起吃,下午帮忙照顾孩子、打理家务;然后在寿士下班回来之前,趁水穗帮孩子洗澡时做好两人份的晚餐,自己饿着肚子回家。

她认为每个人的习惯不同,养儿育女、做家务的方法自然也不一样,所以尽量顺着媳妇的意思。毕竟是第一个孙女,自己当然疼爱得不得了,而且看到水穗因为育儿一事心力交瘁,很想尽量帮助她。做奶奶的当然想给小孙女买些衣服和玩具,况且水穗好像也没给孩子买什么,水穗的娘家也没有送婴儿用品。再者,根据邦枝的经验,小孩子长得很快,衣服和玩具这种东西再怎么多也嫌不够。

不希望她再过来一事,不是水穗告知的,而是儿子寿士。那时二月即将结束，这样就没办法帮小孙女庆祝女儿节①了，所以邦枝记得格外清楚，绝对不会搞错。她在一月底买下人偶摆台，二月收到后就开始装饰。购买和装饰都是邦枝一手搞定的，水穗却说要是孩子不小心把人偶玩具吃进肚子就糟了。总之她觉得不管自己做什么，水穗都不满意。

邦枝认为水穗之所以处处和她唱反调，是因为水穗的自尊心异常地强。

她说，水穗觉得自己什么都做得最好，要是得不到别人的认同，绝不善罢甘休。邦枝有过两次育儿经验，年纪又长，比新手母亲水穗熟练多了，但水穗就是放不下身段。不仅如此，一旦邦枝想给点建议，水穗就马上反驳："现在和以前不一样了，育儿方面的知识当然也会改变。"

虽然明白三十几年前和现在的变化很大，但看到水穗一整天窝在家里，让孩子一直躺在摇篮里和她一起盯着电视，邦枝实在不觉得这是当下所谓"正确"的育儿方式。书法教室的学生中有一位太太的丈夫是儿科医生，邦枝曾听她说，现在很多家长让孩子成天看动画片，以至于越来越多的孩子情绪表达不够丰富。这令邦枝更加忧心，因为孙女的表情变化确实不够丰富。

邦枝曾委婉地劝说水穗不要总是让孩子跟着她看电视，多抱抱孩子会比较好。但邦枝绝对没有冲着媳妇歇斯底里地数落，也没有大声斥责过她。毕竟，刚去儿子家帮忙就发现水穗是个自尊心很强的

---

① 每年的公历三月三日，又称"雏祭"，过节时摆放在女孩家中的玩具称为"雏人偶"。

人，也就不想再刺激她了。寿士也希望自己尽量别提意见，所以邦枝什么也不敢说，只尽力做自己能做的事，比如孩子一哭就赶快抱抱她、不时对孙女说话、和她玩举高高游戏等。就这样到了二月中旬，邦枝第一次见到孩子笑了。

"不用再来我们这边帮忙了。"寿士这么转达水穗的意思是在看到孩子开口笑之后不久的事，邦枝觉得应该是孙女只对自己笑一事惹毛了媳妇。

邦枝不觉得成天看电视的水穗有精神衰弱、产后抑郁症的倾向，因为她看电视会笑出声，还时常划手机，与邦枝的对话也很正常。水穗看到邦枝哄孩子时，不会直接出声阻止，而是在见到她和孙女玩举高高时，迸出一句："妈妈的身体很硬朗嘛！"那有如旁观者的语气令邦枝很惊讶。

三月后，邦枝一次也没见过孙女；虽然不必再过去帮忙，但她有些担心，还是会打电话关心一下。可无论是打家里的电话还是水穗的手机，总是无人回应。虽然没有证据证明水穗其实在家，但她在过去帮忙的那段时间里，从未见过媳妇出门，她也就怀疑水穗是故意不接电话。

为什么事情会变成这样呢？邦枝实在不明白。说没有外界支持、没有可以咨询的对象才将水穗逼至绝境的说法全是胡诌。说穿了，就是当事人的自尊心作祟罢了。她没有失去理智，而是冷静地想着：要是这孩子消失就好了。所以她决定杀了孩子，忠于自己的决心干了那种事。那么小、那么可爱的孩子竟然成了那女人愚蠢自尊心的牺牲品。

原本看起来衰老、无神的女人，眼神却在陈述时变得越来越有力。如同蜡制品般苍白的双颊和耳朵泛红，怒气似乎给她带来了生命力。尽管法官好几次提醒她只需针对问题作答，但她每个回答都附加着对水穗的憎恨与愤怒。审讯即将结束，法官提醒的语气明显带着苛责之意，邦枝非但无视了，还一副数落不够的样子。里沙子觉得她那模样令人痛心。一心想帮忙，对方却不领情，媳妇还故意不接电话，让她没办法见到孙女。里沙子不禁深深同情起这位永远地失去了第一个孙女的老妇人。

然而，被告律师的反问却动摇了里沙子的同情心。

律师问邦枝是否知道水穗和孩子从医院回家后好长一段时间——也就是孩子夜哭最厉害的时候，寿士经常没回家一事，邦枝竟然回答是自己建议儿子这么做的。里沙子感觉检察官似乎没有预料到邦枝会这么回答，显得有些诧异。不，也许诧异的不是检察官们，而是陪审员们，应该说是里沙子自己吧。

为什么建议他别回家？这件事延伸出了一连串问答。邦枝的陈述让里沙子大感意外。

那年夏天，邦枝从寿士口中得知，儿子到新部门后工作更加忙碌。发信息、打电话，寿士大多没回复，一问之下才知道实情。寿士几乎每天都要加班，有时周末也要上班，孩子出生后，他一直过着这样的生活。晚上加班后搭计程车回家，却被孩子的哭声吵得无法入眠，所以邦枝劝他，要是每天都睡眠不足，还要早起上班，不如投宿在公司附近的商业旅馆。毕竟一家之主累成这样，实在令人忧心，况且，既然妻子是家庭主妇，为何丈夫还要设法兼顾工作和孩子？

"在我那个年代，父亲都是……"法官阻止邦枝继续说下去，而且语气比刚才更强烈，邦枝只好不服气地把话吞回肚子里。

询问寿士实际上多久投宿一次商务旅馆时，邦枝说她不清楚。她认为儿子是个很有责任感的男人，无论再怎么晚归、再怎么疲累，还是会回家帮妻子一起照顾半夜会哭闹的孩子；倘若寿士那段时间没回家，应该是在熬夜加班，或是听从母亲的建议外宿。总之，要他撒手不管孩子是绝对不可能的。

她说，寿士之所以转换工作重心，调到现在这个更加忙碌的部门，都是被水穗挑唆的。

起初，经常加班的水穗不时揶揄寿士的工作和薪水，听在丈夫耳里，总觉得妻子像是在强调自己的薪水比他优渥。寿士明白，现代夫妻的生活方式多种多样，也就没多说什么。但明明新婚不久，丈夫就总在家里等待晚归的妻子，这也不是办法，更何况女方还以这种事为傲。

水穗建议寿士换工作，毕竟再这样下去，不但没能力买房子，也没办法生小孩，无法好好经营这段婚姻。责任感强的寿士明白妻子的意思，决定跳槽到薪水和升职空间都比较好的公司。

寿士从未要求水穗辞去工作，也没有对此发表任何意见，只是默默接受。当他听说妻子想辞职专心要小孩的时候，真的很高兴，因为这样，他就再也不必总是买现成的便当、等妻子下班回家了；也不必忍受妻子的冷嘲热讽，能与她像一般夫妻那样生活了。不过这么一来，寿士就得更努力才行，毕竟要养活妻儿，一肩挑起家中生计，他记得水穗说过好几次这种话。

工作繁忙不是寿士的错，怎么说都是水穗希望他这样的。所以说寿士加班是为了逃避孩子晚上的哭闹根本就是笑话。

说得咬牙切齿的邦枝被法官提醒要保持冷静。

接着，律师询问邦枝："帮忙水穗照顾孩子一事，是否并非儿子拜托，而是你自己主动提议的？"邦枝瞬间语塞。

"不是的，是他们拜托我的，"邦枝回答，"寿士说他工作很忙，又常常加班，所以打电话问我能不能一周过去几次，帮忙照顾小孩。"

也许是邦枝一时语塞的缘故，里沙子越听越是一头雾水，不知道哪个才是真的。

里沙子想要好好理一理这位老妇人的说法，但审问程序继续进行。

寿士表示，像他这样的工作状况，工作日就不用说了，就连周末也很难有空帮忙照顾小孩。邦枝也说男人要忙着赚钱养家，不可能帮忙照顾孩子；水穗却拿这件事责备寿士，让责任感强的寿士有罪恶感。所以儿子打电话对她说，水穗可能是因为第一次当母亲，心力交瘁，希望她过去帮忙。

邦枝说她对水穗绝对没有恶意，虽然觉得媳妇是那种想什么说什么、脾气比较硬的人，不是很好相处，但毕竟她是儿子的妻子，也是孙女的母亲，所以很开心自己能帮上忙。她不清楚水穗和娘家的关系如何，但从没听说亲家要来看外孙女，推测大概不是很亲密，也就没多过问。第一次生孩子，自己的父母却没来探望，可想而知水穗有多么不安。听到寿士说她似乎心力交瘁，邦枝一点也不感到意外。

接着，邦枝又重复了先前的说辞。

诸如水穗都不会抱抱哭闹不停的孩子，或是不管她说什么，水穗都会用"现在和以前不一样"这句话堵她的嘴。反正两人的看法总是相左，邦枝也就不再多说什么了。"要是水穗不想哄抱孩子的话，那就我来抱抱、哄哄孩子吧。"为了让孩子的表情丰富一些，邦枝不时地和孩子说话，逗逗她，唱歌给她听，真的看到孙女渐渐会笑了。

她从来没有拉拢书法教室的学生，讨论水穗育儿的事情。

虽然邦枝一直有问有答，但面对"真的从来没有和有育儿经验的学生讨论过这件事吗？"这个问题时，她迟疑了一下，才回答："有过。"

那位学生送了很多新品、小孩子穿过的衣服还有玩具作为贺礼，她的孩子已经上小学了，和母亲一起跟着邦枝学写字。这位学生结婚十年都没要成孩子，没想到第十年突然怀孕。邦枝说她们只是聊了聊这些事。邦枝记得她跟水穗说过，这位学生的丈夫在外地工作，分娩时另一半也不在身边，一直是她一个人把孩子带大的。邦枝这么说，绝对不是要水穗明白自己有多幸福，也没有责备媳妇不惜福的意思，毕竟每个人的情况不同，自己只是想鼓励她一起努力而已。

邦枝的确对水穗说过，希望她不要让寿士太操心。她明白现在和以前不一样，但认为水穗既然为了照顾小孩而辞去工作，就不该无理地要求寿士做得更多。就算时代再怎么改变，也不会有男人为了照顾小孩而怠慢工作，况且哺乳一事也只有母亲才能做到。邦枝担心水穗对寿士有过多的无理要求，要是发生什么事的话——

邦枝说到此，突然打住，像是在思索什么，眼神又有点犹疑，但她还是没开口。律师催促她继续说下去。

"'要是发生什么事的话，你和刚出生的孩子都会很辛苦。'因为水穗不明白我的意思，我才这么说的。虽然现在是讲求男女平等的时代，但男人可以哺乳吗？怎么可能啊！不是吗？"这么说的邦枝又遭到法官制止。

"水穗和孩子都会很辛苦。"里沙子在心里反刍邦枝的这句话，其实她不是这个意思吧？不知为何，里沙子内心涌现出一种莫名又坚定的想法，她觉得自己听到了邦枝真正想说的话。虽然不可能百分之百准确，但里沙子觉得这位母亲其实想说的是"养"这个字。诸如"要是负责养家的人出了什么事，你和孩子就都该流落街头了"，或是单刀直入地说："被养着的人要有自知之明，凭什么大声指使撑起一家生计的人？"

没错，和寿士的态度一样。这个人和水穗之间到底是怎么沟通的？两人对话的语气如何？只有她们两个人才知道。里沙子察觉到了这一点。

检察官插嘴抗议质询离题，里沙子猜想，可能是不想让邦枝再继续说下去了。虽然法官允许继续提问，律师却将问题转移到了另一件事上，也就是安藤家的情况。

"家里倒是收拾得很干净，"邦枝说，"总是打理得干净整齐，所以我主要就是帮忙煮菜、买东西，还有照顾孙女。水穗不喜欢别人碰她的衣物，我想她应该有洁癖。家里要是有小婴儿，一般屋内都会比较凌乱……"这么说的邦枝又被法官提醒，看来法官对她的拖沓有些厌烦。邦枝八成想说，就是因为不尽心照顾孩子，才有闲工夫清扫家里吧。里沙子想。

可是——

家里不清扫干净的话，就会积灰尘。要是孩子将掉在地上沾了灰尘的橡皮筋往嘴里送，可就糟了。或许水穗是个有洁癖的母亲，但也不代表她把清扫一事看得比育儿重要啊！或许是担心晚归的丈夫看到凌乱的房间觉得烦躁，或许丈夫曾经为此大发雷霆，说什么"我才不想回这种家"之类的话，事实上不是的确有彻夜不归的时候吗？

里沙子想起昨天脑海中清楚浮现出来的住宅模样，那是他们以前住的旧公寓，文香出生时住的那间老旧又凌乱的房子。为何自己对这位同样身为受害者的母亲如此反感？她觉得自己的情绪很微妙。

当邦枝称自己略微知道一些寿士曾向前女友倾诉烦恼的事时，里沙子突然觉得这个人分明就是在说谎。

邦枝又不安地转着黑眼珠，说自己不知道儿子是和谁见面，但八成是女性友人。至于为什么，因为这也是她的提议。

那时，邦枝打电话给寿士，儿子说水穗拒绝她的帮忙，也拒绝一切外来的援助。她想，要是不设法改善局面，情况会更糟，便建议儿子找人商量，看要怎么解决问题。邦枝端出不管自己说什么，都会遭水穗以时代不同为由反驳一事，建议儿子应该向年龄相仿、一样也有小孩的朋友请教。反正是水穗认为时代不同、观念有差的，不是吗？

"这应该不是谎话，但是这个人说话时，仿佛在极力避免让儿子陷入不利的局面——"

里沙子很诧异自己竟然有此想法，像要征求正确答案似的，下意识地看向检察官们。女检察官看向一旁的检察官，那位检察官却没察觉，只顾着翻看书面资料。莫非这番证词也是今天才从邦枝口中讲出来的？

里沙子以为邦枝眼神犹疑是在回溯记忆，但似乎并非如此，也可能是在思考该怎么说才不会陷儿子于不利的情形。她下意识这么做了，连自己也没察觉。

刚才那番建议儿子投宿商务旅馆的说辞也是如此吧？"不是我儿子的错，他之所以晚归是因为工作忙，外宿也是听从我的建议，和女性朋友碰面也是，都是我建议他这么做的。所以错不在他，要是他有错，也是因为我。"

邦枝八成不觉得自己在说谎吧。她应该也明白这是交由法律裁夺的事。

事实上，没有人知道这对母子是否刻意采取类似的态度，或者邦枝是否将当时的想法与实际说过的话混淆。但她的这番说辞搞不好会让寿士陷入不利的境地，不是吗？恰好与她的意志大相径庭。

"因为——"里沙子面前的老妇人，竟然与昨天见到的寿士的身影重叠在一起。

"因为这对母子现在给我一种最初没有感受到的感觉。"

水穗今天也低着头，瞧不见她的表情。至少里沙子没看到她抬头看过婆婆一次，婆婆也没瞧过她一眼。

法官宣布接受陪审员提问之前暂时休庭片刻，里沙子大大地松了一口气。不知道自己等一下能否好好发问，不过应该会有人从旁协助。总之，大家应该都满腹狐疑。

里沙子的目光追随着寿士母亲。坐在位子上的她，脸上没了方才那股活力。

众人又陷入沉默，但只要有人开口，应该马上就会像之前那样畅所欲言。里沙子等着年长女性或白发男士率先打破沉默，但两人都没有任何动静。莫非大家都没有质疑吗？里沙子突然有些不安，她环视众人，突然开口："那个……"大家的视线瞬间集中在里沙子身上。

"那位母亲应该没有说谎吧？"

"嗯，如果说了与事实不符的证词会受罚。"女法官说。

"可是……我总觉得她为了袒护儿子，夸大了事实。"

屋子里一片静寂。"唉?"里沙子几乎惊呼出声,"唉,大家不觉得吗?"众人听到她这么说,纷纷发言。

"她说儿子去住旅馆、找女性朋友商量都是听从她的建议,总觉得……"

"可是那个人的证词好像对她儿子和自己都不太有利,不是吗?该用是否有利来形容吗?"

六实这么说。没错!里沙子不由得身子前倾,说道:

"嗯,所以要怎么看待比较好呢?还真是听得一头雾水。"

"应该也有想袒护儿子的念头吧。"年长女性说。她的孩子应该已经成年了,可能她已经有孙子了,"不过,我不觉得她在说谎耶!既然那么累,就好好休息一下。我想一般人都会这么说吧。"

"可以理解,而且我觉得她是那种想到什么就会去做的母亲。"白发男士对里沙子说,"就算再怎么疼爱孙女,但要放下自己的工作去帮忙,真的不容易。"

年长女性也点头。也就是说,这些人对寿士的母亲并无反感。

"'要怎么看待比较好'这句话的意思是?"

年轻男法官颇在意这句话似的看着里沙子。里沙子很想清楚地表达自己的想法,却迟迟说不出个所以然,内心很焦急。

"明明孩子还那么小,竟然叫当爸爸的外宿,我觉得这建议很过分……"

年长女性与白发男士露出不以为然的表情。里沙子没再多说什么,只是望向那个和自己年纪差不多的男人,但想到对方还没结婚,随即将视线移转到四十多岁的男人身上,反问对方:"你不觉得吗?"

"这个嘛,可是身为母亲,这么建议也合乎常理,况且她只是建议而已。"对方回道，"不过要是我的话，我可不敢，不想惹毛老婆大人。"他为了缓和气氛似的笑了笑。

"不过，那个女嫌犯——"年长女性开口，露出自知说错话的表情，环视众人后，改口为"被告"。"我总觉得被告的说辞有点奇怪。应该没有父亲会为了照顾小孩而耽误工作，甚至请假吧。她是不是对社会上的丈夫在育儿中的角色问题抱有不切实际的看法啊？那位母亲说的话，还有她建议儿子外宿一事，我想是有其道理的。"

她看向里沙子说道。里沙子有那么一瞬间觉得她就是水穗的婆婆，就是那个建议寿士外宿的人——也就是说，她和自己是对立的。

"不过啊，不少男人还真听妈妈的话，明明都已经三十好几了。"四十多岁的男人带着笑意说道，好几个人也叹气似的轻笑。

"还有其他想问的吗？"

年轻男法官问里沙子。"可是，我又不知道该问什么了。邦枝难道不是为了袒护儿子而夸大说辞吗？她在思考该怎么回答，才不会对儿子不利，不是吗？但这些都不能提问。"

就在里沙子沉默不语时——

"可以问问邦枝，是否催促过儿子和儿媳赶快生小孩吗？"

六实说。是啊！第一天庭审时听到婆婆怀疑水穗的身体有问题，以至于无法生小孩。里沙子仿佛是自己想到这问题似的，用力点头附和。

"还有其他想问的吗？"

无人回应。

"请她就自己记得的情况，说明自己劝过儿子几次，又是怎么劝的。比如建议儿子外宿、找女性朋友请教水穗和孩子的事。"

里沙子说。

面对陪审员的提问，邦枝显然颇为愤慨。

她没有看着六实作答，视线在地板上游移着，不耐烦地说自己不可能强烈要求水穗生小孩。"我问的不是'强烈要求'。"六实说。但她无视六实的纠正，只表示自己当然想早点抱上孙辈。她表示，自己也知道在这个时代说这种话不太好，虽然也有和她年龄相仿的女人会这样催促儿媳，但开设书法教室的她和各种年龄层的人往来，自认跟得上时代，所以明白什么话不能说。

"我只是问寿士是否认真考虑过生小孩，没有催促他们'赶快生小孩'的意思。毕竟女人生孩子无论在年龄还是体力上都有一定限制，寿士没有姐姐妹妹，不会注意这种事。女人家就算想要孩子，也不见得说得出口，所以夫妻俩还是好好谈谈比较好，只是这么建议而已。"

法官代为询问里沙子的问题时，里沙子看着邦枝。

邦枝思索了一会儿。

"我不记得到底说了几次，但绝对没有隔三岔五挂在嘴边，也不可能常打电话说这种事。"

邦枝记得自己只是告诉儿子，要是太累，工作也很容易出错。"好好商量一下，你要是真的太累，有时候在外面住一晚也可以啊！"

"'好好商量'是什么意思？"被法官这么一问，邦枝说了句"就是——"便没再说下去，过了一会儿才愤愤地吐出"和妻子"几个字。里沙子用余光瞥见水穗抬起头来，惊诧地看着这一幕。脸色苍白的水穗面无表情地盯着邦枝的脚边看了几秒，又马上低下头。里沙子这才察觉，邦枝似乎连水穗的名字都不想说出口。

至于建议儿子向有孩子或是有育儿经验的同龄朋友请教一事，邦枝记得自己说过两三次。"我知道儿子真的很烦恼，但媳妇拒绝让我帮忙，所以实在不知道该怎么办。而且，就算时代再怎么变化，生下孩子的女人也不该只因为嫌照顾孩子太累、没办法睡觉，就嚷嚷着'早知道就不生'。还有，女人也不该过分期待孩子的父亲伸手帮忙。"

法官似乎要开口说什么，邦枝却越发扯开嗓门，滔滔不绝地说了起来。

"所以我才想让寿士向年纪相仿的母亲请教一下。养孩子一事可不是什么嗜好、兴趣，也不是像买一个可以换衣服的洋娃娃这么简单，只能说男人天生不是照顾孩子的料。况且哪个母亲不是被孩子吵得无法睡觉、累得半死，担心自己该不会一辈子就这样了？但这种苦马上就会忘记，成为可以笑着诉说的回忆。我看那女人好像没有可以说这种话的朋友，才想着不如叫寿士去问问他的朋友。这样就能明白，其实大家都是这么过来的，养孩子就是这么辛苦的事。"

邦枝滔滔不绝地陈述后双手掩面，从手指缝隙间可以窥看到她的脸和耳朵红彤彤的。

原以为法官会要求她针对问题回答，法官这次却没开口。

里沙子看到邦枝回答完自己提出的问题就直接哭了，顿时难过得快要喘不过气。因为她能理解邦枝所说的话。

陪审员的提问结束了。

待邦枝情绪平复后，女法官接着询问她当初为什么反对两人结婚，以及刚才她说水穗给人感觉很阴沉一事。

邦枝不再掩着脸，而是凝视着双手手掌，喃喃道，她觉得那女人是个不知该如何讨男人欢心的女人，因为那女人不时会奚落儿子几句。

法官要求邦枝具体说明，只见邦枝的眼瞳又微微颤动。里沙子专注聆听。

"之前她有工作时，会说自己赚得比较多，不然就是说寿士身为男人很窝囊之类的；还会对早回家的丈夫说，你这么早回家不觉得可耻吗？不留情面地数落他——"

"可以了。"法官出言制止邦枝继续陈述，并再次提醒不是问她婚后的事，而是问她婚前的事。

邦枝说她不太记得到底是因为什么反对二人结婚了，可能是对女方年纪比较大这一点多少有些顾虑吧。也许正是这个缘故，她总觉得水穗瞧不起她。

"所以你从那时开始就很讨厌她吗？"法官又问。邦枝露出惊诧的表情，极力否认。她强调儿子结婚后，她绝对没有讨厌那个人。并且就像刚才说的，儿子开口要求帮忙时，她也没有讨厌那个人。

询问到此结束。

里沙子看着邦枝走回位子的背影，心想这个人并没有错。

陪审员中年长女性与白发男士的意见是正确的。之所以说她没有错，是因为这位母亲远比与她同年代的人更懂得什么该说，什么不该说。就像她所说的，她很清楚不能过度干涉人家是否要生小孩，对于孩子的父亲过度期待的看法也没错，里沙子想。虽然她建议儿子外宿、找女性友人商量，有点令人难以认同，但她应该不是因为讨厌水穗而故意这么建议的。纵使为了袒护儿子而夸大事实，也不难理解她的做法。

"虽然很难想象，但如果文香长大后出了什么事，我也会说些情绪性的话吧。何况显然是对方的错，我肯定也会拼尽全力指责对方，哪还有心思想这么说会不会对孩子不利？我一定也只想袒护自己的孩子到底。"

没错，安藤邦枝是一位懂得拿捏分寸、有正义感，又疼爱儿子的母亲。

但是，一直以来感受到的那种复杂的心情又是什么？是因为法官的语气中渗透着一丝厌烦吗？还是厌恶她这种强势的感觉呢？

不，不是的。

那是一种不愉快。里沙子离开评议室，来到空荡荡的走廊深呼吸时，忽然明白了这一点。

庭审比往常提早将近一个小时就结束了。地铁还很空，里沙子转车时，像被吸进去似的走进车站里的咖啡店。她端着放了一杯拿铁的托盘找位子，无奈没有空位。"唉，早知道就先放包占位子了。"正当她感叹自己快要与社会脱节时，瞥见有个靠窗的空位。

像这样独自啜饮拿铁，已经是很久以前的事了。也因为实在太久不曾如此，反而有种罪恶感。结婚前还经常这样，而那时自己并不觉得有趣，不懂得乐在其中。

就算告诉自己别再想，里沙子脑中还是浮现出了那位母亲的身影。

她愣愣地望着玻璃窗外熙来攘往的人潮，努力整理思绪。

那种不愉快，那种从同情瞬间转变的心情究竟是怎么回事？之所以觉得不愉快，是因为邦枝那强调儿子一点也没错、要怪就要怪水穗的态度吗？还是因为邦枝不顾法官一再提醒，还是气呼呼地想再说些什么？抑或是因为始终相信自己没错的单纯呢？

不，不是的，搞不好真的是那位母亲将水穗逼至绝境的。里沙子思忖着，忽然想到一件事：

没人听到寿士与水穗争吵时都说了些什么。他们是以什么样的语气对骂的？吵架的频率与次数又是怎样的？没有人知道。

邦枝说她从未歇斯底里地批评或斥责过水穗，更不曾端出书法教室学生说的话来说教。

里沙子想起她说话时，眼睛闪闪发亮，双颊泛红，仿佛体内的怒气被点燃了一般滔滔不绝。

里沙子从未见过阳一郎的母亲大声咆哮的模样，婆婆本来就是个活泼开朗的人，要是遇到恼火的事，她会聪明地以笑容化解愤怒，好比一边说"不好意思喔！真是的！"一边挤出笑容。里沙子明白，婆婆对她这个儿媳妇也很客气，可能是不想变成别人口中那种惹人厌的啰唆婆婆吧。

纵使如此，她也不可能从不怀疑婆婆说的话，不可能从没被婆婆伤害过。

对了。"女人有胸就是为了让宝宝能吸吮母乳，母亲的身体构造就是有这样的功用。"说这句话的不是保健师也不是"妈妈教室"的讲师，而是婆婆，"我都已经哺乳过两次了。没问题的！我都做得到，里沙子肯定也没问题。"

她说母乳可以刺激宝宝的脑部发育。对了，我听婆婆这么说，还上网查了一下。里沙子想起这件事。她上网查过婆婆说的话是不是真的，找到相关报道后，顿时觉得很绝望。

"如何？出奶了吗？"那时婆婆每天关切地打来电话，对里沙子来说却像是攻击。要是老实回答"没有"，婆婆就会用快递送来中药补品或保健食品。当里沙子要老公婉转地告诉婆婆别再这么做，以免造成双方负担时，阳一郎先是愣住，然后反问为什么——"大大方方收下就好啦！反正我妈就是那种很鸡婆的人。"他还这么说。那时里沙子只是笑着回了句："就是呀！"自此之后，她便趁阳一郎不在家时，偷偷将婆婆寄来的补品丢掉，有时将收据撕个粉碎，分别丢进可燃与不可燃的垃圾袋时，还会忍不住哭泣。为什么我非得接受这么令人讨厌的行为呢？我到底在干什么？难道拒绝别人的好意就是那么不可原谅的事吗？没办法像一般母亲那样分泌足够的母乳，就那么不可原谅吗？

里沙子瞒着婆婆，将母乳换成配方奶，也要求阳一郎保密。要是有什么事，必须和老公一家一起行动，里沙子也会谎称奶瓶里装的是母乳。真是可耻啊！虽然脑子里一直跟自己说让孩子喝配方奶也行，反正很多母亲也是这么做的，但里沙子始终觉得，不敢向婆婆吐露实情的自己很可耻。

每每回想起孩子断奶，开始吃辅食时的事，里沙子都觉得很不可思议。为什么那时候自己的想法如此负面？现在自己已经能看开了。其实无论是打电话还是快递补品，婆婆都是出于关心才会这么做。

那之后，里沙子也没有做到和公公婆婆，不，主要是和婆婆毫无嫌隙地愉快相处。因为一点小事与沟通方式而埋怨婆婆，可以说是家常便饭，婆婆应该也不觉得她是个满分媳妇吧。但双方的确比以前更能相互理解了。

第一次去夫家拜访时，婆婆顺手将伴手礼扔在脚边的行为让里沙子十分诧异，心里很不是滋味，但现在她能理解婆婆为何会这样了。婆婆虽然是个很会打理家务的人，但因为个性使然，加上家里都是男人，所以并不会那么在意细节琐事。婆婆毕竟不是亲生母亲，而且里沙子比以前更明白，婆婆其实只是那种疏忽大意而显得活泼开朗的人，所以总是告诉自己别那么在意。想太多只会耗损脑神经罢了。她的个性就是这样啦！反正家家都有本难念的经。里沙子也就这样慢慢习惯夫家，成为山咲家的一员。

但还是有无论如何也无法忍耐的事，里沙子思忖着。一种连带感，没错，就是连带感。里沙子将这句话像糖果似的在心里翻滚好几次。

好比希望婆婆别再用快递寄东西时，阳一郎的回答令里沙子不太高兴。"为什么要这么护着你妈妈啊？"偷偷将母乳换成配方奶时也是，自己请阳一郎保守秘密，他一脸没什么大不了地反问："为什么？"里沙子委婉地解释因为婆婆坚持一定要母乳哺育，然后在心里悄悄补上一句："根本是狂热信徒。"

"没那么严重啦！她才不在意这些。"

阳一郎的回应让里沙子怀疑自己是不是听错了。婆婆建议喝母乳能刺激脑部发育、电话连日不断、总是往家里快递东西，阳一郎到底是怎么看的？怎么会对一起生活将近二十年的母亲有此误解？里沙子只觉得不可思议。

孩子，不，儿子与母亲之间有一种外人无法介入，也无法理解的亲密关系。里沙子明白这种理所当然的关系，因为无论是朋友或儿童馆认识的母亲，还是在关于育儿话题的网站上，这种关系常成为讪牙闲嗑的话题。"听我说！我家老公绝对是个妈宝。""你家那样还好啦，我们家啊……"

倘若现在有新婚不久的朋友向里沙子诉苦老公和婆婆的事，里沙子一定会笑着看待吧。"这种事很常见啦！所以没必要那么在意，也别钻牛角尖。谁都是护着自己的孩子呀！尤其是和自己性别不同的孩子。"她一定会这么劝说对方。

只是里沙子察觉，今天从那位母亲身上感受到的不愉快，就和这种亲密关系有关。

里沙子喝了一口拿铁，发现杯里已经空了，确认时间后站了起来。去接文香的时间和昨天一样。本想今天提前结束，可以去百货公司的地下美食街买些吃的，现在不免有点后悔，但也多亏这段时间里她什么也没做，让脑袋放空，多少整理了一下思绪。

里沙子快步走向检票口时，自然而然地想起低着头的水穗。她低着头是否在笑呢？笑那位母亲和自己的丈夫有那种"见怪不怪"的亲密关系，嘲笑男人都是如此？之前是否也有朋友笑着对她说过这种事？

里沙子跟着其他乘客一起搭上电车，抓着吊环。自己到底是从什么时候开始接受婆婆与老公的那种连带感的？又是何时开始厌倦了讨厌婆婆的日子？

婚前她曾和山咲一家人去了两天一夜的箱根之旅。那时，里沙子第一次见到阳一郎的弟弟佑二。男人们一到住宿的地方便随手打开冰箱，喝起啤酒，婆婆还问他们要不要下酒菜，她好去礼品店买，或是请旅馆的人准备一下，一直问个不停，三个大男人不耐烦地直嚷着不用了。这件事也让里沙子大开眼界。

用过晚餐，准备去泡温泉时，婆婆又不知道在絮叨什么，大男人们又是敷衍回应。只见她说了句"我先过去"便独自去泡温泉了，泡了不到三十分钟便回来，嚷嚷着真的很不错、很舒服，催促大家赶快去泡。

里沙子独自泡温泉时，回想起这一天和他们在一起时的点点滴滴，发现婆婆对待阳一郎和佑二的态度不太一样。感觉她比较呵护、看重阳一郎，这种偏爱一旦化为言语与行为，就像在对待小孩子似的。里沙子发现她将长子当作小孩子般呵护。

"哥哥，还是吃一口这个吧！""这个很好吃呢！""哥哥，这个我不吃，给你吧！你还吃得下吧？""小佑，帮你哥倒杯啤酒啊！""哥哥，你们的房间如何？要是我们的比较好，就换过来吧。"

一行人出发后，随着时间不断流逝，婆婆毫不顾虑地频频叫阳一郎"哥哥"，里沙子想，山咲家平常大概就是这样。阳一郎似乎也很习惯，当着里沙子的面被这么喊，也不觉得难为情，还很自然地回应。

初次造访山咲家时，里沙子还不太能接受阳一郎的少爷模样，但经过这次旅行，她逐渐接受了，甚至觉得很有趣。频频被喊哥哥也早已习惯的长子，以及被使唤惯了的弟弟，还有无视这一切的父亲，里沙子竟然觉得这样的情景还真幽默，就像出现在漫画和动画里的家庭。她想，说不定绝大部分人都像他们这样，于是羡慕着这种"再平常不过"的家人关系。

没有理会婆婆执拗的推荐，那天阳一郎并未泡温泉。饭吃到一半时，原本喝啤酒的他忽然改喝日本酒，还带进他们住的房间继续畅饮。看到阳一郎迟迟未归，婆婆请里沙子过去看看，只见阳一郎连衣服也没换就倒头呼呼大睡。里沙子将这件事告诉婆婆时，还笑着说："来到温泉旅馆竟然没泡温泉。"以为可以和未来的婆婆一起分享她最疼爱的"哥哥"的二愣子魅力，猜想婆婆会笑着回应"就是啊"，没想到婆婆却说：

"那孩子就是这样，其实他真的很累！这次旅行，他也是勉强自己和大家一起来的。"一副毫不掩饰自己不爽心情的口吻。

里沙子担心说错了话，惴惴不安，但她察觉这也是母亲为了祖护儿子的说辞。说者无心，听者有意，恐怕婆婆觉得里沙子是在嘲讽就这样睡着的阳一郎吧。若非如此，实在无法理解她为何不太高兴。第二天，原本觉得很有趣的那声"哥哥"，听在里沙子耳里只觉得有些刺耳。或许是出于嫉妒，她还是忍不住语带嘲讽地对弟弟佑二说："还真是什么事都会先想到哥哥的好妈妈啊！"

可能是因为佑二那时染了一头茶色的头发，他显得比阳一郎轻浮多了。只见他笑着说："对啊，还真是明显，"又补了句，"我妈就是那种心直口快的人。"

那时，里沙子深切地感受到儿子与母亲还真是有一种特殊的缘分。"帮哥哥拿瓶啤酒""帮哥哥找一下手机"，总是被这么使唤的弟弟提到哥哥却仿佛说起自己的恋人，一副不太好意思的样子，里沙子惊讶万分。里沙子的心里闪过一个念头：将来佑二的另一半肯定也会诧异他们家的相处方式，甚至觉得有点不是滋味吧。

里沙子以为自己习惯了。借由这次两天一夜的旅行，她应当习惯了阳一郎家的父母对待孩子的方式、兄弟俩对于母亲的爱，还有这一家人的气氛。但其实并没有。因为每件事都令她惊讶，每件事都令她不知所措。

前阵子就曾发生一件事。初春时，很少生病的里沙子突然发烧，起床时整个人浑身发热。勉强做好早餐，目送阳一郎出门上班后，一量体温，竟然高烧三十八摄氏度。里沙子担心会传染给文香，但一时想不起能将孩子托给谁照顾，只好让文香看动画片，自己盖了条毛毯躺在沙发上休息。就在这时，婆婆突然打来电话。里沙子已经想不起来婆婆为什么打电话了，但她告诉婆婆自己发烧了，正躺着休息。明知婆婆不可能赶来把小孩带走，心里还是有一丝期待，希望婆婆能代为照顾一下文香。

"什么？发烧了？你感冒了吗？"婆婆问，"我过去帮你做饭！"接着她这么说。

"没关系啦！"里沙子婉拒，"文香的午餐已经准备好了，我也没什么食欲……"

"可是阳一郎怎么办？"婆婆说。里沙子一时之间不知如何回应，过了一会儿才明白婆婆是什么意思，这让她的脸涨得更红。好丢脸啊！原来这个人只是担心儿子的晚餐没着落，不是担心我没午餐可吃，竟然会错意了，好丢脸啊！"阳一郎说他下班后有应酬，不回来吃饭。"里沙子现在还记得，那时自己临时撒了个谎。自己竟然还没忘记好几个月前的事，她感到一阵自我厌恶。

这种事情已经出现过太多次了。一开始里沙子会像温泉旅行时那样惊讶，觉得不是滋味，内心涌起近似嫉妒的情感，但她越来越理解，也能接受母亲与儿子之间这种可能连他们自己也没有察觉的"连带感"。无论何事，母亲总是先想到儿子，而儿子表面上装得瞧不起、奚落、讥讽母亲，其实还是一心护着亲妈。里沙子厌恶明明早已理解、接受，却还是一再不知所措的自己。

今天在寿士母亲身上感受到的不愉快，和自己曾经有的心情很像，说不定是一模一样。

水穗究竟在想什么呢？又是怎么看待这种关系的？她能理解、接受吗？故意装作不在家，甚至连电话也不想接的水穗讨厌的是邦枝这个人，还是婆婆与丈夫之间的那种连带感？其他陪审员一定不知道这种事，也无法理解。

文香前天还跑来玄关迎接自己，今天婆婆一开门，却没看见她的身影。

"累了吧，要不要进来喝杯茶？"

里沙子跟着婆婆进屋，瞧了一眼客厅，原来文香正和公公玩过家家的游戏。塑料制菜刀、蔬菜、盘子和叉子散得一地都是。昨天没看到这些玩具，八成是今天买给她的吧。一旁还有洋娃娃、漂亮的包包，都是这几天公公婆婆买给文香的。

"爸爸，谢谢您陪文香玩。小香，回家啦！快准备一下。"

里沙子说。文香却无视她，将塑料制食物递给爷爷：

"不可以说不吃，来，请吃！"

"不好意思，让您破费了。小香，不可以不听话哦！好了，我们要回家了。"

里沙子拉起文香的手，再次向公公婆婆道谢。明明只是轻轻拉着，文香却大叫起来：

"好痛啊！"

"妈妈，好痛好痛！"她又这么大喊，趴在地上哭闹。

"哎哟，很痛啊！好乖，不痛啦！"婆婆蹲下来抚着文香的背。公公则是一脸不知所措地起身，收拾散了一地的玩具。

这到底是在演哪一出啊？里沙子看着这光景，冷静地思索着。他们到底要我参与演出什么样的戏码？里沙子冷眼旁观似的看着哭泣的文香和在一旁安慰她的公公婆婆，观察着眼前的局势。

"我也很想让她留下来过夜，但担心又像昨天那样，所以今天无论如何一定要带她回去。"里沙子这么告诉婆婆，抱起趴在地上的文香。

"好了。回家吧！跟爷爷奶奶说谢谢，爸爸等一下就回来啦！"

"啊，里沙子，带些晚饭回去吧！"婆婆走向厨房，提了一个纸袋走回来，"我想你最近很忙，肯定都是随便吃一吃。所以我多做了些，吃不完的还可以放到冰箱里。"

里沙子道谢后，牵着低着头不知道是真哭还是假哭，也不知嘟囔着什么的文香，走向玄关。手上的纸袋果然很重，这样回去就有的吃了，真的很感谢婆婆——里沙子在心里这么告诉自己——为了不让阳一郎吃得太简单，婆婆多准备了一些晚餐，真的很感谢她。

文香上了公交后就不哭了，但她还是心情不好，一直闹别扭。里沙子不予理会，只是不断应付似的对文香说："我们早点回家吧！""爸爸几点回家呢？"

她思忖着："我，真的爱文香吗？"

"当然爱，毫无疑问。光是想到她要是不见了，就觉得心好痛。但她要是每天都像今天和前几天这样不听话，我还能爱她胜过自己吗？还会觉得她是个可爱的、无可取代的孩子吗？难道我爱的只是乖乖听话时的文香吗？"

里沙子在车站大楼买了啤酒，从吉祥寺转搭公交。突然有人拍了一下她的肩膀，里沙子诧异地回头一瞧，原来是小萌的母亲筱田荣江，荣江正从位子上站起来。

"哇！吓我一跳。你坐啊！"

"给小香坐啦！"荣江让位给小香，自己抓着吊环。

"小香，怎么不说谢谢呀？"

荣江窥看着低着头、心情不好的文香，笑着说："哎呀，原来是想睡觉啊！"

"不好意思，这孩子闹脾气，真是伤脑筋。"里沙子不由得发牢骚。

"呵，我们家的也一样。"

真的吗？真的一样吗？里沙子忍住想这么问的冲动，问道：

"小萌在家里吗？爸爸看着她呢？"

"今天老人家过来，所以我才能和几个朋友一起去唱歌。啊，好爽快啊！很久没这样了。"荣江笑着说。

"老人家是指你母亲吗？"

"不是，是我婆婆。她住在名古屋，因为好朋友住在这里，所以常过来。有时候会住我们家，有时候会住朋友那边。"

公交车往前疾驰。

"她也会给小萌买很多吃的和玩具，做些让你困扰的事吗？"

其实应该说些不这么尖锐的话题，像是"你婆婆身体很硬朗嘛"或是"你婆婆还真是帮忙呢"，明知如此，里沙子还是心焦地问。

"是啊！之前我突然收到一整箱汽水，都不知道是怎么回事。原来是小萌说好喝，所以我婆婆就买了一整箱。小萌只是一时兴起，她竟然买了一整箱，结果那些汽水全被我老公拿去调换日本酒了。"

"那该怎么办呢？叫她别再买吗？"

"再怎么样我也不敢讲得那么明白，如果是自己的父母，当然什么都敢说，甚至吵架。可毕竟婆婆帮我照顾孩子，也帮了不少忙。"

"嗯，也是啦！"

"妈妈！果汁。"

低着头的文香抬眼说。两只脚甩啊甩地踢到了里沙子。

"坐好，脚不可以这样。"里沙子瞪了一眼文香。

"果汁。"文香扭着身体闹别扭。

"回家就可以喝到果汁哟！现在喝的话，会不小心尿出来哦！"荣江弯下腰，还模仿文香闹别扭的样子，逗得文香总算露出笑容。

下了公交，荣江牵起文香的手往前走："你手上提的东西看上去很重，我帮你牵着小香，我们一起走一段吧！"刚才买的啤酒和婆婆给的这一袋食物的确很重，真是帮了大忙。自己竟然和荣江一起走在昏暗的街道上，里沙子觉得很不可思议。虽然两人只有白天才碰面，但里沙子发现，自己很想就这样和她一起去哪里聊聊天，无论是居酒屋还是连锁家庭式餐厅，不，便利店也行。走在连一间店也没有的住宅区，里沙子这么想。

"对了，小香妈妈刚才去了哪里啊？"

"去我公公婆婆家了，他们暂时帮忙照顾文香。"

"是吗？跟我家一样哎！"荣江用力点头，"怪不得呢！"可能是想起里沙子刚才的问题，她笑着说，"所以才会买那么多东西给孩子。"

"二老忘了只是暂时帮忙照顾而已，真是伤脑筋。"

"对了，小香妈妈不给孩子吃快餐，是吧？"

"还不至于啦！像是巧克力之类吃多容易蛀牙的东西就不太给她吃。"

"我们家也没那么严格，但也担心可爱的小萌甜食吃太多会发胖呢！"荣江哈哈大笑。

"你丈夫和他妈妈感情好吗？"

里沙子迫不及待地询问，试图转移话题。

"我的择偶条件就是对方要很体贴母亲，所以说，他们的感情还不错。"

"哦？是吗？"

"因为体贴母亲的男人绝对不是坏人！我想，对母亲好的男人也会对太太好。"

听到荣江这么说，里沙子心想自己说的"感情好"并非体贴；不过她也知道，自己想要问的那种微妙感，并不是几分钟夜路就可以表达清楚的。

"好羡慕小萌妈妈，"里沙子不由得脱口而出，"个性爽朗，总觉得好羡慕！真的。"

"哪有啊，我才羡慕小香妈妈呢！个性沉稳温和，脑筋又好，一定不会情绪失控吧。"

"小萌妈妈会情绪失控吗？"

小香牵着荣江的手，嘴里嘟哝着抽泣。"哦，文香想睡睡呀？我们家快到啦！"荣江用力摇着文香的手，"当然会呀！我对小萌说过很过分的话呢！可是紧接着我就大哭，骂自己是个笨蛋。"荣江说这番话时，还是开朗地笑着。

到了要说再见的地方。

"那我走啦！儿童馆见！"荣江挥挥手。

"帮我向小萌问好，以后再一起玩！文香，跟阿姨说再见呀！"里沙子放下手上的东西，蹲下来举起文香的手，文香却甩开她的手，把头埋在里沙子胸前磨蹭，用哽咽的声音说着："妈妈抱抱。"

"对不起啦！没办法抱你，今天要提东西啊！"

里沙子左手提着纸袋和购物袋，右手握着文香那小小的手往前走。

突然很想哭。她望向天空，夜空中高挂着点点繁星，还有一个缺了一半的月亮。原来她也说过很过分的话，然后哭着骂自己是笨蛋。原来她也羡慕自己。里沙子明明想哭，内心却涌现一股笑意。

从刚才就一直闹别扭的文香甩开里沙子的手，又开始嘟哝些什么，跟在里沙子身后走着。

"要是再不听话，就不能喝果汁哦！快点回家吧！"

文香甩开里沙子伸过来的手，就这样蹲着。"啊，又来了？"里沙子放下东西，试图抱起她，文香却用力踏地，顽固地拒绝。"好了。小香！"里沙子温柔地唤着。"不要！不要！"文香却摇头拒绝。"把拔！把拔！"她像求救似的大叫。

"不想回去就这样好了。小香，你留在这里，反正爸爸回来会看到你，妈妈要先回去了。"

里沙子心想，一会儿文香就会哭着跟上来，索性头也不回地往前走。叫"把拔"的声音越来越微弱，闹别扭似的哭声却并未停歇。回头一瞧，只见文香蹲在地上，头埋在双膝之间。"小香！"她唤了一声，"不管你了！"喊得更大声了。文香要是看不到自己，肯定会拼命地跑过来吧——这么想着，里沙子一步也没停下，径直走向家所在的公寓。"现在我很冷静。要是平常的话，早就被文香的胡闹给气得乱了方寸，盛怒不已吧。"之所以能保持冷静，是因为刚才和荣江稍微聊过、谈笑过。文香的声音越来越小，终于听不到了。"看吧！没看到妈妈她一定很不安，应该明白现在不是哭闹的时候了吧？赶紧站起来，寻找我的身影！"拐了个弯后，明明没必要这么做，里沙子却屏住呼吸，隔着矮围墙悄悄探头。她以为文香看到自己，会边哭着叫妈妈边跑过来，这时自己再嚷着"找不到，找不到"地逗逗她，朝她做鬼脸就好。但文香却没有看向里沙子。

里沙子定睛瞧着只有街灯映照的昏暗夜色，悄声惊呼。

她来不及惊呼，提着重物飞快地奔向文香。因为阳一郎正从另一头走过来。为什么今天这么早就回来了？为何偏偏是这个时候？阳一郎离文香只有十几米了，必须赶在他发现文香之前，奔到孩子身边才行。

可惜还是迟了。阳一郎好像发现蹲在路上的是自己的孩子，赶紧跑了过去；他听到里沙子的脚步声，抬起头来，露出一头雾水的表情。

"不是这样的！"里沙子赶紧解释，"她哭闹着不肯起来，我才想把她放在这里待一会儿。我躲在那里偷看呢。"她用颤抖的手指着前方转弯处——我为什么颤抖？我没有说谎，只是在说明事实。

刚才还忘记哭泣、一心找妈妈的文香此刻紧紧环抱住爸爸的脖子，放声大哭，阳一郎则露出恍然大悟的表情。里沙子拼命忍住将手上的纸袋朝他们身上扔过去的冲动。

阳一郎皱着眉，斜眼看着里沙子：

"怎么回事？你到底在干什么？"他从口中挤出这句质问。

"不是说了吗？！"里沙子不由得激动起来，"文香闹脾气，一直蹲着不肯站起来，我手上提着东西没办法抱她啊！叫她起来就是不肯，我才想稍微走远一点，让她冷静一下。你看！我就在那边的转角偷看她，每次都这样啊！这孩子只要看我稍微走开就会停止哭闹，乖乖地跟上来。她刚才也不哭了，不是吗？"

为什么详细说明事情的经过，听起来却像谎言？里沙子看着听她解释的阳一郎，内心越来越绝望。文香就这样被抱着，趴在爸爸的肩上哭个不停。阳一郎发现她蹲在路上的时候，她明明没哭啊！阳一郎的记忆该不会是被涂改了吧。

"你看我手上提着东西呀！"里沙子边递出纸袋，边对胡言乱语的自己深感失望。

突然，一道光扩散开来，里沙子惊讶地看过去。只见围墙另一头的大门开启，有位中年妇女绷着脸，不发一语地斜睨着站在路上的里沙子和阳一郎，然后重重地关上了门。

"总之，先回去吧！"

阳一郎一把抢过里沙子手上的纸袋，右手抱着文香，左手提着公文包和纸袋，快步离去。里沙子沮丧地跟在后头，心情有如罪人。一边听着阳一郎比平常更宠溺文香的哄慰声，一边将婆婆的料理移到盘子里。里沙子发现自己忘了煮饭，又赶紧洗米，按下电饭锅的按钮。

阳一郎的哄慰声中，有里沙子从未听过的温柔。看来他不知道文香是那种越安抚越得寸进尺的小孩，才会不停地哄着她。文香不断地喊着"不要""讨厌""不行"，有时还胡闹大叫。

里沙子察觉到，自己张罗晚餐的手正抖个不停。

"自己真像个笨蛋，现在不是紧张的时候。要是不把事情解释清楚，阳一郎是不可能明白的。这是任何人、任何家长都会用的手段啊！'要是再这样，妈妈要先走了哦！你要留在这里就留在这里吧。不管你了哟！'阳一郎应该也看过类似不理会孩子闹脾气的场面吧。"

"原来是这样啊！文香，不可以不听妈妈的话啊！你马上就要去上幼儿园了。"此时，阳一郎肯定正向坐在膝上的文香说着这些。

里沙子擦拭桌子，摆好餐具，但饭还没煮好。她将通心面沙拉和用微波炉热好的菜肴端上桌，有南蛮口味的竹荚鱼、茄子炒猪肉、加了莲藕与胡萝卜的炒牛蒡。饭还没煮好，里沙子只好先将玻璃杯和不是很冰的啤酒摆上桌。

"可以吃饭啦！"她尽可能装作没事。

"小香，吃饭啦！"阳一郎用装可爱的声音说。

"文香在妈妈那边吃过了。小香，我们吃饭时，你可以自己在旁边玩吧？"

"什么叫自己在旁边玩啊？"阳一郎一脸不爽地说着，让文香坐上靠着餐桌的儿童餐椅。

阳一郎看了一眼玻璃杯和啤酒，盯着里沙子瞧。里沙子不明白他干吗故意这么做。

"饭还没煮好，先吃点菜吧。"

里沙子开了啤酒，将酒倒进两只杯子中。阳一郎什么也没说，开始喝酒吃饭。里沙子喉咙很干，忍着想一干而尽的冲动，喝了一口啤酒含在嘴里。虽然不够冰，但酒温温的，还挺好喝。

"妈妈又让我带了这么多菜回来，还另外做给文香吃，我真的很感谢她，也觉得不好意思。妈妈真的好能干啊。"

里沙子越说越觉得有一股苦汁在口中扩散开来。明明不想说这些不着边际的话，却觉得自己好像扯了一个不得了的谎。

"小香，你今天晚餐吃了什么呀？"

文香没回应，伸着手想用手指碰桌上的通心面沙拉。里沙子见状，赶紧将盘子挪到她拿不到的位置。本来想开口说话，却不知该说些什么才好。一片沉默中，响起电饭锅通知饭煮好的愚蠢声音。

"啊，煮好了。"里沙子站起来，盛好饭后回座。阳一郎想喂文香吃莲藕，文香伸手拿起衔在嘴里的一小片莲藕，瞧了一会儿后扔在地上。"小香！"里沙子吞下差点喊出口的声音。

"好了，吃饭吧！今天有点晚，不好意思。"

里沙子猛然动筷。喉咙还是很干，口很渴，要是能将罐子里的啤酒一口喝光，该有多么畅快、多么美味啊！里沙子像要抹去这种想法似的不停地吃着。万一阳一郎又像昨天一样，说出那种让人想不喝醉也不行的话，可就完了。

"你每天都会做那种事吗？"

阳一郎没有吃，将手上的筷子搁下，盯着桌上问。那模样不是在生气，语气也温柔得像在询问孩子。可即使如此，里沙子藏起的那份悸动也变得激烈。

文香拿起盘子里的莲藕，甩一甩就扔在了地上。里沙子以为她可能会盯着莲藕一直看，没想到她竟然从椅子上下来，跑去玩刚才阳一郎摊放在沙发上的动画人物玩具了。

"我刚才不是已经解释了吗？她老是闹脾气，真的让人很伤脑筋啊！所以才想稍微走远一点，让她冷静一下。这种事不是很常见吗？"

"那可是晚上啊！"

"所以我才躲在旁边呀！因为一旦我走近，那孩子不是哭个不停，就是大声哭叫。"

"我跑过去时没看到你，而文香明明在哭。"

"她已经不哭了。我只是躲在旁边偷看，眼睛并没有离开过文香。我想她大概已经不哭了，于是偷看了一下，就看到你跑过来了。"

阳一郎抬起原本盯着桌面的双眼，扭着脖子，观察着里沙子。里沙子看到他那副表情，顿时语塞。"喂，你还正常吗？"阳一郎的表情好像在说，"你的精神状况没问题吧？"

"超市和小弹珠店都发生过小孩被陌生人带走的案件，我想那些父母一定也是这么想吧。"

"什么？"里沙子蹙眉，大声反问。这个人在胡说什么啊？

"你说当时小香就在旁边，你眼睛没离开过她。那些父母也是这么想的吧，就站在离孩子不远处看着。"

"我真的——"

"我在电视上看过，仅仅几秒，孩子就被陌生人带走了。"

"根本——"不是这样！不是这样啊！里沙子忍住想怒吼的冲动。要是现在情绪失控，事情只会更糟。

"把拔！把拔！"文香大喊。

"噢，对不起。小香还没洗澡？和爸爸一起洗吧。"

阳一郎像唱歌似的边说边站起来，一把抱起文香，举高高。文香被爸爸高举着，双手摇啊晃的，刚才的不开心顿时烟消云散，发出"呀—呀"的清脆笑声。阳一郎一边喊着"洗澡啦，洗澡啦"，一边抱着文香走向通往走廊隔间的门。里沙子察觉到他好像半路上突然停下了脚步，于是握着筷子看向他：

"等你洗完澡出来再谈，你真的完全误会我了。"

"已经很晚了，周末再说吧。"

里沙子思索着该怎么回应时，阳一郎转身，关上了隔间的门。

淋浴声传来，里沙子发现自己一直凝视着紧闭的门，于是她走向冰箱，站在那里大口猛灌啤酒。旁边突然"哔"的一声，她吓得差点跳起来。环视周遭，才发现是冰箱门打开太久的警告声。里沙子赶紧关上冰箱门，慢慢地喝着剩下的啤酒。阳一郎看到她这样子会做何感想？想想就很恐怖，她却不知为何很想笑。

里沙子将简单冲洗过的空罐丢进专用的垃圾桶，回到餐桌旁，继续吃着阳一郎几乎没动筷的晚餐。从浴室传来五音不全的歌声，听不出来是什么歌。她又盛了一碗饭，但实在吃不完，于是将剩下的菜肴移到小盘子和保鲜盒里，开始洗碗。

得准备明天的早餐——她顺手打开冰箱门，却突然不知道自己为何要这么做。视线又被啤酒吸引住了："再喝一罐吧？这次要是慢慢喝，不知道有多美味啊！他会怎么说我呢？酒鬼主妇？不对，酒精依存症？还是酗酒？"

"不过是喝了两罐三百五十毫升的罐装啤酒罢了，为何就要被说成那样？他还不是一次就喝四五罐，还要喝日本酒？在外面工作的人都是这么喝的吗？那为何在家里的人就不能喝呢？"

突如其来的声响让里沙子吓了一跳，她赶紧关上冰箱门。听不到淋浴声，也听不到歌声，里沙子战战兢兢地回头，客厅没半个人。"对了，明天才吃早餐，蛋明天煎就行了，热狗也明天煎就行了，沙拉也是明天弄就可以了。那我现在要做什么？对了，准备做高汤。"

就在里沙子要打开冰箱的蔬果盒时——

"那个。"

身后传来声音，里沙子再次吓得差点跳起来。

"啊，吓死我了。你什么时候出来的啊？"

她站在没开灯的厨房里，看到阳一郎隔着流理台站在日光灯下，他的面色看起来格外苍白。

"明天早餐吃面包，可以吗？"里沙子边说，边觉得自己像是为此刻站在冰箱前面找借口。

"文香睡着了。"

"今天回来得还真早呢！那孩子闹别扭闹成那样，谢谢啦。"

"要是真的很勉强的话，难道不能中途退出吗？"脸色苍白的阳一郎面无表情地问。

"退出什么？"

"陪审员啊！我忘了具体叫什么，反正是替补吧？既然如此，不是正好吗？没必要这么硬撑，不是吗？不然我打个电话到法院帮你说一声，如何？"

"硬撑……"自己的确很辛苦，可是——"可是那些有孩子的人，也还是继续参与……"大家不分年龄与职业，都很投入，我也是。努力适应，担心自己跟不上；审理的内容也是，一直在努力理解。虽然请婆婆代为照顾文香，但接送都是我亲力而为，哪里硬撑了？原来在你眼里，我是这样的吗？里沙子这样想。

"承认做不到别人能做到的事，也没什么可耻的啊！要是像现在这样勉强自己，万一发生什么无可挽回的憾事，怎么办？今天这件事可是比你想象的还要严重！"

喂，你为什么一直误会我，根本不听我怎么说？她很想这样反驳。突如其来的无力感袭向里沙子，眼前的隔间门再次关上。

里沙子趴在地板上捡拾掉落的食物，将地板擦拭干净。原以为文香拿起来玩的只是牛蒡丝，没想到还有通心面沙拉、南蛮口味的青椒，甚至还有饭粒。看来是趁大人不注意时，伸手拿起来玩的。

里沙子告诫文香不能拿食物玩的时候，一直有点严厉，也担心她会不安。最近文香总算稍微收敛些了，这次肯定是在爷爷奶奶家太过放纵，所以她才明知故犯。

趴在地上的里沙子突然停手，凝视着地板上残留的污渍。

"我不觉得自己做错了什么。阳一郎只是偶然瞧见那一幕，就产生了如此大的误会。

"归根结底，就是太过任性、哭闹不停的文香不对。我很冷静，知道自己并没有冲动地将文香扔在那里不管。

"都是让我提重物的婆婆，还有不自己买啤酒的阳一郎的错。

"但真的是这样吗？"

这几天的事，像走马灯般浮现在里沙子的脑海。气到不行、一直故意不理文香的自己，斜睨窥看着自己的那名陌生女子，扔下文香、背对着她喝着啤酒的自己……明明知道生活变成这样，还是任凭桌上摆着婆婆做的菜，没有一样亲自动手料理。里沙子对纸袋的重量以及厌烦这重量的自己感到不屑。

"所以，就像阳一郎所说的，是我自己的问题了？

"大家都能做到的事，只有我无法做到，是吗？

"我一心想做超出自己能力的事，结果搞砸了现在最重要的东西，不是吗？

"那时的我，真的很冷静吗？

"我冷静地思考过如何安抚文香的情绪吗？我的做法只是更刺激她的情绪，不是吗？

"说到底，我真的爱文香吗？"

里沙子拿起遥控器，抬头看向空调，想调高温度，才发现已经设在二十八摄氏度了。她拿着擦拭地板的抹布站了起来。

打开隔间门，里沙子立刻知道自己要做些什么了。她背对着阳台内侧的落地窗，面对隔间门坐在餐桌旁，打开笔记本电脑，进入邮箱的页面。有四封未读邮件，打开一看，都是自动发送的广告。

里沙子检索和朋友往来的信息，按下"回复"，在搜索栏处输入"南美小姐"，又将其删除，改成"南美"，然后拿起藏在笔记本电脑后头的啤酒，喝了一口。她查看这封来自木泽南美的信息是何时收到的，原来这封邀约共进午餐的信息是今年二月收到的。

邮件里写着："这是一家就算带孩子来，也可以很放松的咖啡馆，请带文香一起来哦！"还补了句，"我也会带小佑来哦！"

小佑是南美三岁的儿子。

"不过啊，吉泽是孕妇耶！我本来也想邀请小慕啦！可是她大概没办法来吧。况且要是邀小慕的话，带着小孩恐怕对她不太友好。"

"我有赴这场午餐邀约吗？"里沙子思索了一下，觉得很好笑，"我怎么会忘了呢？要是去了，应该会记得才是。可是南美儿子的脸，吉泽怀孕几个月，什么时候生了小孩……这些事我都不知道。"

半年前就没再联络的人，称得上是朋友吗？里沙子带着疑惑开始写回信，才写了几行就删掉重写。

"最近如何？儿子和老公都还好吗？我们家一切平安。我女儿好像正值反抗期，有时真是拿她没办法啊！虽然很可爱，可是……对了，我被选为陪审员呢！没想到这种事竟然会发生在自己身上，真的很惊讶。

"南美，像我这样的人，果然不适合陪审员这种重要的工作，对吧？我不够聪明，又缺乏常识，内心真的很不安。只是出席了几天审判就身心俱疲，家务也搞得一塌糊涂，真的对自己失去信心了。很久没写信给你，却都是在发牢骚，对不起啊！也许是因为不太适应，有点疲累吧。期待我们能再碰面。"

里沙子反复看了好几遍写好的回信，虽然觉得后半段内容有点唐突，但应该还好吧。里沙子说服了自己，决定把这封回信发送出去。

设定好的闹钟倒在一旁，阳一郎和文香都睡得很熟。里沙子也闭上眼，心情却烦躁得睡不着。

"没问题的，只要好好沟通，一定能理解。阳一郎就是这样的人，不是吗？只是今天没时间好好沟通而已。"里沙子像数羊似的，反复在心里告诉自己：一切都会雨过天晴。

　　昨天还一派轻蔑口吻的阳一郎，早上倒是恢复了正常，里沙子不由得松了一口气。阳一郎边喝咖啡、吃早餐，边看报纸，他瞅了一眼窗外，说了句："今天好像也很热啊！"然后走到玄关，目送先出门的里沙子和文香。

　　"要当个乖孩子哦！"他先是对文香这么说。

　　"要是真的撑不下去的话，就跟他们商量看能不能别做了。我来打电话也行。"他又对里沙子说。

　　虽然这番话让里沙子意识到阳一郎的疑虑并未消失，她颇感失望，但她也很庆幸他克制住了心中的不悦与愤怒。

　　里沙子把文香送到公公婆婆家时，二老提议让文香留下来过夜，她听得着实一头雾水。

　　"那天我也以为她会开心地留下来，没想到晚一点又哭着说要回家。怕又会给你们添麻烦。"虽说明天放假，但要是又像上次那样，自己真的很不好意思。

"所以里沙子也一起留下来过夜不就行啦！反正明天是周末，是吧？这么一来，阳一郎也会过来啦！"

"不能给你们添麻烦，我会来接她的。"里沙子坚定地拒绝，却见到公公婆婆偷偷地互使眼色。

"哎呀，里沙子偶尔偷懒一下也没关系啦！这个星期肯定很累吧。不如借这个机会，一家三口好好放松一下呀！晚上我们去吃小香最喜欢的回转寿司。"公公说。

"寿司！"从里头的房间传来文香的叫声。

今天是怎么回事？里沙子纳闷不已。

"我明天休息，没关系的。反正每次都从这里带很多吃的回去，光是那些就够吃了。"她再次婉拒。

"其实是那孩子拜托我们的啦！"婆婆难以启齿似的垂下眼。

"那孩子？"

"就是阳一郎。"婆婆这么说后，赶紧补充说明，"他说你正为了不熟悉的事情伤脑筋，想让你稍微喘口气，在这里过夜。"

"是让文香留下吗？"脑中的画面与话语全都搅成一团，成了旋涡。昨天的事、文香的事、自己的事、审理中的案子……这些人到底在说什么啊？

"不只小香，你也一起留下来，那孩子说他今天会回这里。"

"为什么……"

里沙子反问，却不知道该怎么继续问下去。

"一家三口好好放松一下，这样不是很好吗？那孩子也很久没回来了，我们晚上一起去吃寿司，明天好好睡个懒觉。"

"好了，快迟到了！那就傍晚见啦！"

"妈妈，再见！"客厅里的文香连头也没探一下，只传来声音。

"那就晚一点再联络。"

里沙子说了这句话后，急忙冲出玄关，奔向公交站。

打电话，他打电话告状。到底是什么时候打的？昨天没察觉他打算这么做啊！肯定是在我早上出门后打的电话，笑着送我们出门后，他马上就做了这件事。

"她竟然做了很夸张的事，整个人看起来又累又焦虑，还把情绪发泄在文香身上，情况真的不妙啊！我不知道只有她们两个人时，她会对文香做什么。今天可以留她们过夜吗？在我回去之前，帮我照看一下里沙子和文香。"他肯定是这么说的。

内心的悸动越来越激烈，里沙子的手不停地发抖，浑身直起鸡皮疙瘩，但并非因为电车里头空调太冷。

"冷静点。"里沙子告诉自己，"别钻牛角尖，阳一郎不会那么说我的，不会说我情绪失控的，因为我根本没有啊！顶多说我看起来很累，想让我休息一下而已，一定只是这样而已。"

里沙子想到这里，有股想大喊的冲动。

——我只是看她好像不知道该怎么办才好，所以多少帮帮她。

这不是昨天才听到的话吗？邦枝说她听到儿子的这番话，开心地来帮忙。

"真是的！我在想什么啊？根本完全不一样，不是吗？"里沙子忘了自己在电车里，用力摇头。有几个人好奇地瞅着她，但她根本没心思在意这种事，"我和她的情形完全不一样，水穗不知道怎么照顾孩子，而且因为睡眠不足、疲劳过度，整个人变得怪怪的；邦枝还说水穗觉得小孩要是一哭就抱，久了会有依赖，所以让孩子躺着就行。况且案件中是平常根本不怎么在乎妻子的丈夫向婆婆发出的求救信号，不是吗？和我的情形完全不一样。我的丈夫只看到昨晚那一幕，就误会我虐待孩子，然后不试着厘清事实，就干了向父母求助的蠢事，不是吗？为何我要将两件事兜在一起想？"

"不过……等等，如果那时水穗还没觉得自己撑不下去，却和丈夫发生了争执，两人意见不合，然后丈夫去向母亲求助呢？"

里沙子这么想时，通告换乘站名的广播声响起。她赶紧下了电车，快步走向地铁站台。车站内依旧是熙来攘往的人潮，但喧嚣仿佛沉淀在了脚边，站内被不可思议的静谧包裹着。

里沙子身处拥挤、摇晃的地铁车厢，继续思索着。

"如果水穗其实没有不知如何是好，也不觉得疲累呢？不对，不知所措、疲累是一定会有的，只不过大家都告诉自己一定要努力撑下去罢了。"

里沙子想起文香刚出生时的光景。那时她觉得孩子永远也不会有熟睡的一天，自己还为选择给孩子打哪一套预防针烦恼不已，脑子混乱到时常偷偷哭泣。光是想到那小小身躯会发出这么洪亮的哭声，就很担心她会不会因此没了气息、丢了小命。里沙子还会上家里有小宝宝的母亲们常去的社交网站，拼命浏览和自己有着同样烦恼的母亲，或是比自己还要苦恼的母亲的帖子。同时，她还要和痛苦的母乳哺育搏斗。

"虽然记忆已经有些模糊，但我那时应该对老公发泄过情绪。因为总是处于疲累状态，情绪难免失控，肯定对在外面酒过三巡才回家、满身酒气的老公讲过难听的话，也为此哭过。

"但我觉得任谁都会如此，也向老公说过自己身心俱疲，情绪紧绷。'嗯，我明白。'老公应该是这么回应的，他能理解我有多辛苦。

"但如果老公其实不这么认为呢？照顾年幼的孩子非常辛苦，所以母亲总是疲惫、不安、浮躁、敏感，不可能总是面带笑容。这是理所当然的事，但如果老公根本不明白呢？"

"那种事情每天都会发生吗？"耳边响起冷冷的、强硬的，隐含着忧虑的声音。里沙子想起昨晚越想解释越无法和阳一郎沟通，两人差点杠起来的情形。

"对了，那时我是这么想的——任何一位母亲都会这么做，阳一郎应该也见过假装暂时不理会孩子耍性子的母亲吧。但如果没见过呢？如果阳一郎从未见过这样的母子拉锯战呢？若是这样，他当然有可能觉得妻子行为失常。

"一个人独自努力的时候，却因为一件事没做好被责备。这时候，出现一个和自己的观点完全不同的女人，同时她是老公最强有力的靠山。她批评自己不太抱小孩、不陪小孩玩；说什么'大家都很辛苦，我认识的好几个人都比你辛苦'；那就算对方的语气再怎么温柔，态度再怎么克制——要是我被这么说的话——难道不会抓狂吗？比如带着孩子离家出走、要求离婚，或是——"

里沙子下了地铁，走上楼梯，每踏出一步都感受得到热气与刺眼的阳光。爬到楼梯最上面时，蝉鸣宛如阻隔万物的幕布般响彻周遭。里沙子眺望着马路前方摇摇晃晃的景物，恍然觉得昨天才走过的地方，仿佛突然间一切都变了调。

今天，检察官当庭宣读调查结果报告。法医提出的遗体解剖报告并未使用大量专业术语，所以里沙子也能充分理解。

总结来说，并未发现遗体死亡时有因虐待所致的外伤与内伤，也没有营养不良的情形。也就是说，并未发现任何施虐迹象，确定是溺水窒息而死。

里沙子边聆听女检察官的报告，边问自己："我真的听懂了吗？真的能正确理解她所说的吗？我有这样的能耐吗？"

正当此时，坐在前面的六实突然悄声轻呼，陪审员席也起了一阵骚动。原来屏幕上映着死亡女婴的照片，听到检察官的介绍，里沙子反射性地紧闭双眼。

中午休息的时候，陪审员们似乎已经习惯了这样的日程安排，发言相当踊跃。

"孩子六个月大时，身上有疑似殴打所致的伤痕，后来过了几周，又发现了瘀青，是吗？"白发男士问。

"三周吧，记得是三周后。"年长女性舔了一下指尖，比对自己的笔记和资料。

"不是瘀青，是被掐的痕迹。"总是不太开口的年轻男子嗫嚅地说。

"如果是七月发生的事……痕迹应该也消失了吧。"六实说。

里沙子像用目光拼命追着球似的，死盯着逐一发言的人——"我能理解吗？跟得上大家吗？会不会只有我跟不上状况呢？"她越在意就越焦虑。

"也就是说，虽然没发现虐待迹象，但并不表示没有施虐，是吧？"年长女性似乎察觉到里沙子的焦虑，像在说明似的表达意见。

"但也不能证明确有发生，不是吗？"

里沙子发现大家的视线集中在她身上，这才意识到自己不由自主说出了声。

"可是她丈夫确实看到了。"

"真的是殴打、掐伤的痕迹吗？"

我怎么会说出这种话呢？里沙子很不安。大家都看穿了——我死命抓着自己办不好的事，还想告诉大家连我这种人也能理解这起案件。大家都看穿了——我是个笨蛋。

"什么意思？"六实问。

"好比蚊虫叮咬的痕迹。"里沙子说。毕竟只有丈夫称看到了像是殴打、掐伤的痕迹，并没有照片可以佐证；而且要是孩子穿着不舒服的纤维材质衣服，也会皮肤红肿；不知道被什么东西刺到，也会留下伤痕。

"蚊虫叮咬和殴打的伤痕不一样，父母应该分辨得出来吧。"年长女性说，有几个人窃笑。

看吧！出丑了。我说了愚蠢的话。"要是真的很勉强的话，难道不能中途退出吗？"我根本没这能耐，居然连话都听不太懂。老实说，早就应该退出，不是吗？

"不管怎么说，溺死和窒息确实都是施虐行为。"

白发男士说。

"可是那照片……"六实喃喃自语，屋内一片静寂。法官再次问大家还有没有人要提问，无人回应。法官看着里沙子，又问了一次。里沙子悄声回答"没有"。

午休过后，本来应由检辩双方申请的证人——也就是水穗的女性友人站上证人席，但女检察官说她因为突然生病无法出庭："她昨天发高烧将近四十摄氏度，迟迟没退烧，所以早上来电告知，将另行择日出庭。"旁听席起了一阵小小的骚动。

下午一点多，这天的审理意外地提早结束了。

里沙子走出法院大楼，惊见外头艳阳高照，柏油路面热到发出白光，周遭林立的高楼大厦也濡湿般闪闪发亮。直到上周，我还和文香在这热气蒸腾的日子里，一如往常地出门购物、去儿童馆，但那时与文香相处的情形却像是想不起来般遥远。往前走了几米，里沙子觉得头晕目眩，顿时停下脚步。是因为太热吗？还是头晕？她凝视着波浪起伏的地面，随即转身走回大楼内。

明明已经过了下午一点，地下的咖啡厅还是座无虚席。里沙子被带到最里面的大桌子，和其他客人拼桌。她点了一杯冰咖啡，可能是刚从外头走进来，还不习惯室内照明，外头刺眼的白光还在眼睛深处闪烁。

里沙子庆幸自己没看到那些残酷的照片，却又有种只有自己逃掉的罪恶感。

大桌子对面坐着一位身穿西装、独自用餐的男士，旁边坐着学生模样的女孩子们，正一脸认真地不知在说些什么。四人桌前一位老绅士将拐杖立在一旁，还有三位中年妇女边喝咖啡，边愉快地聊天。双人桌前则坐着一位装扮休闲的中年男子，和一位戴着棒球帽默默吃咖喱的白发男士。还有一位和里沙子年纪相仿的女人独自用餐。他们到底是什么样的人？里沙子毫不避讳地环视周遭。

服务生送来冰咖啡。总算习惯了室内照明，里沙子拿出手机，查收信息，没收到来自婆婆或阳一郎的信息。

今天真的要去公公婆婆家过夜吗？里沙子用手指卷着空吸管，

一松手，卷成圆圈的吸管掉在桌上。要向公公婆婆说明昨天的情况吗？真的能轻易解开误会吗？"哎呀，原来是这样啊！"婆婆会开朗地笑着回应吗？"真是的！是那孩子误会了。"她会这样笑着取笑自己的儿子吗？她会相信我说的话吗？

里沙子发现自己又在空想了。现实不是已经好几次让自己大跌眼镜了吗？

纵使如此，与其什么都不说，还是讲出来比较好，里沙子决定还是听从建议，和文香一起留在公公婆婆家过夜。可是她实在不想那么早过去，不如利用这段意外空出来的时间去购物吧。要买文香的衣袜、阳一郎的贴身衣物，自己也想看看令人心情清爽的夏季衣物。可以去趟银座，新宿也行。这么一想，里沙子就觉得心情开朗多了，打开手机开始发信息。

"今天就承蒙好意，请多照顾了。如果有什么想买的东西，还请跟我说，不要客气。我们一家三口就麻烦您了。"

里沙子写到这里时突然停手，因为实在写不下去了——我不想留下来过夜，也不想当着公公婆婆的面，告诉阳一郎昨天那件事并非虐待，我不想说出如此愚蠢的话。

喝了一口冰咖啡，里沙子删掉了所有文字，发了一条信息给阳一郎。

"我觉得我们必须好好谈谈昨天的事，所以我今天不会留宿浦和。是你要求文香留在那里过夜的，婆婆也希望她留下来，所以我会让她留在那里，明天再去接她。"

里沙子急忙写下这条信息，没有再看一遍便匆匆发送。因为要是再看一次，八成又会删除。

冰咖啡里的冰块早已彻底融化，里沙子依旧坐着确认了好几次手机，还没收到阳一郎的回信。一回神，面前坐了四位中年男女，女学生们坐过的位子上，一位年过半百的男性正在看报纸。转眼已经下午两点多了。

　　傍晚五点。直到上周，这个时间点自己都是待在家里。不知是因为文香不在，还是连日出门的关系，里沙子总有一种跳脱日常生活的感觉。太阳渐沉，天色却还没暗下来，一如下午般明亮，孩子的嬉戏声从紧闭的窗户传进屋内。

　　里沙子将买来的食材放进冰箱，赶紧打开电脑。等待电脑开机的这段时间，她看了一下手机，阳一郎还是没有回信。

　　今天早上收到木泽南美的回信，里沙子赶紧打开看。

　　"陪审员？！真的假的？！还真的有这种事啊！总觉得不敢相信。什么发牢骚啊，别这么说啦！我也吓一跳呢！我觉得里沙是个脑筋很清楚的人，哪里笨了？干吗这么小看自己呀？我想，虽然这份差事责任重大，但真的不用太担心。对了，你的小孩今年几岁了？应该还没上托儿所吧？照顾孩子真的很累，难免无法顾及其他家务，这很正常啊！等你的重大责任结束后，要是有空见面，一定要约一下哦！我们家小朋友也长大了！要是我们碰面的话，我会请别人帮忙看一下儿子，因为我想轻松赴约（恳切）！先这样啦！保持联络。"

　　结尾处，南美还留了她的手机号码与电子信箱，里沙子将这些联系方式转发到手机上。还是没收到阳一郎的回信，里沙子从脚边的纸袋里拿出今天买给文香的衣服和袜子，收进衣柜。家里静悄悄的。

　　晚餐怎么办呢？里沙子站在厨房里，打开冰箱。她想，要是阳一郎回来的话，就好好做一顿饭；要是没回来的话，自己就随便吃一点。六点多，手机来信声响起，里沙子赶紧确认，不是阳一郎，而是婆婆："不必担心小香的事，里沙子没留下来住一晚真的很可惜，今天你就好好休息吧。阳一郎会直接过来我这里，里沙子好好重温一下单身生活吧。"

反复看了几遍这条信息，里沙子将手机搁在厨房的流理台上，抬头看着时钟，心中忐忑：那家人趁我不在时，会说些什么？会怎么说我呢？还是现在赶过去，当着大家的面解释清楚比较好。里沙子明明很焦虑，却没有付诸行动。即便知道今天要是不过去解释清楚，只怕事态会更严重、更复杂，可她脑中描绘着前往公婆家的路程，却涌不起想赶过去的念头。

明明想先为下周的三餐备料，多买些食材，里沙子却完全忘了这回事，她将近七点出门。住宅区街上往来的行人不少，应该是赶着回家的上班族吧。有牵着狗散步的女人和老人，还有一群边走边愉快谈笑的初中生。很久没在这个时候独自出门了，里沙子边走向便利店，边环顾四周。她完全忘了自己现在的处境，总觉得心情有点雀跃，忽然想起南美那一句"因为我想轻松赴约"，不由得笑了。不带孩子同行，真的好轻松啊！

里沙子将方才和饭团一起摆在商品架上的炸物、沙拉，还有冰箱里的腌菜摆在桌上，心情越发兴奋。她没有用杯子，而是直接拿起罐装啤酒畅饮。这顿结婚以来第一次这么随便的晚餐，让她涌起一股深深的怀念感。婚后，无论是阳一郎深夜未归，还是他说不回来吃晚餐，里沙子还是会下厨准备些料理。不是因为自己想这么做，只是不想让阳一郎知道自己随便解决三餐。里沙子总是很怕他在垃圾桶或冰箱里发现饭团的包装袋或便当盒子。

里沙子想起三天前，阳一郎独自吃着便利店的便当。现在自己面前就放着从便利店买来的东西，而他应该无法体会这种兴奋吧。她将喝光的空罐像那时放在桌上的空罐一样压扁，又从冰箱里拿出一罐。不用战战兢兢喝的啤酒为何如此美味？里沙子想。才三罐而已，早知道就多买几罐了。不对，待会儿再去买就行啦！

里沙子吃了一口沙拉和炸物，放下筷子，边喝啤酒边操作手机。

"突然发信息给你，还能马上收到回信，很感谢。虽然不想怪罪于担任陪审员一事，但我做了不配为人母的差劲事，真的很沮丧，谢谢南美的信息拯救了我。"

里沙子抬起头，发现自己很想见见这位不知道多久没碰面的朋友。要是明天的话，应该可以如南美所说的"轻松赴约"。想到这里，她再次看向手机。

"我知道这么做真的很突然，不过不知道南美明天有空吗？今天和明天，我老公和小孩都不在，所以明天我可以去找你。不过这么突然，你应该不方便吧，就算明天无法碰面也没关系，等我这边情况稳定后，我们一定要一起去哪里逛逛哦！"

里沙子发出这条信息，凝视着没拉上窗帘的窗户，看见映在窗上的自己嘴角泛起笑意，不由得怔了一下。也许明天可以一个人轻松地去和朋友见面——想到这个，她内心似乎比想象中来得兴奋。

"不太可能答应吧。这么突然约她。"

为了避免被拒绝时过于失望，里沙子故意这么告诉自己，然后伸手抓了一块炸物塞进嘴里。

周

末

　　里沙子醒来时以为闹钟一直在响，发现自己连衣服也没换，躺在沙发上睡着了。她赶紧站起来，顾不上头晕，忙着找闹钟，却到处都找不着。桌上散放着啤酒空罐、装沙拉与油炸食品的空盒，她脑中一片空白——我在干什么？都被阳一郎看到了吗？

　　瞄了一眼墙上的时钟，十点多了——阳一郎和文香还在睡觉吗？里沙子想去卧室看看，双脚却不听使唤。

　　一直在响的声音停下来了。原来不是闹钟响，是手机铃声。阳一郎和文香在公公婆婆家——只有我，只有我在家。

　　想起昨天的事，里沙子这才安心地坐在沙发上。空调还开着。她拿起掉在脚边的手机，以为会收到阳一郎或婆婆的信息。手机屏幕上显示的是昨天才刚保存好手机号码与电子信箱地址的南美的名字。

　　里沙子以为对方打电话来是说今天可以碰面，她收拾好散乱的桌面，迅速淋浴，换上外出服，喝水。还没吹头发，便拿起手机打给南美。

决定几点碰面后，先吹干头发再化妆——里沙子在心里理出步骤，听着电话铃音，可惜南美没接电话，转到了语音留言。

"刚才没接到你的电话，不好意思。今天一整天我都是一个人，没有安排，随时都可以打电话给我。"里沙子迅速说完，挂掉电话。

好安静，拉开窗帘后，外头是一片蔚蓝晴空。文香在做什么呢？昨天应该没有耍性子也没有哭闹，乖乖睡觉了吧？里沙子想打电话联系一下，但总觉得无论是打给阳一郎还是公公婆婆，都很难说清楚。

下午一点多，南美来电。里沙子以为她会打来约碰面，忍耐着没吃午餐，只喝了咖啡。

"不好意思，我今天要工作。"听到南美这么说时，里沙子很失落。

"工作？没打扰到你吧？"里沙子为了不让对方察觉，努力挤出开朗的声音。

"不会，现在是午休时间。你那边方便讲电话吗？"

"可以……原来南美在工作啊！"

"两个月前才开始啦！只是兼差而已，在咖啡店当内勤人员。"

原来如此，难怪电话那头很安静，里沙子恍然大悟。她想象着自己以往工作地方的会议室和休息室。

"孩子在托儿所吗？"里沙子问。

"对啊！不过因为今天是周末，我老公会帮忙照顾。对了，里沙，你还好吧？"

听到南美的关怀，里沙子很想倾诉，但南美又说：

"不知道你到底遇到什么事，那么沮丧，还问我今天能不能碰面，我真的很担心，所以趁早上的空当给你打电话。"

的确，许久未见却突然说要碰面，对方当然会担心吧。里沙子反省自己的冒失。

"我才不好意思呢！因为偶然得空，才想约出来碰面，我也真是的……我没事，真的。"

"为什么为这种事道歉？这样很奇怪耶！里沙。"

奇怪？我哪里奇怪了？里沙子举着手机走到餐桌旁。昨天的啤酒罐在桌上留下一圈圆圆的污渍，里沙子用手指抹去。

"你说你老公和女儿都不在家，是在公公婆婆家过夜了吗？对了，你女儿几岁了？"

"已经三岁了。正是小恶魔期，拿她没辙。"

"啊！我懂。总觉得没完没了，对吧？不过这种反抗期马上就会结束了。所以说，今天是你久违的可以一个人好好放松的日子。"

"他们可能不会回来了。"不由得脱口而出的这句话，让里沙子觉得如果误会一直没解开，好像真的会这样，"他觉得我这个母亲很失职，也许我们会离婚吧。"

"咦？什么？发生什么事了？"南美压低声音。

"其实是前天的事啦！"里沙子本来不打算说的，却止不住。最后还是一口气把昨天晚上自己将哭闹不停的孩子丢在昏暗的小路上，好巧不巧被老公撞见的事，还有父女俩昨天在公公婆婆家过夜的事都说了。没想到手机那头传来了笑声。

"真是的！怎么那么凑巧啊！运气也太差了，"南美一直笑，"竟然把你和那种沉迷打小弹珠、放着孩子不管的父母归为一类，什么跟什么啊！"南美笑得太夸张，连说话声都变得有点模糊了。里沙子怔怔地听着笑声，突然觉得心情轻松了许多。

"拜托！哪有因为这样就离婚的啊！不过被误会也没什么不好，就像今天你终于可以好好休息一下了，不是吗？虽然我们没办法碰面，真的很可惜，但你就好好放松吧。"

"可是，要是无法解开误会呢？"里沙子问。明明心情轻松了许多，声音听起来却还是很焦虑。

"不会有这种事啦！你有没有虐待小孩，只要住在一起就会知道，不是吗？你老公只是前天一时火大，无法冷静思考罢了。现在他可能后悔对你说了重话吧。"

"是哦。"里沙子想象阳一郎在公公婆婆家懊恼的模样。

"怎么啦？里沙，总觉得你怪怪的，难道还有其他事情吗？"

里沙子听到南美的笑声消失了。

"为什么这么问？"

"总觉得你不可能只为了这点事就这么沮丧吧？是不是还有其他让你失去了自信的事情呢？"

我从来就没自信过啊！里沙子很想这么说，却将话吞回肚子里。要是这么说，只会让南美更担心。

"没事，让你担心了。果然是被选上陪审员的缘故吧。这件事超出了我的能力范围，"里沙子为了不让南美插嘴，又说，"真的不会妨碍你工作吗？谢谢你打电话给我。占用你宝贵的休息时间了，真的很不好意思。"

"哎哟，干吗道歉啦！那我们再用信息联络吧！找个时间碰面吧。"

挂断电话。空调嗡嗡作响，桌上的污渍没了。寂静中回荡着刚才听到的南美的笑声，里沙子不禁扑哧一笑。"没错，真的很可笑，竟然因为这点小事担心会离婚，我到底是哪根筋不对劲啊！"瞅了一眼墙上的时钟，还不到两点。里沙子清扫家里、洗衣服，打算发一条信息给阳一郎。"就像南美说的，他可能也在反省吧，只是不好意思先拉下脸来联络我。"

里沙子起身的同时，信息提示音响起。她拿起手机，以为是阳一郎的信息，结果是刚刚才聊完的南美。

"能和你聊聊真是太好了，下次一定要见面聊个够哦。

"里沙，你是不是因为过于努力而太累啦？该不会被老公或婆婆说了什么吧？总觉得你很没精神，把过错都怪在自己头上，过于在乎别人的感受，真的叫人很担心。总之，今天就好好享受单身的滋味，找回平常充满活力的里沙哦！"

整理垃圾，洗衣服，用吸尘器清理地板，整理杂志和报纸，把它们和垃圾一起拿到公寓的垃圾集中处。晾完衣服后，回到开着空调的屋内，里沙子拿出手机，思索着要怎么给阳一郎发信息。他今天应该会回来吧，要不要约他去外面吃饭？不过昨天就是在外面吃的，今天还是在家里吃比较好？问问看好了。

"是不是太累了？被说了什么吗？里沙，你还好吧？感觉你好像因为别的事情失去了自信。"

南美的声音近在耳边。原本想发信息给阳一郎的里沙子突然停了下来。因为不停地做家务，她流了一身汗，想冲个澡。她确认冰箱里有哪些食材，思索着菜谱——不，还是约他出去吃饭吧。里沙子知道自己一旦忙起来，没有半分从容，脑子肯定会陷入空白状态；犹豫着这么做还是那么做，结果不知道怎么做比较好，反而怎样也动不了。

"可现在明明一点都不忙，还是怎样也动不了。怎么会这样？还能重拾以往的活力吗？我有过充满活力的时候吗？那是什么时候？又是何时结束的？现在我失去这股活力了吗？我真的是最近才变得不自信吗？还是一直都是这样？"声音与问句不断浮现又消失。

手上的手机短促地响了一声，里沙子吓得差点跳起来，看了一下手机画面，原来是婆婆发来的信息。

"里沙子，昨天好好休息了吗？你今天会过来吧？晚上要去吃烤肉，你也一起来吧。千万别客气哦！好好放松一下。"

里沙子看着信息，不由得叹气。和南美聊过后稍微轻松的心情又变得沉重。

都是因为自己拖拖拉拉没先给阳一郎发信息，才会变成这样。要是能抢在婆婆前头，早一步约阳一郎和文香就好了。

不对，心情沉重不是因为这个，而是因为还没解开误会。婆婆的信息暴露了这个问题。

南美的笑声突然变得好远。"为什么我会跟着笑？为什么以为阳一郎会反省？果然昨天我应该过去，那可不是一个人喝个烂醉的时候。"责备自己的声音在里沙子的体内回响，脑中却又浮现完全不同的疑问。

如此愚蠢的事，到底要拖到什么时候？

误会应该已经解开了。问题已经结束了。

那么，这种郁闷的心情又是怎么回事？里沙子跟在推着推车的阳一郎身后，边走边想。周日下午的超市里，有很多像里沙子这样的一家老小，也有上了岁数的夫妻相偕来采购，而且不分老少，多是老公两手空空地跟在老婆身后。不管和阳一郎一起来超市多少次，里沙子都无法习惯，因为别人家的老公多是跟在老婆后头。

里沙子有种自己变成了无用老公的心情，注视着阳一郎的背影。坐在购物车上的文香隔着阳一郎的背，窥看里沙子。那模样不是在找妈妈，文香面无表情得叫人惊讶，她又抬头看阳一郎。里沙子愕然：文香根本不明白发生了什么事，也不可能还记得前天的事而和我闹脾气，更不可能察觉到我心中的这股郁闷啊！但是，她为什么露出那种表情看着我？

才离开女儿一天，女儿就像个小大人般，像探视陌生人似的看着她。里沙子惊慌失措。

从果蔬区开始，一直逛到最里面的饮料贩售区，阳一郎终于回头，指着购物车里的东西问里沙子："这些应该够了吧？"

和阳一郎一起来，里沙子就想买重一点的东西，比如很快就要吃完的米、矿泉水、罐头、冷冻食品等。可是卖场里人很多，要绕回米和罐头那一区，只怕阳一郎会不高兴。

"我去拿水和文香要喝的饮料。"里沙子说着，离开了购物车。

里沙子正从商品架上拿了一瓶果汁，身后传来阳一郎的声音。

"先买几罐啤酒放着吧。"

里沙子刚要回答说"好啊"，阳一郎又改口道："还是算了吧。"

故意的——一瞬间，里沙子这么想——他不是想先买个几罐放着，而是故意提醒我不要喝酒，故意提啤酒的事。

不要太过分了！凭什么一定要我戒酒！里沙子忍住想怒吼的冲动。

里沙子跟在阳一郎身后走向收银台。"昨天吃了烤肉，今天就吃得简单清淡一点吧。"前往超市时，阳一郎这么说。

决定"吃得简单一点"、挑选食材放进购物车的是阳一郎，但负责做饭的不是阳一郎。结账时，里沙子望着购物车里的东西。

切片番茄、豆芽、豆腐、杯装方便汤，里沙子则是拿了鸡蛋、棒状面包和两包热狗，还有生鱼片和番茄沙拉。

将绞肉解冻，和豆芽、豆腐一起炒吧。里沙子怔怔地想着如何料理阳一郎挑选的食材。

"哇，好热啊！"走出超市的阳一郎说。阳一郎双手抱着购物袋，里沙子替他牵着文香。没想到文香却松开她的手，缠着爸爸，大喊："把拔，冰激凌！我要吃冰激凌！"咦？冰激凌？

"搞不好会肚子痛喔！不行哦！"走在后面的里沙子说。她以为这么一来，文香会对阳一郎耍性子，像之前那样蹲着不肯走，要是哭闹更好，阳一郎就会明白那时的状况。没想到他却笑着对文香说：

"冰激凌吗？好啊！"

"你也想吃冰激凌吧？"他还回头笑着问里沙子，那张似乎很久没看向自己的脸笑得好开心。

"对啊！好热喔！"里沙子回道。

在超市入口的轻食区买了冰激凌，一家人坐在椅子上吃。文香和阳一郎笑着不知在聊些什么。看在别人眼中，应该是一家人正在悠闲地享受周末吧。里沙子眺望着向他们投来温柔目光的熙来攘往的购物人潮。

昨天里沙子去了公公婆婆家。以为一进屋就会有人提起那晚的事，她紧张不已，没想到阳一郎躺在客厅的沙发上午睡，婆婆正陪着文香玩洋娃娃。

晚上六点左右，一行人前往附近的烤肉店。直到开始用餐也没人提起那件事，婆婆一个人讲个不停，公公和阳一郎除了动筷、拿杯子喝东西之外，没有多余的动作，一如往常的用餐气氛。里沙子很想吃完就回家，但公公婆婆一直留宿，阳一郎也没说什么，就这样在公公婆婆家住了一晚。

回到公公婆婆家，待文香睡着后，里沙子忍不住主动提起。

"其实前天，阳一郎误会我了，"里沙子说了那天回家发生的事，"如果只看到那一幕，当然会很惊讶。我虽然躲起来，眼睛却一直盯着文香。妈，您应该也遇到过这种情形吧？孩子闹别扭，然后您假装说'我先走了'……"

听了这番话，婆婆只是一脸诧异地看着里沙子，什么也没说。该不会她从没遇到过这种事吧？不，搞不好是记忆有误，以为自己没做过也没看到过这种事，阳一郎也是如此。

"但我对孩子绝对没有恶意。"

"当然啦！怎么可能对自己的孩子有恶意……"婆婆说，公公则是尴尬地点点头，阳一郎依旧沉默不语。

"阳一郎应该是误会什么了。所以昨天才不让我和文香单独在一起，希望我们留在这里过夜，可是我真的没有做会让他担心的事。"

里沙子一边说，一边纳闷阳一郎为何不发一语。要是他不回应，里沙子就无法知道误会到底解开了没。

文香躺在客房的床褥上睡熟了，里沙子总算能直接向阳一郎问个清楚："误会解开了吗？你明白不是像你想的那样了吗？"

"我知道，"阳一郎怕吵醒文香似的，悄声说，"我都知道，但希望你别再那么做了。还有在超市、玩具店这种白天人来人往的地方也不要这样。"

里沙子思忖片刻，回了句："知道了。"随即又想：

"我的确做得有点过分，不应该在晚上一个人都没有的昏暗街道上那么对待孩子。"

"小香妈妈！"里沙子听到有人呼唤，抬起头张望四周，瞥见往来的购物人潮中筱田荣江扶着自行车的身影，小萌坐在后座的儿童座椅上。"等我一下哦！"说完她走向停车场，停好自行车，牵着小萌走过来。

"你好。啊，这位是小香的爸爸吧？我们应该是初次见面。"荣江露出开朗的笑容。

"这位是常常在儿童馆碰到的筱田太太和小萌。"听到里沙子的介绍，阳一郎立刻站起来。

"你好，我太太和女儿受你照顾了。"阳一郎微笑着感谢荣江，然后蹲下来看着小萌："你好啊！谢谢你和小香当好朋友。"不知道是看到陌生男人有点害怕，还是害羞，只见小萌紧抱着荣江的双脚，躲在妈妈身后。

"小香，真是太好了。遇到小萌啦！"

里沙子对文香说，文香却装作没听到似的只顾吃冰激凌。

"来买东西吗？老公还会陪着来，真好啊！"荣江拉着躲在身后的小萌的手。

"小萌的爸爸呢？还在工作吗？"里沙子察觉到自己有点紧张，有种不知道会发生什么的不安感。这是怎么回事？她自己也不明白，只能努力挤出笑容。

"在家睡大头觉呗！真受不了。希望他帮忙提东西，可是怎么也叫不动！啊，好羡慕！你们家的真是好老公。我刚才从那边看，一家三口真的好幸福喔！"

"他一定很累吧。没办法啦！"

"可是我也很累啊！"荣江爽朗地大笑，"下次再见啦！小香，我们再在一起玩哦！"荣江挥挥手，走向超市入口。

"我不要吃这个。"里沙子接过文香递出的饼干杯，连同手上的湿纸巾一起丢进垃圾桶。阳一郎拿起放在长椅下方的购物袋：

"所以我看起来完全不累啦。"

里沙子感觉方才的悸动更加强烈了。

"是吧？"

阳一郎寻求附和似的笑着问，里沙子像要吐出悸动似的，做了个深呼吸。

文香牵着阳一郎的手，里沙子提着其中一只购物袋，像在超市里一样，走在阳一郎与文香身后。远处传来蝉鸣，柏油路面快要融化似的，看起来有些摇晃。

我到底在害怕什么？因为想着刚才荣江有没有说错话而局促不安。说错话是指什么？荣江对阳一郎说了什么吗？

里沙子悄声叹气。

"我果然怪怪的。明明很少抛头露面，也很久没和不太熟的人说话了，却被委以陪审员这个重任。一定与这个有关。就像阳一郎说的，不得不承认，这对我来说太沉重了。幸好下周就结束了。下周的这个时候，我一定可以神清气爽地购物。"里沙子自我安慰。

但是审判一结束，一切就能恢复原样吗？她拼命咽下这个逐渐浮现的疑问。

文香一直缠着坐在沙发上看电视的阳一郎，一下子坐在他膝上，一下子要他背。文香发现阳一郎不太理会，觉得无趣，走进厨房。里沙子正要准备明天晚餐的食材，一时之间对文香的撒娇有点不耐烦，但随即反省："我为什么对她这么不耐烦？就算不准备食材，婆婆也会让我带菜回来，直到庭审最后一天吧。所以根本没必要忙成这样。"

"小香，妈妈陪你，念书给你听好不好？"

"嗯，念书。"文香乖乖点头。里沙子迅速清洗用过的厨具，放进篮子晾干，然后将食材放进冰箱，让文香坐在餐桌旁的儿童座椅上，拿了一本绘本过来。她绘声绘色地讲起来，文香也难得专注地看着绘本。阳一郎站起来走向厨房，里沙子用眼角余光追着他的身影。

从冰箱里拿了罐装啤酒的阳一郎走出厨房时，和里沙子的视线撞个正着。

"干吗？这又不是你的。"明明里沙子什么也没说，阳一郎却像怕会被斥责似的，先发制人。他坐回沙发后拉开罐子就喝，没有用杯子。

"幸好刚才补了货呢！"

为了表明自己没有责备之意，里沙子努力地故作开朗。

"但还是别买来囤着比较好，因为看到就想喝。"

阳一郎又这么说。

绘本朗读被打断了，文香从椅子上下来，走向正在看电视的阳一郎。阳一郎抱起文香，皱眉说："怎么有一股味道？"

　　里沙子赶紧带文香进洗手间换尿布，果然拉肚子了。擦干净文香的屁股，里沙子把脏尿布卷起来："不舒服对不对？我们去浴室冲一下吧。"里沙子牵着文香，走出洗手间。她抱起文香，把她的屁股洗干净，被溅湿的牛仔裤紧贴在脚上，但里沙子不在意。

　　去法院之前，里沙子一直都在训练文香自己上厕所，而且颇为顺利。就算外出时让她包着尿布，文香想上洗手间时也会明确表达，连续五次都没弄脏尿布；但自从托公公婆婆照顾文香后，故态复萌了。里沙子怕自己外出时出状况，每天只在自己不在的这段时间给文香包着尿布，也将她会自己上厕所一事告诉了婆婆。但公审开始后第二天，里沙子发现文香不知为何又习惯性地拉在尿布上，现在一整天都得包着尿布。里沙子觉得，公审结束后恢复以往的生活步调，再开始训练文香上厕所就行了。学会过，再来学一次应该不是问题，所以不需要为这种事焦虑。里沙子告诉自己，不可以为了这种事苛责孩子。

　　即便如此，那句"怎么有一股味道"是什么意思啊！孩子又不是什么脏东西。凭什么觉得只要这么说，自然就会有人出手处理？

　　里沙子继续用她那快要沸腾的脑袋思索着。"阳一郎似乎无论如何都认为我无法承担审判的重任，于是靠酒精发泄压力，还迁怒于孩子。还说什么'还是别买来放着比较好'，是觉得我明天再去买就行了吗？为什么没想到我要一手牵着文香，一手提着好几本字典那么重、装了好几个保鲜盒的晚餐，还要买好几罐啤酒呢？他以为冰箱里的东西会自动繁殖吗？"

一回过神，里沙子不禁咋舌，这个不经意的动作吓得她抬起头，她瞥见被水蒸气弄模糊的镜子里映着的一张脸。与其说是皱眉，不如说是极度扭曲。里沙子赶紧关上莲蓬头，牵着文香走到浴室外头，用浴巾擦拭女儿的下半身。不知文香是听到了她咋舌还是有什么别的想法，一脸要挟似的看着里沙子。

"没关系唷！只是多吃了一点冰激凌，马上就好了。"

里沙子笑着说，文香伸手抱住她的脖子。里沙子顿时觉得内心有种甜甜的、柔软的东西，有种泫然欲泣的感觉。

"对不起。"里沙子说。虽然不知道为何道歉，但这句话让她深深地以为，自己确实做了应该向这么小的孩子谢罪的事，"小香，对不起。"她反复说着。

七点吃晚餐。阳一郎和里沙子若无其事地聊着超市的拥挤状况、明天的气温，还有饭菜等话题，文香也会不时插嘴，一家三口其乐融融。但从逛超市开始，不，从昨天，从周五开始感受到的不愉快与违和感，有如黏膜似的包覆着里沙子的心。是因为夫妻俩极力避免聊到最近发生的案件和刚才傍晚新闻报道的案件吗？还是因为两人完全没提昨天的事情？抑或是这一切都是自己想得太多？自己患上了被害妄想症？里沙子在心里自言自语。

阳一郎哄文香睡觉后迟迟没回来，里沙子去卧室偷看，发现他缩着身子和文香一起睡着了。虽然他没换睡衣，但穿着运动服，应该不用叫他起来换吧。里沙子掩上门，回到厨房洗碗。隔着厨房流理台看向电视机，屏幕上的演出者们开怀大笑，笑声盖住了水声，里沙子不明白他们究竟为何而笑。

里沙子洗好碗后打开冰箱，确认阳一郎还在睡，伸手拿出了最后一罐啤酒。"好紧张，要是没被那么说，应该也不会有像是在做坏事的心情吧。"里沙子给自己找借口。事实上，也真的没做什么坏事。

里沙子一如往常打开电脑，用电脑遮掩啤酒罐，准备给南美发信息。"谢谢你昨天打电话给我。已经没事了，让你担心了。"里沙子敲着键盘，凝视着这些文字，然后按了好几次右上角的按键，删除"已经没事了"这一句，"不过啊，你听我说。"她的手指飞快地移动。

"我和他算是冰释前嫌吗？他对我说'希望你别再做那种事'。被人家那么说，好像自己真的做了非常不好的事。他竟然对我说，别再做那种坏事，不是很莫名其妙吗？"

虽然很想笑着说一切都是我的误会——里沙子边敲键盘边思索，凝视了一会儿刚打的文字，又连续按着右上方的删除键。

"已经没事了，果然是我想太多了。我老公只是因为担心文香，才会有那样的反应。他好像已经忘了三天前发生的事，还真是个干脆爽快的家伙呢！只能说过度乐天吧（笑）。南美，真的很谢谢你，保持联络哦！"

里沙子反复看着这一行行文字，突然产生了疑问：阳一郎不听我解释，选择回父母家，真的只是因为担心文香吗？真的只是担心我的情绪会在文香心里落下阴影吗？

不是的，我们只是……

思索至此，里沙子忽然察觉通往走廊的隔间门玻璃上有个人影闪过，赶紧抓起啤酒罐，拿到流理台那边。传来洗手间的门开启、关闭的声音，她打开流理台下方的柜门，将啤酒罐藏在里面。里沙子屏息站在昏暗的厨房，听着水流声、洗手间开关门声，接着是卧室开关门声。她长叹一口气，蹲下来打开流理台下方的柜门，伸手拿起阴暗空间里的啤酒罐，一口气让液体流过喉咙，然后清洗罐子、丢掉。回到笔记本电脑前，里沙子还是很紧张。为了忽视这股悸动，她发送了信息，屋内一片寂静。里沙子想起刚才自己蹲在昏暗的厨房里喝啤酒的模样。"难道我真的有酒精依存症吗？竟然那么想喝酒。"

里沙子上网搜索"酒精依存症"，从最上方的网站依次点进去看，了解了这种病症的定义与症状。"我没有这样，没到每天不喝酒就受不了的地步，更没有酗酒。"发现网站上的说明和自己的情况不符，里沙子松了一口气，但看到"就算是少量饮酒，也可能罹患依存症"这行字时，又很害怕。她做了免费的自我检测，发现自己并不符合，这才安下心来。不知不觉已经起了一身鸡皮疙瘩。"我到底在干什么啊？"里沙子凝视着发光的电脑屏幕。

公
审
第
六
天

里沙子以为，阳一郎出门时又会对她说要是撑不下去就退出，
结果没有；以为他会说今天还是留在公公婆婆家过夜，结果也没有。
一如往常的早餐时间，一如往常在玄关匆忙道别，里沙子担心的事一
件也没发生，这反而让她更失去了自信，怀疑精神、肉体都很疲劳的
自己真的有被害妄想症。

随法院工作人员一起现身的水穗身穿白衬衫和米色长裤，她依
旧低着头，没有看向旁听席和法官们。旁听席座无虚席，坐在最前排
的年轻人们应该是应课程需要来旁听的吧。最右边坐着一位拿着笔记
本的年长男士，里沙子从公审第一天就一直看到他。里沙子感觉现在
比一开始从容了许多，总算有余裕观察旁听席了。

周五因高烧而缺席的水穗的朋友，今天也现身了。里沙子凝视
着随着工作人员走进法庭的女子。

这位身穿白衬衫搭配蓝色长裤的女子头发朝后梳起，用发饰固定在脑后，没有佩戴耳环和项链。

里沙子想象她平常可能不是这身朴素装扮，一定是烦恼过今天要怎么穿之后才决定穿这身。她八成比第一天到庭的自己还要焦虑。这个女人眼睛内双，鼻子小巧，称不上容姿秀丽，但有着清爽的魅力。虽然仔细瞧时不算美女，但擦身而过时，任谁都会觉得她长得还不错。就是这样的类型，里沙子又无意识地分类。

"我叫纪谷有美枝。"她以比里沙子想象中更低沉、稳重的声音说出自己的名字。

回答被告律师的提问时，有美枝说，自己是水穗就读私立女子高中二年级时的同班同学，虽然从那时开始，两人只要一碰面就会聊天，但真正经常来往是在高中毕业后。

两人高中时之所以没那么亲密，是因为有美枝参加体育类社团，她和没有参加任何社团活动的水穗没有共通点。两人上东京念大学后，才比较常往来。水穗就读于私立女子大学，有美枝虽然念的是东京的学校，却是在中心二十三区以外的校区上学，两人上学的地方离得很近。算上专门学校和短期大学，有十二三位同班同学来东京念书，独自在城市生活难免感到不安，起初大家常常聚会。但两三个月过去后，有些人交了新朋友或男女朋友，而大家也逐渐习惯了一个人的生活，小团体也就解散了。有美枝和水穗也是，几乎没有出席过梅雨季时办的聚会，但两人还是会联络。

水穗住在武藏野市某间只收女生的学生宿舍，有美枝住的公寓则位于武藏小金井。有美枝认为，两人之所以成为好友，和彼此住得很近大有关系，但更多的是因为谈得来、很投缘。那时她眼中的水穗是个很认真、不服输、一心想往上爬的女孩。

这么说的有美枝突然蹙眉，斜睨半空："也许不该用'一心想往上爬'这种字眼吧。"她又补了这句。

水穗对语言很有兴趣，但因为家里给的生活费不够用，她自己打工赚钱念英语学校，她也说过自己想出国留学，希望将来可以从事需要用到语言能力的工作，对于未来有着具体的目标。因为有美枝就读的大学很注重语言，两人在这方面算是有着共通点，至少可以大方地说出自己对于未来的规划。除了水穗之外，有美枝的身边还真没有这样的朋友。

虽然水穗毕业后没有实现留学梦，但她如愿进入了需要用语言能力的食品贸易公司。

相较水穗而言，有美枝专攻中文，大学三年级和毕业后分别去北京留学了一年，现在从事电影、新闻报道的翻译工作，有时也会接非文学类作品的翻译工作。留学期间，她和水穗虽然不像以往那么频繁联络，但还是通了好几次信息。

有美枝回国后，因为彼此都很忙，两人一年碰面两三次。水穗和学生时代一样，给人踏实、认真、坚强，而且积极的感觉。

被问及水穗个性如何的时候，有美枝似乎很在意"一心想往上爬"这字眼，改用"积极进取"这个词。

有美枝不认为两人的交情好到像无话不谈的闺密，也不是那种常常联络、约出来碰面聊天的关系，因为她有更亲密、更频繁见面的朋友。但对有美枝来说，水穗与她脾气相投，不必客套来客套去，水穗应该也觉得有美枝是能说真心话的友人。

水穗向有美枝介绍寿士是在二〇〇四年冬天，那时有美枝感觉男方人品不错，是个爽朗又聪明的人。后来她和水穗就不常联络了。听说水穗要结婚时，有美枝问她想要什么结婚贺礼，水穗却提出约她一起吃饭。

记得她和水穗是在二〇〇五年年末或二〇〇六年年初碰面的，约在了西麻布的某间法式餐厅。

那时，有美枝初次从水穗口中听闻，她似乎很后悔那么早结婚。

"该说是后悔吗……"有美枝注视着半空中，思索更贴切的词语，"与其说是后悔，不如说婚姻生活似乎不如她想象中那么美好。"她换了个说辞。

虽说如此，水穗倒也没有对婚姻生活抱持多么不切实际的幻想。有美枝记得那时水穗说，自己很难兼顾家庭与工作。

水穗那时在食品贸易公司工作，面对的是外国客户，常常需要加班，所以大多时候是寿士先回到家。但他不会主动帮忙做家务，都是去便利店买便当或熟食来吃，而且不会想到买妻子的份，所以水穗都是回家时顺便买些东西吃，总是独自吃晚餐。水穗告诉有美枝，她觉得这样的生活没有结婚的意义，加上两人希望生个孩子，所以自己打算辞掉工作，改变生活步调。但寿士的薪水又不高，实在是两难。

"毕竟是很久以前的事了，可能遣词用字、语气和表达方式上多少有点出入……"但她记得水穗大概是这么说的。接着辩护律师询问有美枝，是否听过或是记得他们夫妇针对这个问题讨论过什么。

"水穗说她并没有向丈夫提过这件事。"有美枝马上回答。"为什么？"辩护律师催促她快点说似的询问。

"水穗说她很害怕。"

"不过这番说辞也不是百分之百正确，毕竟是我的主观记忆，或许有点夸张。"有美枝把丑话先说在前头，用词谨慎地继续陈述。

"她说每次想和寿士商量什么事，他都会曲解、不高兴，不但不听水穗解释，还批评她；他要是喝了酒，甚至还会情绪失控。"有美枝听了非常惊讶，虽然只见过寿士一次，但实在看不出来他是这样的人，感觉他温和、聪明，不像是会粗暴怒吼的家伙。

辩护律师询问："曲解是指什么事？"有美枝回答："比如吃饭。"

夫妇俩无法共进晚餐也是没办法的事，周末或是早餐可以一起吃，也能尽量保有婚姻生活该有的样子。婚后水穗便马上对寿士这么建议，寿士却酸言酸语地指控水穗是在炫耀自己的薪水较为优渥。

"我们还聊了很多其他的事情，但我都不太记得了。总之，印象中寿士是个不好沟通的人。我之所以记得薪水的事，是因为想到要是换作自己，明明家务、工作一肩挑，还要被别人奚落赚的钱多，真的受不了。"不知为何，有美枝的这番话让旁听席响起窃笑声。

那时，有美枝问水穗，有没有遭到打骂、踹踢等具体暴力行为。水穗回答没有，这一点倒让她安心。

"只是——"有美枝先是喃喃自语，随即沉默。

"只是什么？"辩护律师催促似的问。

"虽然没有具体暴力行为，但水穗说他很可怕。

"一旦惹他不高兴，别说一整天，甚至长达两三天都不和水穗说话，而且会故意用力开关门和抽屉，还曾拿起报纸敲打桌子。尤其让水穗害怕的是他那可怕的怒吼和一连串粗话。我和水穗都就读于女校，没什么机会接触异性，所以觉得男人那种'搞什么鬼啊'的怒吼真的很可怕。

"那天水穗似乎很在意时间，想早一点回去。我问她这个时间回去会不会被骂，水穗说，谎称加班的话应该没问题。

"所以后来我就不太敢约她吃饭，之后好一阵子都没碰面，但还是会互发信息保持联系。再后来她没再提不太对劲的婚姻生活和她丈夫的事，我以为她已经找到了有效的解决方法。"

不久后，有美枝收到一条信息，水穗说她怀孕了，然后突然决定辞职，寿士也换了工作。有美枝安心许多，心想情况终于有所好转，两人能过上安稳的婚姻生活了。

二〇〇八年，两人又碰面了。水穗邀请有美枝来他们前年购置的新房子做客，有美枝挑了某个工作日的午后登门拜访。那时水穗挺着大肚子，说这个月就要生了，记得那是十二月。有美枝记得水穗家很新，家具也多是新品，家里还有一股新房子的特殊味道。

被问起那时水穗给人的印象，有美枝起先有点含糊其词，后来像是在思索怎么说明似的，凝视着半空中，回道："虽然看起来很幸福，但总觉得有心事。"

如愿买了新房，丈夫跳槽到更好的公司，孩子也顺利出生，而且如水穗所愿是个女孩。有美枝觉得水穗应该很开心，也很幸福。

但伴随着喜悦和幸福而来的，却是从未有过的不安。

"水穗一再说不可能一直这么顺利下去，就好像如愿得到什么东西的同时，也害怕失去些什么。"虽然有美枝一直安慰她，却感觉得出她极度没自信。

咦？里沙子原本握笔写字的手突然停住，看着眼前这位和自己不可能有交集的女子。

水穗不知道自己能不能照顾好孩子，担心自己是否能成为好妈妈，打造一个幸福美满的家，也不知道自己能不能打理好家务。她担心光靠丈夫的薪水，难以维持一家生计，越想越不安。那时水穗净说些消极的话，有美枝很担心，因为水穗一向给她非常积极、正面的印象，从没像这样消极、沮丧过。

另一方面，她听水穗说想让女儿学芭蕾，因为芭蕾的姿态看起来比较优雅。这番话让有美枝觉得，这可能也是水穗看起来不太对劲的原因。莫非这种不平衡的状态就是人们俗称的"产前抑郁症"？没有生产经验的有美枝这么想。因为很担心她和丈夫相处的情形，所以有美枝问了一下，水穗说她辞掉工作后怀孕生子，夫妇之间的关系好多了。虽然水穗烦恼的问题算是解决了，争吵的次数也明显减少，但这并不代表寿士有所改变，因为两人依旧无法好好沟通。"不过现在我们有孩子了，他一定也会有所改变。"有美枝听到水穗这么说，多少安心些。

有美枝说，那天她和寿士打过照面。

那天下午，造访水穗家的有美枝本来打算晚餐前离开，但因为两人聊个不停，有美枝也一直担心水穗是否有产前抑郁症，就想多和她聊聊。一回神发现已经傍晚了。

临时出门采买食材太麻烦。水穗提议，不如叫个比萨之类的外卖，还拜托有美枝待到寿士回来为止。

水穗说要是家里明明没客人来访，晚餐却叫外送比萨，怕寿士会不高兴。虽然有美枝觉得不太可能会有人因为这种事生气，但水穗的样子看起来好像真有此事，有美枝也想再好好看看只见过一次的寿士，所以答应留下来。

寿士回到家时已经是晚上九点多了，他看到有美枝有点惊讶，但还是很大方地打招呼。就算水穗端出已经加热过的比萨，他也没像水穗说的那样生气、口出恶言，有美枝觉得，水穗可能太敏感了。

有美枝陈述至此，说了句"可是……"又闭口，辩护律师催促她继续说。

水穗和寿士并没有恶言相向，也没有争吵，一切看起来都很正常。

她们聊天的内容不外乎即将出生的宝宝，还有买下这栋新房的始末。有美枝记得自己一边听，一边涌起一股难以言喻的不安感。

"对什么感到不安？"辩护律师问。

有美枝的视线落在斜前方的地板上，眉头深锁。室内安静得仿佛旁听席有人肚子咕噜作响都会被听得一清二楚。里沙子瞥见水穗将头抬高了几厘米，看向有美枝。

水穗并未和丈夫争吵，语气也很平常。起初三人聊着即将出世的宝宝，后来寿士聊起自己的工作。有美枝记得，那时的话题总算变成了他们两人都认识的朋友，那位朋友也有个年纪很小的孩子。水穗和寿士的语气都还算温和，也没有说出任何一句责备对方的话，可是……

"可是就我看来，两人在用只有彼此知道的方式攻击对方。"有美枝像是被刺痛似的，神情扭曲地说。

这种感觉很难说清楚，况且有美枝的记忆也有些模糊。

所以她先强调自己只是凭印象陈述，然后才继续说下去。

"一般人邀请朋友来家里做客，都会先向另一半知会一声，但水穗并没有意识到这一点。她是那种神经大条到觉得让朋友吃外送比萨也没什么不妥的人。一般人要么亲自下厨，要么端出好一点的东西招待客人。之前她还要上班，可能的确没空张罗，没想到辞掉工作后也是一样。"

"一般人"是寿士的口头禅，但实在无法理解他为何相信自己的偏见就是大多数人的观点。是他要水穗辞去工作的，难道不是因为不允许妻子赚得比自己多，才只想让她当个家庭主妇吗？

两人并没有说出像是"神经大条的人""好一点的东西""口头禅"之类的词，也没有说出"赚得比自己多"或是"家庭主妇"之类的，表面上一片祥和，笑谈着宝宝出生后的事和工作，以及家里有小孩的朋友的家庭琐事。但有美枝却不由得觉得，原来他们是用这样的方式攻击对方。那种深刻的痛苦，连她自己也有了被责骂的感觉。虽说是应女主人的邀约，但明明朋友临盆在即，有美枝却来叨扰；明明是女主人拜托自己留下来的，却被说得好像是自己厚颜无耻地待到了这么晚。

有美枝要告辞时，两人还盛情挽留。"只是出于客套罢了。该不会我离开后，寿士就大发雷霆，两人大吵一顿吧？"虽然有美枝有点担心，但实在待不下去了，只想赶快离开。

"我还没结婚，恋爱经验也不够丰富，不太清楚男女之间的对话是什么情形，搞不好一般夫妇都是这样。"有美枝想。但她心里就是很不安，而且是近似恐惧的不安。

两人的互动看似平和，其实是当着别人的面责骂对方、夸耀自己，这就是安藤家的日常氛围。这样的感觉让有美枝觉得很可怕。

莫非自己觉得水穗不太对劲，是和他们夫妻的沟通方式有关？为何那么积极自信的人，却变得如此丧气？有美枝在回家的路上苦苦思索着。

"或许他们不觉得彼此的话里有任何斥责对方、夸耀自己的意思，或许他们说话的语气本来就是这样，但如果水穗无意识地体会到丈夫温和话语中的讥讽和责难，被催眠似的觉得自己就是他所说的那种人呢？"

"'我肯定连一般女性都不如，所以做不到一般女性都能做的事，不够体贴、神经大条、家务又做不好——可能就算生了孩子也根本照顾不好，更打造不出幸福美满的家庭。'

"就算水穗没有产前抑郁症，寿士也没有家暴，但他那看似温和的语言暴力，也会毫不留情地夺走水穗的自信，不是吗？"

等等。

里沙子差点出声，不由得伸手捂住嘴。

——如果面前是在播放影片，自己一定会毫不犹豫地按下暂停键，里沙子想。停下来，稍微思考一下，整理思绪。

其实她也不知道要思考什么，只是觉得不太对劲，想要搞清楚究竟是哪里不对劲。

但辩护律师继续询问，有美枝也继续回答。

会不会就像被施了催眠术般，水穗觉得自己一无是处？有美枝越想，内心那股近似恐惧的不安感就越强烈，但后来她并没有直接和寿士谈，也没有将自己的想法告诉水穗。为什么呢？因为回想当时的情形，水穗也不完全处于劣势，她也会适时回击，而且反驳的力道不输给丈夫。

有美枝觉得，其实他们两个很相像，不，应该说这就是夫妇吧。

不过，有美枝之所以这么想，只是给自己找个借口，以此来说服自己，因为她不想再和这对夫妇有所牵连。那时感受到的恐惧是她没尝过的，要以语言来形容的话，只能用"总觉得很讨厌"来形容吧。真的不想再接近那种"讨厌的感觉"，老实说，她甚至考虑过是否还要和水穗走这么近。

孩子出生后，水穗曾几次邀请有美枝来家里玩。有美枝也曾接到寿士的来电，希望她能和水穗聊聊。但那次之后，她只去过安藤家一次。

有美枝低着头，说她真的很后悔。里沙子看见有水滴滴落。有美枝的头低到不能再低，看起来像是在说，将水穗逼入绝境的就是自己。

法官宣告午休，里沙子深深地叹气。

"话说，我实在不太明白她说的'讨厌的感觉'是什么意思。"

白发男士边吃便当，边喃喃自语似的说。"可以解释成他们没起口角，也没发生争执，但就是有一种'相敬如宾'的感觉吗？"

"我觉得应该不是吧。"里沙子不由得出声。

"那是什么意思？"白发男士问。

那是……里沙子想说话，却不知道该如何表达，总之不是相敬如宾，而是更加——

"那种感觉就像男人敲着恋人的脑袋说：'你真的很笨耶！'是吧？"六实说，"有些女孩子很喜欢这种感觉，但也有的女孩子会真的以为自己很笨！我想就是这么回事。"

"所以，那位朋友觉得这么做是在奚落别人吗？"年长女性的语气带着几分笑意。

"虽说是开玩笑，但其实真的伤害到了对方吧。"穿着麻料外套的四十多岁男人说。

"这种行为在现代女性的眼里，一点都不像是在开玩笑，总觉得对方是在恶意挖苦自己，不是吗？"

里沙子觉得有六实在真好，完全说中了自己的想法。那种感觉不是相敬如宾，却也不是恶意挖苦，而是有美枝说的"攻击"——以态度和语言进行攻击，这是更加残酷的行为。

里沙子感觉小腹部涌上来一股什么。究竟是什么？她看着筷子夹着的炖煮南瓜，本能地想不能让这东西就这么涌上来。她咽了咽口水，将南瓜一口塞进嘴里，连嚼也没嚼便吞下肚，然后喝茶。

"也就是说，他们夫妻感情不睦吧。"白发男士说。

"是指被丈夫用言语伤害，逼至绝境吗？"

"可是就太太也会回嘴一事来看，她也不是只有挨骂的份……"

"但那是对等的吗？"

塞在小腹部的东西被往上推似的吐出这句话，里沙子感觉众人的视线全集中在她身上。冷静点，要是无法好好说明，六实一定会帮忙补充，所以没问题的。

"从水穗朋友的话里可以知道，丈夫看似温和的话语中隐藏着的暴力，全都被水穗下意识地吸收了。但水穗的反击，丈夫却未必放在心上。这样就算不上有效的回击吧？"

太好了，说出来了。里沙子松了一口气的同时，想起南美说的话——"是不是还有其他让你失去了自信的事……"她的手臂顿时起了一层鸡皮疙瘩。

"也不能这么说吧。"年长女性偏着头说。

"既然连旁人都感受得到，问题应该很明显，不是吗？"三十多岁的男子说。

"这件事有这么重要吗？不少夫妇讲话都是这样，对吧，旁人看来觉得是在吵架，但其实他们平常就是这么沟通的。况且，那位朋友似乎是那种一丝不苟、什么事都会较真的人。"

里沙子觉得局面越来越离题，深感焦虑，不由得看向六实。六实察觉到她的视线，狐疑地微偏着头。

"可是看那位朋友哭泣、懊悔的模样，安藤先生似乎真的把太太逼得快受不了了。"

里沙子移开视线说。

"不过，好像也不到冷暴力的程度。"

六实说。

"什么意思？"

年长女性问。

"就是精神暴力的意思。"回应的不是六实，而是女法官，"对于立场不同于自己的人，使用语言和态度予以攻击。好比说些否定对方人格的话，或是漠视对方之类的。以职场来说，就是上司不顾部属尊严，当众羞辱斥责或是讥讽嘲笑。"

"哦，我在报纸上看过，就是一种病态人格，对吧？"年长女性探出上半身插话，"以他们的情形来说，应该还不到这种程度吧？"她这么问女法官，却没有得到回应。

"刚才那名女子说，他们夫妇没有大骂对方，我听到的是这样啦！"四十多岁的男人说。

"怎么说的？攻击之类的，是吧？"

白发男士吐出最后一个字时声音小到快消失了。室内重返寂静，只回响着咀嚼声。里沙子望向窗外，瞥见叶色浓绿的树林，想起白天的酷热。

今天晚餐要吃什么？里沙子像是要防止自己胡思乱想似的想着晚餐。忽然记起婆婆会让她带菜回去，根本没必要考虑这种事，内心不免有点失落。

大家吃完便当后，全都沉默不语。里沙子回想刚才的审理过程。

水穗产后不久，两人一度断了联络，直到产后四个月，有美枝收到一条水穗抱怨照顾孩子比想象中还要辛苦的信息，但她并未从那条信息里感受到水穗的疲劳有那么严重，所以接到寿士希望她能和水穗聊聊的来电时十分惊讶，甚至怀疑这个人该不会和那时一样，故意这样说给她听吧。也就是说，水穗明明很努力地照顾孩子，寿士却为了迂回地指责水穗无能，刻意打电话给有美枝。因为不想再和他们有所牵扯，加上自己并没有育儿经验，有美枝婉拒了。

听寿士说水穗似乎会虐待孩子，是在六月的时候。起初有美枝根本不信，甚至对寿士的疑虑越来越深，但她又担心真有此事，于是七月上旬和水穗约好，挑寿士不在家的工作日白天去了安藤家。

水穗看起来的确很没精神，当时都是水穗一股脑儿地讲，话题都很负面、消极。

"别人说我女儿看起来比同龄孩子娇小，而且不太笑。"水穗一直重复这句话。但有美枝觉得躺在摇篮里的宝宝很可爱，她也不清楚宝宝的标准体形是多大，只能安慰水穗别这么想，没这回事，有美枝还清楚地记得自己那时劝水穗，别把别人的话都当真。

尽管如此，水穗还是一直说自己的小孩不如别人，自己没办法当个好妈妈之类的。与其说她精神状况不太稳定，或是被逼至绝境，不如说她变得更没自信了，所以有美枝劝水穗去做一下心理咨询。有美枝说自己对这方面不是很清楚，加上未婚、没有任何育儿经验，光是听水穗诉说自己也无法给予任何协助，但那时的水穗，可能也很难结交到所谓的"妈妈朋友"吧。

那天傍晚离开安藤家之后，有美枝便没再和水穗碰面。虽然发了几条询问近况的信息，却迟迟没有回音，正想找个时间再去看看她，竟得知了这件憾事。

接着是检察官询问。

检察官端出有美枝方才的措辞——"一心想往上爬"，询问水穗从学生时代开始的生活状况。里沙子觉得，检察官似乎认为水穗是个爱慕虚荣的女人。

不知道有美枝是否也有此感觉，所以她回答得很谨慎。

"印象中，水穗不是那种非名牌不用、乱花钱的人，不过比起对这种东西一点也没兴趣的我，水穗的确会买名牌奢侈品，也知道不少高档餐厅。但这个年龄的女性，大多都和水穗一样，相比之下，我反倒是个怪胎。"

"至于结婚后，水穗嫌丈夫赚得不够多一事，她应该是考虑到将来，难免有些不安，所以觉得自己也得工作才行。可是努力工作又会被丈夫奚落，加上她想生孩子，我想，水穗是因为有所顾虑才会那么在意钱。"有美枝说。至于两人那时的薪水究竟相差多少、寿士的收入是否真有那么低，有美枝并不清楚。

"'一心想往上爬'这个形容并不是说水穗爱慕虚荣、喜欢用奢侈品装饰自己，而是指她无论做任何事，都以要比今天更好为目标。水穗给我的印象，是那种力求工作精进，家务也不马虎，纵使忙碌不已，还是要求自己看起来清爽整洁的人。"

"那你是否听水穗说过她不喜欢婚后居住的地方，或是希望住在独栋房子里？或者新居一定要位于某些高级地段，比如世田谷区或港区之类？"检察官询问有美枝。

"没有。"有美枝立刻回答，然后思忖片刻，悄声说两人在法式餐厅用餐时，水穗曾对她说"明明很想搬家，却连这件事也办不到"。

"可是她这么说的意思，并不一定是要住在高级地段吧。"有美枝又补上这么一句，八成是注意到检察官想将"爱慕虚荣"的罪名放在水穗身上吧，里沙子想。

"我想应该是她那时住的地方通勤不便，想搬家。"有美枝说。面对之后一连串的询问，像是购买位于世田谷的新居，水穗是否没有征询寿士的意见便擅自决定，等等，有美枝一律回答不知道。

下一个提问也让里沙子觉得很不可思议："你是否觉得水穗对你怀有敌意，有攀比心态？"

"比如，学生时代充满梦想的水穗无法出国留学，你却美梦成真，你有没有感觉到水穗因为这件事，怀有自卑感？"检察官还举例说明。

可是，有美枝表示完全没有感觉到，因为两人想去留学的国家完全不同。听她摸不着头脑的语气，足见她根本没听懂检察官想问什么。里沙子突然觉得有美枝很可怜。

"水穗之所以介绍自己的男友给我认识、邀请我去新居做客，并非出于攀比心，也不是夸耀，"有美枝说，"如果是我先介绍恋人给她认识，或是告诉她自己即将步入红毯，还可能有攀比一说。但应该没有哪个女人会想向没有恋人、只专注于工作的我炫耀这种事吧。不只水穗，其他女性朋友也不会这么做。"有美枝絮絮叨叨地说着，末了还被法官打断。

她应该是想说自己和水穗在这方面完全不同吧！里沙子凝视着合上的便当，想象着。早早寻觅到自己想做的事，一步一个脚印地打造属于自己的路，有时甚至要放弃其他东西，才能朝着目的地前行——有美枝说的不是水穗，而是她自己吧。她和朋友往来应该不会抱着较劲或夸耀的心态，搞不好她还很讨厌别人这样。她不是说水穗不是这种人，而是说自己不是这种人。

里沙子的脑中又浮现出疑问：

这唯一一位站上证人席的水穗的朋友，和她的交情究竟有多深？水穗又在多大程度上对有美枝敞开心扉？向她介绍自己的男友，倾诉烦恼，邀请有美枝来家里玩，都是因为对她敞开心扉吗？

里沙子的脑海里浮现出刚通过电话的南美，还有一起走在昏暗路上的荣江，以及好一阵子没见面，只靠电话、信息联络的前同事和同学。

里沙子觉得，交情最好的就是南美了。

但也不是任何烦恼都可以向南美倾诉——她又想起将啤酒藏在电脑后面写回信的事情。

"已经没事了……还真是个干脆爽快的家伙呢！只能说过度乐天吧（笑）。"

为何自己会写出那种有违事实的文字？是因为不想让对方担心吗？是这样没错，但绝对不只如此。其实是不想让南美知道自己过得不快乐，也不想让她觉得自己的婚姻生活并不幸福。这不就是虚荣心作祟吗？两人其实没那么要好，不是吗？

脑中一片混乱，里沙子不知道自己在想什么，闭上眼再次回想刚才的场面，想起有美枝被问到水穗是否还有其他朋友时，她的回答。

有美枝从没听水穗提起过高中时代的朋友，所以推测她应该没和那些人来往。至于大学时代的朋友、公司同事，有美枝不太清楚水穗和他们的交情如何。

被问到是否曾将高中时代朋友的联系方式告诉水穗时，有美枝霎时一脸诧异，回答确有此事。

一位两人都认识的高中时代的朋友婚后住在横滨。毕业后水穗和这位朋友并无来往，有美枝倒是几个月会和她联络一次，也曾受邀参加她的婚礼。知道水穗为育儿一事烦恼时，有美枝觉得，比起自己，这位朋友能给水穗更多帮助，于是将她的联系方式告诉了水穗。虽说两人已经很久没有往来，但有美枝想毕竟是认识的人，讲起话来也比较方便。

无奈事情并没有那么顺利。

高中时代朋友的话，反而让水穗的情绪更低落。究竟两人是怎么沟通的，有美枝并没有一字一句问得很详细。

这位朋友鼓励水穗，现在是最辛苦的时期，马上就会轻松很多了。水穗却抱怨这位朋友说她的孩子似乎发育迟缓，怪怪的之类。有美枝问这位朋友是否说过这些话，她说自己绝对没这么说过。

那时候水穗特别敏感、缺乏自信，也许说者无意，听者有心。有美枝觉得自己思虑不周，深切反省。

有美枝觉得和这些有孩子的母亲来往时，最让自己无法忍受的不是矮人一截的感觉，而是内心涌现的不安。

"你真的和水穗很要好吗？"检察官这么询问有美枝时，被告律师抗议说这个问题不合适，法官却没有制止检察官。有美枝回答：
"也许我们不算非常要好吧。但我觉得水穗那时只有我这个朋友可以
依靠，虽然无法为她做什么，但我想回应她的求助，我觉得我们有这
份交情。"不知为何，里沙子只觉得这番回答听起来像是诡辩。

　　然后又是一连串询问，比如"寿士联系过你吗？""那时的谈话
内容是什么？""你是何年何月何日造访安藤家的"等，有美枝均简
短回答。接着，检察官又询问她第二次造访时对安藤家，而不是对水
穗的印象。

　　有美枝毫不迟疑地回答：安藤家十分干净舒服，崭新、明亮又整
洁，明明家里有幼小的孩子，却收拾得十分干净，她真的很佩服水
穗。检察官的询问到此告一段落。

　　"因为是那种个性的人，所以两人才能成为朋友吧。"年长女性
的声音总算让里沙子回神。

　　"她是那种认真的人吧。"四十多岁的男人点头附和。

　　"是没错啦！但她没有小孩，好像也不打算结婚的样子。那位被
告倒也不是完全排斥和别人往来，起码还会和朋友互动。"

　　"在孤立无援的状况下独自养育孩子，的确有可能变得很敏感，
凡事爱钻牛角尖。"六实说，"是吧？"她寻求确认似的看向里沙子。

　　应该是想问问她这个有孩子的母亲是什么意见吧？这么想的里
沙子回道：

　　"我想无论是谁身处没人可以商量的情况，都会很辛苦。精神被
逼至绝境也不是不可能。"

　　里沙子的脑中不断浮现出文香还是小宝宝时，自己接触过的几
位母亲。当然有那种令人不敢领教的母亲，也有那种不停发问"还没

长牙齿吗？""不会吧？她还不会站吗？"贸然批评文香，让自己更不安的母亲。当然，确实也有几位母亲给了自己莫大的安慰，说了许多鼓励的话，"哎呀！我们家的也会这样哦！""我也被打预防针的事搞得头昏脑涨呢！""有的小朋友就是很讨厌吃辅食，所以你不必这么担心哦！"

"哎呀！好可爱的小妹妹哟！跟妈妈长得很像呢！"公交站一起等车的中年妇女这么一句话，让原本沮丧的里沙子顿时开心得想哭。但一想到要是再也听不到这样的赞美，就有一种浑身起鸡皮疙瘩似的恐惧。

"对我来说，与其说是痛苦，不如说是不可能。'反正我是不可能做好的……'我在想，到底是被人说了什么才会变成这样呢？"

里沙子明明不打算发难，一回神才发现自己已经开了口。

"但不是人家不理睬她，而是她自己拒绝别人，是吧？"年长女性顺势接话，"八成是自尊心作祟。"又喃喃自语。

众人默不作声，破了个洞般的沉默扩散着。

里沙子很困惑，大家似乎因为这位朋友的证词，对水穗的印象更不好了。听了这位正直认真的朋友的陈述，里沙子仿佛亲眼看见了水穗被逼至绝境的模样。难道其他人都不觉得吗？

就像我觉得那位母亲一心袒护儿子，反而不利于寿士一样，莫非大家也觉得有美枝在袒护水穗？还是我多心了？

"总觉得检察官们想将被告打上'追求生活享受、崇尚名牌的拜金女'的标签。"里沙子突然这么说。

"这个嘛，有时候以这种方式说明调查经过，也是迫不得已吧。"白发男士说。里沙子有种因为自己提出不同看法，而被责备的感觉。

"但她的确是个崇尚名牌的人啊！"年长女性说，里沙子看向她，"好比她想让女儿学芭蕾、以住在世田谷区为傲、劝另一半跳槽到薪水更高的公司。"

又陷入一片寂静。里沙子发现，大家虽然很想说些什么，却不知道如何表达自己的想法与疑问，至少她自己就是这样。一直默默听着众人发言的年迈法官出声：

"请大家尽量发言，要是哪里不明白的话，也可以提问。"法官静静地告知，但这之后，众人反而更加沉默了。

里沙子试着整理思绪，她脑中浮现出两个水穗。

一位虽然个性积极，但不是那种长袖善舞之人，也不懂得撒娇示弱，别人给她什么意见她都不会辩驳。遭到保健师和医生的质疑时，她根本不知道如何为自己辩驳，所以总觉得自己的孩子不如别人，因而心情低落；也不知道如何与总是称赞其他人是好妻子、好妈妈，个性比较强势的婆婆相处；想和丈夫商量一些事，却被丈夫冷言冷语地对待。

另一位是一身名牌，不服输，总是光鲜亮丽的女人。坚持婚后一定要买房子，而且要坐落于高级地段；总是嫌另一半赚得不够多，甚至要求他换工作。这样的她将孩子也视为奢侈品，一旦发现哪里稍微不如别人，就觉得型号旧了、不再那么值钱，轻易舍弃也无妨。

坐在这里的众人眼中，看到的是后者吗？

那么，我又是怎么想的呢？

水穗是个精神状况被逼至绝境的可怜女人吗？还是自尊心强得离谱，缺乏母爱的女人？我是怎么看待她的呢？

整合目前听到的各种说法，里沙子并不认为水穗是个自尊心强、爱慕虚荣的女人，但她总觉得不安。要是六名陪审员都认为水穗是后者，就表示他们的看法应该是正确的，而自己的看法显然哪里有误。

里沙子想起午休前，法官与陪审员的提问。年长的女陪审员问水穗想去哪里留学，有美枝回答自己只知道应该是英语系国家。除了陪审员的提问之外，法官也问了几个问题，像是两人最后一次往来的信息内容、约在哪家店吃饭等，里沙子实在不明白问这些问题的意图何在。她悄声叹气，看了一眼手表，确认不到十分钟，下午的审理即将开始。

里沙子凝视着站在屏风后面的妇女，看起来应该是六十多岁或七十出头吧。以这个年纪来说，她算是比较高瘦的女性。虽然神情疲惫，但不像寿士的母亲看起来那么憔悴，里沙子目不转睛地看着她，总觉得有种奇妙感。为什么会有这种感觉呢？里沙子思忖。是因为那茶色卷发看起来是刚去美容院整理过的吗？还是身上的两件式碎花洋装？即便她和水穗一样有对细长的眼睛，说自己名叫安田则子，也无法想象她就是水穗的母亲。虽然她神情阴郁地低着头，里沙子还是不觉得她和这起案件有关。

水穗一九七四年出生于岐阜，父亲任职于市公所，母亲则子是家庭主妇。水穗有一个妹妹，担任日语教师，目前定居香港。

二〇〇五年的黄金周，水穗向家人介绍了她的结婚对象。与其说是介绍，不如说是则子接到水穗的电话，告诉自己要结婚，于是前往东京会面。水穗和父母的感情并不和睦，她去东京求学后，就几乎不回老家，也从不和家人商量任何事，所以做母亲的没想到她会主动告知结婚一事。则子的丈夫弘道，也就是水穗的父亲——并没有一起来东京，因为水穗不希望父亲同行。

二○○五年五月三日，水穗指定在六本木某家饭店的咖啡厅碰面。则子对在体育用品店上班的寿士的第一印象是十分温柔、开朗。但他的工作像是打工性质的，这一点让则子有所疑虑。寿士暂时离席时，水穗也说有点担心婚后的家庭生计。

则子对于他们既没有订婚，也没举行婚礼一事，其实很不满。弘道和则子都很注重礼教，也是这样教育女儿的。他们认为没有举行婚礼就住在一起，根本与同居无异。则子本想回去后打个电话跟水穗谈谈这件事，但担心会扫女儿的兴。没想到过几天再联络时，水穗的手机和电话都打不通了。则子不敢告诉弘道，女儿的结婚对象从事的是打工性质的工作，因为丈夫个性顽固，对水穗又特别严厉，所以父女俩一直处不来。要是丈夫知道这件事，只怕会横生枝节，于是则子只说水穗的结婚对象从事与电脑有关的工作。

七月时，则子总算与水穗联系上了，水穗说他们已经登记结婚，这下子更不可能举行订婚、结婚仪式了。七月二十六日，则子接到水穗告知婚后新居地址的电话，小两口住在一栋位于市郊的旧公寓，离车站还有一段距离。则子得知新居交通不便，不免有些担心。

则子记得水穗跟她提过生孩子的事，但忘了是自己主动打电话询问的，还是听水穗说的。则子说她从未说过"还是早点生比较好"这种话，记得是女儿说很想生小孩，但担心一家人的生计。

则子自己也是家庭主妇，明白要是有小孩后，水穗可能得辞职；要是继续工作，兼顾家庭与工作真的很辛苦。

则子记得水穗打过一次电话，跟她提过这种事，但没经常打。

虽然母女俩的关系称不上非常好，但至少水穗会向自己诉苦，则子觉得，女儿并不像讨厌父亲那样讨厌自己。

　　则子不同于寿士的母亲，说起话来不会情绪激动，回答问题时，眼神也不会犹疑不定，即便始终沉着一张脸，低着头，还是回答得很流畅。水穗一次也没抬头看自己的母亲。

　　仿佛能预测到庭上会问些什么，则子总是能立刻回答，唯有被问到水穗是否曾向娘家借钱这问题时，有点含糊其词。

　　虽说回答得有点迟疑，但她没有寿士的母亲那种像在搜索答案的神情，而是以右手食指抵着鼻子下方，像在唤醒记忆似的沉默数秒后回答："是我主动给水穗的。"

　　听到女儿担心家中生计，则子多少想帮点忙。当然不可能百分之百资助，况且水穗应该也不会轻易辞职，但用钱方面多少还是有点拮据，所以则子偷偷给了水穗三十万日元，没和丈夫说。

　　被问到觉得女儿在哪方面用钱比较拮据时，只见则子瞬间皱眉，看向检察官，随即又低头喃喃道："餐费之类的。"检察官反问："餐费之类？"则子补了一句："家具和寝具。"然后更小声地说，"还有生活费之类的。"便闭口不语，过了一会儿才回答，自己其实不清楚水穗将这笔钱用在了哪里。

　　面对检察官的询问，则子表示她只给过水穗一次钱。后来她又喃喃地说，听到外孙女顺利出生时，又送了十万日元作为祝贺礼金。

　　则子得知外孙女出生，是水穗打电话告知的。自小两口二〇〇五年结婚以来，始终没听闻过什么好消息，所以则子得知这个消息时十分惊讶，又很难过——这么重要的事，女儿竟然没事先知会她一声，但她也很开心。

则子表达了想看看外孙女的意思，但水穗说忙着照顾孩子，实在无暇招呼，虽然她表明愿意帮忙照顾，却被女儿婉拒。至于当时水穗是怎么婉拒的，则子已经不太记得了。只记得水穗说婆婆会过来帮忙，所以没问题。则子想，既然亲家母要帮忙照顾孩子，自己就不用掺和了。况且自己从没见过寿士的母亲，总觉得不好意思。所以那时她并没有去探望外孙女，想等水穗得空时再去。

寿士换工作后薪水比以前优渥，还有水穗辞职、购置新居的事情，则子都知道。虽然女儿不会大事小事都告诉自己，她觉得有点难过，但得知水穗总算如愿地过上自己想要的人生，有了自己的房子，没必要再工作，也有一个可以专心育儿的环境，做母亲的总算松了一口气。

后来则子和水穗通过几次电话，虽然有时打手机水穗不接，但也不像以前那样拒绝联络。则子想，可能是自己打电话的时间点不对吧。

母女俩在电话里讲的多是关于育儿的事，像是带孩子去体检、打预防针等，不然就是聊些现在的婴儿服款式又多又可爱之类的话题。水穗还说自己照顾孩子颇为得心应手，婆婆很亲切，丈夫也常常帮忙。则子和婆婆处得不太好，而自己那个年代的男人根本不会帮忙料理家务，听到水穗这么说，还挺羡慕的，打从心底里觉得女儿真是嫁对人了。一直以来，两人的关系虽然没有水穗和父亲之间那么糟糕，但也称不上母女情深。其实则子知道水穗一直对自己有成见，但她认为，水穗现在也是母亲了，她们应该更能理解彼此、建立有别于以往的关系——彼此通了几次电话就是证明。

被问到得知女儿所说的一切并非事实，内心有何感受时——

"都是我的错。"只见则子低着头说。

水穗不想让母亲担心，所以从没跟则子抱怨、发牢骚，另一方面也是因为说不出口。"她从没说过自己带孩子很累，但毕竟是头胎，怎么可能不辛苦。早知道就算被拒绝都要去看她，而不是想再找时间过去就行了。"

则子低着头一口气说完。里沙子听得出她的语气很笃定，每一句话都充满情感。

当被问到为何抱着就算被拒绝也要去的觉悟，结果却没去看外孙女，低着头的则子微微摇头，沉默不语。里沙子觉得她在思索，和寿士的母亲一样，思索着不会不利于水穗的回答。

"因为害怕被拒绝。"则子像是找到正确答案似的，抬头回道。

"我害怕好不容易变好的母女关系又回到原点，甚至更加恶化。水穗是那种叫她别做她偏要做，希望她做她却偏不要做的孩子，生起气来就像一团熊熊燃烧的烈火。正是因为这样日积月累的摩擦，我们的亲子关系才会不好……"

一向语气笃定的则子，这番陈述显得有点含糊其词。

这个人是真的不想让自己的女儿陷入不利境地吗？还是为了自己？

里沙子惊讶自己的内心竟然浮现出这样的疑问。不会吧？怎么可能，有那种就算陷女儿于不利、也要保护自己的母亲吗？

"水穗之所以生起气来像烈火，是因为不合自己的意吗？你的意思是，只要不合自己的意，她就会怪罪别人，从来不反省自己吗？"律师问。只见则子有点不太高兴似的回道："我没有这么说。"

"不是说合不合她的意，而是更——"则子焦虑地抬起头，想着该怎么表达。

"明明她都已经说自己照顾孩子没问题，如果再逼问什么，让她觉得自己的能力受到质疑，任谁都会不高兴吧。"说起话来一直不温不火的则子竟然有点失控。

"虽然我们，不，我的过度干涉只是出于关心，女儿却往往会解读成不信任，所以我常常检讨、反省，告诉自己这也是没办法的事。"

则子像是觉得自己好心没好报，颇感无奈。法官却提醒她只需针对问题作答。

里沙子不经意地看向水穗——咦？她在心里悄声惊呼。水穗抬起稍微有点表情的脸，偏着头看向屏风。里沙子瞧见那张仿佛在看着母亲的脸，一瞬间露出了微笑。不对，一直面无表情的水穗不可能笑。里沙子凝视着水穗。虽然她的脸偏向一边，看不太清楚，但她的嘴角的确有点扬起，与其说是忍住想哭的冲动，不如说是忍住笑意。

两人最后一次通电话是二○○九年六月十八日，那时水穗也是告诉则子一切都很顺利。"她说宝宝六月体检时，没有发现任何问题，还被称赞照顾得很好。宝宝现在可以坐很久，同龄孩子还不会开口叫爸爸、妈妈，宝宝已经会叫了，而且都会乖乖睡觉，是个聪明的孩子，比想象中还好照顾。婆婆也说她很放心，所以那阵子就不太过来帮忙了。水穗的丈夫也会帮宝宝洗澡，分担一些事。"

"那时觉得她说得很笃定，但现在回想，似乎都是她自己单方面这么认为的，有点不太寻常，要是那时我察觉到了的话……"则子说着又低下头，但并没有哭。

询问结束，法官宣布休息二十分钟。

"明明一次都没看过孩子，还能那么放心？要是我的话，绝不可能。"

年长女性从包中拿出水壶，喝了一口。与其说她是在提问或是表达自己的看法，不如说是一边看电视，一边脱口而出。

"她们之间不是一般的亲子关系吧。"

白发男士说。

"看来她们的关系不是很好啊！虽然那位母亲说女儿不想让她操心，也不会向她抱怨、发牢骚，但应该不是这样吧。莫非是不想和女儿有所牵扯，才扯那样的谎？"

年长女性的语气又像是在自言自语，所以没有人回应。

"就算是这样，一般人不管怎么样都想去看看自己的外孙女吧，不是吗？"

不在乎无人回应的她又这么说。这个人一定也有女儿和外孙吧，而且他们的感情应该还不错，里沙子想。

里沙子耳边不由得响起水穗母亲最后说的那些话，旋即又消失了。

宝宝已经可以坐很久，而且比同龄孩子更早开口叫爸爸妈妈。水穗一定详读育儿书，外出时一有机会就仔细观察别人家的宝宝吧。好比宝宝几个月大时会自己翻身，比自己家的孩子还小的宝宝已经牙牙学语……

里沙子十分了解这种心情。为什么明明知道这种比较一点意义也没有，却还是无法不在意呢？自己的孩子比别人家的小孩乖，就有种优越感；要是孩子的体重偏轻，就会被自卑感逼得焦虑不已。虽然现在也还无法完全不在意周遭的眼光，但那时自己特别奇怪，就连是面对自己的母亲也无法坦然倾诉心中的不安。其实不是不喜欢母亲来探访，只是讨厌被批评这么做不好、那么做不对而已。

里沙子突然想到，没错，一定是这样。水穗之所以拒绝母亲探访，肯定也是因为这样，所以……

"面对自己的母亲，她总是选择报喜不报忧。"

里沙子不由得出声。

"可那毕竟是自己的孩子，只要听声音就应该察觉到情况不妙、可能没说实话吧。"四十多岁的男人说。

"所以这对母女的关系淡薄到连这种事都不知道吗！我是不信了！"年长女性边摇头边说。

"总觉得那个人的语气好像是在说别人家的事。"四十多岁的男人像是要征求大家同意似的，环视每个人。

"没亲眼看到孩子，那种切身感受还是有差别吧。因为孩子都是女儿的婆婆在抱、在哄、帮忙照顾。可是啊，总觉得她好像在说别人家的事呢！而且那身穿着也太花哨了吧。"

年长女性一副不小心说漏了嘴的样子，赶紧低头喝水。

看来其他陪审员和我一样，对那位母亲的印象不是很好，里沙子解读。可是大家似乎也没有因此更同情水穗，反而觉得有那种母亲就有那种女儿。因为水穗的任性与无情，才会发生这件憾事，只能说一切都是她自作自受。

谈话告一段落，有几个人起身离席，走出房间。里沙子拿着手机去走廊查收信息，婆婆发来了一条附照片的信息。照片上的文香开心地穿着泳衣站在客厅，比着"V"字手势。

"今天爷爷要帮小香弄个泳池。放心，我们不会让她玩太久。"

信息里这么写道。公公婆婆还特地给文香买泳衣。也不知道是公公婆婆自己要买给她的，还是文香吵着要的。"我们住公寓，没办法弄个泳池给她玩。真是太好了，谢谢。"里沙子赶紧回信，脑中浮现出下周审判结束、恢复每天在家的日子后，吵着要玩水的文香。

里沙子又看着文香比"V"字的照片。

前年的新年，里沙子带文香回娘家。那时阳一郎再三念叨她应该带孩子回家给父母看看，没想到提议的人却因为公司聚会不能同行。里沙子一想到要带刚满一岁的孩子转乘电车就头大，实在不想回去，但坚持不去又怕阳一郎觉得怪，只好硬着头皮照办。她在电车上满脑子都在想该如何快去快回，虽然阳一郎要她们留宿一晚，结果却还是当天往返。

二十分钟的休息时间一下子就过去了，被问到还有什么问题要问时——

"我想知道被告念书时，家里寄了多少生活费给她。"极少开口的三十多岁男人说。

"对，没错。我也想知道她是怎么用钱的。"年长女性附和。

里沙子沉默，被问到有没有问题要问时，她只回答没有。

再度开庭，现在由检察官进行询问。

"你是什么时候开始察觉水穗与你们的关系不太好的？"这是检察官的第一个问题。

"直到水穗来东京求学，不，是在她来东京生活了一段时间以后。"在那之前，则子不觉得他们的关系有那么糟。

虽然弘道对女儿，尤其是水穗这个长女特别严格，但他不是那种蛮横而不讲理的父亲，只是比较讲求规矩。水穗升上高中后，几乎没和弘道说过话。则子一直以为所有家庭，父亲和女儿的关系都是这样。

弘道曾要求水穗就读老家当地的短期大学，因为身为父亲的他打从心底里担心女儿，毕竟做父母的实在不放心女孩子独自在东京生活。加上他们曾问水穗为何要去东京念书，她却说不出个所以然，只是说应该会遇到很多有趣的事，这下弘道更不希望女儿远赴东京求学了。

而且，弘道那个年代的人，都觉得女性独自生活会被人瞧不起，也不利于求职。

但水穗不顾父母反对，还是报考了东京的大学，虽然没能如愿考上第一志愿，但当她先斩后奏地告诉家里自己考上了第二志愿时，弘道纵使不高兴，也只能勉强答应，还帮她付了学费。

则子曾陪水穗一起来东京找住的地方、签租房协议、购买生活必需品等。最终，水穗听从了弘道的建议，住在了武藏野市的女子学生宿舍。

那年的黄金周和盂兰盆节①水穗都没回老家，所以则子打了几次电话劝她回来。不知道是则子第几次打电话的时候，水穗激动地说自己常年对这个家和父母怀着深深的不满与恨意。这番话令则子备受打击，则子已经想不太起来当时水穗都说了些什么，只依稀记得她抱怨弘道对她过于严厉，则子也根本不了解她的心情，从不肯听她说话。

---

① 日本最重要的传统节日之一，类似中国的中元节。盂兰盆节是一家团聚、纪念先祖的日子。

水穗还举了不少具体的事情，则子没想到女儿居然连小时候的事都还记得，虽然很多事情跟自己模糊的记忆有所出入，但她对女儿充满歉意是真的。没想到女儿这么讨厌自己，则子着实深受打击。

自此之后，则子就不太敢打电话催促水穗回家了。一方面是对女儿心怀歉疚，另一方面也是怕触怒女儿，破坏了本来就不是很好的母女关系。纵使如此，彼此也不是完全没联络，水穗一年会打几次电话回家，一九九七年与二〇〇〇年新年时也回来过，但都是只待一天就走了。

则子听到女儿要结婚时，真的很高兴。但不举行订婚仪式，也不办婚礼，这些着实让她很失望。

则子是土生土长的岐阜人，只懂得当地的礼教，自然认为不举行订婚仪式，甚至连婚礼也不办，双方家长也没见过，在这个民风淳朴又保守的乡下，这些都非常不合乎常理。则子更是无法向想法比自己还古板的弘道开口提这种事。

但她并没有因此责怪水穗他们，也没有劝说至少办个婚礼。则子还记得水穗在电话里说的话，觉得应该要尊重女儿的想法。

则子询问为何不办订婚仪式和婚礼，水穗说是因为经济问题，虽然她表明自己多少可以资助些，但水穗说自己的事情想自己决定。

寿士从事打工性质的工作，让则子很难照实对弘道开口。不带对方回家和父母打声招呼，也没有安排双方家长碰面，两人甚至决定省略所有仪式，对于弘道来说，这些都是超乎常理的事。则子只好含糊地表示两人不打算举行订婚之类的仪式，但还没确定下来。她还谎称寿士是在一家不错的企业上班。

则子害怕万一弘道被激怒，不同意这桩婚事，那么这段亲缘就会断得非常彻底，所以她也没心思去想说谎的后果。总之，只能先让弘道同意这门婚事，然后看情形劝说水穗，就算不回老家办也没关系，在东京办个小小的婚礼也行。

则子曾打电话说明自己的意思，但似乎又惹得水穗不太高兴，之后再打电话她都不接了，信息也不回。"唉，又惹毛她了。"则子很后悔自己当时要求举行婚礼。

七月时，则子总算联络上水穗，那时她已经登记结婚了。可想而知，弘道盛怒不已，直嚷着绝对不承认这门婚事，则子只好极力安抚。既然都已经登记结婚了，也不存在承认不承认的问题了。

七月二十六日的那通电话让则子觉得女儿很可怜。好不容易要搬家展开新生活，却租住在老旧的公寓，离公司又远。

则子认为自己当时并没有对女儿说些马后炮的话，也没有埋怨她自己选择了这样的婚姻。

"当初多花点时间，挑选结婚对象不是更好吗？"她只对水穗说了这句话。因为则子觉得水穗其实很单纯，不会将经济条件视为结婚的必要条件。但则子认为，既然要一起生活下去，就应该考虑经济问题，所以，把经济条件作为结婚与否的参考因素绝不是打什么小盘算，也不是什么可耻的事。

则子认为女人一旦有了孩子，当然要以家庭为重，所谓职业女性，只不过是因为经济问题不得不继续工作罢了。所以，则子觉得产后还必须工作的水穗实在很可怜。

则子无法坦然说出自己的想法，担心水穗会觉得这些都是单方面的命令，她不想惹女儿不高兴。

不过她也没有一声不吭，只默默地听女儿说。则子已经不太记得那时她对水穗说了些什么，好像是表达了自己担忧的心情吧，比如问她这样下去真的没问题吗，还劝她要考虑一下将来的事之类的。

通完电话之后，则子给水穗汇了款。虽然是以礼金为名目，其实是担心水穗因家计而苦恼。则子当然没有告诉弘道这些事，也没有说水穗婚后其实"过得很辛苦"。

这种人无法让人依靠吧——听了水穗母亲的陈述，里沙子得出了这个结论。

里沙子觉得无论是憔悴的寿士的母亲，还是特地打扮过的水穗的母亲，她们看起来都是一心护子的样子，也感觉得出她们明知这种场合下绝对不能说谎，但还是无意识地避免说出会陷孩子于不利的证词。

但里沙子对两人的印象却大相径庭。其他陪审员可能不觉得，可里沙子觉得寿士的母亲越说越陷儿子于不利，而她本人可能丝毫没有察觉吧。里沙子对他们母子俩那种独特的亲密关系厌烦不已。相较之下，听水穗的母亲陈述时，里沙子总觉得她是在谴责自己的女儿。尽管她本人可能并没有这个意思，但这位母亲不断强调女儿很可怜——试问有哪个女儿会想依赖这样看待自己的母亲呢？

里沙子非常清楚则子说的"乡下地方才有的想法"。

那里的人，无论是对升学、就业、订婚、结婚、订婚仪式、婚礼，还是个性、经济条件，都设有不可撼动的界线，以此来区分"合乎常理"与"异于常理"。再怎么向他们说明这界线本身就有失偏颇，也无法改变他们的想法。即便除了他们以外，大多数人都是属于"异于常理"的一方，他们也不会认同，只会予以否定、悲叹，甚至蔑视。

　　水穗自己有没有摆脱这样的价值观呢？来到东京，一个人住，经济独立，迈向婚姻之路。在这个过程中，她成功地让自己从故乡、父母的那套价值观里解放出来了吗？

　　不，应该没有吧。如果成功了的话，肯定能够更加彻底地无视被传统价值观束缚的父母，或是对他们的冥顽不灵一笑置之，从而走上与现在不同的人生道路吧，里沙子想。可见，父母灌输的价值观已经深植于水穗的内心了。

　　结婚、辞职、买了独栋新居、怀孕、生产，水穗做的每一件事都没找母亲商量。里沙子很能理解她的心情：肯定是因为不想被母亲批评，不想被母亲同情，更不想让她觉得自己很可怜。

　　本想自己决定人生大事，一步一步向前走，但难免担心走错路，向母亲报告后，结果又被暗讽为"异乎寻常"。不，这位母亲应该没有这个意思才是，因为她很害怕母女情缘就此断绝。只是可能言辞之间还是会不经意地表露出来：你这么做很超乎常理、根本不对，再继续这样错下去，肯定会出大事。她还时常觉得女儿很可怜、很不幸。即便为了不惹毛女儿而谨慎地挑选措辞，肯定也渗透着这般心思。

　　于是，水穗选择断绝联络。无奈生活又起了变化，水穗觉得不安，再次联系母亲，结果又被母亲强行灌输了所谓的"常理"。

　　一边是早已深恶痛绝的陈腐"常理"，另一边是在构建新生活的过程中，逐渐摸索出的更加广义的"常理"。里沙子想象着水穗被夹在这两者之间万分痛苦的模样。

　　水穗真的想要孩子吗？绕了一大圈，里沙子再次回到很久以前的这个问题上。

不被任何人的意见左右，只单纯问问自己的心，你真的想要孩子吗？真的想要有个家庭吗？

听说是水穗建议寿士换工作、买新居的，虽然不知道这说法是真是假，但也许这些真的是水穗所希望的。

必须结婚；结了婚的话，就要生小孩；要是有了孩子，就得辞职；住的必须是独栋房子；必须从事待遇更优渥的工作。不然的话，便无法得到认同，无法受到肯定。

无法被自己的母亲肯定。

于是，只好一直说谎。

"我没有做错任何事，也不是不明常理的人，这是理所当然的，我没有走错方向。丈夫的确跳槽到了更好的公司，在市区买了房，孩子也是乖到让人难以相信，婆婆也很帮忙，一切都很顺利……"

也许是为了能向母亲说出这些话，为了让自己的谎言不那么虚假，水穗才劝说寿士跳槽，让他买独栋房子，里沙子想。

检察官仿佛听到了里沙子心里的声音，询问则子是否对水穗说过，婚后一定要住在独门独户的房子。

"我没说一定要买。"则子立刻回答，随后强调道，"因为自家附近没有那种出租的公寓，所以没想过和她说租房子住也一样。但东京的情况显然不一样，我只是说最好还是要有自己的房子，并没有叫他们一定要立马买房子。"

之后一段时间，则子的陈述和之前回答律师询问时的内容差不多。虽然检察官可能没这意思，但她的询问方式听起来像是在暗暗责备则子是个得知女儿生产后既不主动去探望，也不关心女儿身体状况的母亲。面对检察官的连番询问，则子的脸越发涨红，语气也越来越激动，不断强调自己绝对不是这么无情的人。

"因为——"则子突然打断了检察官的询问。被她的吼声给吓了一跳的里沙子不由得看向水穗。只见脸稍微抬高的水穗依旧面无表情地盯着地板。

则子像要平复情绪似的，静静地重复了一次"因为"这个词。

"想着孩子出生后，和女儿的关系总算可以好一点了。因此，想让水穗对自己敞开心扉，自己不妨以母亲的身份远远地守护着她，也就再也没有将自己的想法强加在她身上。但现在想想，自己因为害怕和女儿的关系恶化，什么也不敢做，真是个没用的母亲。"则子哽咽地说。

当被问到丈夫弘道对于外孙女出生一事有何反应时，则子抬起头，怔怔地凝视着半空中几秒，回道："他一直都很反对这桩婚事……"

虽然则子没有明说，但听了这一连串的回答，里沙子觉得弘道听说女儿结婚时便已铁了心，要与水穗断绝关系。父亲无法原谅女儿，当然也不会为抱上了外孙女而高兴吧。

"想着今后关系变好，父女俩的心结肯定也能逐渐化解，"则子说，"毕竟女儿喜获千金，做父亲的怎么可能不开心，只是一时找不到修复关系的机会而已，所以由我这个母亲先调节……"

里沙子下意识地认为这个人想要守护的对象不是女儿，而是自己。看着则子涨红着脸，哽咽地说自己并没有错，里沙子抚摸着不知不觉起了一层鸡皮疙瘩的手臂。

接着是法官与陪审员的询问。当被问到寄给念书的水穗多少生活费时，则子斜着眼睛注视了提问的三十多岁男子几秒后，回答说十万日元左右。

询问结束，这天的审理也告了一段落。明明想利用周末纾解一下上周蓄积的疲劳，没想到今天疲劳感又加重了。

"总觉得好复杂，很难理解。"

和六实一起搭电梯时，里沙子忍不住这么说。

"就是啊！"

"不不，我能理解的程度，肯定和你完全比不了。我连自己到底什么地方没有理解都不知道。"

六实听了，神情复杂地双手抱胸。看她没再多说什么，里沙子突然很不安：莫非她觉得这是很大的问题？脑中响起阳一郎的声音："要是真的很勉强的话，难道不能中途退出吗？"

"我只是个家庭主妇，果然还是无法胜任吧。"

里沙子说完，陷入沉默。

"你在说什么啊？我也是听得一头雾水呢！回去之后得好好整理，慢慢思考才行。"

六实的声音在里沙子耳旁逐渐裂开、散去。

"而且，接下来审讯被告人的环节才是最重要的呢！就算现在努力想，听到她的陈述，搞不好又会完全推翻之前的想法……"

可能是察觉到了里沙子的心思，六实将手轻轻地搁在她的肩上。

"其实没必要想得那么严重。况且里沙子小姐只是候补陪审员，不必给自己太大压力，放轻松一点吧。"

"我忘了具体叫什么，反正是替补吧？既然如此，不是正好吗？没必要这么硬撑，不是吗？"比起身旁六实的声音，阳一郎的声音更清楚地在里沙子的耳畔回响。

没错，我干吗这么拼命呢？搞得像我一个人就能决定审判方向似的，真是个笨蛋。

真是个笨蛋……

好像在哪儿听过类似的话——啊，不是别的地方，就是在法庭上，就在几个小时前。

"我肯定连一般女性都不如，所以做不到一般女性都能做的事，不够体贴，神经大条，家务又做不好——明明是个很积极的人，却净做些消极的事——"

"总觉得你怪怪的，难道还有其他事情吗？……是不是还有其他让你失去了自信的事情——"

南美此前发来的信息，也在里沙子心里以有美枝的声音念了出来：

"该不会被老公或婆婆说了什么吧？"

"我果然没办法胜任陪审员这个重任吧？我很笨，又缺乏常识——"

"一般女性都能做的事——"

刚才听到的声音、南美的信息，还有里沙子自己发出来的声音全混在一起，交相在耳边回响。

我是不是从以前就一直在看轻自己呢？以前是指什么时候？多久以前？

"对了，要不要稍微放松一下，我陪你。"

里沙子一回神，才发现六实正搂着自己。两人站在电梯通往门厅的走廊角落里。里沙子还没来得及回应——

"记得地下有一家咖啡厅。"

六实搂着里沙子，按下电梯按钮，两人搭乘电梯到地下。

"不好意思，总觉得……"

里沙子一口气喝完服务生端来的水，总算能够出声了。

"没关系，我明白你的心情。毕竟这不是平时能听到的事，而且今天连续听了两个人的陈述呢！对了，山咲太太有小孩吧。心里肯定比我更不好受，不由得联想到各种事，是吧？像是那张照片……真的很吓人啊！不明白自己为什么一定要看到那种东西。"

里沙子马上意识到六实说的是婴儿照片，但她没说自己其实没看到。送来冰咖啡的服务生也往里沙子的空杯子里添了水，然后离去。里沙子又喝了一口水，忽然想到——

大家对水穗的印象变差，会不会不是因为有美枝的陈述，而是因为那些照片？也许是因为大家都看到了那些只有自己没看到的照片，所以对水穗有了既定印象。那些照片肯定很可怕，要是自己看了，恐怕会尖叫吧。里沙子再次为当时闭眼不看而感到罪恶，却也庆幸自己的逃避，暗暗松了一口气。

"六实小姐，"里沙子又喝了一口水，看着六实，"虽然我觉得不应该问，但还是忍不住，你对那位被告有何看法呢？你也觉得她是那种崇尚名牌的女人吗？还是那种就算别人怎么说，也不会回击的人……"

六实将牛奶倒入冰咖啡中，凝视桌面。"不过啊，"她开口说，"喜欢名牌并不能和奢侈画上等号，性格质朴的人不是也有很喜欢名牌的吗？山咲太太说检察官好像在编故事，但我觉得这也是一种法庭讯问的技巧……"六实啜了一口冰咖啡，叹气说，"老实说，我也不知道。我们该做的不是判定那个人是好人还是坏人，毕竟连她最好的朋友也不清楚这种事，所以现在没必要勉强整理自己的想法。总之，一路关注到最后就行了。"

里沙子微张着嘴，却不知道要说什么。明明想要思考些什么，回过神来却发现思绪早就跑到别的事上去了，审判期间一直都是这样，因为很久没像这样思考了。直到一周前，来到和自己完全无缘的霞关的那一刻为止，自己的人生真的是太平和，太悠闲了。

"很久没有这种想要多看看报纸和书的心情了呢！"

里沙子不自觉地迸出这句话。

"我也是呢！前阵子每天都忙得要死，现在总算能静下心来，思考一些事了。山咲太太，其实大家都一样，都很困惑，也不知道该怎么看待这起案件。"

"我没事了，喝了咖啡就觉得心情平静多了。谢谢。"里沙子颔首道谢。

"小事啦！虽然很辛苦，但我们一起加油吧。结束后我们再去畅饮一番，一吐为快，如何？"六实笑着说。

想象着和六实一起喝酒的光景，那画面就像真实的记忆般鲜明，里沙子玩味着难以言喻的解放感。

在人声鼎沸、充斥着烧烤味的居酒屋里，自己和坐在旁边的六实愉快地聊着，说着一直无法启齿的感想，像是那个丈夫如何、那位母亲如何、对那件事的真正看法又是如何——这样尽情畅谈的时刻真的会到来吗？

应该不会。里沙子跟在走向收银台的六实身后，这么想。明明才喝两罐啤酒就被怀疑有酗酒倾向了，阳一郎怎么可能让我在外面喝酒呢？

此时此刻，里沙子对于所谓"静下心来，思考一些事"有着深切的感触。没错，应该思考的不是被告的事，而是我自己的事，不是吗？

"六实小姐，可以问你一件奇怪的事吗？"

里沙子对六实映在地铁车窗上那张轮廓模糊的脸说。

"什么奇怪的事啊？"六实笑着问。

"你现在每天都会喝吗？"

"嗯？"

"前几天和我老公一起喝酒时聊到了这个话题，所以想知道你现在是什么状况。你会不会为了保证第二天的状态，不喝酒呢？"

"原来是指酒啊！我会喝啊！应该说，遇到这种事怎么可能不喝嘛！"六实开玩笑地说。

是啊。里沙子想起还没参与这场审理时，自己几乎不碰酒。一定是过于费心，唯有借酒精才能放松吧。

"不觉得很恐怖吗？要是审理结束后，这种不得不喝的心情还持续着。"

六实"咦"了一声，看着里沙子，然后像理解了什么似的轻轻点头。

"因为山咲太太平常不喝，所以很惊讶自己怎么会忍不住想喝酒，是吧？"六实笑着说。

里沙子之所以笑不出来，是因为她在等待六实的回答，但六实以为她不高兴了，赶紧道歉："不好意思，对不起啊。无论是在家里，还是因为工作，我每天都会喝不少酒。不过现在喝酒的心情有点不一样就是了。我想等这一切结束后，这种心情也会跟着结束的，所以不用太担心，一定没事的。"

六实这么说着，轻拍了一下里沙子的背。六实的笑容让里沙子想起昨晚用电脑搜寻酒精依存症时，盯着屏幕上一行行文字的自己。

"也是啦！不喝点真的坚持不下来呢。"

里沙子努力用笑容回应六实，觉得哽在自己喉咙里的东西，也在咽口水的瞬间融化了。

"就是啊！山咲太太，你太紧张、太认真了。"六实笑了之后，突然又神情严肃地说，"前阵子已经很辛苦了，就某种意义来说，今天又是另一种辛苦，不喝一点可能都睡不着觉呢。"

里沙子看着和自己并肩而站的六实。六实虽然嘴角上扬，却不见半点笑意。

"我今天也很害怕，虽然无法具体形容这种感觉，但真的很害怕。我想那位朋友，还有那位母亲也是，"六实说着点了点头，"如果不是非得站在那里讲述，不是非得把来龙去脉一一说清，其实都是些非常普通、随处可见的事吧。我和父母也有过一段摩擦时期，很多人都有过。虽然今天有陪审员觉得那位母亲和被告之间的母女关系很特别，淡漠到令人难以相信，但要是在其他场合下听到，也许会觉得这种事挺常见的吧。"

没错，让自己感到恐怖的就是这件事，里沙子在心中表示赞同。虽然在那种场合说出来，会让人觉得很特别，但其实不然。因为实际上这只是和自己的日常生活很贴近的事，所以才会觉得恐怖。

"结束后，真想把这些事情一股脑儿全忘掉！"

快到六实下车的车站时，她总算露出了笑容。

"明天见，别喝到宿醉哦！"

"你也是。"

两人像学生一样挥手道别，里沙子目送六实走上站台后，找了个空位坐下。从车门吹进来的湿闷热气，在车门紧闭的那一瞬间消失了。电车继续疾驰。

"如果不是非得站在那里讲述，不是非得把来龙去脉一一说清，其实都是些非常普通、随处可见的事吧。"里沙子反刍起六实的这番话。相处不是很和睦的母女、由于结婚生子的关系而渐行渐远的朋友，这是哪儿都有的烦恼。

明明毫无关系，里沙子脑中却频频浮现出自己这几天的身影，自己拼命藏起啤酒罐的模样。

要不是被说有酒精依存症，就算是开玩笑，自己也不会像那样将啤酒罐藏在流理台下方。里沙子怔怔地思索着，觉得和六实方才说的情形还真像啊！喝啤酒这件再普通不过的事一旦被曲解，意思就完全变了。

一想起昨晚自己藏东西的样子，就觉得很可怕。不，不是觉得这么做的自己很可怕，而是想到可能被阳一郎逮个正着，就觉得很可怕，和文香那件事一样，不知道会怎么被误解，可能会让文香暂时住在公公婆婆家，强行送我去医院戒酒吧。

只是改变一下看法，再普通的事都会被扭曲，被视为异常。这种恐惧感或许和今天在法庭上感受到的东西很像，里沙子思忖。

是阳一郎那番话，让我做出了将啤酒罐藏在流理台下方这种异常行为的，甚至还让我上网做什么酒精依存症自我测试。

那时真的非得那么做不可吗？里沙子想。如果不是在家里，就像现在，如果是在和六实交谈，如果是在像这样人来人往的地方，如果不是在那间屋子里的话……

也就是说——

只有待在那间屋子里时，我才会觉得自己一定是得了酒精依存症。搞不好越隐藏就越想喝，那种不安感也可能让我喝得越来越凶。

不知道自己做不做得到、不知道自己能不能当个好妈妈、不知道能不能建立幸福的家庭——水穗之所以会这么说，是不是因为陷入了同样的困境呢？

绝对不会口出恶言，也不会怒骂，而是带着笑意，以沉稳、平静、只有两人知道的，像是暗号似的话语交谈。丈夫以只有水穗知道的方式轻视、奚落、贬低、践踏她，断言她不如一般人。而水穗本人也在无意识间，像被施了催眠术似的对号入座。水穗的朋友有美枝所说的"可怕"，就是这个意思吧。

传来即将抵达上野的广播声，里沙子站了起来。

转乘 JR 的里沙子眺望窗外，太阳还高挂于天空，林立的大楼轮廓却已染上黄色。居酒屋、美容沙龙、饭店、按摩馆，里沙子将看到的各类招牌在心里喃喃复诵，借由这种方式提醒自己停止思索。

婆婆似乎忘了周末的事，依旧开朗地迎接里沙子。公公则是出门"和老同事们聚会"，所以不在家。

文香坐在客厅地板上，玩着一字排开的娃娃，里沙子叫她，她却连头也没抬一下。可能是玩完水后午睡了一觉，她的脸颊上还留着枕头印。

"小香，我们回家吧！"里沙子唤了一声。

"不要！"一走进客厅，马上传来预料中的回应。

不能在这里发怒。里沙子感受到身后婆婆的视线，深吸一口气后，走到文香面前。

"这样啊！那我们一起在这里玩，玩到你想回家为止吧！妈妈要当哪个娃娃好呢？"

里沙子这么说，然后朝站在房间入口的婆婆，用口型说了句："再打扰一下啦！"

"你就好好玩吧！反正今天爷爷也没那么早回来。要喝点茶还是别的？"婆婆边说边走向厨房。

"不要！不行。"

文香挥掉里沙子手上的娃娃，看来她今天心情不好。

"小香，晚餐要吃什么呢？"

"不要！"

文香抱着所有娃娃。"我才不会跟你抢这种东西呢！"里沙子在心里嘀咕，同时觉得自己这番嘀咕不像是开玩笑。"唉！真是的！"里沙子干脆说出了声，这下觉得稍微轻松了些。

喝了两杯茶后，刚过七点，文香总算说想回家了。里沙子又提着婆婆递过来的沉重纸袋，走向公交站。文香抱着从公公婆婆家带走的两个娃娃，一直说着里沙子听不太懂的话。

上行的中央线很空，里沙子和文香坐在一排三人座上。文香将玩腻了的娃娃放在椅子上，指着婆婆给的纸袋说："果汁。"

"没有果汁，这是晚餐，里面是饭菜。"

"果汁！果汁！果汁！"文香不断重复喊叫，脚还不停地前后晃。里沙子发现对面座位上年纪相仿的女子瞄了自己一眼。

"安静点！"比起教育文香，这句话更像是对坐在对面的女人装样子说的。

"妈妈！果汁——"

文香扭着身子说。里沙子不经意地瞧了一眼纸袋，发现保鲜盒之间塞了一盒果汁，看来是婆婆准备的。

"哎呀，对不起哦！原来小香知道啊！"

里沙子取出果汁，插上吸管让文香喝。然后装作看向窗外，偷偷打量着对面的女子。

她穿着米色长裤以及胸前绲着荷叶边的无袖衬衫，细细的银项链垂挂在衬衫衣领间。她一直工作到现在吗？还是搭这班上行电车去见恋人呢？就算用心把自己打扮得再漂亮，就算再怎么不显老，还是能轻松地认出一个女性到底有没有孩子。到底是哪里不一样呢？里沙子偷瞄着对面的女子，思忖着。

"妈妈，拿掉。"

文香抓着吸管说。

"不喝了吗？"里沙子刚握住果汁盒想要拿走，文香却紧捏着果汁盒，用力将吸管拔起来，递给了里沙子。因为将果汁盒捏得太紧，液体从吸管口溅了出来。

"啊，真是的！等等！"里沙子赶紧将吸管插回洞口，"这样捏果汁会溅出来呀！要喝就喝，不喝的话，我要收起来啦！"里沙子说。

文香指着吸管："不要，妈妈不要，拿掉。"边说边摇头。即便里沙子说不行，会漏出来，文香还是反复说着："不要，这个不要，不要啦！"而且声音越来越大，脸也越来越红。"唉，"里沙子在心里叹气，"又该开始哭了吧。"就在里沙子这么想的同时——

"拿掉，拿掉！不要，妈妈不要，这个，不要！不要啦！"只见文香表情扭曲，哇啊啊地张口大叫。起初是像平常那样没有眼泪的假哭，但又一次大叫"不要"后，眼泪像是接到了暗号一样涌了出来。里沙子瞄了一眼坐在对面的女子，只见她似乎有些困惑，微张着嘴看向文香。

"这个，不要，不要啦！"文香为了拿掉吸管，不停地大哭。用不知从哪儿发出来的不可思议的粗野声音哭闹着，坐在对面的女人忍不住笑出来，还和里沙子对看。她好像为自己忍不住笑意一事道歉似的，轻点了一下头，却还是依旧笑着看着文香。看来她喜欢小孩吧，里沙子想。

竟然为了一根吸管闹成这样，的确令人匪夷所思，就连里沙子也突然觉得很可笑，自己也忍不住笑了出来。

"小香，很好笑吧！真的很好笑对不对？"

一瞬间，文香忘记了假哭，一脸认真地抬头看着忍不住笑出来的里沙子，随即又像想起什么似的，重新哭丧起脸来。里沙子趁这个机会从文香手里拿过果汁盒，一口气喝光后，放回纸袋。

电车停靠在吉祥寺站，里沙子向那位陌生女子轻轻点头示意后，带着文香下了车。要是那时她没笑出来的话，恐怕自己又会责备文香吧。要是她一脸嫌烦的样子，自己肯定会在四下无人的街道或者家里，斥责文香吧。

然后，又被阳一郎逮个正着。

里沙子带着自然的笑容，出了检票口，走向人来人往的车站大楼，在一楼的超市买了啤酒，然后牵着文香朝公交站走去。

要是被阳一郎看到我抓着孩子的肩膀用力摇晃，大声怒骂，就算我费尽唇舌向他解释刚刚在电车里发生的事，即便说的是事实也会像在说谎，于是……里沙子笑着走到公交站候车队伍的末端。文香松开里沙子的手，不知道是困了、累了，还是觉得无聊，只见她无意识地拍着里沙子的脚和屁股，里沙子只能忍住不断涌现的怒气。

四天，再过四天一切就结束了。不必再送文香去浦和的公公婆婆家了。上厕所的训练重新开始就行了。文香也会马上察觉不是她想要什么大人就会买给她。自己也可以好好下厨做菜，不会再焦虑不安，那种忍不住想喝酒的心情也会消失。

里沙子边忍受被小手不断拍打脚和屁股，边想起自己的母亲。

最后一次见到父母是什么时候呢？那次新年之后，还见过吗？不，应该没有，但彼此通过电话。只是想不起来母亲在那通电话里讲了什么。只记得挂断电话后，自己发誓以后绝对不会再打给他们。

里沙子和父母的感情实在称不上好，但也没有差到连怀孕生子的事都瞒着他们。用"讨厌"这个词来形容，总觉得有点幼稚，只能说价值观不一样。

里沙子的母亲和今天见到的水穗的母亲很像，生活在狭小的世界里，深信自己是最有常识的人。其实这种人一点也不稀奇，到处都见得到这种类型的妇女吧。住在偏乡地区，几乎只知道家里的事，生在那个年代的女性很多都是这样吧。

在里沙子长大的地方，女孩子为了升学远赴东京，会被人说是"了不起"。"明明是女孩子，这么了不起啊！""念的是东京的大学啊！真了不起！"虽然听着像是满口称赞，但说这种话的人肯定存着"女孩子家家的，干吗特地跑去东京念书啊！"这种心思。

在里沙子的故乡，大学毕业后继续念研究生或留学，或是留在东京就业的女性会被视为"另一个世界的人"。虽然不至于被町内会①名簿除名，却会被当作异端分子，不得参与集体活动。不过，只要回去生活，就能恢复上大学前的待遇，相对地在东京的四年时光也会瞬间化为乌有。

远赴东京念大学的里沙子也被镇上的人夸赞很了不起，但里沙子知道这并不是夸赞，父母也不是很高兴。虽然他们没有反对里沙子去东京念书，但与其说是关心女儿的将来，不如说是他们的自卑感在作祟：对只有初中学历的人一味地贬低，对有大学学历的人又无脑地追捧。里沙子还在上高中时，就明白父母对自己的学历有着强烈自卑感。搬到东京之前，里沙子在母亲的陪同下找好了宿舍。父母供给的生活费只能供她租住昏暗的日式榻榻米房，浴缸狭窄到只能屈膝抱着双脚泡澡，洗手间也是小到坐在马桶上，双膝就会抵到门。"要是念家附近的短期大学，就不用住这么破烂的房子啦！"母亲说。这间土墙的房子确实让从小看流行连续剧长大的十八岁的里沙子失望，但母亲这番话更让人无法原谅。她仿佛早早就断定里沙子今后会过上悲惨的生活。

上大学时，里沙子回老家的次数屈指可数。不是因为祖母亡故，不得不回老家参加丧礼；就是因为无法忍受朋友们全都回家过年的寂寞；再或者就是必须回家取一些东西。

每次回家，父母说的话都会深深伤害里沙子，让她十分恼火。

---

① 居住在同一"町"（街道）的人们自发组织起来管理町内事务的团体。为了团结邻里互帮互助，町内会往往会制作町内会名簿，记录町内居民的各类信息。

父亲那种无聊的自以为是，只要不理会就行了。但母亲说的话，就算不想理会，还是会一字一句深深地刺进心里。"就像租房子一样，要是总穿便宜货，可是会被人看不起的！""男人不管怎么夸你，都无非是不怀好意，千万别当真！"母亲真的是为我着想才唠叨这些事吗？里沙子想。至少从这些听起来像是在蔑视自己的话语里，里沙子找不到半点担心和关怀的意思，甚至觉得搞不好母亲很讨厌她。

大学毕业后，里沙子没有回老家，因为她想逃离那个狭小、贫穷的地方，以及父母狭隘、贫瘠的思想。不仅要从町内会名簿除名，被免除参与一切例行活动，还要摆脱身为那对父母的女儿这个角色。

当然，前者有可能，后者不可能。

虽然里沙子和父母很疏远，但不像水穗那样几乎彻底断绝来往。父母会打电话给她，她也会打电话回家，但里沙子觉得自己和母亲的价值观越来越背离。母亲总是催她结婚，要她活得正经一点。每次她表明自己不想结婚时，母亲就会说："你一定找得到对象，别那么悲观啦！"

婚后冠上夫姓，里沙子终于可以客观地看待自己的父母了。无论是父亲那又长又臭的自傲言辞，还是母亲总是瞧不起别人的话语，还是他们共有的那种目光短浅的愚蠢想法，都不会再让里沙子那么恼火了。有时候想到这些事，也会一笑置之，里沙子心想，自己终于逃离那个地方，终于逃离父母的掌控了。

但后来里沙子发现，自己其实并没能逃出来，因为文香出生了。

里沙子心想公交车怎么还没来，一回头，发现阳一郎正站在早已变长的队伍中。她吓了一跳，心想他怎么这么早就回来了。莫非又怀疑我了吗？要是被他发现购物袋里有啤酒，又会被怎么数落呢？各种思绪一并涌入脑海，心跳也因此加速。这样真的很奇怪，看到老公会胆战心惊是不正常的——里沙子这么告诉自己，心跳却越来越快。

里沙子看向前方，犹豫着是否要装作没看到。等他发现我们就行了，不是吗？"不要——妈妈！回家！"文香又开始闹别扭，还踩到了排在她们后面的人。里沙子赶紧道歉，放下手上的东西，蹲下来看着文香，拼命忍住已经涌至喉咙的怒吼。他看到了。其实里沙子也不确定，只是感受到一道视线。

结果直到阳一郎主动叫她之前，里沙子都装作没看到他。搭上总算驶来的公交车，里沙子坐在两人座靠窗的位上，让文香坐在她膝上。阳一郎上了公交车后，朝她们走来，看来他刚刚确实已经发现里沙子和文香了。

"啊，把拔！"文香大叫。

"小香刚才哭得那么大声，我马上就发现啦！"阳一郎不是对里沙子，而是对文香说。她没有哭，只是在闹别扭——里沙子并没有出声纠正，因为她害怕又被曲解。

"要坐吗？"里沙子将东西移到脚下，掩住了装有啤酒的购物袋。

阳一郎坐在里沙子旁边，一把抱起文香，让她坐在自己的膝盖上。

"为什么哭啊，小香？"阳一郎开玩笑似的问。

"没有哭。"

"可是你呜——呜的，连爸爸那边都听到啦！"

"没有哭。"文香又说了一次。

"她今天心情不好啦！"里沙子说。

"是不是又惹妈妈生气了啊？"

"我没生气呀！"

不由得脱口而出，里沙子感到十分惊慌。公交车往前疾驰。

"你心情不好，还被电车上不认识的姐姐笑了，对吧？"里沙子看着文香，文香"哼"的一声别过脸，在阳一郎的腿上挪动着，想将身体换个方向。

"好了。坐好哦！"

刚上来时还觉得很凉快的车厢，马上就变得闷热起来。试图变换身体方向却没成功的文香竟然态度大变，乖乖地坐了下来，还不时抬头看阳一郎。两人四目相交时，阳一郎还扮了几次鬼脸，逗得文香咯咯笑。

"难道是我太差劲了吗？"里沙子想，"难道她之所以在回家的路上又哭又闹，并不是因为正值小恶魔期，而只是我不懂得如何和她相处吗？"

里沙子对于自己又开始胡思乱想感到厌烦，但看到突然变得乖巧，还会咯咯笑的女儿，要不在意真的很难。

阳一郎有多么疼爱文香呢？里沙子看着身旁的父女俩，思忖着。

当然是非常疼爱，可以说是无可比拟的程度吧。我也是。那么，当文香闹别扭、不听话、大声哭闹时，我也能像阳一郎那样不苛责、不厌恶，忍耐着怒意扮鬼脸逗她笑吗？不对，居然连"忍耐"一词都用上了，我或许真的哪里不对劲吧。

公交车在红灯前停了下来，之后又往前开。穿着制服的女孩子们高声谈笑；一身西装，抓着吊环的男子神情疲惫地凝视着一点；提着购物袋，看起来应该是职业妇女的女人不停地划着手机。车内弥漫着尘埃与油炸食品的味道。里沙子忽然觉得和阳一郎并肩坐在亮着日光灯的公交车上，有种跳出了现实生活的奇妙感觉。婚前、产前，两人也曾像这样晚上一起回家，只不过都是搭电车。

如果我现在还在继续工作的话，应该也会像这样吧，里沙子想象。下班先去车站附近的托儿所接文香，然后和下班的阳一郎一起搭公交车回家。也许会说懒得煮饭，干脆去外面吃好了，然后一家三口去家庭餐厅饱餐一顿。

里沙子胡乱地想着，突然感受到一种解放感，和与六实说话时一模一样。想到这里，她又畏缩地收回了这种心情。"怎么可能会有这种事！"接着她在心中强烈否定。

公交车靠站，几个人下车后，随即发车。窗外的店家越来越少，夜色更加深沉。明年文香就要读幼儿园了，几年后，就成了小学生，那时的自己又会如何呢？里沙子凝视窗外，思索着。虽然无法想象自己回归职场的模样，但若是要买独栋房屋的话，搞不好就得像南美一样重新开始工作了。问题是，自己能做什么工作呢？

里沙子诧异自己竟然完全无法想象将来的事。原本想凝视窗外的风景，却看到阳一郎和文香映在窗上的脸。

"我马上做饭哦！"

里沙子回家后打开灯，径直走向厨房。

"那我和小香去洗澡，先帮我们烧水。"

阳一郎边帮文香脱鞋子，边说。

里沙子按下加热按钮，把米洗好后放进电饭锅。本来想拿出纸袋里的东西，猛然想起那个刻意压了一下的购物袋，赶紧将里头的啤酒放进冰箱，然后将婆婆做的菜装盘。

今天也都是现成的菜肴，炸鸡块、用保鲜膜包好的卷心菜丝、腌渍夏季蔬菜、炖煮羊栖菜、白萝卜与豆腐皮。

传来通知水烧好了的铃声。里沙子确认饭正在煮，还瞄了一眼冰箱。如果阳一郎带文香进去洗澡的话，起码要二十分钟才会出来吧。还有十五分钟左右饭才会煮好，要趁这个空当喝罐啤酒吗？明明还没喝，却已经想起了啤酒一口气流进喉咙的爽快感，还有微醺感。

但里沙子随即移开视线，擦拭餐桌，放上装好盘的菜肴，摆上分食小盘。听到电饭锅里正在煮饭的声音，里沙子拿了两个杯子放在桌上。

要是被发现偷偷喝酒，只要好好解释清楚就行了。没那么严重。里沙子像在说给自己听似的想着。

她刻意听了一下，没听到浴室那边传来任何声响，过去看了一下，竟然没人。又走到卧室，发现阳一郎站在没有开灯的昏暗房间里划手机。白光映照着阳一郎的脸，文香睡在随便一铺的床褥上。

"不去洗澡吗？"

里沙子突然出声，阳一郎吓得差点跳起来。

"正在看工作的信息，有急事。"虽然没有责备的意思，但阳一郎的声音听起来不太高兴，"吃完饭再洗就行啦！"

"真睡着了就很难叫醒了吧。小香，起得来吗？"

里沙子想要抱起文香，但她已经睡过去了，身体都用不上力。

"那就让她睡吧！在电车上晃了一个多小时，文香肯定很累了吧。"

阳一郎将手机塞进口袋，边说边走出了房间。"什么嘛！"里沙子留在昏暗的房间里，忍不住在心里骂了一句。

"小香。"里沙子又试图摇醒文香。只见文香皱着眉，一点也没有想起来的意思。里沙子只好赶紧铺好床褥，帮她换衣服，盖上毛巾被。如果明天能早点起来，明早再帮她冲澡吧，说不定傍晚在公公婆婆家已经洗过了。

里沙子走回饭厅，瞧见阳一郎已经自己吃了起来。她忍住想叹气的冲动，添了一碗饭递给阳一郎，犹豫片刻后从冰箱里拿出罐装啤酒，坐回位子上，轻轻举起啤酒问阳一郎：

"要喝吗？"

"我不喝。"阳一郎嘀咕似的回道，迅速扒饭。

回荡着咀嚼声。里沙子就这样默默地听着老公的咀嚼声，好一会儿后——

"虽然你叫我别喝太多，"里沙子冷不防开口，"毕竟一罐只有三百五十毫升，所以希望你别这么说我。你知道我每次从法院回来多么疲累，多么精神紧绷、无法放松吗？"

"那是因为你做着自己不熟悉的事啊！"

虽然里沙子认为阳一郎说得没错，自己的确是因为做着不熟悉的事而感到疲累，但不知为何，这句话让她很是畏怯。不行，必须好好说出自己想说的话才行。

"其他陪审员也说，因为要思考许多平常不会想的事，要是不喝一杯，根本无法放松。"

里沙子说完，随即打开易拉罐，将啤酒倒进杯子。泡沫溢了出来，弄得手指和杯子外面都是，明明平常不会这样的。但里沙子没在意，拿起杯子一饮而尽。"啊啊！真好喝！"她将这句喃喃自语吞进肚。

"各式各样的人出庭，陈述各种事，检察官和辩护律师讲的话又完全不同，原来说话方式不一样，听起来差异竟然那么大。不是听不懂他们在说什么，只是不知道真相究竟是什么，所以大家的脑子都很混乱，一到休息时间就会思考、讨论。

"我跟得上大家，一点都不勉强。我听得懂他们在说什么，也没说什么奇怪的话。我和大家一起努力，跟上大家的脚步，也和大家一样感到疲惫，和大家一样都有着必须喝一杯才能放松的心情。但我不会像六实喝得那么凶，更不可能喝到烂醉。"里沙子像在替自己辩解似的不停说着，吃着腌渍夏季蔬菜、炸鸡块。今天的菜口味比较重，婆婆肯定是想着要让食物能耐高温，避免我们还没到家，菜就馊掉了。里沙子想。

"大家比我想象中的还要努力。"

"但你不是候补吗？"

阳一郎这句话让里沙子诧异地看着他。

"别说我是候补什么的，说得好像我打瞌睡也没关系——"

里沙子忍不住脱口而出，却被阳一郎打断。

"那你要我怎么说？拜托！我可没说打瞌睡哦。就算负荷不了，也别冲着我发泄啊！"

里沙子看了一眼这么回击的阳一郎后，视线落在桌上。虽然想说句对不起，可是——

"要再帮你添一碗吗？"嘴巴却说出不一样的话语。

"不必了。"阳一郎拿着自己的碗和盘子站起来，放到流理台，说了句，"我去洗澡。"

"你在气什么啊？我没有对你发泄的意思啊！你到底在不高兴什么？"

里沙子突然冲着走向走廊的阳一郎发问。

"什么？"阳一郎停在隔间门前，看向里沙子，"我没生气啊！

怎么这么说？"他不耐烦地问。

"可是总觉得……"总觉得心里很不好受，里沙子说不出口。

"也许你觉得我好像不太关心你在做什么，问题是我根本不清楚审判的事，也不知道从何问起，你也没办法说得很清楚，不是吗？如果真的不喝就无法放松的话，那就喝呗！"

里沙子的视线落在阳一郎脚边。她想：这个人说得没错，我到底想做什么，到底想要什么，连自己都不知道。

"我只是说你要是觉得撑不下去，就别做了。既然你不想退出，就算是候补也只能努力了。我知道你很累，也很焦虑，但是再撑几天吧。"

阳一郎转过身，打开隔间门。里沙子看着餐桌，将剩下的啤酒倒进杯子，一口喝光。

"我们的关系是不是很僵呢？"里沙子已经搞不清楚了。只知道自己无法对阳一郎说出想说的话，无法让他明白自己的想法。

这一切是从什么时候开始的？里沙子心中突然有此疑问。是从周四他怀疑我虐待孩子那时开始的吗？在那之前，我难道就能轻松地把自己想说的话表达出来了吗？

"可是就太太也会回嘴一事来看，她也不是只有挨骂的份……"里沙子耳边响起今天在评议室里众人讨论的声音，以及自己针对问题提出的看法。对丈夫说出来的话，水穗又会如何回嘴呢？虽然友人做了间接说明，但不应该是这样，里沙子想听当事人怎么说，虽然这是绝对不可能的事。

"果然还是有点咸啊！"里沙子喃喃自语，这声音让屋子显得分外寂静。

洗好碗盘，也洗好澡，里沙子走向卧室。文香与阳一郎已经睡着了。里沙子帮睡到露出肚子的文香盖好毛巾被，坐在一旁闭上眼，回想今天看到的那位母亲。

水穗母亲的穿着有点格格不入，但可能是因为要站在人前说话，所以特地去了美容院，穿着亮色系衣服出庭吧。

水穗竟然连怀孕生女、买房子的事都没跟父母说，着实令人感到惊讶，但里沙子能理解她为何不找母亲商量育儿的事情。

因为里沙子也是如此。虽然母亲说话的语气不是在蔑视女儿，她只是用比较特别的方式表达对子女的关心，自己也能理解她只会用这种方式来表达，但里沙子就是讨厌，接受不了。"你可不是个让人省心的孩子，但我还是坚持下来了。我那个时代不像现在这么方便，辅食得自己准备，每天还得清洗自己做的布制尿布。丈夫是个完全不碰家务的人，婆婆和母亲也都帮不上忙。这些都是很普通的事情。而你为什么连这么普通的事都做不好呢？"里沙子真的很讨厌被这么批评。被哺乳一事整得七荤八素的时候也是，里沙子只好笑着对打电话来的母亲说宝宝喝的都是母乳。当时自己真的很痛苦，以至于很多记忆都变得模糊。但她唯独清楚地记得这件事。

当然，今天站上证人席的那位母亲并非憎恨女儿。但里沙子明白，水穗母女二人的关系，与寿士母子二人的关系有着微妙的不同，或许这个不同就是将水穗逼至绝境的原因。

"得赶快睡觉才行。"里沙子拼命地将浮现在眼前的那位母亲的身影赶走。

翌晨醒来，没看到阳一郎和文香。里沙子吓得跳了起来，冲出卧室，听到从浴室传来冲澡声，这才松了一口气。里沙子赶紧刷牙洗脸、准备早餐。先按下咖啡机，然后用平底锅煎蛋，她边将昨天剩下的腌菜装盘，边想着今天要穿哪件衣服出门。

屋子里传来笑声还有文香的歌声，接着是吹风机的声音，看来阳一郎在帮文香吹头发。还混杂着文香大叫"不要"的声音，里沙子耸耸肩。原来她不是只对我说"不要"，爸爸也会被她嫌弃啊！不由得想笑。

里沙子擦拭桌面，迅速摆盘。先是文香穿着内裤从更衣间冲出来，接着是衬衫还没塞进裤子里的阳一郎现身。

"谢啦！真是帮了大忙！小香，我们去穿衣服。"里沙子带着文香走向卧室。文香一直嚷着不要穿这个颜色、不要穿那个颜色，好不容易才帮她穿好衣服回到饭厅，让她坐上儿童专用椅。

"小香，吃饭时不可以玩饭菜，要乖乖吃哦！可以吗？"

阳一郎已经用完早餐，正在看报。里沙子犹豫着要先吃饭，还是先化妆、换衣服，脑子一时没有转过来。"先换衣服吧。"她在心里喃喃自语。走进卧室打开衣柜时，忍不住想笑，因为自己右手还拿着筷子——一次要做很多事时，就会这样。里沙子将筷子搁在餐桌上，回到卧室穿上选好的衣服，走向盥洗室。

简单化好妆，回到饭厅时，里沙子瞧见文香将面包撕得碎碎的，腌菜还掉在地板上，阳一郎没发现似的盯着报纸。可能是察觉到妈妈发现了吧，只见文香瞅了里沙子一眼，又看着手上的面包，继续撕着。里沙子感觉全身血液逆流，一把拿走文香手上的面包，拼命忍住想拍桌的冲动，做了个深呼吸。她边在心里数数，边走向厨房拿起已经冷掉的吐司和煎蛋，还有盛着蔬菜的盘子与马克杯，走回自己的位子。很好。

"小香。"里沙子以沉稳的声音说，却被文香无视了，"不是说了吃的东西不能拿来玩吗？要是不吃的话，我要拿走哦！"里沙子挤出笑容。

"要吃。"文香边撕面包，边小声回应。里沙子听成了"要出"。

"今天我带小香去浦和吧。"正在看报的阳一郎抬起头说。

"咦？"正在拨弄煎蛋的里沙子突然停筷，看着阳一郎。

"想说我今天有时间可以带她过去。你这样带来带去也很辛苦吧。"

这是什么意思？里沙子想从阳一郎的表情里解读出他真正的想法。纯粹是出于体贴，还是又怀疑起周四那件事？里沙子这么揣测的同时，也很讨厌这样的自己。无法停止胡思乱想，干脆就让他带得了。他能帮忙带去当然好，我也乐得轻松，况且还能让他知道文香闹起脾气来，有多么不可理喻。但是，让他帮忙，是不是等于承认了前阵子他对我的误解呢？承认自己的确很勉强、很累，甚至将脾气发泄到孩子身上？里沙子的脑中浮现出阳一郎将文香交给婆婆后，两人继续聊了起来的画面。

"不用啦！没关系，反正我已经习惯了。"里沙子婉拒了。

坐在越来越拥挤、摇摇晃晃的电车上，里沙子想起早上的事。面包屑弄得满餐桌都是的文香果然因为肚子饿又闹起脾气，里沙子赶紧带着她下车转车，后来文香在公交上又睡到翻白眼，还突然抬头看了一眼里沙子。现在这时候她一定在公公婆婆家吵着肚子饿吧，婆婆会弄什么给她吃呢？里沙子瞄了一眼手表，思忖着。

"这样带来带去也很辛苦吧。"阳一郎说。感觉这句话是发自内心说的。为什么我只想到周四的那场误会呢？为什么要扭曲别人的心意，不能直率地接受别人的好意呢？

甚至还想着最好文香在路上也对阳一郎耍脾气，这么一来，阳一郎就能理解周四的状况了。

就连坚持要自己去送文香，也不是为了体贴阳一郎，而是不想让阳一郎和婆婆乱说些什么。"里沙子好像压力很大，所以我就替她来送文香啦。"要是阳一郎这么对婆婆说，我可真的受不了。

其实阳一郎带文香去浦和的公公婆婆家，恐怕不是一件轻松事吧。路上的一个小时，他必须独自面对文香，她心情好倒是没问题，但要是因为什么事闹别扭、哭叫，可就很难应付了。不习惯面对这种事的阳一郎势必很困惑，不知如何是好。他送文香到浦和老家时，肯定累得半死。一般人应该会想到这一点，不希望老公上班前就这么累吧？但我为什么没有这种想法呢？

"是周四那件奇怪的事情让我们——不，搞不好只有我——变得这么怪吗？"里沙子这么一想，就更懊恼那时的事了。不是懊恼让文香一个人蹲在路上，而是懊恼怎么会刚好被阳一郎撞见。

转乘地铁时，里沙子想起今天水穗会站上法庭。她会被问到什么问题，又会如何回答？至今一直盘旋在心中的烦恼瞬间消失了。她会以什么样的表情、什么样的声音，说些什么呢？这种心情，不像是在急切地等待被告人陈述，更像是为终于能听到日思夜想的那个人说话而感到欣喜。里沙子不理解自己怎么会有这样的心情，但这种心情无法遏止地涌现：好想快点听到那个人的声音，好想听听那个人的心情。

里沙子走进法庭，瞧见被工作人员左右包夹、坐在位子上的水穗，不由得回头看向走在后面的六实。六实看了里沙子一眼，随即移开视线。

直到昨天为止，水穗都是穿着白色、米色或灰色之类比较低调素面的衣服，但今天她穿的是缀有荷叶边的粉红色衬衫，搭配白底黑花长裙。虽然是素色裙子，但因为黑花的线条较粗，看起来很华丽。里沙子不由得想起昨天看到的水穗的母亲，那位头发吹染过、身穿碎花洋装出庭的母亲。原来"有其母必有其女"是这么一回事啊！里沙子发现自己一直关注着水穗的心情突然有些冷却，赶紧踩了刹车。

不能单凭这种事判断一个人，这样太操之过急，也太片面了。可是，一般人应该不会穿得那么时髦出庭应讯吧。她应该知道打扮得如此花哨可是会陷自己于不利，那么应该是有某个理由让她这么打扮，好比穿运动服出庭很失礼，或是这件衣服有什么特殊意义……"不管怎么说，那身打扮实在不太妥当了。"还没有走进评议室，里沙子就仿佛已经听到年长女性以熟悉的口吻这么说了。

首先，检察官说明心理医生鉴定的调查结果报告。

水穗的父亲虽然不会施暴，但对孩子十分严格，母亲对一家之主唯命是从，所以水穗从小为了不惹父母生气，总是生活得战战兢兢。据水穗的友人说，她是个一丝不苟的完美主义者。

两人结婚不到一年，便时常因为彼此的价值观、工作，还有家庭的事起争执。寿士虽然不会动手殴打妻子，但会大声怒骂、摔东西、用力摔门等，喝醉时甚至还会爆粗口，致使水穗非常恐惧。孩子出生后，两人的关系并未改善，水穗也越来越不敢和寿士沟通任何事，只能闷在心里。初为人母，任何人都会对养育孩子一事深感不安，但水穗无法向寿士求助，还会因为保健师、其他妈妈，以及婆婆的话产生被害妄想症。每次夫妻俩爆发口角时，寿士都不止一次奚落她根本照顾不好孩子，水穗也因此自责不已。

犯案当天，水穗收到寿士告知会马上回家的信息。那时孩子一直哭，而且闹个不停。每次孩子一哭，寿士就很不高兴，所以水穗焦急地想必须让孩子别再哭了，否则又会被丈夫讥讽。

之后，水穗陷入了心神恍惚的状态，只记得自己走向浴室，想帮孩子洗澡，看能不能让她别再哭闹。直到被寿士用力摇着双肩，水穗才回过神来，但她根本不记得自己这段时间到底在干什么。

当孩子的哭声在浴室响起时，水穗说她那时觉得自己身在公园——一座她带女儿去过好几次的家附近的公园。水穗站在那里，阳光刺眼，无论是地面、树木还是游戏器具都被照得发白，她像被光吞没了似的站在那里，蝉鸣声大得像厚厚的窗帘般渐渐裹住了自己。这种感觉就像走马灯，但很难认定这是出于对丈夫的恐惧而产生的创伤后压力症候群。惨案发生后，她才明白自己做了什么，也明白自己做了多么可怕的事。

虽然水穗的精神状态可能已经被逼至绝境，但无法认定她的一般判断能力、行动控制力有问题。关于这一点，可以从她如何应对寿士的质问，以及之后两人的对话来判断。虽然可以认定她处于极度不安与紧张的状态，但并未达到罹病程度。再者，核磁共振显示的脑部剖面图上，并未发现她的脑部功能有任何问题。检察官报告完毕。

法官宣布休息十五分钟。进了评议室后，那位年长女性所说的话果然不出里沙子的预料。虽然白发男士与四十多岁的男人露出苦笑，但没有人主动发言。法官询问大家有没有什么问题要问，众人还是默不作声，里沙子想，或许是接下来将听到水穗的陈述，所以大家都很紧张吧。法官说，接下来会确认大家是否认同搜查阶段的供述调查报告，还有对于调查一事有否想表达的意见或看法。

休息时间结束，众人鱼贯走出评议室时，里沙子突然停下了脚步。她的眼前浮现出水穗口中发光的公园。当然，里沙子并没去过水穗家附近的那座公园，但无论是游戏设施斑驳的颜色、水龙头的方向，还是一半埋进沙堆的塑料铲子，甚至一片片树叶都看得一清二楚，她还看见这些东西仿佛被强烈阳光吞没似的失了颜色。

"你还好吧？"

身后传来六实的声音。里沙子赶紧挤出笑容，回答说没事。

里沙子步入法庭，站在自己后面一排位子的前面。陪审员、法官等陆续就位，工作人员请大家起立，行礼后就座，里沙子深吸一口气。

　　水穗就站在面前，依旧低着头，盯着地上。里沙子看了一眼旁听席，并未看到寿士的身影，也没瞧见寿士的母亲和水穗的母亲。

　　这次庭审以辩护律师询问、被告回答的形式进行。回答时，水穗说负责调查的警方并没有好好听她说明。

　　当警方询问丈夫有没有发牢骚或说些什么时，她对警方说自己对丈夫的言行感到十分恐惧，但负责调查的刑警只是反复询问她是否遭到了殴打。就算水穗说丈夫喝醉时的粗暴言语令她十分恐惧，警方却以寿士并没有出手伤人为由定调。水穗说到帮忙照顾孩子一事时，警方表示："寿士已经在努力帮忙了，我们这一代的男人，连尿布都不帮忙换的才是大多数。"虽然审讯过程中，换了一位女警接手审讯，变得比较容易沟通，但即使水穗再三强调自己并没有蓄意杀死孩子，这位女警也根本不肯相信。这位女警应该也有小孩，她对水穗说："竟然杀害自己的孩子，简直不是人。"

　　调查报告中很多叙述和水穗说过的话、水穗的想法完全不一样，但她还是签了名。因为当时她觉得警方的想法比自己更正确。好比嫌犯的丈夫并未对嫌犯暴力相向，恐惧也是嫌犯自身心理作用所致。还有，和完全不帮忙照顾孩子、也不做家务的父辈那一代人相比，寿士应该可以被归类为好爸爸了。

　　另外，不论自己是不是蓄意杀人，女儿确实死了，是被自己害死的。自己和那种把小孩照顾得好好的母亲相比，真的不算是人。

　　水穗完全不知道蓄意与否会左右刑责轻重，她没有这方面的知识，是后来会面的律师再三强调说如果觉得调查报告书的内容有误，千万不能签名，因为有无杀人意图可是会严重影响判决结果的。但水穗听了律师的说明后，只觉得无论刑期是长是短都无法改变自己犯下的罪行，孩子也不可能活过来，反而更加自责。

虽然有时水穗颤抖着声音陈述，但她的表情却像是被一股无形的力量给固定了似的，没有任何改变。

律师询问她对案发时负责调查的刑警的印象，水穗回答说自己觉得很恐怖。

水穗本来就不擅长与男性相处。或许是因为父亲管教严苛，她总觉得自己在男人面前矮了一截。虽然有些女性朋友会在人前讥讽自己的丈夫或男友，或是主动向异性示好，但她绝对不会做这些事。

水穗很害怕男性那种威吓的态度、怒吼以及粗暴的言辞，甚至还会紧张得频冒冷汗。而案发时，负责调查的刑警走进来，目露凶光地看着她。虽然他没有对自己大声咆哮、言语粗暴，但水穗应讯时，他曾几次大声打断，让她深感恐惧。水穗意识到这位刑警认为男人不帮忙照顾孩子是很正常的事，所以觉得自己说再多也没用，也就不想说了。

接着换检察官讯问。

"虽然你在男人面前总是有矮了一截的感觉，但根据你朋友的证词，你们夫妇会半开玩笑似的交谈，她说的是真的吗？"被这么问的水穗看了一眼检察官，又垂下眼。"我不太有办法坦然说出自己想说的话，总是很紧张。"水穗这么回答。

接着播放审讯过程的录像。让水穗深感恐惧的那名刑警是位五十几岁，头发剃得很短的壮硕男性。

虽然影片中他并未大声说话，里沙子也不觉得有什么威吓感，但她有点明白水穗的感觉。光是牛高马大、身材结实这一点，就很容易让人觉得这样的男人很恐怖。就算这名刑警说起话来颇为坦率，也比外表看起来亲切许多，水穗还是无法抹去对他的第一印象。

此外，这名刑警并未像水穗说的，在审讯时好几次大声打断她的话，顶多一两次而已，次数多应该只是水穗的错觉吧。

接下来是由女警负责审讯的部分。这名女警看起来像是很亲切的阿姨。录像中，没有听到她说"简直不是人"这句话。不知道水穗所说的是不是其他几次审讯时发生的事。

短暂休息后，总算由律师就整起案件询问被告人。

穿着胸前缀有荷叶边衬衫的水穗就站在里沙子面前。她还是低着头，脸上化了淡妆，却没涂口红或润唇膏。提问从她结识寿士的过程开始。

二〇〇四年，水穗经友人介绍认识了寿士。初见时，觉得他是个爽朗温和的人，两人于十一月开始交往，彼此并没有刻意提起结婚这件事。水穗本来就想结婚，而且考虑到年纪问题，开始交往时便已经对结婚有所考虑了，但也没那么着急。水穗觉得寿士比她先前认识的任何男人都更能接受她。寿士个性很沉稳，一点也不可怕，让有点畏惧男人的水穗觉得他是个可以托付终身的对象。

两人六月登记结婚，一起寻觅新居，马上就搬进了新家。水穗之所以没将这些事告知父母，是因为不想被二老啰唆、批评。

两个人都没有举行订婚仪式、举行婚礼的打算，因为没这笔预算。虽然可以请父母资助，但实在说不出口，而且水穗不喜欢这样。

水穗的确不是很满意最初租住的公寓，因为离车站很远，而且稍显老旧。毕竟是新婚生活，当然想住在新一点的房子里，无奈预算实在不多，况且一个人住时也有不得不向现实妥协的经历，所以还是可以接受的。只是想今后势必得努力工作，存钱。和很多人一样，水穗希望有一天能拥有自己的房子，不管是公寓里的一户住所还是独栋房子都好。

水穗记得，寿士第一次不高兴地大声咆哮就是因为她提起了房子的事。水穗希望能一起规划未来的生活，拥有属于自己的家，没想到寿士却解读成她非常不满意现在住的地方，嫌弃他赚的钱只能住这种穷酸的公寓。水穗从未见过情绪如此失控的寿士，十分惊讶。

虽然婚前两人也吵过一两次，但寿士没有做出大声咆哮、摔东西发泄情绪等失控的行为。婚前水穗觉得寿士是个不会委屈自己、不太会低头道歉的人，但并不觉得这是缺点，反而认为他是个有原则、很诚实的人。

然而，婚后寿士仿佛变了个人。

自从水穗表明想拥有自己的房子开始，两人的争执就越来越频繁。

寿士每天都很晚才回家，而且都是醉醺醺地回来，有时甚至第二天早上才到家，就连周末也会外出喝酒。一问他和谁喝，他就怒气冲冲地嫌水穗啰唆，喝醉时尤其爱爆粗口。后来水穗才知道，他都是和学生时代的朋友、同事聚会。即便彻夜未归，也不是投宿了别处，而是和一样错过末班车的伙伴们一起在居酒屋喝了个通宵。水穗没想到新婚生活竟是这样。她曾试着在丈夫清醒时好好谈谈。虽然寿士清醒时不怎么爆粗口，但也从没好好地听过水穗的想法。

寿士的说法是，因为结婚而改变交际方式的男人很逊。比起那些一起去夜店喝酒寻欢的男人，自己只是在便宜的居酒屋里喝几杯，况且多是和工作有关的应酬，不是单纯的聚会小酌。

寿士说过的让水穗倍感受伤的话，就是"你自己还不是一样"，以及"你很奇怪"。

因为工作的关系，水穗常常加班晚归，大抵都是晚上十点到家，也曾将近十一点才到家，但还是赶得上末班车。当被寿士说"你自己还不是一样"时，水穗曾反驳说自己是因为工作，不像寿士是去喝酒。寿士则回道："反正都是做自己喜欢的事，有什么不一样？"还生气地斥骂水穗是在炫耀自己比较忙、薪水比较高，还抱怨哪个大男人能忍受自己下厨、等待晚归的妻子这种事。最终，寿士认准了水穗是瞧不起他的工作、看不起他，批评她的想法很奇怪、很扭曲，之后整整三天没跟水穗说过半句话。

三天后，寿士又一副什么事都没发生过的样子，水穗却觉得很恐怖。于是，她尽可能地告诉自己，别再抱怨寿士依旧每天喝到很晚才回家了。

关于孩子的事，水穗也不敢问寿士。虽然水穗自己对这件事没有什么坚持，但考虑到女人的生育年龄，还是想和丈夫好好谈谈，却又怕因此被曲解而惨遭斥骂，所以迟迟无法说出口。而且，就算两人对这件事达成共识，决定要孩子，考虑到目前的生活、经济状况，还有自己的精力，恐怕很难应付，所以水穗也想过干脆放弃好了。

水穗记得那时母亲在电话里提到生孩子的事。她觉得母亲不是很赞同这桩婚事，父亲更是完全反对，可能是因为没有举行婚礼，再加上寿士并非任职于一流企业。母亲在电话里问水穗对今后的生活有何打算：难道要一直租房子吗？不能辞掉工作吗？那孩子还生不生了？生下来还有心力照顾吗？母亲的语气听起来就像是，住在自己的房子里、身为家庭主妇的她的观点是最正确的。而租住在离车站很远的老旧公寓的水穗，一定很可怜。母亲甚至意有所指地说，其实水穗也不是那么喜欢工作，只是迫不得已罢了；不是不生小孩，而是根本没能力养育孩子。水穗记得母亲还说过"现在回头还来得及"这样的话。

水穗想继续工作，就算不生小孩也无所谓。何况她和寿士两人之间渐行渐远，几乎毫无夫妻生活可言。要是一直这样心惊胆战、无法好好沟通，是不是干脆离婚比较好呢——水穗说不清这是自己的想法，还是受了母亲的影响，但她不知道该如何和寿士摊牌，每天只能独自烦恼。

就在这时，碰巧寿士的母亲对他提到了抱孙子的事。"结婚这么久了都没怀上孩子，有点不对劲呀。难不成是水穗的身体有什么问题？"寿士原封不动地把母亲的话传达给了水穗。当然不能告诉婆婆，两人根本过着有名无实的夫妻生活，所以水穗觉得必须去妇产科检查，向婆婆证明自己的身体没有问题。

事实上也的确没有任何问题。只不过没有具体的体检结果，恐怕永远无法说服寿士的母亲。虽然那番话是婆婆说的，但既然寿士会转达，就表示他并没有想离婚的念头，于是水穗告诉自己也要积极往前看。如果他们有了孩子，寿士的生活状态也会改变吧。母亲，还有一直反对这桩婚事的父亲也一定会因此转变态度的。

虽然水穗很害怕说出自己的想法，但她还是鼓起勇气，抱着寿士可能会听不进去，甚至因此暴怒的觉悟，和寿士摊牌。

水穗明确地告诉寿士，依目前的生活情况根本不可能生小孩。就算水穗可以请一年的产假，但要是寿士依然每天晚归，她真的无法独自照顾孩子。水穗不想仰赖娘家出手帮忙，寿士的母亲也在工作，况且还有经济方面的考虑。在目前没有积蓄的情况下，生产费用、住院费用等该怎么办。产假期间，水穗的薪水肯定也会打折扣。孩子以后的教育费、保险等，各种必要支出越来越多。她问寿士身为一家之主，真的有心好好计划吗？

没想到寿士既没大声咆哮，也没有反驳，还亲口说自己也想要孩子，还说为了将来考虑，必须换个收入好一点的工作才行。第一次表达自己的想法，水穗安心了不少，寿士还提议水穗干脆辞去工作，在家专心照顾孩子。虽然现在这家公司对水穗来说很理想，她也很喜欢目前的工作，但在不拜托父母协助的情况下，边工作边带孩子的确不太可能。况且水穗也不敢反对寿士的意见，生怕惹毛了他，一起生小孩、寿士换工作的事就全泡汤了。于是水穗决定辞职，想着孩子上小学后再找工作就行了。

水穗的身体状况没问题，但因为是第一胎，两人一起去了医院，咨询相关问题。寿士也依照约定换了新工作，那年秋天他们如愿买了自己的房子。

水穗一直希望有自己的房子，但她没有对寿士提出硬性要求，更没有指定地点。

水穗记得买房的经过是这样的：

寿士的新工作需要常常加班，所以为寿士的通勤着想，水穗觉得买稍微靠近市区一点的房子比较好。寿士也听一位买了二手公寓的朋友说，每个月的房贷算起来比在市中心租房子来得便宜。于是两人开始看房地产广告、上网搜寻，也实地去看了很多房子，后来水穗看中了一套位于世田谷区的独栋房子。虽然还有其他更便宜的选择，但综合周遭环境以及寿士通勤的便利程度来考虑，还是这栋房子最理想。最终水穗拿出两百万日元，寿士拿出一百万日元，付了首付。当时水穗并不知道，丈夫的钱大半都是婆婆资助的。

秋天搬进新居，水穗于第二年春天顺利怀孕。

水穗记得，那段时间和寿士争执不断。也许寿士不认为那是争执，但找新房、办理各种手续、搬家，要处理的事多如牛毛，所以那时他们每次要商量什么势必都会起冲突。水穗每次都被寿士叨念"你连这都不懂吗""真是没常识"，她觉得很痛苦，既然被嫌弃成这样，干脆都交给寿士处理算了。结果寿士又不高兴地批评水穗说，明明不工作，还把所有杂事都丢给他处理。

水穗心想等搬完家，一切都安定下来后，一定会有所改变。春天，得知自己怀孕了之后，这样的念头更强了。怀孕后也确实度过了一段安稳日子。水穗委婉地告诉寿士要有做父亲的自觉，别再像以前那样把下班后的应酬、聚会看得那么重要。寿士却以为水穗又对他的收入有意见，于是申请调换了部门，从夏天开始到新部门报到。换部门后，薪水确实更高了，但寿士非常忙碌，往往工作到很晚才搭末班车回家。对水穗而言，寿士除了回家时不再是醉醺醺的以外，和去聚会没什么差别。而且寿士又开始不时地夜不归宿了，发信息也不回。

水穗很想和寿士说，自己担心他出事，所以希望哪怕再晚，只要能赶上末班车，他还是能赶回家，或者至少把留宿的地点发信息知会自己一声。但水穗终究没说出口。她很怕又被寿士斥责，怕被回以粗口，怕被说"很奇怪"。

尽管寿士的收入增加了，也有了自己的房子，自己没了母亲所谓"趁早回头"的疑虑，水穗却对这样的生活失望不已。

因为家里总是只有自己和孩子。水穗每次抱着哭个不停的孩子，就觉得脑子变得不太对劲，常常彻夜不眠地迎来早晨、中午。面对还不会说话的婴儿，水穗内心的不安越来越膨胀。女儿两个月大时，上门的保健师态度十分强势，不断质问水穗各种问题，还说孩子之所以完全没有反应，是因为母亲没有常常跟她说话，提醒水穗要多加注意。水穗问，会不会是自己对孩子说话的方式不对，保健师却说最近发生了不少母亲虐待孩子的案件，这回答让水穗十分困惑。水穗将这件事告诉了难得早点回家的寿士，他竟然一脸认真地说："该不会是因为你看起来像是会虐待孩子的母亲吧？"水穗听了更加害怕，赶紧回绝了下个月的访问。

总和孩子一起闷在家里，水穗担心自己真的会对孩子做些什么，于是觉得出去走走好了。无论是在公园还是儿童馆，都会有不认识的母亲帮她加油打气。但当她们看到水穗的孩子时，不是说"看起来比较瘦小"，就是说"我家孩子这么大时，已经会抬脖子了"。你一言，我一语，让水穗觉得自己的孩子好像真的不如别人家的，结果她都不太敢和陌生人打招呼了。

然后，寿士完全没有事先打声招呼或是和水穗商量，就让他的母亲过来帮忙了。

起初婆婆是趁周末寿士在家的时候过来，渐渐地连工作日也会来。水穗想起寿士说过"该不会是因为你看起来像是会虐待孩子的母亲吧？"这句话。莫非他也怀疑我会对孩子施虐，所以才请婆婆过来监视？

水穗觉得婆婆是那种直肠子，想到什么就说什么的人。比如自己跟她说，要避免让孩子养成爱抱抱的习惯，尽量让孩子躺在摇篮里，婆婆却说："不抱的话孩子多可怜呀。"水穗想向她解释不能常抱的理由，她立马就板起脸来。之后不是挑剔水穗换尿布的动作很粗鲁，就是批评水穗不常和孩子说话，末了还语带讽刺地说："反正现在和我那个时候不一样了！"不然就是强调别人的处境比水穗更辛苦，却比水穗称职，还端出书法教室的学生来比较。婆婆将寿士不回家一事，归咎于水穗没有把家里打理好，这让水穗大受打击。婆婆说："孩子总是哭个不停、晚餐总是买现成的便当，这种家哪有男人愿意回？"还要求水穗别拿家务、带孩子这些琐事去麻烦辛苦养家的人。

婆婆还没过来帮忙之前，水穗哄孩子睡时，自己也顺便补觉。但自从婆婆过来后，水穗连觉都补不成了。她每天疲于收拾屋子，生怕房间有一点脏乱就会被婆婆讽刺："家里这么乱，别怪男人不回来。"想出门，却又不知道婆婆什么时候过来。万一婆婆来时家里没人，婆婆肯定会说自己是躲着她。所以，水穗只能紧张兮兮地等着婆婆的消息，搞得身心俱疲，濒临崩溃。水穗甚至想过，要是当初不生这孩子就好了。但看到女儿对自己露出笑容，她又只好愧疚地抱着孩子哭泣。水穗觉得不能再这样下去了，于是请寿士转告婆婆别再来了。

水穗觉得自己的运气很差。分配给自己的保健师态度那么强势，儿童馆遇到的母亲也只会拿孩子比来比去。自己只是运气不好罢了，倘若约了别的保健师，或是去了其他儿童馆，或许就能遇见不一样的人吧。

在与婆婆相处的这段时间里，水穗渐渐觉得，自己女儿发育得似乎确实比别人家的孩子迟缓。这也让她开始怀疑，自己和其他母亲相比，是不是真的有些奇怪呢？

生孩子的事情之所以一直瞒着亲生母亲，有几个理由。虽然一切都如母亲所期望的那样，丈夫换了工作、买了房子、有了孩子，但水穗总觉得还是会被母亲说很可悲。比如"你们只买得起这么小的房子呀""孩子的发育是不是有什么问题呀"。水穗还记得，当她将不准备举行婚礼一事告知母亲时，母亲的回应竟然是："那不就跟野狗一样吗？"被说成是不清不楚地就结了婚，水穗觉得很受伤。所以，要是将怀孕生子的事告诉母亲，恐怕又会被批评得很难听吧。其实可怕的不是批评的话语，而是被人家说是野狗就真的对号入座的自己。

纵使如此，这种事也无法一直隐瞒。水穗决定不管母亲说什么都不在意后，主动给娘家打了电话。但她实在说不出自己没自信能照顾好孩子、已经身心俱疲了之类的话，也不敢说孩子似乎发育迟缓，让自己很不安。毕竟坦白的结果，无非就是母亲会很失望，哀叹自己女儿的不幸，责备她草率结婚、生子，所以水穗决定谎称一切都很好。

母亲想来看外孙女，水穗断然拒绝了。不能让她发现外孙女不如其他孩子，也不想让她看到什么都不如其他母亲、什么都做不好的自己。

朋友是唯一能让自己吐露内心不安、诉说对婚姻颇感失望的对象。有美枝介绍了也有孩子的友人，于是水穗打电话给对方。对方告诉她最好尽快带孩子去福利保健中心或医院所检查一下，还说水穗可能有产后抑郁症或是育儿焦虑症，建议她去看心理医生。水穗想，一旦就诊，就等于承认了孩子发育迟缓，也承认了自己的精神状况有问题，内心不由得越发纠葛起来。

水穗不记得第一次打孩子时的事，只记得哭声越来越迫近的那种压迫感。当被寿士指出孩子身上有殴伤时，水穗很惊讶，莫非是寿士动的手？但他不可能会做这种事，所以一定是自己。

水穗很害怕。自从发现孩子身上有伤后，寿士不再外宿，周末也帮忙照顾孩子。水穗无法忘记那时丈夫对她说的话："和父母处不好的人，因为没有好榜样可以学，也就无法成为好父母，无法好好养育子女。你那么讨厌你的父母，女儿长大后也会讨厌你，所以无法将孩子托付给你这样的母亲照顾。"

虽然没法百分之百地复述丈夫说过的话，但他的确对水穗这么说过。

而且水穗发现，丈夫的手机里有和陌生女子往来的信息。

虽然不是什么谈情说爱的内容，但显然他们会在周末碰面。莫非寿士是为了和她见面，才以带孩子为借口出门的吗？会不会是想借机让她亲近孩子，好和自己离婚呢？水穗很清楚，自己和寿士的关系一直不太好。就算孩子出生，寿士有时候还是不回家。水穗总觉得是自己没有扮演好母亲和妻子的角色，加上寿士曾说她这个母亲很失格，她越发相信寿士想要离婚了，心情也越来越绝望。孩子被夺走、自己被赶出这个家、又不可能马上找到工作，水穗觉得这段婚姻将她的整个人生都搞得乱七八糟了。

信息的事，她一直很想问寿士，却不敢问。因为一想到这件事，她的情绪就很激动，喉咙干渴，早就准备好的话全都烟消云散，脑中一片空白。

于是，那一天——

孩子一整天的状况都很糟，白天吃的辅食全吐了出来，哭闹不停。哭累了睡着，醒来又哭。就算抱着哄慰，让她吸奶，给她吃奶嘴，还是哭个不停。水穗因为乳腺炎的关系，胸部疼痛，头也很痛。听到哭声后，她痛得更厉害了。

之后的记忆就很细碎了。水穗只记得无论是去洗手间、厨房，还是二楼的卧室，哭声不但越来越大，还如影随形般地跟着。那天难得收到寿士告知马上要回家的信息，水穗却很焦急，因为要是不赶快让孩子安静下来，免不了又要被奚落。况且寿士很讨厌听到婴儿哭，这下子他可能又不想回家了。于是，水穗想到一个方法，那就是洗澡。她记得自己看过女儿洗澡时露出笑容，于是就这么决定了。那时她像被什么蛊惑了似的，满脑子只有这个想法。

走进浴室，扭开水龙头，水穗记得那个触感。

一回神，水穗发现自己赤脚站在公园里。自己带女儿来过这里几次，也和不认识的母亲在这里聊过几句。纯白的光闪耀着，阳光好刺眼，却一点也不觉得热。秋千、树木和三轮车发出的光芒像利刃般凶暴，越来越强，越来越可怕。为什么光着脚呢？无数只蝉吵嚷着，声音仿佛编织成了厚厚的窗帘，从四方朝她逼近，压迫着她。好痛苦，好痛苦。

对了，刚才还抱在手上的女儿在哪里？只能听到蝉鸣。感觉手上好像抱着什么，但不是女儿，自己害怕得不敢看。要是不甩开手上的这个东西，就无法抱住女儿。

耳边突然响起怒吼声，猛然回神，她发现自己的肩膀正被寿士用力抓着，以为会被打。瞬间，自己被寿士推倒，双手撑地时，才发现这里不是公园。女儿不在手上，没听到哭声，也没听到蝉鸣声，只听到寿士的怒吼声。

"浴室里，寿士质问我，是不是把女儿扔进浴缸了，我说我什么都不知道。然后救护车来了，陌生人跑进我家，我才知道自己对孩子做了什么。我浑身颤抖，根本站不起来，不管寿士问我什么，我都只会回答'不知道'。虽然很想去女儿身边，但寿士不准，也不让我一起上救护车。深夜我接到电话，得知孩子已经去了另一个世界。我冲出家门奔向医院，途中还拜托司机停车让我呕吐。"

水穗回答的声音越来越小，她脸色泛红，随即低头掩面。里沙子瞧见有水滴沿着她的手腕淌落。听水穗陈述时，里沙子一直听到耳鸣般的杂音。听到最后，里沙子才发现原来那杂音是蝉鸣。不知道为什么，蝉鸣一直在她的耳朵深处回响。法官宣布休息时，里沙子一站起来就感觉大脑疼了一下，像是有什么记忆苏醒了一样。她的双手不停地在裙子上摩擦，因为她能清楚地感受到水穗松开孩子时的触感。如此温暖，如此渺小。

"跟我之前说的一样，大家还真是各执一词啊！"年长女性落座后说。

"而且还都特别主观，对吧？"四十多岁的男人回应。

"听刚才的陈述，那个丈夫很过分啊！"白发男士喃喃道。

"但要按她刚才说的，好像每个人都坏到不行了呢！我觉得她可能不是因为照顾小孩太累得了被害妄想症，搞不好她本来就不太正常吧！"

年长女性一副和朋友闲聊的口吻。可能是察觉自己的态度有些随便，本来还想说些什么的她将话吞回肚里似的啜了一口茶。

里沙子也想思考些什么。虽然这么形容很奇怪，但她感觉就像从一直想要倾听的对象口中，听到了一直想听到的话。无奈耳鸣越来越厉害，她完全想不出该思考些什么。

众人沉默。

只听见喝茶的声音。

"不管怎么说，也不用打扮得那么漂亮吧。"白发男士说，屋子里顿时响起一阵轻松的笑声。

年长女性带着疑惑的表情看向法官，询问律师与被告人开庭前是如何进行商讨的。法官回应的声音和里沙子耳中回响着的蝉鸣混在一起。

里沙子绞尽脑汁，拼命想要找到些可以思考的东西。最后她只想到了一点：看来陪审员们对水穗的印象很差。都是因为那身不适宜的装扮，里沙子想到这里就很想叹气。穿得和之前一样不就好了吗？律师也真是的，怎么没提醒她要注意穿着呢？又不是登台演讲、演奏，穿得那么花哨，叫人怎么相信她说的话？

里沙子惊讶地发现，自己就像是在提醒一个大大咧咧的朋友。

里沙子怎么想都觉得她说的是事实。

她不是本来就有被害妄想症，也不是什么过错都推给别人的家伙。她不是只挑对自己有利的内容进行陈述，而是客观地说出了事实。

"为什么？为什么我会这么想？明明大家都对她印象很差，为什么我还是想袒护她？"里沙子这么问自己，却想不出任何答案。

"保健师是挨家挨户上门访问的吗？"几乎不太发言的三十多岁男子问法官。

"先提出申请，他们才会上门。"

里沙子不由自主地说了出来，可能是察觉到大家都看向了自己吧。是啊，这群人当中最近接触过保健师的人应该就是自己了。里沙子继续说明：

"其实真的有运气成分，因为事先并不知道会是什么样的人上门访问。就像被告说的，有时会遇到比较强势的人，有时则是那种一问三不知的菜鸟。所以不少人预约过一次后，就不想再申请了。而且就我的了解，情况和她说的差不多，那些保健师与其说是来指导育儿方式，更像是在确认母亲的状况。毕竟现在人际关系较为淡薄，有很多像被告那样独自照顾孩子的妇女，所以保健师们是来确认有没有虐待新生儿的情形的。"

啊！里沙子差点喊出声，赶紧闭嘴。一沉默下来又感到难为情，自己怎么这么多嘴啊！

里沙子之所以差点喊出声，是因为想起了一件事——对了，为什么我明明没申请，保健师却再次登门访问了呢？自己遇到的保健师很资深，无论问什么，她都能亲切地给出回答。虽然觉得自己蛮幸运的，但又过了一个月，明明没申请，对方却主动二次登门，后来还打电话回访。电话沟通中，里沙子才终于意识到，她是不是在怀疑自己什么呢？

蝉鸣突然消失。陪审员们一脸奇怪地看着里沙子，她不清楚是否还要继续说下去。怎么回事？我现在是什么样的表情？在突然像水底般寂静的室内，被众人注目，里沙子感到很不安。试着笑一下？不对，这种场合笑也很怪。

"虽然不少母亲会虐待孩子，但是像那样直接发问，确实不太好吧？"六实赶紧打圆场似的说。

"不过，可能也是那个人的主观看法吧。好比保健师希望受访者有什么烦恼都能说出来，但受访者可能反而觉得这样侵犯到了自己的隐私！"年长女性又以较为随便的语气说道。

他们的讨论声听在里沙子耳朵里十分遥远。

那时哭的人是我，不是一起体检的年轻母亲，是我。

记忆从沉寂的脑海中恣意溢出。奶水出不来，奶水出不来。会影响脑部发育。人家都说只要当了母亲，就算什么都不做奶水也会很多，我却没有。一直为此烦恼，被逼得喘不过气，于是——

里沙子突然意识到，这些事不该被想起来，但思绪是不讲道理的，所有记忆霎时涌现。身上带着甜甜的奶香味、头发被汗水濡湿粘在头皮上、皮肤光滑柔软、关节像橡皮筋般灵活，这样一个小宝宝，被里沙子摔在了地上。

虽说如此，但高度不像水穗那次那么高。里沙子当时端坐在地上，小小的文香不肯吸吮里沙子的乳头，不停抽搐似的大哭。里沙子用双手扶着文香的腋下，让她坐在自己膝上，她低头看着哭到满脸通红的婴儿。文香那娇小的身躯用着不知从哪儿来的力气拼命往后仰，瞬间，焦躁万分的里沙子就这样松了手，她认真地想：既然那么想往后仰的话，就成全你吧。

"咚"的一声让里沙子猛然回神，不知道自己现在在干什么。文香也怔怔地睁大眼看着天花板，随即大哭。里沙子赶紧抱起她拼命哄慰，"对不起，对不起"，不断道歉。文香还很柔软的后脑勺肿了个大包。想起自己做了什么的里沙子双臂上起满鸡皮疙瘩，双脚不停颤抖。

那是保健师上门访问后，又过了几周的事。登门访问的保健师没有很强势，也不是新手，而是像亲戚大婶般亲切的人。她量了文香的体重和身高后，询问喝奶和洗澡的情况，还说因为文香的体重没增加多少，建议喝点配方奶补充。里沙子说如果可以的话，想尽量让宝宝喝母乳，只见保健师微笑地说："可宝宝要是长不大的话，不是很可怜吗？"她还解释说，配方奶其实没那么不好。之后还问了里沙子的身体状况，亲切地问她有没有什么困扰或想了解的事，虽然里沙子很想说自己的奶水不够，但想到对方一定会劝她给宝宝搭配喝配方奶，于是回答没有。

几周后就发生了那件事，但那时里沙子不觉得自己突然做出的行为与那位保健师的话有关，也没想过要是那位保健师没来，或是没有力劝让宝宝喝配方奶，自己或许就不会那么坚持一定要喂母乳了。

实在想不起来自己那时到底是怎么想的，只知道自己满脑子都在想母乳的事。不断试着和在体检中心或儿童馆认识的母亲们聊些关于母乳的事，甚至走在路上时，都会特别在意"母乳""胸部"之类的字眼。明明身旁十几岁的年轻人聊的是女明星写真，耳朵也不由得竖了起来。

巧克力、芝士烤菜、汉堡、草莓蛋糕，里沙子渴望这些食物到了几乎着魔的程度，也下意识地在便利店买过一些，结果她忍耐着一口也没吃，全数丢掉。因此，当被老公指责她是不是偷吃了巧克力时，自己才会那么气愤。

就是在那段日子里，里沙子让文香摔在了地上。约莫一个星期后，那位保健师竟然不请自来，亲切地笑着说自己碰巧到这附近，所以顺道过来看看。那一瞬间，里沙子心想："被发现了。这个人上次来家里访问时，八成偷偷在哪里装了监视器，发现文香摔落地上，所以赶紧跑来察看。"里沙子边想边瞅着和上次一样帮文香量体重和身高的保健师，心想她等一下一定会装作偶然看到文香后脑勺的肿包，然后问我是怎么回事。

保健师和上次一样，问了哺乳、睡眠和洗澡的事，还有里沙子的近况。里沙子故意找了些自己并不在意的问题询问，保健师依旧亲切又详细地作了回答。她这次没有力劝宝宝喝配方奶，也没有提到肿包的事，而是和里沙子闲聊了起来。虽然想不起具体内容，但里沙子记得聊的都是日常琐事。或许现在听那些事情会觉得很无趣，但那时里沙子却听得津津有味，不时开怀大笑。想到自己有多久没像这样笑出声了，里沙子当时不禁哭了出来。接着又不知为什么哭诉起自己的母乳太少、婆婆打来的电话就像骚扰电话一样烦人、母乳多的人都很自傲，以及不哺乳的话会影响孩子的脑部发育。保健师只是默默地轻抚里沙子的背，待她情绪稍微平复后，才抱起文香哄慰。她淡淡地举出一些医学数据和统计资料，说明配方奶其实没那么不好，还说最要不得的，就是仅仅因为做不到完全母乳哺育就责备自己。

之后，保健师不时会打电话来关心近况。虽然里沙子很感谢她，但每次接到电话时，还是会有些紧张。挂断电话后，又有一种莫名的不悦在心中蔓延开来。当被劝说要不要去看一下心理医生时，里沙子总算明白为何自己会那么紧张、不高兴了。因为每次保健师打电话来时，里沙子就会觉得自己被打上了标签，被怀疑是那种会虐待孩子的母亲。

之所以改用配方奶粉，也是因为发生了这些事。虽然里沙子都是瞒着婆婆做的，但换成配方奶后真的轻松了很多，就像摆脱了什么诅咒一样。想想，那时居然怀疑保健师偷偷装了监视器，自己也是够阴暗的。里沙子记得最后一次和保健师通电话时，电话那头的保健师说："啊，太好了。你的声音和以前完全不一样，开朗多了。"宝宝开始吃辅食后，深为母乳所苦的噩梦也就变得更远了，里沙子觉得当时的自己愚蠢得令人羞耻。

里沙子觉得自己并没有忘，只是选择性地封印了那段记忆。因为无论是让孩子摔落地上，还是被第三者怀疑会虐待孩子，都着实是一段不堪回首的记忆。

"所以也可能并不是保健师本身态度强势，对吧？也可能是自己本身就做了什么亏心事，所以觉得别人好像对自己有敌意。"

此前远去的声音又慢慢地回来了。里沙子从包中拿出瓶装水时，发现自己的手在发抖，她赶紧将瓶装水塞回包里，双手放在膝上。

"你和你丈夫平常都是怎么沟通的？"

里沙子以为是在问自己，诧异地抬起头。原来年长女性不是在问她，而是问六实。

"啊？沟通吗？"六实一脸困惑地笑了笑。

"她说她丈夫很可怕，所以什么事都不敢说。但她不是还对丈夫说了'要是收入不高的话，根本没办法生养小孩'之类的话吗？在我们那个年代，哪敢对丈夫说这种话呀！所以啦，她丈夫到底有没有那么可怕啊？"

说是提问，她不过是想说出个人感受罢了。

"我和我丈夫都很'毒舌'，所以什么事都是直来直往啦！"

六实似乎察觉到了对方的意思，随口附和了两句。

"也是啊，明明敢开口讲钱的事，却不敢要求对方早点回家，这在我们男人看来确实难以置信。毕竟对我们男人来说，收入被人说三道四才是最伤的。"

四十多岁的男人虽然也像是在闲聊，但还是涉及了刚才的审理内容，他还向始终保持沉默的三十多岁男子寻求赞同："是吧？"

"确实不太想被人这么说……"三十多岁的男子露出困惑的笑容。

里沙子盯着桌面，听着再次环绕在耳边的交谈声。

六实和她丈夫应该是那种什么话都可以摊开来讲的夫妻吧，搞不好还可以随意查看对方的手机。年长女性应该和她们那个年代的女人一样，都是丈夫说一不敢回二。虽然程度可能不太一样，但白发男士的家庭关系一定也是如此吧。至于四十多岁男人的家庭关系是否也是如此，里沙子就想象不出来了。虽然他之前说过老婆大人很可怕，但那是指他自家的夫妻关系，还是一般情况呢？里沙子无法判断。至于三十多岁男子的情形，也很难判断。

所以大家才根本无法理解，里沙子有点失望。

重点不在于什么敢说，什么不敢说。就算现在端出这话题来讨论，这些人也无法理解那种自己绝对无法主动开口的感觉。

所以这些人一定无法理解周四晚上的事，还有我和阳一郎之间滑稽的误会。他们肯定觉得，只要把事情的经过讲清楚，说自己绝对没有虐待孩子不就得了。

里沙子敢要求老公别把自己将母乳换成配方奶的事告诉婆婆，也敢表明希望哪天能住在独栋房子里。但自从周四之后，里沙子不知为何就不敢要求阳一郎有聚餐或应酬一定要说一声，以便自己规划晚餐了。里沙子只能说服自己，要理解阳一郎可能不方便提前联络。里沙子觉得眼前这些人肯定无法理解这种心情，就像六实遇到这种事一定会讲清楚，年长女性则本来就不会这么要求另一半。

如果现在能表达清楚就好了，问题是我做不到，里沙子悄声叹气。我不是要袒护那个打扮花哨地出庭的被告人，只是想告诉大家，确实会出现她说的那种情况。敢提丈夫的收入，却不敢要求他早点回来，这种心态非但不矛盾，还很常见；被强势的保健师搞到失去自信也是常有的事；无法向别人袒露心声也没什么好奇怪的；在公园也常会遇到讨人厌的母亲；别人其实没什么恶意，自己却过度解读，以至于心情低落，这种情形也很常见；也常被婆婆的一句话气得半死，或是被母亲的无心之语伤害；也常觉得自己的运气很差、衰事连连……但事实上，就是会有那种霉运连连的时候。要说以上是主观感受，倒也没错。但是，如果我们不动用主观感受，又该怎么判断事物呢？

要是我试着这么解释，大家肯定会觉得奇怪，质疑我为何拼命袒护那个人吧？他们肯定无法理解我并不是想袒护她。但我只能这么说，因为这就是我最主观的真实看法。

"她母亲之所以跟她念叨那些事，也是出于关心，她却想得那么负面，还把一切都怪到父母头上，要是我女儿这样说我的话，我会哭死的。"

年长女性啜了一口茶，半开玩笑地说。无奈的笑声扩散开来，又消失了。

检察官从水穗与寿士结识之前的情形开始讯问。

水穗结识寿士之前，曾和某位男性客户谈了一段不到一年的恋爱。交往之初，水穗并不知道五十几岁的对方是有妇之夫。对方常约水穗一起吃饭，约莫半年后水穗才知道他有家室。水穗马上提出分手，但对方不愿意，结果花了两三个月的时间才彻底斩断这段感情。两人后来就完全没联系了。两人在一起时的餐费和旅行费用都是男方支付，除了生日和圣诞节之外，平常对方也会送水穗礼物，像是名牌包、鞋子、饰品等。虽然水穗会收下，但从没主动要求对方送这些东西。之所以接受对方的心意，是因为她顾虑着要是拒绝，对方会觉得很没面子。

后来水穗参加由朋友策划的联谊餐会，结识了寿士。相当投缘的两人当天便在饭店过夜，就这样开始交往了，半年后考虑结婚。

结婚一事是水穗先暗示的。除了被寿士吸引之外，也是因为水穗想把握住机会，不想再遇到像上一段那样被欺骗的感情了。但水穗不记得自己说过"要是不想结婚，不如分手"之类的话。

不记得了。

检察官讯问后，水穗就常常说这句话。

婚前，水穗说要介绍寿士给父母认识，但当天只有水穗的母亲赴约，父亲并未出席。对此，水穗也不记得自己有没有对寿士解释过，告诉他是因为自己无法将工作不是很稳定的对象介绍给严厉的父亲。

　　水穗也不记得两人商量订婚仪式和婚礼时，自己曾对寿士说，若不是办在像是东京柏悦酒店、四季饭店、东京君悦酒店这种等级的饭店，父母肯定不会认同，自己也觉得不如不办。水穗表示，自己对具体的饭店名称没有半点记忆。

　　此外，两人寻觅新居时发现，在预算有限的情况下根本找不到理想中的房子。但水穗表示，不记得自己在深感失望的同时，曾以奚落寿士来发泄心中的不满。

　　后来总算安定下来，展开新婚生活。两人最初爆发口角是因为之后的住房问题。水穗强调自己绝对没有排斥租房子，只是想规划一下未来。自己也没说过"没用""薪水低"之类的话来贬低对方。况且那时水穗很怕寿士开口骂人，怎么可能说这些话呢？但自己到底说了些什么，水穗也想不起来了。

　　水穗抱怨寿士晚归一事时，也没有提及薪水。事实上，她也不知道两人的薪水到底差多少，只是单纯地觉得自己常常加班，加班费应该会更多。但自己绝对没有说过"我花时间加班能赚到钱，你花时间喝酒应酬能得到什么"之类的话。

　　不记得、想不起来，前面一直在含糊回应的水穗，说到这里语气突然变得很急，拼命强调自己没有这么说过。还说如果对方的记忆是这样的话，绝对是自卑感作祟，歪曲了事实。结果她被法官提醒要针对问题作答。

　　生孩子一事不是因为母亲和婆婆的催促，也不是因为水穗自己真的很想生，只是不希望自己成了"高龄产妇"才后悔为什么不早点生。说到孩子，水穗确实和寿士就经济、环境方面的问题商量过。因为两人都没有足够的存款，水穗的收入对家庭来说又很重要，所以她想和寿士好好沟通一下，看看要孩子可不可行。水穗不记得自己用类似"除非寿士换工作、薪水多一点，否则连一般人家都比不了"的话，来逼迫过寿士。

至于寿士换工作一事，水穗表示他从头到尾都没有和自己商量过，否则自己一定会给予建议的。水穗并没有要求丈夫一定要进大公司、拿多高的月薪，也不记得自己得知怀孕后曾建议寿士转调部门，或是批评他的收入。

直到水穗辞去工作之前，两人每个月都会各存一笔同等的金额到共同账户。房租、水电费、燃气费直接从共同账户里出，其他像是餐饮费、杂费都是各付各的。水穗离职后，寿士每个月会给她十万日元生活费。本来想着如果有剩余，再存回共同账户，但几乎没有剩过。所以水穗要买自己的东西时，只能动用之前工作时的存款，而且也只能买洗发水、基础化妆品之类的东西。水穗知道，不像以前自己还在工作的时候，现在不能再随意买衣服、饰品，更不可能买名牌奢侈品。但是水穗从没因此埋怨过寿士，只和他说十万日元生活费不够用。具体的措辞水穗不记得了，但她记得自己确实说过，因为真的不够用。

"真是够了！"里沙子好几次想这样大吼。不知为什么，每当水穗回答不记得时，里沙子都觉得她像是在肯定检察官的质问。仿佛她真能说出几家高档饭店的名字，真的会毫不留情地批评丈夫没用。里沙子觉得这些问题根本是为了贬低水穗而问的。

两人一起努力，搬到更大一点的房子里生活，这世上多的是有此共识的夫妻。"将来要过得比现在更好一点""有了孩子后希望条件能更好一点"，每对夫妻都会这么想，不是吗？有哪个人会希望自己婚后过得还不如单身的时候？将这种再平常不过的夫妻对话进行扭曲，搞得好像妻子是在批评另一半满足于现状，嫌对方没用一样。这根本就是刻意抹黑。

面对明明不必加班，却总是晚归的丈夫，身为妻子的当然会担心。何况自己加班到很晚才回家，另一半却在花钱喝酒享乐，怎么可能不发牢骚？搞不好水穗其实并没有说什么难听话，而是寿士自己曲解了她的意思。

还有，生小孩当然要考虑经济问题，检察官的讯问却将水穗说得活像是个守财奴。不只收入方面的问题，还有像是住的地方、请产假的事，水穗当然要和丈夫商量了。

思忖至此，里沙子觉得自己好像在替水穗的人格背书似的，又涌起不可思议的心情。

"要是婚礼不能在东京柏悦酒店举行，那就没意义了。""只能住在这么穷酸的公寓，真失望。"搞不好水穗真的这么说过啊！因为喜欢名牌奢侈品，因为喜欢在麻布、青山一带的高档餐厅吃饭，所以她才坚持一定要住在世田谷区的独栋房子——这也说不定，不是吗？寿士也许的确曾对她大声咆哮、摔东西，让水穗很害怕，但这也可能是为了发泄不满，迫使一直瞧不起自己的妻子闭嘴。

里沙子试着这么想，但怎么样也想象不出水穗和丈夫争吵、对骂的模样。里沙子看着眼前这位穿着格格不入的花哨洋装接受讯问的女人，试着想象她的日常生活，眼前浮现出这样一幅场景：在回荡着婴儿哭声的昏暗屋子里，电脑屏幕的光映照出一张胆怯的侧脸。

听着检察官的讯问，里沙子又看向水穗。旁听席似乎也有些骚动。

"你曾在网上发表育儿日记，是吧？"检察官问道。水穗微微转了一下眼珠后，回答"是的"。

日记是从孩子出生后第一周开始写的，起初是为了记录日期、天气、宝宝的体重、喝奶次数、睡眠时间等，后来也写了宝宝的发育情形，比如"会转眼睛了""小手会动了""会笑了"。

但孩子出生后两个月开始，日记内容便与事实有了一些出入。

我和她说话，她会对我笑。

她像在叫我似的，开心地张开双手。

她会一个人"啊呜啊呜"地说话，心情好像很好。

公交上遇到的老婆婆夸她很聪明。

我一逗她，她就会开心地拍手。

显然自从寿士的母亲过来帮忙后，水穗便开始写和事实有所出入的育儿日记。

大家一起去在儿童馆认识的麻里女士家玩，还吃了美味的蛋糕。下次也要招待大家来我们家玩。

受别人之邀，第一次带小凛去餐厅，真的很紧张。幸好小凛很乖，看来以后带她去哪儿都不是问题吧。下次叫爸爸带我们去外面吃晚餐吧。

妈妈圈的好友今日子女士送给我好几件她女儿穿过的洋装，简直和新的没两样，而且是巴宝莉的小礼服。

小凛真是个聪明的孩子，像个天使。带她去体检时，还有人夸她呢！小凛是妈妈最骄傲的宝贝，希望你快快长大哦！

　　其中一天的日记被打印了出来，投影在屏幕上。

　　6月27日，阴天，7.6公斤。今天的辅食是粥，还有牛奶炖南瓜胡萝卜。哺乳三次。今天没下雨，所以我们去公园和认识的朋友玩了一会儿，之后便去车站附近的面包店买面包，还去了超市买晚餐食材，然后回家。

　　我和小凛玩了球。自从她学会坐了以后，感觉更好玩了。

　　对了，今天有件大事呢！我们去面包店时，突然被不认识的人叫住，竟然是演艺经纪公司的人！他看中的不是我，是凛（笑）。因为凛还小，所以我婉拒了。小凛，你长大后想做什么呢？女明星？还是空姐？

　　爸爸快回来了，得赶快准备晚餐了。

　　水穗使用的日记软件似乎还可以附上照片。文字旁边放了一张随手拍的照片，主角是笑得很开心的水穗和孩子，应该是水穗用手机自拍的。

　　打印出来的这页日记上还画了爱心、星星、音符和表情符号。

　　里沙子看着屏幕，感觉有眼泪从脸颊上滑落，赶紧掩面，没想到双颊是干的，自己并没有流泪。

　　里沙子觉得要是现在自己是孤身一人，肯定会放声痛哭。是因为怜悯、同情而产生了共鸣，还是觉得很恐怖？里沙子说不清楚。这份日记里连天气和体重都可能是假的，却是那么愉快、充满幸福。里沙子无法正视这份日记，不由得移开视线。

检察官问水穗是抱着什么样的心情写育儿日记的。水穗思索片刻后，静静地回答："因为写的时候可以让心暂时休息，有种从不安、迷惑中解放出来的感觉。"

"你在日记里特别真实地描绘出了一个像天使一样不需要人操心的孩子，你会不会反过来拿她和自己现实中的孩子作比较呢？你会不会因此觉得，自己那个爱哭又让人烦恼的孩子没有存在的必要呢？"听到检察官这样质问，水穗激动地说："没这回事！"

她说自己写育儿日记纯粹是为了逃离不安，从没想过要发表在博客之类的地方给谁看。

检察官又问了另一件事，水穗又开始回答不记得。

她不记得对寿士说过什么"孩子根本不可爱"之类的否定自己孩子的话。

至于为什么想查看寿士的手机，是怀疑他偷腥，还是有别的理由，水穗说她不记得了。

水穗说她的确上网买过婴儿服，但不会刻意买特别昂贵的东西。虽然买过名牌婴儿服，但不是为了写虚构的日记而买的，纯粹是因为款式真的很可爱。

水穗辩称，之所以不给孩子用婆婆买的衣服、鞋子还有玩具，单纯只是个人喜好问题。她不曾对丈夫抱怨婆婆买的东西，更不记得曾将那些东西丢掉。

一直讯问同一类问题的检察官突然抬起头，看着水穗。

"你对于不记得的事，和记得的事，区分得还真清楚呢！"检察官的语气隐含着责备与轻蔑之意。只见水穗依然低着头，眼睛却瞪向了检察官。里沙子瞧见一直都是垂头丧气的水穗居然露出那么强势的眼神，深感意外。

接着问到案发当天的事。无论检察官问什么，水穗一律回答不记得。

她不记得自己有没有回信息给寿士。对于是否有过"要是哭闹不停的孩子不在了该有多好"这种想法，她更是强烈否认，表示自己连一闪而过的念头都没有。她也完全不记得，当寿士质问到底怎么回事时，她说了"只是手滑了，正要抱起来"之类的话。

"现在有什么话想对孩子说吗？"水穗被这么问时，她不安地转动了一下眼珠，随后垂下了双眼。

"要是没来我身边就好了。要是能出生在更能好好照顾她的母亲身边就好了……"水穗小声回答完，又补了一句，"真的很对不起她。"

检察官的讯问告一段落，就在法官宣布今天的审理到此结束时，里沙子意识到："输了"。既不是辩护律师，也不是水穗本人，自己竟然会有这样的感想，里沙子也觉得很奇怪。无奈这种挫败感始终挥之不去。

评议室里，大家绝对会一边倒地批判水穗吧。里沙子做好了思想准备，走向走廊。

不想被人家嘲笑到底在胡说什么，也不想被人家认为自己是在一味袒护那么可恶的人，里沙子决定不主动发言，有人问再回答。不像之前那样一股脑儿地说个不停，而是好好思考后，慎重地简洁回答。里沙子不断在心里这么告诉自己，走进评议室。

然而，没有人主动发言。法官一如既往地问大家有没有想问的问题，有没有什么看法，得到的回应却是一声声沉重的叹息。

那天没有任何人提问，大家也没有交换意见，就这样结束了。里沙子走进洗手间，找了个隔间查看信息。其实自己大可不必这样，明明可以和大家一起走出评议室搭电梯的，但在电梯抵达一楼之前实在不知道要说什么，哪怕只是短短几秒，也不想感受那种尴尬的气氛，所以里沙子决定躲进洗手间。

收到一条婆婆发来的信息，还附了照片。里沙子回信说现在要过去接文香，然后走出了隔间。洗完手，走出洗手间时瞧见六实正站在外头，她好像在那里等了一阵子了。

"怎么了吗？"里沙子边问，边走向六实。

"听说有那种由担任过陪审员的人组织的团体呢，"六实说，"他们会举办交流会，还会提供心理咨询服务，审判结束后，要不要一起参加啊？"

里沙子不太明白六实在说什么，只是愣愣地看着她。

"就像你不是说得喝几杯才能放松吗？老实说，我觉得审判结束后，我可能一时之间也无法开朗起来吧。我想里沙子可能比我更难受，毕竟你也有那么小的孩子，年纪又和被告人差不多，难免会受到影响。我只是想告诉你别那么担心啦！"

六实这么说后，往电梯走去。

"咦？我哪里不太对劲吗？"

里沙子下意识地问。她跟在六实后面走着，忽然想到："刻意在洗手间外面等我，还劝我去做心理咨询，果真是我哪里不太对劲吧？"

"哎呀，怎么总是这么说呢？不是你哪里不对劲啦！前几天我们不是聊到，说大家都很累吗？所以我就想，意识到还有这样的团体，也许能让自己稍微放松些吧。"

六实按下电梯钮，抬头望着显示楼层的屏幕。一旁的指示灯显示电梯马上就到，可电梯却停在八楼不动。

"怎么说呢？我真的很想放松一下。虽然每天都告诉自己要保持平常心，但还是觉得自己哪里不太对劲。半夜好像还常常会发出痛苦的呻吟。我丈夫很担心，所以帮忙查到了那个团体。他们的交流会上，律师和临床心理医生也会出席，听上去可以尽情畅谈。好比对什么很不满、对什么很困惑，或者什么事让你很痛苦之类的……另外，政府的咨询热线就算我们完成陪审任务后也能拨打，也有诊所提供免费的心理咨询。起初听我丈夫说这些时，还有点不以为然，觉得他太小题大做了。"

电梯终于来了。门打开，里沙子和六实走进拥挤的电梯，沉默暂时降临。

"你也可以上网查查看，肯定一下子就懂了。我觉得肯定会有帮助的。"

走出电梯时，六实这么说。里沙子看着她，思索该如何回应。

"当然也要去喝两杯啦！"六实笑着说。里沙子不由得笑了，一笑就觉得轻松不少。

只是从大楼走到站台这段短短的距离，就热到让人汗流浃背了。里沙子和六实一起搭地铁，被汗水濡湿的衬衫贴着背部和腋下，车厢内的空调一吹就感觉特别冷。里沙子想起来，第一天的讲解中确实提到了参与审判后的心理疏导问题。但可能是第一天一下子接收了太多信息，所以自己把这件事忘记了。要不就是当时觉得心理疏导未免有些夸张，根本没放在心上。

"你丈夫真体贴，还帮你查了这方面的事。"两人拉着吊环，并肩而立，里沙子随口说道。

"是因为每天晚上都被我吵醒，才会那么担心吧。他估计还在想，一向豪爽畅饮的老婆怎么突然目光呆滞地喝起闷酒了呢？"六实苦笑着说。

白天听水穗陈述时那种突如其来的耳鸣又开始发作。"啊，又来了。"里沙子警觉起来，但也不知该如何让耳鸣停止。酷似蝉鸣的耳鸣越来越迫近、越来越响。六实下车时微笑着说了些什么，但全被这耳鸣淹没了，里沙子根本没听到，只好挤出笑容，轻轻点头，挥了挥手。

这天，已经晚上九点多了，阳一郎却还没回来。里沙子犹豫着，不知道要不要先吃晚餐。为了不错过阳一郎的联系，她只好将手机搁在洗脸台上，先帮文香洗澡、刷牙。全都干完后，还是没接到阳一郎的电话。今天文香一路上都睡得很熟，没有闹别扭，回到家洗完澡后马上就又睡着了。里沙子也快速地洗了个澡，出来后握着手机，喝光了一罐啤酒。就在她想干脆自己先吃饭时，玄关那里传来了转动钥匙的声音。

阳一郎边看电视，边吃饭，屋子里只听得到电视声。阳一郎如此沉默，让里沙子很不安。"他又在生什么气？怎么都不跟我说话，我们的关系变得很糟吗？"

于是，里沙子尽量故作开朗地转述六实说的事。

"听说有那种由陪审员举办的交流会，或者说联谊会呢！还会提供免费心理咨询。也是啦！毕竟不是每个人都能像什么都没发生过似的回归平常生活。参与审理的案件不同，陪审员内心受影响的程度也不一样。听到有这样的聚会，真是安心多了。"

婆婆今天准备的菜肴有筑前煮、炸鱼、芝麻凉拌菠菜。里沙子将淋上塔塔酱的炸鱼和卷心菜丝分盛到小盘子上。

"你会去吗？"

阳一郎盯着电视，这么问。不懂他在问什么，里沙子只能反问："什么？"

"就是那个心理咨询什么的。"

"嗯……如果需要的话。"

"文香怎么办？又要拜托那边吗？"

里沙子一时不知道该怎么回答，仔细想了一会儿。他是什么意思？哦，他是在问我，要是去心理咨询的话，是不是又要把文香托给浦和那边。这是在责备我吗？还是单纯问问？

"我还没决定要去，只是听到有这种服务觉得很安心，因为我一直都很不安。"

里沙子说着，看着盯着电视的阳一郎的侧脸。阳一郎默不作声，里沙子的视线回到餐桌上，继续吃饭。肚子里满是赶在另一半回来前一口气喝光的啤酒，里沙子早已没了食欲。

"是哦。"

阳一郎的这句回应，和里沙子刚刚的话之间有一段微妙的间隔，所以里沙子一时没明白这句"是哦"针对的是什么事，于是又"咦？"了一声，声音有点沙哑。

"哦，之前不是有那么一次吗，我其实在认真听，只是没有马上回应，你就以为我在生气了。所以刚刚那句就是回应。意思是：'哦，挺好的。'"

"我也不知道要不要去，如果一定要去的话，我也会尽量不给浦和那边添麻烦的。"

"我没那个意思呀,"阳一郎立即回应,"他们很高兴文香过去,所以不必那么客气,你就安心治疗吧。"

远处传来蝉鸣声。听起来还有些距离,所以应该不是耳鸣,而是真的蝉鸣吧。里沙子专注地听着。这声音是打哪儿来的呢?

为什么要说出这件事?里沙子很后悔。她发现自己希望阳一郎像六实的丈夫那样,也会担心自己的妻子。希望他能理解自己承受着多大的心理负担,希望他能理解自己并没有和社会脱节。如果说希望能从他口中听到什么的话,那也只是一句"真是辛苦你了"而已,但谈话却总是走向失控。是自己要求太多了吗?还是说,我一味地希望他能理解自己,却连自己的想法都没有清楚地表达过呢?

"我吃饱了。"

里沙子说着,拿起餐具站了起来,阳一郎还在吃。里沙子凝视着阳一郎的筷子,每当他抬头看向电视,那筷子就会停下来。"他什么时候才能吃完呢?"里沙子心想。已经洗过澡了,接下来自己只要洗完碗后顺手清理一下流理台,就可以睡觉了。里沙子抬头瞅了一眼时钟,又偷偷看向阳一郎,确保他没有发现自己在看时钟。看着盯着电视的另一半,里沙子叹了一口气。

　　第二天一早，里沙子不是被闹钟叫醒的，而是被一直吵着要看电视的文香给叫醒了。离预定的起床时间还有三十分钟，里沙子小声要她再睡一会儿，文香却不听。还在睡觉的阳一郎呻吟了一声，翻身背对她们。里沙子只好起床，打开电视，放进 DVD 光碟，调好音量后回到卧室。好困，再睡一下就好。没想到文香又奔进卧室，这次吵着说兔子玩偶小姆不见了。

　　里沙子放弃补觉，起身叠好被子后走向洗手间。文香紧跟在后头，边碰里沙子的腿，边吵着要小姆，眼看就要哭出来了。尽管里沙子一直告诉她，小姆放在奶奶家了，但文香还是吵着要，还挥动双手拍打里沙子的腿和屁股。

　　里沙子做了好几次深呼吸，拼命压下了怒火。她按下咖啡机，把菠菜和用昨天剩下的卷心菜丝做的沙拉分盘，将吐司放进烤面包机，准备平底锅。

"妈妈！小姆！在哪里！妈妈讨厌！！最讨厌！"

里沙子心想：明明才两岁十个月，怎么能使出那么大的力气？

闹钟在响，是阳一郎的闹钟。她想文香应该像往常一样哭一下就停了。里沙子在平底锅上倒了一点油，打了个蛋，她却还在哭。因为火开着，不可能离开，里沙子皱着眉等待蛋煎熟，然后迅速摆好餐具。"妈妈！讨厌！！最讨厌！走开！"里沙子回头看着边哭喊边拍打自己的女儿，突然用力挡开了她的手。"啪"的一声，文香那张稚嫩的脸瞬间怔住了，刚才还只是假哭的她越哭声音越大，一屁股跌坐在地上，仰头用力哭喊起来，豆大的泪珠不停地滚落。里沙子无视文香的哭闹，走向卧室。闹钟的声音吵得让人难以忍受。

里沙子按掉闹钟，摇醒还在睡的阳一郎。

"闹钟响了！再不起来就不管你了。"

"唔……"阳一郎发出小小的呻吟声，缓缓地翻了个身，里沙子心想他应该已经醒了，便走回厨房。文香还在哭，里沙子开始怀疑自己是不是做得太过分了。但问题是，不好好管教不行，而且若不是逼不得已，自己也不想这么做。

里沙子不理会文香，继续擦拭餐桌，迅速准备早餐。已经去叫过一次了，但看来阳一郎还在赖床。无论是闹钟的声音，还是文香的哭声，这些经常听到的声音真是令人心烦。里沙子走进卧室，比刚才更用力地摇醒阳一郎，确认他总算起来后，自己才开始换衣服。

"小香在哭。"

阳一郎用刚睡醒的声音说着，起身将被褥折好。

"越哄她，哭得越大声，先别管她吧。"

里沙子尽量平心静气地说。换好衣服的她回头一瞧，没看见阳一郎，只瞥见折好的被褥就这样放着，忍不住叹了口气，把被褥顺手收进壁橱。匆忙靠着洗脸台化好妆后，里沙子下楼开信箱拿报纸。回到饭厅时，瞧见穿着睡衣的阳一郎正坐在电视机前抱着文香。他像是在哄小婴儿般，边轻拍文香的背，边悄声哼着电视上播放的儿歌。不再哭闹的文香将整张脸埋进阳一郎的肩头，还歪头瞅了里沙子一眼。

"来吃饭吧。"

里沙子勉强挤出笑容，将装着咖啡的马克杯放在桌上，坐了下来。阳一郎应该还没洗脸刷牙。他让文香坐好后，自己也坐下来喝咖啡。

是不是应该解释一下文香为什么会哭，为什么要放着她不管呢？里沙子想着想着，突然觉得很麻烦，于是不发一语地撕了一块吐司，塞进嘴里。

"我知道你想说什么，"阳一郎摊开桌上的报纸，喃喃道，"但是任由她哭得那么大声，邻居也会担心的。"

"担心什么？"里沙子问完立马后悔起来，因为她知道答案。

"担心我们管教过度。"

哪会听到啊——里沙子虽然很想这么反驳，但还是决定把话吞回肚子里。要是这么反驳的话，不就相当于承认了吗？就像在说："虽然我管教过度把孩子弄哭了，但邻居是不会听见的。"里沙子默默地将筷子插进蛋黄，黏稠的黄色液体流了出来。

前往浦和的路上，文香没像早上那样闹别扭。她像在反省似的，十分乖巧，还总用甜甜的声音向里沙子搭话。里沙子甚至怀疑她在有意讨好自己，可转念一想，她小小的年纪应该还不会耍这些花样。里沙子清楚自己应当给予回应，因此也像往常一样不断娇声地和她说话，"就是呀！""小香觉得呢？""是啊，也许是这样呢！"

但里沙子一想到她那涨红着脸拍打自己的模样、边哭边眯眼偷看自己时的模样，或是像个悲剧主角般向阳一郎撒娇，还露出嘲笑似的眼神看向自己的模样，就无法再和她互动下去了。虽然里沙子明白，文香并没有要当悲剧主角的意思，也不是在嘲笑自己，但她就是忍不住这么想。

里沙子完全无视了文香，而且为了不让其他乘客察觉她的意图，她决定装睡。虽然文香摇了她好几次，但被里沙子挥开后，那双小手就不再碰她了。她在哭吗？还是在闹别扭？里沙子边装睡边担心着，文香却出奇地安静。

总算抵达了浦和。文香乖乖地握住婆婆伸出来的手，走进了屋子里。里沙子微笑地看着她，心中难免因为罪恶感而觉得难受：我究竟对这么小的孩子做了什么？而且，这已经不是第一次故意无视她了。

"小香，今天也要乖乖的哦！妈妈会赶快过来接你的。我们回家时去买小香喜欢吃的零食吧！"

里沙子不由得这么说道。见文香面无表情地看着自己，里沙子只好挤出笑容。今天真的会买你喜欢吃的点心的，我们还要一起玩，我也不会再做出无视你这种幼稚的行为了。里沙子这么想着，思绪却被婆婆的一句话打散了。

"里沙子，事情结束后，去约个心理医生看一下吧。感觉你真的承受了不小的压力呢！对了，可以向法院或国家申请赔偿吗？虽说申请国家赔偿很奇怪，可是你承受这么大的压力，总要有些补偿吧……"

里沙子看着婆婆，一时之间不知道该说什么，半晌才干巴巴地吐出一个"不"字。婆婆看到里沙子微张着嘴，霎时怔住的模样，赶紧说：

"随时都可以带小香过来哦！你不用急，慢慢治疗。现在这方面的治疗很发达，况且这种事也没什么好羞耻的，对吧？"

婆婆似乎也不知道该怎么结束这段对话，只好重复她自己多半也不是很清楚的事：

"就快结束了。加油啊！之后的事再慢慢想就行了。我们都会当你的后盾的！要是不敢自己去医院，我陪你去，请爷爷照顾小香就行了，反正这几天下来他也习惯了。怎么样？所以不要太担心啦。来！小香，跟妈妈说再见。"

婆婆笑着举起文香的一只手。"再见！"文香挥着手，大声重复道。

"那就麻烦你们了。"里沙子总算能出声了。她朝文香挥手，转身离去。

前往公交站的途中想思考些什么，却不知道要从何想起。里沙子的脑中一片空白，完全想不出一个字。那片白色的银幕上，浮现出一只胖胖的婴儿手。手肘红红的，好像有被打过的痕迹。

水穗说她不记得自己打过孩子。丈夫发现时，她才惊觉有这样的事。她在说谎吗？还是压力太大，在意识朦胧的情况下动的手？倘若要问陪审员和旁听席的人，谁都会觉得一味推脱说"不记得""听到后很惊讶""怀疑是寿士做的"的水穗是个很自私任性的母亲吧。

"可是如果，如果，如果——"

"如果"这个词不停地从里沙子脑中涌出。

如果是这样呢：其实是寿士动的手，他却逼问妻子是不是她干的，体力和精神都已消耗殆尽的水穗被这么逼问，绝对会以为是自己下的手，毕竟她一直都很相信丈夫说的话。寿士也许就这么巧妙又不着痕迹地把责任推给了水穗。

昨天水穗说过的话在里沙子耳边逐一回响起来。它们互相重叠着，速度有快有慢。

"保健师会说那种话，该不会是因为你看起来像是会虐待孩子的母亲吧？"那个丈夫对妻子这么说道。

之后丈夫不顾水穗拒绝，坚持请自己的母亲过来帮忙照顾孩子。水穗心想："莫非丈夫也怀疑我会对孩子施虐吗？"

那个丈夫还说女儿长大后，一定会讨厌和父母关系不睦的水穗。

水穗的朋友说他们夫妻俩争吵时，水穗并非只是默默地听，不回嘴。但她到底了些什么来反驳呢？又要怎么回击，才能给对方造成同等的伤害呢？水穗说她不记得自己说过"薪水很低""穷酸"之类的话。实际上，她会不会就是使用这些话进行回击的呢？不，要是察觉到受伤倒还好，至少知道要防御，但水穗恐怕根本没察觉到自己被伤害了，只是抱着不甘心、自讨没趣的心情随便回了几句嘴也说不定，用那种根本连攻击都算不上的幼稚话语。

公交车来了。里沙子上车后坐在驾驶座后方的位子上，额头贴着车窗。

记得谁说过，水穗把大家都说成了坏人。

大家听了水穗的话，只会觉得她夸张、装可怜、得了被害妄想症吧——都是别人的错，可怜的总是我。

也难怪大家会这么想。里沙子很想笑，为什么呢？因为要是相信水穗说的话，很多事情就说不通了。

丈夫担心疲于照顾孩子的妻子，所以请自己的母亲过来帮忙。水穗为何将这件事解读成婆婆是来监视她有没有虐待孩子呢？

丈夫发现孩子受虐后，周末主动帮忙带孩子，水穗又为何将这件事曲解成丈夫这么做是在批判她没有资格为人母亲呢？

应该没有男人会伤害孩子，还把罪行推到妻子头上吧？大家都是这么想的。因为没有这么做的理由，没有动机，也没有意义。

那些人——里沙子想起那些陪审员的脸——不，任何人——也想起公婆和南美的脸，还有坐在旁听席上，看向自己这边的人们的脸——他们不会理解的。就是会有这种人，只是为了伤害对方，就可以平心静气地做些毫无理由也毫无意义的事，他们根本就没想过要被别人所理解。

并非憎恨的对象，也不是什么敌人，但那些人就是忍不住想要伤害，伤害那个睡在自己身旁、比自己更弱小的人。这世上就是有这种人。

体内蹿起一股笑意。

是吗，原来是这样啊！

不是假装没发现，不是不去深思，也不是更情愿相信自己生活在毫无半点阴霾的幸福中。

自己只是还无法理解罢了。

水穗看见的景色、水穗怀中婴儿的手感，不时会牵引出萦绕在我脑中的、那不愿被想起的过往。我不是完美的母亲，有时甚至让孩子躺在地板上，无视她哭个不停，还想着"要是没生下她就好了"。我不可能成为好妈妈，因为我只知道那样的母亲，只知道那种怎么都无法沟通的母亲，所以我很绝望，觉得自己绝对无法成为好妈妈。

这几天，那些带有无尽悔恨的过往不断地在我脑海中浮现，我甚至觉得自己就快变成另一个水穗了。多么想将这种心情告诉别人啊，不是阳一郎和南美，若能向非常了解陪审员是怎么回事的人倾吐，该有多轻松啊！不是专业的心理咨询师也无所谓，能向六实倾吐就好。

知道有免费心理咨询服务时，真的松了一口气。

不过，这和去看心理医生并不一样，并不是婆婆说的那回事。里沙子现在才清楚地察觉到，会造成这种误解，并不是因为婆婆不了解，也不是因为阳一郎担心过度。

但就算告诉那些人，告诉那些有着强烈正义感的陪审员，他们肯定也会满腹疑惑吧。他们会说："他不是一个很温柔的丈夫吗？就算妻子没开口，他还是想到了找自己的母亲帮忙带孩子。""那个婆婆也是一个好人呀，说自己可以随时帮忙带孩子。"

"这样哪里奇怪了？她究竟有什么不满？"

大家肯定会不解地问。

我也一直没察觉。里沙子眺望窗外，国道旁有几家店，还有连绵不断的田地，明明是再熟悉不过的景色，却有一种初次造访的感觉。要是没参与这次审理，恐怕我也永远不会察觉吧，因为我也说不通。

幸好有免费的心理咨询。审判结束后，去看个心理医生吧。婆婆真的担心我吗？里沙子感受不到丝毫担心与关怀，只能感受到朦胧的恶意，而且因为太过朦胧，所以直到现在才发现那是恶意。

"你那时要是没辞职、继续工作的话，八成会变成酒鬼主妇吧。"

"要是真的很勉强的话，难道不能中途退出吗？"

"承认做不到别人能做到的事，也没什么好可耻的啊！"

"但你不是候补吗？"

"别冲着我发泄啊！"

声音依旧在耳边忽大忽小，但内容却从水穗的话变成了阳一郎的。里沙子的心情又激动起来，审理期间一直紧紧盖着的盖子，刚刚却在无意间被打开了。里沙子用力吐了一口气，感觉自己的呼吸有些颤抖。

阳一郎的那些话，实际不都是一个意思吗——"你不如别人。"

公交车抵达站前环岛，里沙子和一群乘客一起下车。车站前的一切都被刺眼的阳光照得发出白光，大楼轮廓和招牌上的文字都在一瞬间消失了。

拿出公交卡，"嘀"的一声通过检票口，走向上行站台——里沙子觉得自己很不可思议。明明如此不安，明明即便走进室内眼前还是蒙着一层白光，自己的一举一动却还能像往常一样自然。

水穗说丈夫婚后会不时地怒吼，还爆粗口。

可是我们并没有什么改变。里沙子回溯起自己的过往。

相识、相恋、考虑携手共度人生、结婚，这期间都没有什么改变。阳一郎并没有在哪一阶段突然变了个人。

"他第一次对我怒吼是在我们商量买新居的时候，"里沙子耳边响起水穗的声音，"明明是共同规划未来，他却说我是嫌弃现在住的地方。我从没看过他这个样子，真的很惊讶。"像被水穗的声音牵引出来似的，里沙子的记忆中浮现出一幕熟悉的画面。

　　没错，就是自己想将阳一郎介绍给女性朋友的那次。在那之前，自己也确实"从没看过他这个样子"。

　　一直让人觉得开朗、体贴，像蔚蓝晴空一样的阳一郎，竟然不顾旁人的眼光，在路上发疯，随即扬长而去。然而女性朋友们还在餐厅兴奋地等着里沙子带男朋友现身，里沙子只好绞尽脑汁地想了个借口，独自赴约。

　　后来，阳一郎平心静气地解释了生气的原因，里沙子也表示理解。比起完全不生气的恋人，比起爱生闷气的恋人，像阳一郎这样能清楚地将自己的想法告诉对方的人显然坦率多了。毕竟，要是换作自己被这样对待也会不高兴吧。虽说是阳一郎的朋友，但是边吃饭聊天，边被一排男人评头论足的感觉肯定不舒服。为什么自己没能换位思考呢？里沙子还做了自我反省。

　　为什么？为什么会那么想？那之后自己一个人去餐厅和朋友们解释时，手还在不停地发抖，为什么自己会忘了这一点，产生那种想法呢？那时自己无法如实传达阳一郎的话，只好谎称他临时有事，说什么他也觉得很可惜，没能见见大家。"是他导致我不得不撒谎的，我又为什么要反省？"

　　因为决定了，不是吗？因为觉得可以和这个人共度一生，因为觉得要是不和这个人结婚的话，或许自己这辈子都不会结婚吧。还有，因为听说他在德国工作的前女友是个女强人，所以想让自己相信，自己得到的男友是优秀的，而不是人家不要的，不是吗？里沙子觉得自己活像个在质问自己的律师。虽然想苦笑，但脸只是稍微抽动了一下。不想再像个律师似的质问自己了。

第二次又是什么时候？他后来还对我吼过吗？

不，阳一郎就只发过那么一次火。

他从没摔东西发泄过情绪；就算喝醉回来，也不会爆粗口；纵使态度较为强势，也不会语带威胁。水穗感受到的那种恐怖，里沙子并未感受过。

"我们确实吵过架，但我不会把理由什么的都记得那么清楚。任何夫妻都会起口角、冷战。"寿士曾这么说。

"但那是对等的吗？"在评议室这么提问时，自己想知道的是水穗与寿士的立场是否对等。然而就算问了，也没人能回答，毕竟就连亲眼看到他们对话的那位朋友也不知道。

不对，那时自己想知道的是，究竟什么是对等。要是立场不对等，吵架这种事就无法成立。自己真正想知道的是，那两个人真的是在"吵架"吗？里沙子直到现在才想清楚。

当两个人达成了结婚的共识，开始操办婚事时，意见相左的情形就会增加。毕竟一直以来两人都是各过各的，往后却要一起生活，争吵是必然的。当时的里沙子也这么认为。

现在回想起来，当时都是为了一些小事在拌嘴，比如婚宴的客人名单、送给宾客的回礼、新居地点、搬家流程之类的。

的确不是吵架。

"送给宾客的回礼还是女孩子家来挑选比较好，那就交给你吧。"当时阳一郎是这么说的。于是里沙子回想了一下自己参加朋友婚礼时拿到过的回礼，思考哪些是还不错的，哪些是不怎么样的，然后就着预算挑选。阳一郎有事无法陪同时，里沙子就自己搞定一切。结果当里沙子说已经决定了选什么当回礼时，阳一郎先是惊讶地"咦"了一声，然后一脸困惑地说："会有人想要这种东西吗？再怎么说也不能选这个吧？"

起初，里沙子还以为阳一郎在开玩笑。

"咦？你连这种事都不知道吗？我是男人，我都知道啊。现在还有人不知道这种事吗？"

以前两人在餐厅用餐，里沙子询问蔬菜名或烹调手法时，阳一郎总是这么回应。那时里沙子不觉得这样回应很奇怪，还心想朋友、恋人之间应该都会像这样半开玩笑似的互相嘲笑吧。搞不好恋人之间尤其会这样，因为觉得女友这种不知世事的地方特别可爱，所以忍不住想逗弄。"才没这回事呢！一般人哪知道啊！"接着女友会这么反驳，然后两人相视而笑。

里沙子记得自己那时确实笑了。"男人知道这种事才更奇怪呢。"她说完，和阳一郎相视而笑。

所以，从前自己就是这么认为的。"怎么这么说？好过分啊！"选礼物时，里沙子记得自己是这么笑着回应的。但那时阳一郎并没有笑，而且选了另一件东西作为婚礼的回礼。里沙子明明想回一句："你不是说这件事交给我吗？"但当时又觉得自己的品位可能确实有点奇怪，所以顺从了阳一郎的决定。如果那时自己回嘴了，两人可能会吵上一架吧，但并没有"如果"。

之后又发生过好几次类似的事。

好比列出宾客名单这件事。"新娘邀请男宾客不是很怪吗？"阳一郎不安地说。但是当里沙子反驳说他列出的名单里也有女性友人时，阳一郎的语气显得更不安了："你不知道男性邀请女性和女性邀请男性的意思不一样吗？这不是常识吗？"结果被他一说，里沙子也这么觉得了。

　　接连发生好几次这种情形后，里沙子开始觉得有种违和感。明明说交给自己，可自己做了决定后又被他批评，还被质疑缺乏常识。但那时里沙子下意识地将这种违和感视为麻烦，试着理解。毕竟自己要趁工作空当查这查那实在很麻烦，所以干脆相信阳一郎的决定准没错。

　　里沙子想起了自己的原生家庭，自己一点也不喜欢的父母和那个乡下小镇。父母都是那种爱面子、异常在意别人目光的人，但又说不上深谙社会常识。从青春期开始里沙子就和父母很疏离，总是把父母的话当成耳边风，就算想问什么事，也不会开口问，总觉得连父母也瞧不起自己。所以相比那些家世好、出身于幸福家庭、被正确灌输了社会常识的人，里沙子觉得自己一无是处。每次这么想时，只觉得好羞耻，根本无法一笑置之。而且就连感觉羞耻一事，也觉得是种麻烦。所以全部交由别人决定好了，自己就不必感到羞耻了。

　　婚礼完成后，迁居新房，两人开始新婚生活，的确没了不少麻烦。好比要买什么新的生活用品、彼此要带哪些自己的东西过来、要去哪里添购餐桌、预算多少等，里沙子一律问过老公。阳一郎虽然嘴上说自己工作很忙，但还是亲自决定一切。

　　对于新婚生活，里沙子当然有很多期待与想象，比如想住什么样的房子、想摆设什么样的家具。无奈现实迫使他们只能租住屋龄颇久的公寓，摆上公公婆婆送的华而不实的大柜子后，房间显得更狭小了，结果里沙子连一盏灯都没办法自己挑选。不过对她来说，避免麻烦远比实现梦想来得重要。

　　从彼此原先住的地方搬来的家具和电器，新柜子，仅看预算买回来的窗帘，还有阳一郎挑选的、比起造型更看重实用性的家具等，里沙子环视布置完之后的"家"，发现自己完全想不起来当初对于新居的梦想与期待是什么了，只觉得眼前所见的是正确的。

正确的——里沙子在心里反刍这个词。

知道自己怀孕后，里沙子真的很不安，和阳一郎商量要不要辞职时，他并未反对，不，应该说非常赞成。

等孩子上了小学，经济形势可能也就好转了，到时候像里沙子这种有职场经验的女性肯定很好找工作——等一下，他说过这样的话吗？

不对，里沙子此刻清楚地想起，阳一郎没说过这种话。

"因为我爸妈就是这样，所以我觉得另一半应该待在家里才对，反正光靠我的薪水也能生活"。阳一郎笑容满面地说。那时，里沙子也觉得很安心，觉得自己的选择果然是正确的。

经济形势会好转的，到时候有职场经验的女性肯定很好找工作——阳一郎没有这么说，这是自己的想法。

"如果那时我说要继续工作，阳一郎会如何回应？"里沙子质疑起此前从未想过的事。那时，并不是自己的想法本身正确，而是它凑巧符合阳一郎的想法。如果自己当时说出的是另一种想法，只会被驳回吧。

不，应该也不至于吧？就算我说想休完产假就回去工作，他应该也不会反对的——是吗？里沙子越想越不明白。明明决定辞职的是自己，为何却有种只能如此选择的感觉呢？

辞职后，身怀六甲的里沙子明明进入了安定期，身体状况却很差。虽然不再孕吐，但总觉得很疲倦，稍微一动就头晕目眩。书上说这个时期母亲的压力会影响胎儿，所以里沙子心想，果然早点辞职是对的。问题是她的身体状况很不好，里沙子根本没心思体会不用工作后，一整天待在家里的新鲜感。

因此，对阳一郎晚归也不说一声的行为，里沙子才那么生气。因为要是晚归又不提前告知，晚上做的饭吃不完，第二天早上就得倒掉。"你不觉得自己很奇怪吗？"有时阳一郎会这么说。这么说也没错，因为的确没见过有哪个男人会在开会时还发信息告诉老婆自己今天要加班。"看来我又说了奇怪的话，大概是因为身体不适，晚上独自一个人觉得很不安吧。要是我身体没那么差的话，就不会提出那么愚蠢的要求了。"后来还怀疑阳一郎偷腥，看来那时自己真的不太对劲。要不是荷尔蒙分泌失衡，又怎么会做出偷看别人手机这种可耻的行为呢。里沙子一直都是这么想的。

但是，里沙子现在总算明白了，阳一郎不是想说自己挑选的回礼很怪，也不是想强调没有男人会把加班和应酬主动向老婆报备，只是想说"你很奇怪""你错了"这种话。不是想要我改掉奇怪的毛病，也不是想责备我做错了什么，阳一郎只是想将自卑感这东西种植在我心里——里沙子就像是在理解别人的事情。

然而也有越理解越不明白的事。为什么一定要这么做？里沙子从没轻蔑过阳一郎，不仅如此，还觉得自己配不上他。因为比起自己的原生家庭，阳一郎的家庭正常多了。就算自己没这能耐，但要是和他在一起，一定能建立美满的家庭；要是和他在一起的话，一定能好好爱我们的孩子。里沙子自然而然地认为无论是生活常识还是知识教养，阳一郎都比自己优秀多了。里沙子明白看到钉子冒出来就想敲打的道理，但自己一点也不像是突出的钉子，甚至说是凹陷也不为过，那他为什么还要执拗地敲打个不停？

听水穗陈述时，里沙子想起了她那个给人印象不错的丈夫，还有陪审员们的脸。那些人永远无法理解，这世上就是有那种人，只是为了伤害对方，就可以平心静气地做些毫无理由也毫无意义的事。

里沙子本来也不明白，也无法理解。但她现在明白了，明白的确有这种令人无法理解的人，因为那人就在她身边。

里沙子想起来，当时将文香哭个不停、自己假装不理会一事告诉阳一郎时，他根本没在听。安排文香住在老家，让公公婆婆怀疑媳妇是不是虐待孩子，还说难道不能中途退出陪审员这差事——他其实一点也不担心文香，一点也不爱护文香，纯粹只是想攻击我罢了。所以那个周四晚上，阳一郎发现文香独自蹲在昏暗的路上时，他应该还有点高兴，不是吗？

这么一想，似乎也能理解他为何那么执拗地说我有酒精依存症了。他不是真的觉得我喝多了，只是想让我觉得自己要是不借助酒力，就连陪审员这个差事都做不好，只是想让我认为自己就是这种水平的人罢了。

里沙子在地铁上，抓着吊环。她发现坐在面前的女子抬头瞧了自己一眼，还"哼"的笑了一声。但里沙子现在就连在意别人的目光都嫌麻烦。里沙子冷冷地看着自己映在车窗上的脸，心想："我哪里奇怪啊？"

里沙子努力回想审判开始之前的日常生活，却记不太起来了。我和阳一郎是怎么相处的？我在阳一郎面前，又是个什么样的人？她没办法清楚地回想起来，毕竟自己从未有过这样的疑问，也没在意过这种事。

意思是，我们的关系还不错吗？因为我放弃思考，因为我从不表明自己的意见吗？但即便是现在，我也没有表达自己的意见呀。难不成他很不爽我当陪审员这件事？难道他不允许自己的妻子和社会有所接触？里沙子又笑了，无法止住笑意。这次坐在面前的女性并未抬头。

下周应该可以如愿回到以往的生活吧。里沙子下了电车，跟着人群出了检票口，迈上楼梯。因为审判结束后，我就会恢复成那个只能待在家里、缺乏常识的黄脸婆。

里沙子抬起头，瞧见地铁出口正散发着白光。走在前头的人们成了黑影，像被光吸进去了似的。

今后会怎么样呢？里沙子出神地想。虽然阳一郎对找幼儿园这件事没有表达过什么意见，但恐怕和挑选婚礼回礼那次一样吧。我找了觉得还不错的幼儿园，也参观过，上网查了评价。但如果我说我觉得这家不错，他会不会又站出来批评，让我的努力与心血全都白费呢？难不成将来找小学、报课外班、搬家、找房子也都会是如此吗？我会越来越麻痹自己，停止思考吗？

面对越来越强烈的光，里沙子眯起双眼。

水穗的打扮和昨天完全不一样，陆续就坐的陪审员们并未露出惊讶的表情。今天，她身穿白衬衫，搭配蓝色麻料裙子，似乎再撑一把太阳伞，就能出门购物了。对她这身穿着，里沙子也没有像昨天那样觉得难以理解。

庭审从陪审员与法官的补充讯问开始，接着出具了水穗的自白书。因为判断水穗是在没有心理压力与外力强制的情况下完成的自白，所以法庭决定同意采用这份自白书作为证据。自白书被当庭宣读，之后是检察官的陈述求刑，以及律师的辩护。

水穗与寿士结婚前，曾因物质需求与有妇之夫交往，足见她对名牌的崇尚。她也因此，会对这段无法满足她物质追求的婚姻深感不满。她在虚假的育儿日记中描绘了一个洋娃娃般完美的孩子，更证明了她对每天哭闹不停、还需要把屎把尿的孩子心怀埋怨。

这几天庭审中出现的新证据，主要就只有这两点，但已经足够了。里沙子觉得，水穗在人们心中的形象一定比第一天更像一个残酷无情的母亲了。水穗面无表情地听着。

"水穗总是将别人视为坏人，就连向她伸出援手的人也被视为加害者，而且每次问到不利于她的问题时，她都回答得很暧昧。水穗将一个宝贵的生命视为可以轻易舍弃的过时名牌包，迫使毫无抵抗能力的婴儿跌落水中，这一恶行令人发指，可以说罪无可赦。"每次检察官陈述时，里沙子都看到坐在前面的年长女性缓缓点头。旁听席上，有的年轻女子也皱起了眉头。

寿士的母亲希望处以重刑，但寿士则表示，自己虽然受到了很大的精神创伤，但没有离婚的打算。

里沙子听闻，差点惊呼出声，不由得伸手捂嘴。

没有离婚的打算——

检察官继续陈述："水穗坦承自己犯下了罪行，也希望被处以合乎罪行的刑责。寿士表示虽然水穗做了不可原谅的事，但他愿意原谅她，也想继续守护真心反省的她。希望水穗偿还完自己的罪过后，两人能重新一起走下去。"

听到这番话的水穗依旧面无表情。检察官要求判处水穗有期徒刑十年。

辩护律师的最终辩护内容与第一天差不多，只是特别强调被告遭到了"心理虐待"。

大声怒斥、醉酒后的粗口，或是冷战无视，寿士这一系列行为无疑是一种无意识的心理虐待。从未经历过这种事的人，绝对无法了解这种不同于肢体暴力的要挟。

"心理虐待"，里沙子在心里反刍这个词。总觉得听到寿士不打算离婚后，这四个字给人的冲击变得越来越没有力度了。

没有离婚的打算，想继续守护妻子，希望两人还能一起走下去——陪审员们一定觉得寿士是个难能可贵的丈夫吧。也许他会口出恶言，也许他一生气就幼稚得不可理喻，但这是任何一个家庭都有可能发生的事。不过，对于杀害亲生孩子的妻子还能如此宽容，实属难得。

然而，里沙子听到寿士的这些话时，感受到的只有绝望。"这位被虐待到连孩子都失去了的妻子，就算坦然面对罪行，再次回到正常生活，也无法逃离那个丈夫吧。"里沙子想。

无论被关进监狱多久，亲手杀害孩子这件事还是会如影随形地纠缠着她吧。更可怕的是，她的丈夫会抓住这个把柄，巧妙地用各种言辞不断攻击她吧。犹如一把利刃架在脖子上。

里沙子看着水穗，仿佛瞧见了一位头发整齐漂亮、身穿新衣的女人。"我所看到的不是她，而是我自己。"——里沙子静静地发现并接受了这一点。自己想要袒护，想要为之辩护，希望陪审员能理解的那个人，是我自己。

水穗再次起身，进行最后的陈述。只见她挺直背脊，视线落在斜下方，开口说道：

"还有很多想和小凛一起做的事，但全都因为我而变得不可能了。我是个没用的母亲，每当孩子被别人说不太对劲时，就会自责是因为自己奇怪，才会害孩子也怪怪的。我连向丈夫问一句：'这孩子才没有怪怪的，对不对？'的勇气都没有。反正他一定会说：'还不都是因为你很奇怪。'"

明明没看小抄，水穗却能像朗读似的娓娓道出。面无表情的她有种在演戏的感觉，里沙子觉得这下恐怕又会招致陪审员们的反感吧。这些对水穗而言理所当然的行为，总是给人一种违和感，让人焦躁又困惑。这是为什么呢？里沙子看着眼前这个人，试着把她和自己剥离开，思考起来。自己此前从未见过她，将来也永远没机会见到了。在里沙子的脑海中，身穿水手服的水穗，还有穿着体育服的水穗浮现了出来，随后又消失了。

"我从没想过要是小凛不在就好了，只想着还有很多想和她一起做的事。但我却毁掉了这一切。我懦弱没用，道歉再多次也道歉不完，只能每天想起自己做的事，每天道歉。希望小凛能投胎到更坚强的母亲身边。"

虽然法官已经宣布暂时休息，但里沙子迟迟没能从位子上站起来。

法官向里沙子等人说明：用完午餐，休息时间结束后将进入评议阶段，希望大家针对这几天在法庭上听到的事情发表看法。任何主张都行，希望每个人都能直率地说出自己的看法。

不知是不是因为"评议"这个词听起来有些沉重，直到昨天还很闲散的午餐时间，如今却飘着些许紧张感，没有人开口，也没有想吃便当的欲望。

"明天要做什么？也是评议吗？"

年长的女性以轻松的口吻问道。与其说想知道答案，不如说她是为了缓和气氛。

"今天大家提出疑点，进行讨论。明天将就具体证据讨论被告是否蓄意杀人、行凶时是否有责任能力等，之后就针对刑责进行讨论，"女法官说道，"如果想知道证人和被告人的陈述内容，说一声就好，我们可以播放录音。"法官补充说明。

"那么后天……"

年长的女性喃喃道，没再继续说下去。里沙子觉得气氛变得更沉重了，其他人似乎也是同感，都垂着眼。

"总之，先吃饭吧。午休后进行评议。"法官说。

只见年轻男子起身离座，大家全都看向他。他一脸困惑地小声说："那个……"

"如果可以的话，我想去外面吃，可以吗？可是已经订这个了。"他指着便当。

"当然可以，请自便。一点开始进行评议。"

听到法官这么说，他点了一下头，走出房间。陪审员们目送他离去，纵使门已经关上，大家的视线还是没移开。

"难不成我要吃两个便当吗？"年长女性的声音让大家缓缓地拉回视线，"哎呀！开玩笑的啦！"她笑着说。但没有人跟着笑，她只好假咳一声，啜了口茶。

里沙子想象起年轻男子随后的行动。他应该会前往法院地下可自带食物用餐的休息区，吃着他常吃的食物，独自思考吧。也想象着他和上班族们一起坐在拉面店或大众食堂的模样。好羡慕啊，可是自己没勇气离席。里沙子掀起便当盖，掰开一次性筷子。

"我觉得那个人想要的不是孩子，而是听话的宠物。"年长的女性在评议会上率先开口。

"虽然每个人的说辞不太一样，听得一头雾水，但我觉得只有被告人在说谎，或者说，那是一种执念。因为只有那个人和其他人说的不一样，是吧？其他人说的都一样，只有她不同。说什么丈夫大声怒吼、做出近乎暴力的行为，所以她怕得不敢说。这充其量就是借口。既然什么都不敢说，却还敢叫丈夫多赚点。"

年长的女性就像在边看电视连续剧边评论剧情一样。面对她这一长串话，法官既没阻止也没纠正，更没否定，只是静静地听着。四十多岁的男人和六实正在资料上记笔记。

"而且面对律师的问题，明明回答得很干脆，但是对于检察官的讯问，却总回答说不记得，这就怪了。肯定是因为律师的询问都是事先商量好的，但检察官的问题没办法事先知道吧？"年长女性说话的语气很肯定，一点都不像是问句。她不等法官回应就又说，"所以她才会说些让人觉得莫名其妙的话，不是吗？虽然她将周遭的人都视为坏人，但没有人对她存什么坏心眼啊！至于为什么要怀孕……是因为婆婆怀疑她的身体哪里有问题，所以她才赌气想生个孩子给婆婆看吧。"

"但她母亲也提醒过她生孩子的事，她本人也说考虑到了年龄问题。"

六实插了一句。

"但我觉得她不是真心想要孩子，只是赌气生给婆婆看罢了。结果发现照顾孩子既费神又花钱，孩子还一点也不可爱，最后说要是这孩子不在就好了。"

年长的女性语带不屑地吐出这些话后，总算闭了嘴。虽然她又想说些什么，但法官询问起三十多岁的男子的看法，她只好一脸不满地住嘴。

"我一直搞不懂那名被告究竟是个什么样的人。"男子有些木讷地小声说，"她说丈夫会爆粗口、怒吼，但是，具体是什么程度，她没有具体陈述，我也不太清楚……不过，判断被告是个什么样的人，不是我们陪审员的工作吧？毕竟就连每天在公司碰面的同事究竟是什么样的人，都不是很清楚。"

里沙子抬起头，看着一向不太发言的那名男子。他和自己年纪相仿。里沙子反刍着他的话。不了解水穗是个什么样的人也无所谓，因为本身就不可能了解。的确，就连住在一起的另一半是个怎样的人，都很难了解。

"因为我不清楚照顾小孩的事，所以请教了认识的人。这次的案件让我明白原来养儿育女这件事，远比我想象中的辛苦，我觉得被告真的感受到了很大的压力。我明白那种感觉，人在情绪低落、做什么都不顺时，不管别人说什么，听起来都会觉得有恶意。"

里沙子听到他还向认识的人请教了照顾小孩的事，十分惊讶。自己一直觉得他对参与审理一事很消极，没想到他还主动去了解了一些事。

"就算保健师、家附近的母亲们对她真的有恶意，但她没有主动反驳什么，拒绝与对方往来，转而将郁闷发泄在孩子身上，无论我怎么贴近她的立场思考，还是无法理解。我也不认为她有精神方面的问题。虽然她说不清楚自己为什么会看见一座公园，也意识不到手上抱的是什么，但其实这种情形是很常见的。况且，案发当时被告还能清楚地对话，也记得丈夫不让她跟着上救护车，负责精神鉴定的医生说她的心理状况还不到患上精神疾病的程度，所以至少就我个人来说，实在没办法同情她。"

这番话让众人无法将目光从他的身上移开，只见他低着头，说了句："我说完了。"

"你说这种情形很常见，但一般会在什么时候出现呢？具体又会有多严重呢？我无法理解。"六实问。

"就比如，脑子里不是经常会浮现从没见过的东西吗？我在拥挤的电车上或是做简报时，经历过这种事情。脑子里突然浮现出和当下毫无关系的情景，那些情景自己可能实际看到过，像是从山上俯瞰的风景，或是在游泳池的水下看到的景象之类的。我这样是不是很奇怪啊？"

他笑了一下。

"是被什么逼得走投无路的时候吗？"

"我觉得应该不是吧。"

"嗯，确实会有这种思绪乱飘的时候呢。"

"我也常有这种记忆断片的时候呢！可能是上了年纪吧。"

讨论内容越来越偏离主题，里沙子有些焦虑，法官却没有要求大家回归正题。

"如何？你也会那样吗？尤其孩子还小的时候。"

突然被点名的里沙子因为一时之间搞不清楚对方在问什么，有些慌张。原来对方是在问她是否也会将情绪发泄在孩子身上。该怎么回答好呢？虽然必须马上回答没有，但也不能谎称绝对没有。

"你也看到过不存在于眼前的情景吗？比如非常累的时候。"

六实改用假设的语气询问，及时救了一把不知如何回应的里沙子。

啊啊，原来是指这件事啊……这么说来，的确有过，而且有过好几次。就像昨天，明明不可能听见蝉鸣，却觉得蝉鸣声越来越迫近，眼前还出现了水穗见到的那座公园。孩子还小的时候？这个嘛，当然有啊。不管怎么哄，孩子还是哭个不停，无奈地望向窗外，却瞧见了好几个不可能存在于那里的东西。问我究竟瞧见了什么？对了，是樱花树。是被求婚的那天晚上，和老公两人停下脚步望着的那棵樱花树。那棵朦朦胧胧浮现在暗夜里的樱花树，在窗外出现过好几次。里沙子犹豫着要不要回答看到过，但自己现在说的话，会不会对那个人不利？不对，为什么要袒护她……里沙子心里有许多声音交杂着。

"虽然有，但我觉得和被告人的情形并不一样。因为我只是在发愣时瞧见的，而被害人则是当时被逼到了绝境，虽然不能断言是精神衰弱，但应该也很接近了吧。我觉得从某种程度上来说，她当时的心理状态可能确实不正常。"

里沙子边说边问自己："我是想袒护那个人吗？为什么？那个人又不是我。"

但是里沙子明白。自己能明白那个人的感受，所以就算自己想和她撇清关系，也会因为那份理解而不知不觉地再次贴近。

里沙子明白——丈夫要回家了。他难得主动说一声他要回家了，意思就是我的神经要绷紧一点。要是不绷紧一点，就会被说些难听的话。家里都打扫干净了吗？晚餐准备好了吗？这时孩子偏偏哭闹不停，不知道要从哪件事着手，于是陷入了恐慌。明知因为这种事而恐慌真的很奇怪，但一回神，会发现自己在做些无关要紧的事，比如拿着筷子站在柜子前。不知道要怎么安排家务的先后顺序：想着先帮孩子洗个澡，让她停止哭闹。之后就越来越不明白自己到底在干什么了。

里沙子可以清楚地想象，那名完全不认识的女性，是如何因为旁人口中"微不足道"的小事而逐渐陷入了恐慌。里沙子环视陪审员，深吸一口气，开始说话。

"请容我说明一下我整理过的想法。那个人是否崇尚名牌、是不是个守财奴，就像刚才那位先生说的一样，我们无从得知。但我想就算一切都不如所愿，她还是很爱孩子。

"听了之前的陈述，被告对待丈夫的态度很客气，我想那种客气应该是恐惧，只要被吼过一次就会有所警戒。那个审讯时的影像也是，虽然警方并没有大吼，也没有威吓，但对男人相当敏感的被告还是会觉得紧张害怕，所以我觉得，她说接受审讯时很恐惧，并非说谎，也不是夸大其词。

"所以对被告人来说，与丈夫之间的关系会让她很紧张。虽然在旁人看来是再平常不过的对话，但我想肯定有一方会觉得被深深地伤害了。同样的话，由其他人在其他场合说出来的，也许还不会觉得那么受伤。但如果是在特定的场合，从特定的人嘴里说出来，就会产生完全不一样的感觉……"

"等等，我听不太懂，好比什么事呢？"年长女性插嘴。

"好比……"里沙子思索着如何解释，"听保健师说妻子有虐待孩子的嫌疑后，被告的丈夫就叫自己的母亲过来帮忙，我觉得这样做伤害到了当事人。毕竟有没有事先知会一声，给人的感受完全不一样。而且，这也导致之后每次被告想要沟通时，都反而会产生更大的误解。爆粗口当然也很可怕，但误解同样会让人深感恐惧，不是吗？"

这不就是我自己吗？这个疑问在里沙子心里犹如涟漪般扩散开来。她无视掉这声音，继续思索。当从小否定母亲的我身怀六甲，害怕自己也无法当个好妈妈时，阳一郎没和我沟通一声，就跟婆婆说我好像不太对劲。难道他都没想过，对我来说，他的一句"没这回事啦，你别乱想"，和婆婆带来的菜肴、婴儿服，哪个才是不可或缺的？不，这本来就不是什么体贴或想象力的问题，也不是因为他不够了解我。

如果他的目的是想伤害我，让我感到不安、失去自信，他的确没理由对我说任何安慰的话。

"我总觉得被告的丈夫和孩子的关系有种违和感，虽然被告的丈夫常强调自己如何帮忙照顾孩子，但实际上他好像并不怎么关心。他本应该去和医生或保健师好好确认一下孩子的发育情况，然后和妻子沟通，让她放心，可他却展现出一种对妻子过分的担心。这么做无疑会让被告深感不安，让她觉得是自己不正常，才导致孩子发育不好的。于是她也就不敢再和丈夫商量任何关于孩子的事了。"

里沙子看着大家的表情。包括法官在内，人们全都看向自己，露出不解的表情。我不可能表达清楚的，一定说了很奇怪的话，还是快闭嘴吧——里沙子拼命压抑这种心情。

"你是说……"年长女性凝视半空中，喃喃自语。

里沙子深吸一口气，说道：

"我觉得被告的丈夫可能心怀恶意，试图将被告人逼至绝境。"

"……什么意思？"女法官问。看到她的表情，里沙子一下就明白了，自己的想法根本没能传达出去。

"借由大声要挟、摔东西，在对方心里深植恐惧感，一再强调被告和一般人不一样，无法成为好妈妈，还故意让她看到自己与前女友往来的信息，促使被告人越来越不安——"

"故意让被告人看到？有说过这种话吗？"白发男士打断里沙子的话。

"没有，没有这样的证词。"年轻男法官说。

"不好意思，这只是我的想象。明明有很多方法可以不让别人偷看自己的手机内容，但被告还是看到了。所以我在想有没有可能是丈夫故意让妻子看到的，好让她不安。"

"不会吧？有人会这么做吗……"四十多岁的男人苦笑着说。

一片寂静，里沙子着急地想着如何解释才好。为什么大家无法理解我说的话？

"那句'和一般人不一样'，记得被告人也说过……"六实想起什么似的皱着眉，"对了。她说过以丈夫的薪水，'连一般人家都比不了'。"

"他们莫非经常用'和一般人不一样'这种说法来互相攻击吗？果然那位太太不是省油的灯，也会回击呢！既然彼此憎恨，离婚不就得了。反正现在人们都是说离就离，不是吗？"

"是啊。至少让人觉得被告对丈夫是有恨意的。"

听到六实这么说，里沙子不由得开口：

"被告不是憎恨丈夫，而是负隅顽抗吧！一心希望丈夫别再要挟自己、别再轻蔑自己、别再夺走自己的自信了，所以才这样回击过去，不是吗？而且对那种会爆粗口的丈夫来说，那些话听起来根本不痛不痒。"

众人突然噤声，沉默扩散开来。"不行，我无法清楚地传达自己的意思。"里沙子对自己很失望。只见四十多岁的男人咳了一声，犹豫着要不要开口似的先环视了众人，然后说道：

"总之啊……接下来我要说的也是推测，而且是我的胡乱推测就是了。"他一脸困惑地搔头，"怎么说呢，她是不是因为精神上被丈夫穷追猛打，所以才报复性地做出了那种事？"众人看向他，"哎呀，所以啦，"他赶紧挥挥双手，"只是现在讨论的内容让我突然这么想而已。收到丈夫说要回来的信息，孩子又哭个不停。曾被丈夫奚落连哄孩子都不会的她，不想再被冷嘲热讽，于是决定干脆做件让丈夫伤透脑筋的事……还期待丈夫在慌忙救起孩子之余，能反省一下怎么会把妻子逼到这般地步……"

没有人开口。里沙子也默默地看着刚说完话的男人，感觉有只脚很多的虫子在自己体内爬来爬去。

"哎呀，不好意思，我喜欢看推理剧。"男人笑着说，却没有人笑。

"为了让丈夫伤透脑筋，所以把孩子扔进浴缸里？"年长女性蹙眉。

"总觉得被告好像很恨她的丈夫。"男人试图解释。

"我倒觉得是丈夫憎恨被告。母亲怀疑媳妇生不出孩子是因为身体有问题，他居然原原本本地把这句话告诉了被告。这一点就让我觉得，他对被告心怀恶意。"里沙子不由得脱口而出。

"嗯？我怎么听得一头雾水啊？"

"可是丈夫没有憎恨她的理由，不是吗？被告不但憎恨丈夫、婆婆，还憎恨自己的父母。"

"而且她丈夫说没有离婚的打算，是吧？真的很佩服他，居然如此宽宏大量。"

为什么不能理解我说的呢？里沙子双手交叉抚着自己的手臂，还是无法消除虫子在体内爬来爬去的感觉。为什么没有人想到，那个丈夫可能是想继续恶意迫害妻子呢？为什么无法理解我说的话？

他们不可能明白。刚才就知道了吗？因为那不是水穗的事，而是我的事。

手机一事也是，那不就是我自己的事吗？偷看别人的手机，不觉得可耻吗？还被阳一郎这么说过。难道阳一郎是在等我偷看他的手机吗？故意这么设计我，好骂我可耻，伤害我，让我动摇、让我深感不安。但是他为何这么做？为何如此憎恨我？理由呢？

脑子又一团乱。够了，别再说了。里沙子强烈警告自己。要是再多说什么，肯定会被视为笨蛋，让大家觉得奇怪。明明只是个候补的，还敢大放厥词——

"还没请教您有何看法。"

法官判断里沙子已经说完后，转而询问白发男士。只见白发男士用右手搔了搔下巴，发出鼻音，半晌才开口。

"我觉得她是个十分歇斯底里的女人。原本以为婚后可以过着优雅的生活，没想到完全不是这回事。虽然试图拍拍男人屁股，鞭策他前进，好让自己的日子好过一点，但作用也很有限。孩子也比想象中更难带，照顾孩子这件事根本一点乐趣也没有。我想，被告人肯定梦想着自己能和电视剧里还有杂志上的那些母亲一样吧，和孩子一起穿着亲子服，露出灿烂的笑容。"

里沙子低头，听着白发男士沙哑的嗓音。

"但我不觉得她想杀了小孩，只是存着'吵死了，可以给我安静一点吗'的心态吧。不过也不能说这种心态完全不含杀意。因为，孩子要是在水里安静下来了，不就等于死了吗？"

"所以，应该要弄清楚杀意具体指什么吧？"六实身子前倾，"'现在要是放手的话，这孩子就会死，这下子我就轻松多了'，我也不觉得那个人会有这样的逻辑性思考。但是……刚才有人说她是因为受不了丈夫的奚落所以选择报复，从她的陈述来判断，似乎有这种可能……我总觉得她其实有点幼稚，不是那种深思熟虑型的人。当她知道丈夫和其他女人互发信息、相约碰面，顿时愤怒不已，加上孩子一整天哭闹不停，更让她心情焦虑了。她之所以那么做，除了无法再忍受丈夫的任何批评，也是希望丈夫能多关注自己，不是吗？"

"哪有母亲会为了报复丈夫而把孩子扔进水里的！"里沙子不由得大叫。

"当然，包括你在内，世界上大多数母亲都不会这么做的。"

虽然六实的语气依旧沉稳，里沙子却有种被赏了一巴掌的感觉，六实似乎是在指责自己总拿自身经历说事。六实的视线从里沙子身上移开，继续说：

"刚才有人说，觉得那个丈夫对孩子不够关心。我反而觉得，被告和孩子之间有种微妙的距离感。一般来说，如果发现自己的女儿不如其他孩子，妈妈都会急得想尽办法吧，而不是直接自我封闭。好比去医院问诊或是去专门的机构咨询。但她说，因为害怕被人指责，所以选择了封闭自我。问题是，她这么做只想到了自己，并没有想到孩子。我认为身为人母，只要事关孩子就要有不管别人怎么看的勇气，"六实说到这里，停顿了一下，"还是说，我对母亲这身份有着过度的幻想？你觉得呢？"她这么问里沙子。

里沙子张开嘴，却发不出声音。总觉得一旦开口，就又会说起自己的事情。"不管别人怎么看，我一直都是这么做的。"真是这样吗？挤不出奶水时，之所以没有马上换成配方奶，纯粹是为了文香着想吗？保健师不是还劝过自己吗？她说："可宝宝要是长不大的话，不是很可怜吗？"但自己还是坚持完全用母乳哺育。

那么，那个人又如何呢？水穗会觉得和自己的孩子之间有距离感吗？会觉得自己其实不太为孩子着想吗？里沙子拼命想象水穗站在面前的模样，却怎么也想不出来。"是因为我将自己太过强烈地投射在她身上了吗？"里沙子想到这里，觉得有些后怕。肩负如此重要的任务，自己却心不在焉。

"也是啦。"里沙子附和了一句，没再多说什么。

绝不再多说什么。里沙子再次提醒自己。

六实看穿里沙子不想再说什么，于是看向众人，又开始表达自己的想法。白发男士插嘴说了几句，几个人持续讨论着。里沙子只是默默地听着，仿佛不带任何情绪，仿佛自己不在场似的听着。大家分别说出自己的看法后，法官宣布暂时休息，好几个人起身离席，走出房间。里沙子掏出手机，但没有打电话，也没有查收信息，只是一直盯着握在手上的手机，做了几个深呼吸。没事的，别紧张，她这么告诉自己。

休息时间结束后，法官表示，希望能听听大家对被告人有无责任能力的看法，并开始解释什么是责任能力。

里沙子试着将水穗与自己完全分离，想象她是个不认识、也没见过的陌生人，试着和大家一样客观地评断。无奈脑海里却浮现出昨天自己想象中的那个水穗，电脑屏幕的光映照出她的侧脸。里沙子凝视那张侧脸，赫然发现那张脸变成了自己。

果然自己没这个能耐担此重任，当初应该拒绝，或者中途退出才对。在这么重要的场合，竟然满脑子只想着自己的事。那个人应该被判处几年刑责，这种事我根本说不出口。里沙子好想逃离这里。年轻男法官刻意放慢语速，但这些话只是从她面前流逝，无法被收进心里。里沙子只能努力集中注意力，设法侧耳倾听。

医生出具的精神鉴定意见被采纳为了证据。虽然这份意见属实，却不见得能左右审判结果。虽然相关案例不多，但的确有的案件审判结果与精神鉴定医生的意见相左。最终还是由陪审员和法官来进行判断。里沙子努力地理解法官的话，随后抬起头。"说明结束后，又会问我的意见吧？"这么一想，情绪又开始有些激动。"刚才我那么拼命地表达自己的想法，却无人理解。对他们来说，我只是说了一大串不知所云的东西吧。之后不管我说什么，他们肯定也都无法理解，我也表达不清楚。况且关于责任能力什么的，我本来就不知道该说些什么。负责精神鉴定的医生不是说了吗，她的状况还不到精神疾病的程度，所以是有责任能力的，不是吗？意识的清醒程度也会左右刑责的判定吗？"

"那么，夜晚将文香独自丢在街上的我，当时意识有多清醒呢？

将文香推倒在地板上，自己喝起啤酒的时候呢？拿着筷子站在柜子前的时候，是不是意识不清醒呢？"一回神，里沙子发现自己又在想这些事了，感觉很心慌。为什么又把自己套入进去了呢？心跳得更快了，指尖变得冰冷。"冷静点！"里沙子提醒自己说，突然想到一件事："我不是候补陪审员吗？有人缺席时，我需要替补上去，没人缺席的话，就不需要询问我的意见了。他们只是为了不把我冷落在一旁，姑且问问我的意见吧。那我根本不必这么认真思考啊！"里沙子的心情一下子变得轻松了许多。这时，里沙子才第一次清楚地感受到，自己和被告毫无关系，对方只是个陌生的女人。

那女人到底有没有责任能力，要问她，不是问我，和我一点关系也没有。那女人和丈夫之间究竟是什么样的关系——是否有和我与阳一郎相似的地方——这种事根本无关紧要。一切交由正式陪审员与专业的法官判定就对了。

里沙子意识到这一点，总算放下了心中的大石头，顿时觉得整个人都轻松了。

反正不管被问到什么，只要先回答"我也不太清楚"，再随便重复一句别人说过的话就行了。于是里沙子比刚才更为专注了。

收到丈夫说要回家的信息，一心想着得让孩子停止哭闹，这些情形的确很难说是精神状况有问题……那么，眼前浮现带孩子去散步的公园景象呢？这种情形也很常见吧。

就算自己不再思考，不再做任何决定，事情也会朝着正确的方向前进。可能是这种想法让里沙子放松了不少，不论她再怎么专注地倾听，议论的声音还是从她的耳旁一飘而过。

里沙子不由得往后靠在椅背上。这时她才意识到，此前自己的上半身一直前倾着。明明不需要这么努力的。她将全身的重量托付给椅背，肩膀放松，边听着大家热烈讨论，边思索晚餐要做些什么。总之，先看看今天有哪些打折的东西可以买，再来做点凉拌小菜吧。像是凉拌冬瓜、凉拌茄子之类的……啊，不对，不用准备晚餐，婆婆会准备好让我带回家……

"你觉得呢？"

里沙子瞧见众人看向自己，赶紧坐直。说到哪里了？哦，好像是在问，对育儿感到疲惫时，会不会觉得自己不太对劲。

"这是当然的啦！当然会累，有时候还会觉得自己快撑不下去了呢！我曾经累到忘了自己在熨衣服，就这样搁着不管呢！不过这和精神方面出了什么问题，根本是两回事，是吧？照顾孩子时难免会这样！尤其孩子还小的时候，更是累呢！"

年长女性出手相助似的，朝着里沙子说。一定是因为她能将自己完全置身事外，才能如此畅所欲言吧。里沙子思索起她的问题。不行，不能想太多，只要说出对方想听的答案就行了。比起说些大家理解不了的话，被人用疑惑的目光打量，还是察言观色简单得多。里沙子这么告诉自己后，说道：

"嗯，有啊。尤其是睡眠不足的时候。我曾经把钱包放进冰箱，有时明明还不饿，却打开冰箱，拿起生热狗肠猛啃。我想每个母亲都有过这样的经历吧。有人说这是精神衰弱、精神压力太大。虽然仅限于特定的育儿阶段，但那段时间里，确实感觉每天都有行为失控的时候。"

里沙子瞥见年长的女性用力点头，心想："这么说就对了。我清楚地说出了正确答案，没有说错话。"唯独六实一脸不解地看着里沙子，"我现在说的话，确实和刚才忘情的发言有所矛盾，刚才我说那女人应该是被丈夫逼至绝境，现在却说这不是什么精神上的压迫。不过，已经无所谓了。"

法官说接下来会整合所有人的意见，所以每个人没有明确的结论也没关系，还说照今天讨论的情形来看，倾向于判定被告人并非完全无责任能力。随后，宣布今天的审理结束。

里沙子正准备离开时，被女法官叫住了。

"您没事吧？"女法官温柔地问，里沙子却不由得心生戒备。不等里沙子反问，她又说："您的孩子还很小，是吧？很担心这起案件会影响您的心情。"

"……嗯，还好。"里沙子试图嗅出这句话的含意，抬眼看着对方。

"明天会讨论量刑一事，到时会提到一些先前的判例，希望您别想太多。"

里沙子看着起身离开的人们。没有人注意到她们，大家都垂着眼，走出房间。为什么没对其他人说，只对我说呢？难道我看起来情绪不太稳定吗？

"那个……"里沙子忍不住开口，"我是不是说了什么奇怪的话？还是只有我看起来一副不太能理解的样子？"

女法官似乎一时没反应过来，"没这回事啦！"她旋即笑着答道，"后天就要判决了。和第一天说的一样，如果您希望坐在旁听席，我们会帮您安排。您也可以选择不出席，刚才另一位候补陪审员也说不会出席，所以就看您希望怎么安排了。"

"什么？！"

里沙子不由得惊呼。之前好像是说过，但自己可能漏听或忘记了。所以判决时，自己不用坐在陪审员的位子上吗——

"如果有不明白的地方，随时都可以跟我们说。"女法官说完后，行了个礼便离去了。房间里只剩下里沙子一个人。厚重的气息残留了下来，充斥在这个空荡荡的房间里。里沙子感觉要是一直站在这里，就会被回荡在房间中的争论声再次吞没。

自己无法参加判决……里沙子怔怔地想着，走出了房间。当然，也不能这么说，毕竟评议一事于判决之前就会进行，自己也会出席讨论。但判决那天，另一位候补陪审员不会出席。要是自己一个人坐在旁听席，又好像被排挤了似的，里沙子心想。而且，这种事实在无法向阳一郎开口。光是想一想就觉得自己很傻了，这种话自己肯定说不出口吧。

里沙子搭乘地铁，再转乘公交。车窗外，天空从一隅开始逐渐变成了暖色。里沙子看着这幅光景，感觉内心那个小洞越来越大，有种不知如何是好的无力感。从上个星期到今天，自己究竟看到了什么？如今不得不承认，自己看到的并不是某个发生了案件的家庭，而是自己的婚姻生活。

阳一郎从未对我施暴，也从不借摔东西发泄情绪，更不曾对我大声怒吼、语带要挟。我们一直都沟通得很好，里沙子一直这么认为。最初虽然感受到了违和感，但只要自己乖乖忍气吞声，也就过去了。

然而事实上，那个晴空般爽朗的阳一郎，一直在以看似平静、沉稳，顾及我心理感受的话不断地藐视我、伤害我，还是以我根本无法察觉的方法。关于这一点，里沙子如今已经很清楚了，但她依然不知道阳一郎的理由与目的。她只能想到"憎恨"这个理由，但为什么？是从何时开始憎恨的？里沙子完全无法想象。

虽然我不知道，但一定有个重大的理由让阳一郎如此憎恨我。既然如此，他为何还能和憎恨的对象同住一个屋檐下？难不成他已经准备跟我离婚了？里沙子想不出自己被阳一郎憎恨的理由，却想到了种种可能性：因为怀疑自己有酒精依存症、因为担心自己会虐待孩子、因为自己不肯拒绝担任候补陪审员，这些都足以让阳一郎干脆地提出分居或离婚，也很符合一向干脆利落、晴空般爽朗的阳一郎的作风。

里沙子抵达公公婆婆家时，文香正睡着，怎么摇也摇不醒。婆婆说硬是叫醒她，好像有点可怜，于是里沙子决定抱文香回去。一边抱着文香，一边还要提着装满菜肴的纸袋走路，里沙子觉得这根本形同上刑，但自己没有拒绝的理由，只好接受。虽然婆婆提出可以把里沙子送到车站，但里沙子不想再听到早上那些话，所以断然拒绝，快步离开了公公婆婆家。

转乘电车时，文香醒来过一次。她睡眼惺忪地东张西望后，又沉沉地睡了过去。现在睡成这样，恐怕夜里会睡不着吧。但硬是叫醒她，她又闹起别扭就更麻烦了。于是里沙子尽量轻轻地移动，避免吵醒文香。

电车抵达国分寺，车门还没全开便传来让里沙子震惊的怒吼声。四周张望，原来是冲进隔壁车厢的一名男子正在怒骂同行的女人，声音大到吸引了整车厢乘客的视线，男子却丝毫不为所动。

"闭嘴！少啰唆！不是叫你别多嘴吗？！笨蛋！"

看样子两人是夫妻。男子上身穿着 T 恤，搭配休闲裤，看上去接近五十岁。女人扎着马尾辫，模样很年轻。男子骂骂咧咧地走向里沙子所在的这节车厢。里沙子心跳得越来越快，"别过来，别过来！"里沙子在心里不断祈求。就在这时，男子用力推开车厢的门，走了进来。他一屁股坐在空位上，依旧骂个不停，吵醒了文香。

"不是叫你别多嘴吗？！笨蛋！你是白痴啊！嫌命长啊！那是老子的钱啊！"

里沙子吓得绷起身子，下意识地用力搂住女儿。被吵醒的文香小声地哭了起来。令人惊讶的是，那位妻子坐在男人旁边，没有大声还嘴，而是轻声细语地说：

"可是，不管怎么说，真的太贵了。不是吗？那种事——"

"少啰唆！你去死吧！又不是你的钱！"

每次女人一说什么，男子都会变得更加激动，吼声也更大。但女人却还是唯唯诺诺地回应。真是够了！里沙子忍住想对女人怒吼的冲动，安抚哭泣的文香。

两人无视被吓得哭出来的文香，也不理会车上乘客好奇的目光，依旧不断地争论着。明明男人的吼声越来越激动，仿佛空气都在震动似的，女人却还是不断地碎碎念。两人在武藏境下车后，里沙子总算松了一口气，甚至有点想哭。刚刚为了安抚文香，一直在轻拍她的肩膀。那只手此刻仍抖个不停。两人离开后，文香总算不哭了。里沙子缩回手，从包中找出一颗糖果塞进嘴里。

纵使心情还是无法平复，里沙子却在脑海中将刚才看到的光景重演了数次。面对如此激动的怒吼、斥骂，甚至在公开场合被人要求去死，那个女人却还是唯唯诺诺的。里沙子莫名地对她心生佩服。尽管声音微弱，女人那不改坚持的语气却让人觉得阴气沉沉的，看来就是这种语气让那男人如此激动吧。

里沙子想，如果自己被那样大声骂上一句，恐怕就再也不敢顶撞对方了，无论对方说什么都会默默顺从，绝不敢说出任何否定对方的话，因为搞不好还会被打、被踹，说自己害怕男人爆粗口，害怕被大声怒吼的水穗肯定也是这么想的。不过在"害怕"的程度上，自己和水穗一定不一样。当然，也会有丝毫不害怕的女人。什么"因为很怕丈夫"，所以不敢要求他晚归时发信息说一声，也不敢质问他是否偷腥，这些情形应该不适用于刚才那名女子吧。对于无视孩子吓到哭，无惧男人冲着自己怒吼的女人来说，喝得烂醉的寿士在屋子里大吼根本就不算什么。听到"心理虐待"这个词，她肯定也不会套在自己身上。

"但那是对等的吗？"里沙子想起自己曾这么问。那时，里沙子也在反思自己和阳一郎是否对等。但是，"对等"究竟是什么？一回神，里沙子才发现自己想得太过入神，快过站了。她赶紧抓起行李，冲出眼看就快关闭的车门，突然发现没带文香一起下车。猛然回头，车门关闭的一幕就像慢动作一样漫长。里沙子看到坐在车厢里的文香面无表情地回头看着自己。这时，慢动作突然加快，电车瞬间呼啸而去。慌张的里沙子扔下手上的纸袋，追着电车，口中不断冒出不成句的呻吟，视野一隅映着站台上人们惊讶让路的模样。文香，文香，文香！她那眼神仿佛知道自己会被丢下似的，仿佛早已接受了这个结局。文香直盯着自己看的模样，在里沙子脑海中不断浮现。自己到底在干什么？自己刚刚到底对孩子做了什么？

"您没事吧？"里沙子感觉身体被不停地摇晃，总算回过神来。

原来是一名身穿制服的中年站务员正抓着自己的肩膀询问。电车早已看不见踪影，里沙子指着昏暗中往前延伸的铁轨，拼命解释："我的孩子，我把孩子，才两岁的，还在车上！"她这才意识到自己正抓着站务员，痛哭不已，"我不是故意的，我不是故意的，当时在想事情，我真的不是故意的！"

当里沙子冲进荻洼车站的站务室时，正和女性工作人员说话的文香突然皱起脸，抱住了里沙子。她的小脸蛋拼命在里沙子的裙子上磨蹭，不断喊着"妈妈！妈妈！妈妈！"里沙子不由得蹲下来，紧紧抱住女儿，泪流满面地说："对不起，对不起，小香，对不起。"心情总算稍微平复，里沙子站起来时，看见站务员一脸无奈地看着她们母女俩。

"真的很不好意思，给你们添麻烦了。"

里沙子深深行礼，抱着还在哭泣的文香，快步离开了站务室。

"小香，对不起！妈妈是笨蛋。你一定很害怕吧。对不起！可以原谅妈妈吗？"

无论是搭电车，还是等公交时，里沙子都会蹲下来看着文香，向她道歉。文香总算从大哭变成小声啜泣。只见她抽着鼻涕说："小香好害怕哦！"里沙子又问："可以原谅妈妈吗？""嗯。"文香一脸乖巧地点了点头。

随着离家越来越近，里沙子的心跳开始变快，手掌冰冷，脑子也不听使唤了。今天的事绝对不能让阳一郎知道，不然他一定说我是嫌文香烦，故意把她一个人丢在车上不管；会说我是受不了文香闹别扭、不听话，所以气得把她留在车上。他一定会叫我马上去看心理医生，不能再拖到判决结束了，还会说一起去儿童福利中心好好咨询一下……说我没资格当文香的母亲，说要跟我离婚——不，他应该不会跟我离婚，他会说我们要一直在一起，一直在一起，然后不断奚落我是个将孩子丢在电车上的，彻底失格的母亲。

没事的。只要不说出来就行了。但要是文香说了呢？

不会吧？怎么可能？这孩子应该还没法说清被妈妈丢在电车上这种事。就算她说了类似的话，只要我假装听不懂她的意思，糊弄过去就行了。

下公交车时，油油的汗水流到太阳穴一带。里沙子紧紧握着文香软嫩的手，边走边觉得害怕，第一次那么害怕回家。

不，不是这样，是觉得自己很可怕。自己到底是怎么了？整个人坏掉了吗？还是被弄垮了呢？为什么会发生把文香独自留在电车上这种事？不，可怕的不是这件事本身，可怕的是被阳一郎知道后的后果。而且，比起文香的安危，自己更加关心怎么能瞒过阳一郎。这才是最可怕的，不是吗？

里沙子抬头望着矗立在眼前的公寓，已经无法像以往那样，无法像相信自己会在这里过着幸福生活时那样，看着这栋建筑物了。也无法像以前那样看待阳一郎了吧，里沙子有此预感。要是没被选上候补陪审员就好了，要是不被牵扯进案件审理，自己也不会有任何改变吧。不，也说不定有一天，自己会觉得能成为候补陪审员是件好事。里沙子为了安定心绪，做了一个深呼吸。

帮文香洗澡，给她换上干净衣服，之后拿起搁在盥洗室的手机，查收信息。光是看到手机屏幕上出现阳一郎的名字，里沙子就觉得心脏提到了嗓子眼。该不会提到刚才的事吧？里沙子点开信息，看到"回去可能十一点多了"这行字时，安心地舒了一口气。

文香怎么样也不肯刷牙，拼尽全力抗拒。她整个人往后仰着，两腿扑腾个不停。以往里沙子面对这种情形时，一定会想尽办法让文香站好，帮她刷牙。但今天却不知为何不敢这么做，只好愣愣地俯视着胡闹的女儿。里沙子害怕如果文香总不肯站好，自己会对她做些什么，害怕自己会做出无法挽回的举动。文香边哭，边微微睁眼，确认里沙子还在后，她哭得更大声了。"啊，是这样啊。原来只要我在这里就不行啊。"于是里沙子离开了盥洗室。虽然没什么食欲，但还是准备吃晚餐。

　　里沙子坐在餐桌旁，打开罐装啤酒，夹着婆婆做的菜。今天不用再躲躲藏藏了，因为阳一郎要十一点多才会回来。里沙子直接拿起罐装啤酒大口喝着，一回神才察觉文香的哭声已经停了。里沙子起身走过去查看，发现文香躺在盥洗室的地上，半张着嘴睡着了。里沙子抱起睡着的文香，走向卧室。"小香，对不起！"里沙子将头埋进文香濡湿的头发说道。铺好被褥让文香躺下，里沙子躺在一旁，又说了一次："小香，对不起！"文香睡着了，就不会向阳一郎告密了——里沙子发现自己产生了这种想法，不禁打了个冷战。"对不起，对不起，"里沙子反复说着，"对不起，我竟然是这种妈妈。"文香皱起眉头，嘟囔着"不要，不要"，还吮起拇指。里沙子帮她盖好毛巾被，坐着凝视熟睡的女儿。文香像翻白眼似的半睁着眼，视线和里沙子对着。本以为她又要哭了，没想到她却安心地闭上了眼。

　　里沙子突然想起一件事。有一次自己突然醒来，发现母亲也是像这样俯视着自己。自己那时比现在的文香大好几岁，记得是小学三四年级的时候吧。年幼的里沙子看见母亲注视自己，却一点也不觉得安心，只想着现在不能起来，然后赶紧闭上眼睛装睡。直到感觉母亲离开之前，都不敢睁开眼睛。

文香总有一天也会发现我这样看着她，然后装睡吧？里沙子站起来，走出卧室。年幼时，自己总像个跟屁虫似的跟在母亲身后，从什么时候起，自己和家人渐行渐远了呢？她想着回到饭厅，看了一眼时间，之后继续吃饭。阳一郎还要一个多小时才会回来。

里沙子吃完晚餐，洗好碗盘，抬头一瞧，赫然发现阳一郎站在面前，不由得惨叫了一声。

"干吗惨叫啊？"阳一郎笑着说。

"完全没发现你回来了，真的吓了一跳。"里沙子抬头看了一眼时钟，现在是十点半。

"你不是说十一点……"

"应该很少有人用惨叫声欢迎一家之主回来。"

虽然阳一郎笑得很开心，里沙子却不知道该不该一起笑。他这是在讽刺我吗？还是我的反应真的很可笑？面前笑着的阳一郎，真的是阳一郎吗？还是那个我设想中的，让我无法再以平常心看待的阳一郎？

"怎么了？"阳一郎一脸认真地看着里沙子。

"对不起，我是真的吓一跳。"里沙子道歉说。

"今天结束得比预想的要早，我先去洗澡啦！"阳一郎走向更衣间，里沙子赶紧关上一直开着的水龙头。

里沙子站在厨房，边泡茶，边望着洗完澡开始吃饭的阳一郎。阳一郎边划手机，边吃饭。泡好茶之后，里沙子才意识到自己不想喝热饮。沉默让气氛有点尴尬，却又不知道要聊些什么。里沙子本想问阳一郎是不是收到了工作消息，又觉得刻意这么问有点奇怪，搞不好还会被阳一郎质疑是在胡乱猜忌，想想还是什么也别说了。

以前自己都是怎么主动抛出话题的呢？里沙子完全想不起来了。

"等小香上了幼儿园——"总算挤出声音，里沙子松了一口气。阳一郎的视线还是没离开手机，只是"嗯"了一声，催促她继续说下去。

"要不然我也去上班吧。"里沙子试着以轻松的口吻说道，看阳一郎会如何回应。虽然知道阳一郎八成会说"我看你应该不行吧"，但里沙子想知道他会以什么样的语气说出这句话。

阳一郎放下手机说："嗯，这样也很好啊！"里沙子很惊讶，居然没被否定。

"你觉得会有人雇用我吗？"里沙子又问。

"肯定会有的吧，你不是也工作过七八年吗？"

"是吗？我还以为自己不行呢。"里沙子说着，心生疑问。"我是不是真的因为这场审判变得不太对劲了？是我误会了阳一郎吗？是我受水穗的影响太深，连自己也患了被害妄想症吗？我真的不用去看心理医生吗？"里沙子回想起那种不安感，倒掉了一口也没喝的茶。

评　议

　　评议正在如火如荼地进行中，里沙子却没有专注聆听。早上，延续昨天的议题，大家针对有无责任能力一事，各自陈述意见并讨论。虽然陪审员们都选择以暧昧的语气表达自己的看法，但从结果来看，所有人都认为被告人当时是有责任能力的。里沙子被问到时，还是回答："我觉得她当时陷入了恐慌状态。"之后又补了一句，"但是我想，恐慌并不等同于精神障碍，所以我认为当时被告人具有责任能力与判断能力。"

　　事实上，里沙子觉得体内那股直到昨天还自然涌现的热情已经完全消失了。虽然里沙子很想说水穗既没有患上被害妄想症，也不是钻牛角尖，而是毫无防备地从丈夫、婆婆和亲生母亲那里接收到了——可能连他们自己都没有察觉到——小小的恶意。里沙子本想拼命传达自己的想法，但她现在明白了，无论怎么解释，陪审员们和法官们都不可能理解的。并且，里沙子意识到自己将经历与感受都投射在了水穗身上。仔细想一想，自己似乎一直都只是在自我袒护罢了，这让里沙子自觉十分羞耻。不过，每次一想到自己是候补陪审员，不积极参与也没关系，里沙子就觉得很安心。昨天听说宣判时自己只能坐在旁听席，里沙子还有些错愕，但今天她已经能够坦然接受了。

确定所有人都认为被告人具有责任能力后，接下来开始说明量刑一事。法官先在白板上写下法定刑责的种类与范围，介绍完后，开始分发资料。资料上列出了类似案件的概要，以及被告人被判处的刑期等，并搭配了图表。参照这份资料，法官尽量以浅显易懂的方式为大家说明。

午休时间一到，里沙子便走向前一天和她说话的女法官，表明自己身体不太舒服，想请假。女法官问她要不要去趟医务室，里沙子一再婉拒，表示只要稍微休息一下就行。因为六位陪审员都出席了，也会继续参加下午的评议，所以里沙子的请求很快便获准，随时可以离开。

里沙子没有留下来吃便当，而是去了地下层，走进拥挤的餐厅，和别人拼桌，点了冰激凌苏打。

里沙子并没有说谎。听到其他母亲伤害幼子的案件时，她的胃就越来越痛，但也没到要去医务室躺着休息的程度。其实胃痛都是次要的，里沙子只是不想再待在那个房间里了。

随着下午一点钟临近，离开餐厅的人也变多了。里沙子喝着冰激凌已经融化的饮料，愣愣地看着眼前的光景。过了下午一点，她突然觉得肚子饿，点了一份咖喱饭。独自坐在空荡荡的餐厅用餐，有种格外熟悉的感觉，内心混杂着因为太过放松而想笑的心情，还有一个人被撇下的不安感。是不是和上学时的感觉很像呢？里沙子心想。她回想起自己翘课去看电影，或窝在房间里闲着无事的样子。在试着追溯更遥远的回忆时，脑中浮现出了那次年幼时因感冒请假在家时的光景。昨天俯视睡着的文香时，她也想起了这件事。

突然醒来，里沙子发现母亲俯视着自己。年幼的里沙子看见母亲这样并不觉得安心，于是赶紧装睡。为什么？因为很怕母亲。吃着咖喱饭的里沙子突然停手，看着自己映在汤匙上的扭曲的轮廓。

那天，母亲外出购物时，顺便买了一本书给里沙子。里沙子忘了是自己拜托的，还是母亲主动提出的，只记得自己说过在图书馆看到了一本写给小孩子看的天文学书，想借回家看。结果外出购物回来的母亲递给她的是一本写给小孩子看的占星术书。里沙子觉得母亲错得有些不可思议，忍不住笑了出来。"妈，占星术和天文学完全不一样耶！"里沙子笑着说。接着，里沙子发现母亲的表情骤变，马上明白她随后吐出来的那句话并不是在夸奖自己。"你什么都知道，还真是了不起！比我还博学啦！"母亲露出嘲讽的笑容。

那天，里沙子连书都没打开就睡了。醒来时，母亲已经不再是让她忘情跟随的对象了。

没错，就是这样。里沙子又想起了一些事。母亲害怕被女儿超越——那时里沙子不明白这个道理，应该说压根儿没想过，因为她一直觉得母亲是站在自己这边的伙伴。一方面，里沙子成绩进步，母亲会开心地夸奖，入选绘画、作文比赛，母亲比谁都开心；但另一方面，母亲也很讨厌女儿变得比自己更聪明、更有见识，奔向更广阔的世界。或许，母亲心中对女儿同时存在着赞美与厌恶这两种矛盾的心情吧。

母亲不顾一切地否定女儿，试图让自己和女儿都相信，女儿永远是那个无知、爱闹别扭、缺乏常识、需要费心照顾的孩子。其实，让人觉得饱受束缚的不是那个小镇，也不是那个封闭的家，而是待在那样的母亲身旁。里沙子，不，或许很多女儿都不知道应该抵抗这样的母亲吧。所以才会轻易相信母亲说的每句话，认为自己无知、缺乏常识，因而自责不已。

　　但迫使自己喘不过气来的原因也未必是母亲。虽然不再想一味地追随母亲，甚至开始莫名地害怕母亲，但正是因为对母亲感到恐惧，才希望她能更喜欢自己。因此，里沙子和母亲说话时，不但会技巧性地选择话题，还会对自己感兴趣的新事物避而不谈，主动问东问西，像是料理的做法、处理家务的方法、商店街的事，或是邻居的八卦消息。她没有告诉母亲自己决定去外地念大学的事，也绝口不提自己谈恋爱的事。里沙子俨然练就了一身本领，能轻易区分出什么话可以对母亲说，什么事绝对不能提。

　　里沙子如愿考上东京的大学时，真的很开心。母亲没有反对女儿去外地求学，她显然已经放弃阻止女儿奔向更广阔的世界，变成更聪明、更有青春魅力的女人了。

　　那句话，里沙子想起母亲刺伤自己的那句话："要是念家附近的短期大学，就不用住这么破烂的房子啦！"另外还有"总穿便宜货""都无非是不怀好意，千万别当真"。母亲说这些话，无非是为了藐视她的亲生女儿。只要女儿还会因为这些话而受伤，她就能确信女儿依旧是那个比自己渺小的存在。

　　那么，母亲憎恨我吗？她会憎恨那个超越她的女儿吗？

　　里沙子脑中浮现文香逐渐长大的模样：因为和朋友吵架而闷闷不

乐，骄傲地向母亲报告她发现什么不得了的东西，终于拥有母亲不知道的世界，迎接初经到来，谈恋爱，学到母亲不懂的事，发现自己的母亲其实没那么厉害……最终，年轻美丽的文香，去往一个比母亲更加温暖、让母亲够不着的地方。——我应该不会憎恨这样的她。

里沙子怔怔地看着询问是否要清理桌面的服务生，又看向桌上的盘子，原来不知不觉间，自己已经把咖喱饭吃完了。

"哦，好。"里沙子赶紧回答，接着又补上一句，"我要再点一杯咖啡。"虽然不是很想喝东西，但还想坐在这里思索一些事，或者说不得不继续想下去。

这不是憎恨，是爱。借由藐视、伤害对方，达到控制对方的目的，一切都是因为爱，这就是那位母亲爱女儿的方式。

既然如此，阳一郎说不定也是这样。没有任何意义，也没有任何目的，并非基于恨意而藐视、伤害妻子，而是因为他只知道这种爱的方式。

这么一想，这几天浮现在脑海中的疑问全都有了合理的解释。阳一郎肯定很不安吧，生怕妻子去往一个自己不了解的世界，拥有自己没有的知识，开始说些自己听不懂的话，然后发现一直依赖的一家之主也不过尔尔。这一定令他很不安。审判这件事对他来说，就是这样一个具有威胁性的东西。

为何自己一直没察觉到如此简单的道理呢？里沙子扪心自问。答案很快就浮现在了心中：因为自己放弃了思考。

比如此刻，自己就逃离了评议会，坐在这里。

不待在原本应该待着的地方，放弃思考、放弃做决定，带着轻松却不安的心情，没有任何行动。这种感觉再熟悉不过了。这种感觉不是从上学时翘课开始的，而是从更小、更年幼的时候。自己一直都是这么过来的。不去思考是什么拘束了自己，只会说些迎合母亲喜好的话题；不去思考被束缚的原因，只是一味地逃避现实，也逃避思考。

满脑子只想着如何逃离，但结果如何呢？现在所处的地方也有着那种再熟悉不过的感觉，不是吗？

就算一直被说"你很奇怪"，却不动脑思考这句话的意思，只是将感受到的违和感单纯地归类为"麻烦"，放弃了解所有相关的事情，也放弃思考与决定。仅仅外界因素，是不会让人变得如此愚蠢、缺乏常识和存在感的。自己本身应该也在把自己往那个方向推吧？

因为我被只知道这种爱的方式的人爱着。

不动脑思考，也不做任何决定，只跟着别人的意思走，的确很轻松。就像我放弃决定某人刑期的责任，只顾吃光咖喱饭一样。

是的，我不是在审判那名女子，这几天我一直在审判自己。里沙子终于明白了。

里沙子喝了一口已经有点冷掉的咖啡，站起来走向收银台，结账后搭乘电梯。

每一间会议室里应该都在进行着案件审理吧。走廊上瞧不见半个人影，走廊两侧的窗户散发出白光，看起来像一面面巨大的镜子。里沙子走在刚刚才经过的走廊上，站在一扇门前，犹豫着是否该等到休息时间，有人出来后再进去。最终，里沙子还是决定敲门。

"不好意思，我去楼下稍微休息了一下，现在没事了。"

门打开后，法官一脸惊讶，似乎想说些什么，里沙子却不予理会，径直走向刚才坐过的位子。她意识到因为自己突如其来的举动，评议室里顿时起了一阵小骚动。里沙子就座后，大家继续讨论。

陪审员们看着资料上的判例提问，法官回答大家提出的问题。里沙子也看向手边的资料，追逐着上面的文字，提醒自己不能投入过多的个人情感。

东京一位母亲杀害了一岁十个月大的女儿。她在交往对象的主导下，以管教为名，开始虐待女儿。之所以只判处六年有期徒刑，是考虑到她受制于交往对象，有值得同情的地方。

神奈川县一位母亲持续一个月虐待两岁三个月大的女儿，将其丢在浴室不管，任其活活饿死。要求判处有期徒刑二十年，最后判处有期徒刑十五年。

千叶县一位母亲使一岁三个月大的儿子窒息死亡。因为认定她有精神衰弱倾向，判处有期徒刑四年。

栃木县一位母亲使十个月大的男婴窒息死亡。虽然未被认定有精神衰弱倾向，但考虑到她丈夫长期不在家，因公公婆婆过于干涉家务而饱受精神压力，遂判处四年有期徒刑。

法官大致回答完大家提出的问题后，每个人针对本案发表意见，阐述自己认为应当重判或轻判的原因，并给出自己认为恰当的刑期。

里沙子回想着这几天发生的事，试着将水穗这个陌生人与自己切割开来，重新考量。纵使如此，她还是不认为水穗是那种将孩子视为名牌奢侈品的恶女。也许自己这么想是错的，也许自己的意见根本无足轻重，但里沙子还是想表达出来。不，是非说不可，而且必须参加这场评议才行，里沙子此刻这么告诉自己。

待其他人各自发表完意见后，众人的目光自然集中在里沙子身上，她心跳加快。也许他们会觉得我说的是蠢话，没有人理解吧。里沙子压抑着这般再熟悉不过的心情，说道：

"我还是很同情被告人。不论是双亲、丈夫、婆婆、朋友、医生、保健师，还是其他母亲，都可能因为一个很小的误解变得疏远起来，连语言也无法传达，让人无论如何都无法开口向他们求助。我想这绝对不是虚荣心作祟。被告只是觉得，这么笨，这么一无是处的母亲只有自己一个，她只是不想再被任何人批评了。而且，她身边的人都没有察觉到，她明明想求助却求助无门，这一点让同样身为母亲的我打从心底里同情她。当然，再怎么样也不能把孩子扔进水里，所以唯独这一点，我无法同情。"

最终，有两位陪审员认为应该判处十二年有期徒刑，两位认为应判十年，十五年与七年的各一位。虽然里沙子没被要求发言，但她觉得对这件事的看法，自己想说的都已经说了。

終章

　　从离家最近的车站上车坐两站，下车后步行约七分钟，在一处没有什么明显地标的住宅区正中央，矗立着四栋设计风格一致的新房子。此前里沙子从广告传单上看到过这些房子，也实地查看过它们的外观。那时，只有右手边那一栋挂着已售出的牌子，其他都还是待售中。如今，四栋房子都有人入住了。外面停着儿童自行车，洗好的衣物挂在阳台上随风翻动，屋外停着车，摆置了一整排盆栽。里沙子站在可以同时看到四栋房子的位置，窥视着每一户的生活片断。

　　虽然今天下午两点才开庭，宣读判决结果，里沙子还是依平常的时间出了门。将文香托付给住在浦和的公公婆婆后，里沙子本来想先回家一趟，但临时决定提前两站下车。里沙子沿着住宅区的街道，来到了这几栋自己看过的房子前。

　　昨晚发生了一件事。里沙子感觉自己被猛地摇醒，有人在她耳边怒吼:"你在干什么？！"里沙子吓得睁大眼。明明睁开了双眼，眼前却是一片漆黑。她赶紧起来，一把抱起文香。"必须赶快逃！必须赶快逃啊！但是要逃去哪儿？"她这么想着逃到了走廊，才发现刚刚是在做梦。里沙子回到房间，缓缓放下在睡梦中皱起眉头的文香。明明是梦，肩膀却残留着被抓住的触感。这是我的触感，不是水穗的。里沙子告诉自己。在车站站台上被站务员抓住肩膀，用力摇晃，大声问着："您没事吧？"这就是那时的触感。里沙子躺在床上，握着一旁文香的小手。

抬头望着别人的家时，里沙子切实地感受到，自己一直没有忘记那触感。有时甚至会有种错觉，认为那是水穗的经历。最里面那户人家的大门开启，孩子与母亲走了出来。那孩子大概与文香同龄，只见她一股脑儿地奔向人行道，年轻的母亲在后头大喊："小桃！不可以乱跑！"母亲追上孩子，牵起她的小手，瞧了一眼站在那里的里沙子，随即往前走。里沙子试图想象住在这里的是自己和家人。上一次站在这里时，里沙子可以轻易地想象出那幅场景，现在却做不到了。无论是开门走出来的阳一郎，还是站在阳台上，晒着文香的小袜子、小内裤的自己，或是像刚刚那样冲出家门的文香，还有一家三口在家中生活的场景，全都无法想象出来，脑子里只能浮现出照片上水穗那打理得一尘不染的家。里沙子觉得很害怕，转身走向车站。

里沙子漫无目的地搭乘上行列车，突然感觉好像有什么眼熟的东西掠过视野。她四处张望，赫然发现挂在中间的车厢广告上写着"虐死婴儿，安藤水穗"这几个字，原来是周刊的广告，这几个字就印在正中间，上面还写着："虐死婴儿的安藤水穗，一心想成为贵妇的可怕执着"。电车抵达离自家最近的车站时，里沙子无意识地下了车。

她走向车站大楼内那家刚开始营业的书店，寻找那本周刊。整整两页的跨页报道，描绘了一个比检察官口中还要丑恶、还要迷恋名牌的女人。自己用的东西就不用说了，连婴儿的服装和内衣也全是名牌货。婚前交往过三个男人，都是年长的有妇之夫，他们皆证实水穗是个不折不扣的败金女，尤其酷爱 LV（路易·威登），曾一个月花掉五十万日元，都是去高档餐厅用餐。

里沙子合上杂志。明明没什么要买，却还是去了一楼的超市。比起生活杂货与首饰配件，看着蔬菜和调味料，显然更能让心情平静。为了不再想明天会如何，里沙子拿起商品，看着上头标示的成分表与产地。今后该如何是好？毫无头绪。要是自己说想离婚，应该没有人会理解我吧。"你到底对那么温柔的丈夫有何不满？"任何人，搞不好连自己咨询的律师都会这么说吧。而且如果真的想要离婚，自己必须先找份工作，还有住的地方，也得帮文香找托儿所才行，还得考虑如何争取孩子的抚养权。想到这里，里沙子愕然意识到：我竟然什么都没有。或者说，全被阳一郎巧妙地夺去了。我根本无处可逃。不过，那也是因为我自己选择了温顺地放弃，结果搞得自己毫无立足之地。

里沙子也不明白自己究竟想不想离婚，只是觉得很可怕。阳一郎那种爱的方式，不仅是对身为妻子的自己的，还是对文香的。

里沙子将手上的鸡精放回商品架，看了一眼手表，还没到中午。下午两点前的时间，漫长得就像永远。

里沙子坐在旁听席第一排最靠边的位子上，看着法庭。实在无法想象自己昨天还坐在对面的位子上。水穗穿着一身白色洋装现身，虽然没有人出声，但里沙子感受得到旁听席弥漫着一种讶异的情绪，还带了点嘲笑。

审判长宣告开庭，要求被告人上前。水穗起身上前，里沙子凝视着她的背影。

"主文。"审判长说，法庭内鸦雀无声。里沙子紧绷着身子，仿佛是自己在接受审判。

"判处被告人九年有期徒刑。"

审判长接着说出羁押天数，有几个人陆续离开了法庭。里沙子感觉那判决像是对自己下的，心中十分沮丧。她不知道该如何解读这个数字，只是毫无意义地试着在自己和文香的年龄上加了九，而不是加在水穗身上。

审判长宣读判决书，说明判定被告人具有责任能力的理由。此外，也简短地说明，虽然难以确定被告人具有明确的杀人意图，但其应该了解让婴儿落水的后果。里沙子听着审判长接下来的说明，不禁条件反射似的抬头。

"然而，本案审理过程中，亦发现被告人有以下情形可堪怜悯。"水穗听着，仍没有任何反应，"被告人因为初为人母，深为育儿一事所困。而周遭人的言辞，以及丈夫的怒吼与斥骂，不仅使被告人深感恐惧，还让其进一步丧失了自信。无法得到任何人的帮助，也无法向外求援，这些情形皆为无法否定的事实。"似乎又有几个人走出了法庭，"但将还不会说话的婴儿丢入水中实属残虐行为。前述事实，还不足以将这般行径予以正当化。"

审判长继续宣读。水穗不再低着头，而是凝望前方。

"几个月了呀？是女孩子吧？"里沙子脑海中自然地浮现出这样一幅画面——自己在儿童馆中，被初次见面的人如此搭话。两人先后报上自己和孩子的名字，也说了住在哪里，还聊起是在哪家医院生产的，笑谈生产的过程。"我家孩子晚上总是哭闹不停，搞得我精神都快不正常了。""有一次我在保健师面前不小心哭了出来，结果她变得特别关照我，很难应付呢。""你家孩子喝的是母乳还是配方奶？我想完全用母乳来哺乳，可是失败了，真的好痛苦啊。""我打从一开始奶水就不多，所以孩子喝的是配方奶。但婆婆老是说喝配方奶的孩子很可怜，唉，真是没辙。""我懂我懂，真的很莫名其妙，对不对？老公这时候竟然站在他妈那边。""话说，你有没有差点对孩子动手的时候呀？""有啊，这个应该很普遍吧？我前阵子啊……"里沙子想象着那种忘情聊天，心情越来越轻松的感觉。一直很想这么聊天，一直希望拥有一个能像这样聊天的朋友。现在，站在自己面前的这个身穿白洋装的女人，一定也是如此吧。也许她真的是那种自尊心强、喜欢名牌、很爱炫耀、和我完全聊不来的母亲。但说不定，我们也能找到共同的话题。"我啊，只不过是累的时候喝了点啤酒，就被老公说有酒精依存症！不觉得他很过分吗？""我老公啊，喝醉了就会大声咆哮，超恐怖的，还爆粗口骂我呢！"也许我们会这么聊起来。然后，当我们尽情畅谈时，我们谁也不是，不是母亲，不是妻子，也不是谁的女儿；没有任何包袱，也没有名牌奢侈品、工作、前男友，更没有其他年轻母亲来束缚我们。我们或许能第一次真正地做回自己，以天真的自信与满满的活力，面对彼此。里沙子不由得梦想着这早已不可能的相遇，以及永远不会到来的闲聊时光。

　　审判长宣告闭庭。里沙子察觉到自己在流泪，赶紧掏出手帕。

她看到那个身穿白色洋装的女人从自己面前走过。那个与我仅有十天关联的陌生女人。不，不对，那是另一个我，无法控制自己人生的我，无法以母亲这身份，挣扎着活下去的我。

水穗和法庭工作人员的身影消失在门的另一侧。里沙子起身，走出法庭，泪水仍在不停滑落。结束了。明明审判已经结束了，却又觉得好像还没有。一切都结束了。再也无法回到审讯时了，永远也无法返回。里沙子静静地畏怯着这股莫大的丧失感与虚脱感。

走廊上，六实看到里沙子走了过来，笑着迎向她。差点当场瘫坐在地的里沙子顿时安心不少。

"我们交换一下联系方式吧。什么时候一起去喝一杯？"六实边掏手机，边看着里沙子，"哎呀！你没事吧？"

"我也不知道自己为什么会哭，也许是突然放松下来了吧，"泪流不停的里沙子笑着说，"随时都可以，就今天也行。"

"咦？真的吗？那就现在去喝一杯吧！就这样决定了。反正下个星期我又要开始忙了。"

"那等我一下，我打个电话。"

里沙子走向走廊角落，发了条信息告诉婆婆自己会晚到，也许晚上将近十点才能过去接文香。接着寻找阳一郎的联系方式，但还没找到，里沙子就关上了手机屏幕，将手机塞回包里。

"可以吗？"六实问。

"当然没问题，"里沙子笑了，"我还以为，永远都没机会和你一起去喝一杯了呢！"

"太夸张了。"

两人和好几个人一起走进电梯。六实似乎对餐厅很熟悉，开心地说着银座有哪些店会在这个时间营业。

　　大概再也不会来这里了。两人走向门厅，窗外刺眼的阳光照得树木更显翠绿。一走出大楼，顿时被蝉鸣与湿闷的热气包裹全身。"啊！好热呀！"六实厌烦地说。

　　里沙子觉得好像有人在叫她，不由得回头。当然，并没有人在叫她，往来行人中也没有她认识的面孔。但她的确看到了，有位身穿白色洋装的女人站在往来的人群中，望着她们。里沙子向她欠身行礼，悄声低语："再见。"

　　"谁呀？"六实问。

　　"一位很熟悉的人。"里沙子回道。

　　"是吗，好巧啊！"六实心不在焉地说着，继续往前走。里沙子像要冲开蝉鸣似的，追了上去。

谢

辞

　　感谢律师山内久光先生，以及朝日新闻东京总社社会部部长角田克先生（创作本书时的职位），就法庭相关的情节给予的莫大协助。尤其感谢山内先生从连载时起便向我反馈感想并提出各种明确的建议，借此向他致上最深的谢意。

文治
© wénzhì books

更 好 的 阅 读

出 品 人　沈浩波

特约监制　潘　良　魏　强

产品经理　单元皓　烨　伊

特约编辑　施　然

版权支持　冷　婷　郎彤童

装帧设计　尚燕平

封面插画　瓜田李下Design

营销支持　金　颖

关注我们

官方微博：@文治图书

官方豆瓣：文治图书

联系我们：wenzhibooks@xiron.net.cn

图书在版编目（CIP）数据

坡道上的家 / （日）角田光代著；杨明绮译. — 杭
州：浙江人民出版社，2020.2
ISBN 978-7-213-09593-1

Ⅰ.①坡… Ⅱ.①角… ②杨… Ⅲ.①长篇小说 – 日
本 – 现代 Ⅳ.① I313.45

中国版本图书馆 CIP 数据核字 (2019) 第 275476 号

SAKA NO TOCHU NO IE
by MITSUYO KAKUTA
Copyright © 2016 MITSUYO KAKUTA
All rights reserved.
Original Japanese edition published by Asahi Shimbun Publications Inc., Japan

Chinese translation rights in simple characters arranged with Asahi Shimbun
Publications Inc., Japan through Bardon-Chinese Media Agency, Taipei.

坡道上的家
PODAO SHANG DE JIA

[日]角田光代 著　杨明绮 译

出版发行	浙江人民出版社（杭州市体育场路 347 号　邮编　310006）	
责任编辑	张世琼	
责任校对	陈　春	
封面设计	尚燕平	
印　　刷	嘉业印刷（天津）有限公司	
开　　本	880 毫米 × 1230 毫米　1/32	
印　　张	11.25	
字　　数	260 千字	
版　　次	2020 年 2 月第 1 版	
印　　次	2020 年 2 月第 1 次印刷	
书　　号	ISBN 978-7-213-09593-1	
定　　价	48.00 元	

如发现图书质量问题，可联系调换。质量投诉电话：010-82069336